Au fond des bois

KARIN SLAUGHTER

Au fond des bois

thriller

Traduction de l'anglais (États-Unis) par
EMMANUEL PLISSON

Harper Collins
NOIR

Titre original :
UNSEEN

Ce livre est publié avec l'aimable autorisation de HarperCollins Publishers, LLC, New York, U.S.A.

HARPERCOLLINS FRANCE
83-85, boulevard Vincent-Auriol, 75646 PARIS CEDEX 13
Tél. : 01 42 16 63 63

www.harpercollins.fr

ISBN 979-1-0339-0022-1

Pour Angela, Diane et Victoria — mes championnes.

1

MERCREDI
Macon, Géorgie

Avec un tressaillement de douleur, la détective Lena Adams se débarrassa de son T-shirt. De sa poche, elle tira son insigne, puis sa lampe torche et le chargeur de rechange du Glock, avant de jeter le tout pêle-mêle sur la commode. L'écran de son téléphone indiquait presque minuit. Cela faisait dix-huit heures que Lena s'était sortie du lit, et tout ce qu'elle voulait à présent, c'était y retourner. Pourtant, elle n'avait pas fait grand-chose entre-temps. Ces quatre derniers jours, elle avait gaspillé quasiment toutes ses heures de travail derrière une table de réunion, à répondre aux mêmes questions que la veille et que le jour d'avant — bref, à supporter les conneries habituelles quand il fallait se justifier devant les Affaires internes.

« Qui a mené l'assaut de la maison ? »

« Sur quelles informations vous fondiez-vous pour agir ? »

« Que vous attendiez-vous à trouver ? »

L'enquêtrice chargée de la questionner pour le département de police de Macon avait la personnalité morne et froide d'un gratte-papier professionnel. Chaque jour, elle débarquait avec la même jupe de tailleur noire et la même chemise blanche, une tenue qui aurait mieux convenu à la serveuse d'un Olive Garden. Elle hochait souvent la tête et fronçait les sourcils, même lorsqu'elle prenait des notes. Quand Lena ne répondait pas assez vite, elle vérifiait ostensiblement que son enregistreur captait bien les silences.

Lena était certaine que ses questions avaient pour but de la faire sortir de ses gonds. Le premier jour, elle était si lessivée qu'elle avait simplement dit la vérité dans l'espoir d'en finir au plus vite. Le deuxième jour, puis le troisième, elle s'était montrée moins accommodante. Son exaspération grandissait de minute en minute. Aujourd'hui, elle avait fini par exploser. Apparemment, c'était exactement ce qu'espérait la femme.

« A votre avis, je m'attendais à trouver quoi, espèce de pauvre conne ? »

Si seulement elle n'avait rien découvert. Si seulement elle avait pu prendre un rasoir et extirper ces images de sa mémoire. Elles la hantaient. Elles défilaient dans sa tête comme un vieux film chaque fois qu'elle fermait les paupières. Elles la remplissaient d'une douleur constante, implacable. Lena faillit se frotter les yeux, mais elle se retint. Six jours s'étaient écoulés depuis qu'elle avait mené l'assaut avec son groupe, mais son corps lui rappelait encore à chaque mouvement ce qui s'était passé. Le bleu qui lui barrait le nez et soulignait son œil gauche d'un trait épais avait pris une teinte jaune pisse. Les trois points de suture sur la plaie de son crâne la démangeaient terriblement.

Et puis il y avait ce que personne ne voyait — les bleus sur son coccyx. Son dos et ses genoux qui lui faisaient mal. La façon dont son ventre se tordait chaque fois qu'elle repensait à ce qu'elle avait trouvé dans cette maison perdue au fond des bois.

Quatre cadavres. Un homme toujours à l'hôpital. Un autre qui ne porterait plus jamais le badge. Sans parler des souvenirs atroces que Lena emporterait sans doute jusque dans sa tombe.

Les larmes lui montèrent aux yeux, et elle se mordit les lèvres pour ne pas laisser le chagrin la submerger. Elle était épuisée. La semaine avait été très dure. Merde, les trois dernières semaines avaient été dures. Mais c'était terminé, maintenant. Tout était terminé. Lena s'en était tirée, elle garderait son boulot. L'autre fouineuse d'enquêtrice avait regagné son trou à rats, et Lena était enfin chez elle, sans personne pour la scruter, pour la mettre sur la sellette, pour la cuisiner. Parce qu'il n'y avait pas que les Affaires internes. Tout le monde voulait savoir ce qui s'était passé pendant l'assaut, et ce que Lena avait trouvé dans ce sous-sol obscur et humide.

Lena, elle, voulait juste l'oublier.

Son téléphone portable bipa. Lena expira jusqu'à vider complètement ses poumons. Un deuxième bip retentit, et elle saisit l'appareil. Un texto apparut.

VICKERY : Ça va ?

Elle contempla les mots sur l'écran. Paul Vickery, son partenaire.

Alors qu'elle commençait à taper une réponse d'un pouce hésitant, le grondement d'une moto s'éleva au-dehors.

Renonçant à répondre au SMS, Lena éteignit son téléphone et le reposa sur la commode, à côté de son insigne.

Le rugissement caverneux du moteur Twin Cam de la Harley redoubla quand Jared mit les gaz pour attaquer la pente de l'allée du garage. Lena attendit, suivant la progression de son mari à travers les bruits familiers : le moteur qui s'éteignait, le grincement métallique de la béquille, les bottes dans l'entrée, le casque et ses clés qu'il jetait sur la table de la cuisine alors qu'elle lui avait demandé un million de fois de ne pas le faire. Il s'arrêta un instant, sans doute pour consulter le courrier, avant de continuer vers la chambre.

Dos tourné à la porte, Lena compta les pas de Jared dans le couloir. Sa démarche semblait incertaine, comme s'il avançait à contrecœur. Sans doute avait-il espéré que Lena dormirait déjà.

Jared s'arrêta dans l'encadrement de la porte. Apparemment, il attendait que Lena se tourne vers lui. Comme elle n'en faisait rien, il demanda :

— Tu viens juste de rentrer ?

— Je suis restée tard pour terminer des trucs.

Ce n'était pas complètement faux. Elle aussi avait espéré trouver Jared endormi.

— J'allais prendre une douche, dit-elle.

— D'accord.

Mais, au lieu d'entrer dans la salle de bains, elle fit face à son mari.

Le regard de Jared s'égara un instant sur son soutien-gorge avant de remonter vers son visage. Il était en uniforme, les cheveux hérissés par le casque. Lui aussi était flic au Macon PD — ou, plus exactement, motard. Un grade en dessous de Lena, et douze ans plus jeune. Jusqu'à récemment, aucun de ces deux aspects ne l'avait dérangée. A présent, chaque détail de leur vie s'était transformé en sujet de discorde.

Il s'appuya au chambranle pour lancer :

— Comment ça s'est passé ?

— Ils m'ont blanchie. Je peux reprendre le boulot.

— C'est bien, non ?

Elle repassa cette réponse dans sa tête pour décoder d'éventuels sous-entendus dans le ton de sa voix.

— Pourquoi ça ne serait pas bien ?

Jared ne répondit pas. Il y eut un long silence gêné avant qu'il demande :

— Tu veux boire quelque chose ?

Lena ne parvint pas à dissimuler sa surprise devant sa sollicitude.

— Tu as le droit, maintenant, non ? insista-t-il avec un sourire forcé.

Il était à peine plus grand que Lena, mais sa silhouette

athlétique et sa démarche de sportif le faisaient paraître beaucoup plus imposant.

D'habitude, en tout cas.

Jared toussota pour lui rappeler qu'elle n'avait toujours pas répondu à sa question. Elle haussa les épaules.

— Pourquoi pas ?

Jared quitta la pièce, mais ses frustrations muettes continuèrent de flotter autour de Lena, quasi palpables — elles l'entouraient, l'asphyxiaient presque. Jared avait *besoin* que Lena s'effondre. Il avait *besoin* qu'elle s'appuie sur lui. Il avait *besoin* qu'elle lui montre que ce qui s'était passé l'avait affectée, l'avait touchée au plus profond.

Il était incapable de comprendre que ne pas lui donner cette satisfaction était la seule chose qui la sauvait de l'effondrement complet.

Lena sortit un pyjama de la commode. Elle entendit Jared s'affairer dans la cuisine. Il ouvrait la porte du congélateur et farfouillait à la recherche de glaçons. Lena ferma les yeux. Son corps vacillait. Elle guetta le bruit des cubes de glace dans le verre — elle en salivait d'avance.

Elle serra les dents. S'obligea à rouvrir les paupières. Son envie de boire était trop forte. Quand Jared reviendrait, elle poserait le verre quelque part et attendrait quelques minutes, pour se prouver qu'elle pouvait s'en passer.

Pour *lui* prouver qu'elle n'en avait pas besoin.

De ses mains endolories, elle défit le bouton de son jean avant de l'ôter. Le jour de l'assaut, elle avait serré le fusil si fort qu'elle avait cru que ses doigts ne s'en remettraient jamais. Elle aurait dû avoir déjà récupéré, mais son corps s'accrochait au traumatisme, comme pour retenir le poison qui la dévorait de l'intérieur.

— Donc…

Jared était de retour. Cette fois, il entra dans la chambre et, marchant vers elle, versa une généreuse ration de vodka dans un verre. La bouteille gargouilla.

— … tu reprends le service demain ?

— A la première heure.

Il lui tendit la boisson.

— Pas de jours de repos ?

Lena saisit le verre et en vida la moitié d'un seul trait.

— J'imagine que c'est comme quand…

Jared ne termina pas sa phrase. Pas la peine. A la place, il se détourna pour regarder par la fenêtre du fond. Avec les volets fermés, les vitres lui renvoyaient seulement son reflet.

— Je parie que ça va te valoir tes galons de sergent.

Elle secoua la tête, mais répondit :

— Peut-être.

Il la dévisagea. Toujours cette attente. Ce besoin.

Elle reprit :

— Qu'est-ce qu'ils en disent, au poste ?

Jared se dirigea vers le couloir.

— Ils disent que tu as des couilles en acier trempé.

Il composa la combinaison du coffre où ils rangeaient leur arme de service. Lena fixa sa nuque. Un coup de soleil avait laissé une ligne rose vif, juste à l'endroit où le casque ne protégeait pas la peau. Il devait savoir qu'elle l'observait, mais il se contenta de décrocher l'étui de sa ceinture pour déposer son arme près de la sienne. A quelques centimètres. Même leurs flingues, il ne voulait pas qu'ils se touchent.

Elle demanda :

— Ça te gêne qu'ils disent ça ?

Il referma la porte du coffre et fit jouer la molette.

— Pourquoi ça me gênerait ?

Lena ne répondit pas, mais les mots hurlaient dans sa tête : *Parce qu'ils pensent que je suis plus forte que toi. Parce que ta femme était en train de coincer une vraie ordure pendant que toi, tu faisais le beau sur ta moto en collant des amendes aux jeunes mamans qui emmènent leur gamin au foot.*

— Je suis fier de toi, dit Jared de sa voix raisonnable, celle qui donnait envie à Lena de lui coller son poing dans la figure. Ils devraient te donner une médaille pour ce que tu as fait.

Il n'avait pas la moindre idée de ce qu'elle avait fait. De toute l'affaire, Jared ne connaissait que des bribes, les rares détails que Lena avait le droit de diffuser hors du sanctuaire des bureaux.

Elle répéta sa question :

— Est-ce que ça te gêne ?

Son silence dura une seconde de trop.

— Ce qui me gêne, c'est que tu aurais pu te faire tuer.

Il n'avait toujours pas répondu à la question. Lena observa son visage. La peau était jeune, sans rides. Lorsqu'elle avait rencontré Jared, il avait vingt et un ans. Au cours des cinq ans et demi qui s'étaient écoulés depuis, il donnait l'impression d'avoir rajeuni, comme si pour lui le temps s'écoulait à l'envers. Ou alors, c'était Lena qui vieillissait beaucoup plus vite que lui. Tant de choses avaient changé depuis cette époque. Au début, elle savait toujours ce qu'il pensait. Mais bien entendu, avec le temps, c'était elle qui lui avait fourni toutes les briques du mur qu'il avait dressé entre eux.

Il commença à déboutonner sa chemise.

— Je crois que je vais me mettre au montage des placards.

Elle eut un rire ébahi.

— Vraiment ?

Ça faisait trois mois que la cuisine était sens dessus dessous, essentiellement parce que Jared, week-end après week-end, trouvait toujours une nouvelle raison de ne pas s'atteler à la tâche.

Il laissa tomber sa chemise par terre.

— IKEA comprendra que je suis toujours l'homme de la maison. Ce sera au moins ça.

Voilà, c'était sorti. Lena ne sut que répondre.

— Tu sais que ça n'a rien à voir…

La protestation sonnait faux, même à ses propres oreilles.

— Ça n'est pas comme ça entre nous, insista-t-elle.

— Vraiment ?

Elle se tut.

— Tu vois, conclut Jared.

Son portable sonna au même instant. Il le tira de sa poche, jeta un coup d'œil sur l'écran et rejeta l'appel.

— C'est ta maîtresse ?

Lena n'aimait pas la note trop aiguë de sa voix. Ce n'était pas drôle, et tous deux le savaient. Jared fouilla dans le panier à linge pour en tirer son jean et un T-shirt.

— Il est presque minuit, protesta Lena en jetant un coup d'œil au réveil sur la table de chevet. Minuit passé, même.

— Je n'ai pas envie de dormir.

Il s'habilla rapidement, fourra le téléphone dans la poche arrière de son pantalon et ajouta :

— Je vais y aller mollo.

— Tu as besoin de ton portable pour monter des placards ?

— Il faut que je le recharge.

— Jared…

— Je n'en ai pas pour longtemps.

De nouveau ce sourire artificiel.

— C'est le moins que je puisse faire, non ?

Lena lui rendit son sourire et leva son verre dans sa direction. Mais il ne partit pas tout de suite.

— Tu ferais bien de prendre ta douche avant de t'écrouler sur place, lui conseilla-t-il.

Elle hocha la tête, sans pouvoir s'empêcher de s'attarder sur la façon dont son T-shirt soulignait son torse et la ligne de ses abdominaux. La vodka lui montait agréablement à la tête. Son corps, enfin, commençait à se détendre. Quelque chose dans la posture de Jared devant la porte lui rappela de vieux souvenirs. Elle laissa son esprit vagabonder du côté d'un passé qu'elle préférait en général oublier — la ville où elle avait vécu avec Jared avant de venir s'installer à Macon, et où elle avait appris son métier de flic.

Là-bas, à Grant County, le père de Jared avait tout enseigné à Lena. Enfin, presque tout. En tant qu'officier de police, elle avait souvent l'impression que certains trucs qu'elle avait appris après la mort du chef Jeffrey Tolliver auraient mis celui-ci dans une sacrée rogne. Parce qu'il avait beau franchir lui-même la ligne rouge plus souvent qu'à son tour, il se montrait impitoyable quand Lena faisait seulement mine de s'en approcher.

— Lee ? fit Jared. Ça va ?

Il avait les yeux de Jeffrey, la même façon de pencher la tête en attendant sa réponse. Bien que déjà un peu ivre, Lena termina son verre d'un trait.

— Je t'aime, dit-elle.

Ce fut au tour de Jared de laisser échapper un rire incrédule.

Elle demanda :

— Tu ne me dis pas que tu m'aimes aussi ?

— Tu veux que je le fasse ?

Lena ne répondit rien.

Avec un soupir résigné, il s'approcha d'elle. Elle était en culotte et soutien-gorge, mais il se contenta de déposer un baiser sur son front, comme s'il embrassait sa sœur.

— Ne t'endors pas sous la douche.

Lena le regarda s'éloigner. Depuis quelque temps, il portait toujours le même T-shirt sale, celui avec des taches de peinture jaune sur le dos et les épaules. Celui avec lequel il avait commencé à réaménager la chambre d'amis, trois semaines plus tôt.

Elle lui avait demandé de ne pas peindre les murs, pas tout de suite. D'attendre encore quelques semaines — pas à cause des dix projets en cours dans la maison, mais parce que ça portait malheur.

Jared n'écoutait jamais Lena.

Et, bien sûr, elle ne l'écoutait jamais non plus.

Lena emporta la bouteille de vodka avec elle dans la salle de bains. Elle posa son verre vide sur le réservoir de la chasse d'eau pour boire directement au goulot, tête renversée en arrière. C'était idiot, sans doute, surtout avec les antidouleurs qu'elle avait avalés à peine arrivée à la maison, mais en cet instant précis Lena n'avait aucune envie d'être intelligente. Elle voulait obtenir l'amnésie. Elle voulait que les médocs et l'alcool effacent le contenu de sa mémoire — ce qui s'était passé avant l'assaut, pendant et après. Elle voulait que tout disparaisse pour pouvoir, une fois allongée, contempler l'obscurité plutôt que le film muet qui la hantait depuis six jours.

Elle reposa la bouteille sur les toilettes pour attacher ses cheveux. Ses doigts lui paraissaient gourds. Elle se regarda dans la glace. Ses yeux étaient cernés de noir, et pas seulement à cause de l'hématome. Elle posa la main sur le miroir. Son visage commençait à laisser voir tout ce qu'elle avait perdu.

Tous les cadavres qu'elle avait laissés dans son sillage.

Lena baissa les yeux. Inconsciemment, elle avait posé la paume sur son ventre plat. A peine neuf jours plus tôt, elle aurait senti un petit renflement. Neuf jours plus tôt, ses pantalons la serraient. Ses seins lui faisaient mal. Jared ne pouvait pas s'empêcher de la toucher. Certaines nuits, Lena se réveillait avec sa grande main posée sur son estomac, comme s'il prenait possession de ce qu'il avait créé. De la vie qu'il avait glissée dans son ventre.

Une vie, bien sûr, qui n'avait pas voulu y rester. Sa grande main n'avait rien pu faire contre la douleur terrible qui avait réveillé Lena au milieu de la nuit. Ses mots n'avaient pas suffi à la réconforter pendant qu'elle se vidait de son sang. Dans la salle de bains. A l'hôpital. Sur le chemin du retour. Un flot rouge qui ne laissait que la mort derrière lui.

Et, chaque fois qu'elle passait devant cette putain de

chambre d'amis avec ses murs jaune vif, la haine qu'elle éprouvait envers Jared était si violente qu'elle en frissonnait de rage.

Les yeux fixés sur le plafond, Lena retint un instant son souffle avant d'expirer longuement, comme pour se libérer d'un secret inavouable. Aujourd'hui, tout lui pesait. Le deuil, le chagrin. La vodka et les médicaments n'y changeaient rien. Ils ne changeaient jamais rien.

Elle chercha du regard le bouchon de la bouteille, mais ne le trouva pas. Elle ouvrit la porte. La chambre était vide. Les vêtements de Jared étaient par terre, exactement là où il les avait laissés en sortant. Lena ramassa sa chemise. Après une journée de moto, elle était imprégnée de l'odeur des gaz d'échappement, de la transpiration et de la graisse de moteur. Le portefeuille de Jared se trouvait toujours dans la poche arrière de son pantalon. Elle le prit et le posa sur la table de chevet. Ses poches de devant étaient pleines elles aussi. Quelques pièces de monnaie. Un petit tube de baume Burt's Bees, pour protéger ses lèvres du vent et du soleil. Deux ou trois billets de vingt, son permis de conduire et trois cartes de crédit, le tout retenu par un élastique vert. La petite bourse de tissu noir où il gardait son alliance.

Lena y glissa les doigts pour en tirer la bague. Jared avait cessé de la porter depuis qu'un de ses collègues s'était planté à moto. En restant coincée, son alliance lui avait proprement arraché la peau du doigt, comme une chaussette. Après ça, Lena avait fait promettre à Jared de ne plus porter sa bague sur la route. La pochette noire était un compromis. Elle lui avait proposé de laisser l'alliance à la maison, mais son mari était un romantique — bien plus que la plupart des femmes qu'elle connaissait — et il n'aimait pas l'idée de sortir sans elle.

Maintenant, pensa-t-elle, il ne l'emportait plus que par habitude.

Lena remit la bague dans la bourse et ouvrit le portefeuille de Jared. Elle le lui avait offert au cours de leur première année ensemble, et il le gardait toujours sur lui bien qu'il n'en ait jamais eu auparavant. En fait, ce n'était rien de plus qu'un petit porte-photos. Lena feuilleta les divers clichés que Jared avait pris au hasard de ces cinq dernières années : Lena devant leur maison le jour où ils avaient emménagé, Lena sur la moto de Jared, Jared et Lena à Disney World, à un match des Braves, à la finale du championnat de la Ligue du Sud-Est de foot, et à celle du championnat national en Arizona.

Elle s'arrêta sur la photo de leur mariage, célébré dans le bureau d'un juge au tribunal d'Atlanta. Lena était encadrée par son oncle et par Jared. De son côté à lui, il y avait sa mère, son beau-père, sa sœur, sa grand-mère et son grand-père, ainsi que deux cousins et son instituteur du primaire avec qui il avait toujours gardé un lien.

Tout le monde était sur son trente et un à l'exception de Lena, vêtue du tailleur-pantalon bleu marine qu'elle portait au travail. Elle avait les cheveux détachés et ses boucles brunes tombaient sur ses épaules. Elle s'était fait maquiller au rayon cosmétiques du Macy's de Lenox par un transsexuel qui n'avait pas cessé de la complimenter sur son grain de peau. Ça faisait au moins une femme qui l'avait appréciée ce jour-là. L'animosité affichée sur le visage de la mère de Jared expliquait pourquoi le marié n'avait pas insisté pour une cérémonie plus formelle. En ce moment même, quelque part en Alabama, Darnell Long devait être en train de prier pour que son fils recouvre ses esprits et divorce de la salope qu'il avait épousée.

Parfois, Lena se demandait si elle ne restait pas avec lui pour le seul plaisir de contrarier cette femme.

Elle passa à la photo suivante, et soudain les jambes lui manquèrent. Elle dut s'asseoir sur le lit.

Elle avait souvent vu cette photo, mais pas dans le portefeuille de Jared. Seulement dans la boîte à chaussures qu'elle gardait dans le placard. Elle représentait sa sœur jumelle, Sybil. Une pointe de jalousie la transperça avant qu'elle comprenne. Elle se mit à rire. Evidemment. Jared avait cru qu'il s'agissait d'une photo d'elle. Il n'avait jamais connu Sybil, morte depuis dix ans quand il était entré dans la vie de Lena.

Elle porta la main à sa bouche et son rire se transforma en un sanglot. Quand Lena avait découvert qu'elle était enceinte, Sybil avait été la première personne qui lui était venue à l'esprit. Avec un élan de joie, elle avait décroché le téléphone pour appeler sa sœur.

Et le manque l'avait cueillie en pleine poitrine, comme un coup de poing.

Lena se tamponna délicatement les yeux en scrutant la photo. Elle comprenait pourquoi Jared l'avait choisie. Sybil était assise sur une couverture, dans le parc, la bouche ouverte, la tête penchée en arrière. Elle riait sans retenue — le genre de manifestation de bonheur rare chez Lena. Les gènes mexicano-américains de leur grand-mère étaient manifestes. La peau de Sybil était cuivrée sous le soleil. Ses cheveux bouclés étaient longs, comme Lena les portait maintenant. Sauf que Sybil n'avait pas les mèches claires de Lena, et certainement pas ses cheveux gris.

A quoi Sybil ressemblerait-elle aujourd'hui ? C'était une question que Lena s'était souvent posée au fil des ans. Elle supposait que c'était une interrogation fréquente quand on perdait un jumeau. Sybil n'avait jamais eu les traits marqués et durs de Lena. Son visage était plus doux, ouvert. Il attirait les gens au lieu de les repousser. Il fallait être idiot pour les confondre l'une avec l'autre.

— Lee ?

Elle leva la tête et soutint le regard de Jared comme s'il était parfaitement normal qu'elle se trouve là, assise en sous-vêtements à pleurer devant son portefeuille ouvert. Il se tenait juste sur le seuil, hésitant à entrer.

Elle demanda :

— C'était qui, cet appel ? Sur ton téléphone ?

— Un numéro masqué, répondit-il en passant les pouces dans sa ceinture à outils et en s'appuyant au chambranle. Tu vas bien ?

— Je suis… euh… fatiguée.

Sa voix s'était étranglée. Une dernière fois, elle baissa les yeux sur la photo avant de refermer le portefeuille. Des larmes roulèrent sur ses joues. Elle serra les dents pour tenter de refouler ses émotions mais, quoi qu'elle fasse, elles bouillonnaient en elle, lui nouaient la gorge et comprimaient sa poitrine comme un étau.

— Lee ?

Il n'entrait toujours pas dans la chambre.

Lena secoua la tête. Elle aurait préféré qu'il s'en aille. Elle n'arrivait pas à le regarder et elle refusait qu'il la voie comme ça. Qu'elle s'effondre, voilà exactement ce qu'il attendait. Ce qu'il espérait.

Ce qu'il *voulait*.

Mais, soudain, quelque chose céda en elle. Un nouveau sanglot lui échappa, profond et lugubre. Elle ne pouvait plus lutter pour les retenir. Au lieu d'attendre que Jared vienne à elle, elle se jeta dans ses bras pour enfouir son visage contre sa poitrine.

— Lena…

Elle l'embrassa. Ses mains trouvèrent son visage, touchèrent sa nuque. Au début, Jared résista, mais c'était un homme de vingt-six ans qui dormait depuis une semaine sur le canapé. Elle obtint très vite une réaction. Ses mains calleuses glissèrent sur le dos nu de Lena. Il la serra contre lui et lui rendit son baiser avec fougue.

Et soudain tout son corps s'arc-bouta.

Un flot de sang envahit la bouche de Lena.

Elle entendit le coup de feu une fraction de seconde plus tard. La balle avait déjà frappé Jared. Il s'effondra contre elle.

Il était trop lourd. Lena trébucha et tomba à la renverse pour se retrouver clouée au sol par le corps inerte de Jared. Elle tenta de le repousser, sans succès.

Lena perçut une sorte de hululement funèbre avant de comprendre qu'il provenait de sa propre bouche. Elle réussit à se dépêtrer du poids de Jared et l'agrippa par son T-shirt pour le tirer hors de la ligne de mire. Elle parvint à le déplacer de quelques centimètres, mais la ceinture à outils se prit dans le tapis.

— Non-non-non, bégaya Lena avant de plaquer les mains sur sa bouche pour faire taire ce bruit.

Dos au mur, elle lutta contre une vague d'hystérie. La vodka et les médicaments revenaient à l'assaut : elle sentit une nausée lui brûler le fond de la gorge. Elle voulut hurler. Elle en avait besoin.

Mais elle ne pouvait pas.

Jared ne bougeait plus. La détonation de l'arme résonnait encore dans les oreilles de Lena. Un fusil à pompe. La chevrotine avait volé dans toutes les directions et s'était enfoncée dans son dos, dans son crâne. Des taches rouge vif avaient fleuri par-dessus la peinture jaune séchée sur son T-shirt. Un des tournevis accrochés à sa ceinture s'était coincé contre sa hanche. Une flaque de sang se répandait sous son corps. Elle posa la main sur sa jambe, sentit sous ses doigts le long muscle de son mollet.

— Jared ? murmura-t-elle. Jared ?

Il n'ouvrit pas les yeux. Des bulles rougeâtres se formaient sur ses lèvres. Sur le sol, ses doigts se contractaient spasmodiquement. Elle distinguait la marque plus claire de l'alliance. En dépit de sa promesse, il l'avait portée.

Lena voulut lui prendre la main, mais recula.

Des pas.

Le tireur s'avançait dans le couloir. Lentement. Méthodiquement. Il portait des bottes. Elle entendait l'écho des talons de bois contre le parquet, puis le frottement de l'avant de la chaussure.

Un pas.

Un autre.

Silence.

Le tireur écarta le rideau de la douche dans la salle de bains du couloir.

Lena explora la chambre du regard. Les armes étaient enfermées dans le coffre-fort. Son téléphone portable était à l'autre bout de la pièce. Ils n'avaient pas de ligne fixe. La fenêtre était trop à découvert. La salle de bains était un piège mortel.

Le portable de Jared.

D'une main, elle remonta le long de sa jambe, vérifia ses poches une à une. Vide. Vide. Toutes vides.

Les pas reprirent, répercutés par les murs du corridor. On aurait dit des brindilles qui se brisaient.

Puis plus rien.

Il s'était arrêté devant la première chambre. Deux bureaux. Des cartons remplis de vieux classeurs. Jared laissait toujours la porte du placard ouverte. Le tireur pouvait voir l'intérieur depuis le couloir.

Il se racla la gorge et cracha par terre. Il voulait faire savoir à Lena qu'il arrivait.

Le dos contre le mur, elle se força à se relever. Elle n'allait pas finir assise. Elle mourrait debout, en se battant pour sa vie. Pour celle de son mari.

Les pas s'interrompirent de nouveau. Le tireur inspectait la pièce suivante. Celle aux murs jaune vif. Jared avait posé la porte du placard sur des tréteaux pour y peindre des petits ballons. Depuis le couloir, on apercevait les motifs qu'il avait tracés au crayon, à main levée. On voyait aussi l'intérieur du placard, vide.

Le tireur reprit sa marche.

Lena tendit une main tremblante vers Jared. Le marteau

avait déjà glissé à moitié hors de la boucle de métal de la ceinture à outils. Du bout des doigts, elle parvint à l'en retirer complètement. Elle empoigna le manche en caoutchouc tiède, presque chaud dans sa paume.

Jared battit des paupières. Il regarda Lena achever de se relever, le dos toujours contre le mur. Dans ses yeux vitreux, elle lut la douleur, une douleur intense qui lui brisa le cœur. Sa bouche s'agita. Lena posa un doigt sur ses lèvres. Elle voulait qu'il se tienne tranquille, qu'il fasse le mort pour éviter qu'on lui tire encore dessus.

Les pas s'arrêtèrent juste avant la porte de la chambre, à moins de deux mètres. L'ombre de l'homme le précédait dans la pièce, recouvrant la moitié du corps de Jared.

Lena fit pivoter le marteau dans sa main pour pointer l'extrémité acérée vers l'avant. Elle entendit l'homme réarmer le fusil à pompe. Le bruit eut l'effet escompté — elle dut lutter pour ne pas retomber à genoux.

Le tireur ne bougeait plus. Son ombre oscillait à peine ; il ne pénétra pas plus loin dans la chambre. Lena se crispa, comptant les secondes. Une, deux, trois. L'homme n'entrait toujours pas. Il restait sur le seuil.

Elle tenta de se mettre dans la tête de l'assaillant, de comprendre ce qu'il pensait. Deux flics. Chacun avec un flingue dont il ne s'était pas servi. Un des deux à terre. L'autre n'avait pas bougé, pas riposté, pas hurlé ni sauté par la fenêtre, pas plus qu'il ne s'était jeté sur lui.

Lena tendit l'oreille. Rien que le silence. Ils attendaient tous les deux.

Enfin, le tireur avança d'un pas — un mouvement bref, hésitant. Puis un autre. La première chose que vit Lena, ce fut le bout du canon. Scié. Le métal était découpé de façon irrégulière et limé grossièrement. Il y eut une pause, un léger mouvement le temps que le tireur pivote sur le côté. Lena aperçut la main qui tenait le canon. Elle était tatouée — un crâne noir sur fond de tibias croisés ornait la peau entre le pouce et l'index.

Un dernier pas prudent.

Tenant le marteau à deux mains, Lena l'abattit sur le visage de l'homme.

La griffe de l'outil se ficha dans son orbite. Elle entendit l'os craquer tandis que la pointe de métal acérée s'enfonçait dans son crâne. La décharge du fusil à pompe retentit, découpant un trou dans le mur. Lena tenta de retirer le marteau pour frapper de nouveau, mais la dent de l'outil était coincée. L'homme chancela, voulut se rattraper à la porte. Ses doigts se refermèrent sur le poignet de Lena. Le sang dégoulinait de son œil, coulait sur sa bouche et dans son cou.

C'est alors que Lena aperçut le deuxième homme. Il se précipitait vers eux dans le couloir, brandissant un Smith & Wesson à cinq coups. Lena tira sur le manche du marteau et s'en servit comme d'un crochet pour ramener le premier tireur devant elle et s'en faire un bouclier. Trois coups de feu claquèrent l'un après l'autre ; le corps du premier tireur les encaissa tous. Lena le repoussa alors violemment vers le deuxième assaillant. Les deux hommes s'affalèrent au sol. Le S&W glissa sur le parquet.

D'un seul geste, Lena ramassa le fusil. Elle appuya sur la détente, mais l'arme s'était enrayée. Au moment où elle actionnait la pompe pour dégager la chambre, le deuxième type parvint à se relever. Il plongea vers elle, et ses doigts effleurèrent le canon scié, mais il retomba sur un genou.

Jared avait agrippé sa cheville, et il tenait bon, le bras tremblant sous l'effort. L'homme recula pour lui assener un coup de poing sur la tempe.

Lena fit sauter le fusil à pompe pour l'empoigner par le canon. S'en servant comme d'une batte de base-ball, elle cogna l'homme à toute volée en plein visage. Du sang et des dents s'envolèrent quand sa mâchoire se déboîta. Il s'effondra d'un seul coup.

— Jared ! hurla Lena en tombant à genoux près de lui. Jared !

Il gémit et cracha un peu de sang. Son regard était vide, absent.

— Ça va aller, dit-elle. Ça va aller.

Il toussa. Un frisson parcourut son corps, suivi d'une longue convulsion.

— Jared ! hurla-t-elle derechef, la vision brouillée par les larmes. Jared !

Elle prit son visage entre ses mains et l'implora :

— Regarde-moi. Regarde-moi, je t'en prie.

Un mouvement. Elle le perçut du coin de l'œil. Le deuxième homme rampait vers le lit pour tenter de récupérer le revolver. La moitié du corps paralysée, il se traînait sur un bras, un cafard blessé laissant derrière lui une traînée de sang.

Lena sentit son cœur cesser de battre. Quelque chose avait changé. D'un seul coup, l'air semblait différent. Le monde s'était arrêté de tourner.

Elle regarda son mari, allongé par terre.

Son corps était maintenant inerte. Ses yeux étaient presque clos. Elle toucha son visage, sa bouche. Sa main tremblait si fort qu'elle lui donnait des petites tapes sans le vouloir.

Sybil. Jeffrey. Le bébé.

Leur bébé.

Lena se releva.

Elle bougeait comme une machine. Le marteau était toujours planté dans le visage du premier homme. Elle lui posa un pied sur le front, prit le manche à deux mains et tira jusqu'à ce que la griffe du marteau se libère.

Le cafard rampait toujours vers le lit, centimètre par centimètre. Elle prit tout son temps, attendant qu'il arrive tout près de l'arme avant de lui tomber dessus, un genou dans son dos. Elle sentit les côtes craquer sous son poids. Des morceaux de dents brisées brillaient sur ses lèvres comme des gravillons mouillés.

Lena brandit le marteau au-dessus de sa tête avant de l'abattre sur la colonne vertébrale de l'homme avec un craquement sinistre. Il hurla, agitant les bras et ruant sous elle, mais Lena tint bon, l'esprit concentré, le corps pétrifié par la rage. Elle leva de nouveau le marteau, très haut, et visa l'arrière du crâne. Mais, soudain, tout se figea.

L'outil ne bougeait plus. Il était coincé en l'air.

Lena tourna la tête. Il y avait un troisième homme. Il était grand et mince, et ses mains puissantes retenaient le marteau. Le coup fatal.

Elle était trop choquée pour réagir. Elle connaissait cet homme. Elle savait très bien qui il était.

Il était habillé comme un motard — un bandana autour du crâne, une chaîne accrochée à son ceinturon de cuir. Il porta un doigt à ses lèvres, exactement comme elle l'avait fait à l'intention de Jared quelques instants plus tôt. Son regard la mettait en garde. Sous cette expression, elle distingua une peur authentique.

Lentement, Lena reprit ses esprits. D'abord, ce furent les bruits — le son rauque de sa respiration haletante. Puis vint la douleur, celle de ses muscles tendus à craquer, la peau brûlée de ses mains là où elle avait empoigné le canon du fusil à pompe. L'odeur âcre de la mort envahit ses narines. Et, juste en dessous, elle sentit le parfum de la route, ces relents familiers de gaz d'échappement, d'huile et de sueur que Jared rapportait chaque soir à la maison.

Jared.

Le dos de son T-shirt trempé lui collait à la peau. Les taches de peinture jaune avaient disparu — elles étaient maintenant aussi noires que ses cheveux. Noires de sang.

Lena s'effondra. La lutte l'avait vidée de toutes ses forces. Elle abaissa le marteau, le laissa tomber sur le parquet.

Des sirènes perçantes retentissaient — une, deux, trois, plus qu'elle ne pouvait en compter.

Quelque part, dehors, une voix rauque lança :

— Mec, t'es où ?

Les sirènes se faisaient plus fortes. Plus proches.

Will Trent regarda Lena une dernière fois avant de quitter la pièce.

2

JEUDI
Atlanta, Géorgie

Dans tous les hôpitaux du monde, les ascenseurs sont réputés pour tomber en panne à tout bout de champ, mais le Dr Sara Linton trouvait ceux du Grady Memorial d'Atlanta particulièrement vétustes. Néanmoins, comme un joueur invétéré devant une machine à sous, elle ne pouvait s'empêcher d'appuyer à chaque fois sur le bouton d'appel au cas où les portes s'ouvriraient par miracle à son étage.

— Allez, grommela Sara, les yeux rivés sur les numéros affichés au-dessus de l'ascenseur, priant pour qu'ils s'arrêtent sur le sept.

Les mains dans les poches de sa blouse blanche, elle vit l'affichage numérique indiquer dix, puis neuf, avant de s'immobiliser sur le huit.

Sara tapa du pied, regarda sa montre. Puis elle vit Oliver Gittings trottiner vers elle, et cette vision la remplit d'appréhension.

En tant que pédiatre titulaire des urgences de l'hôpital Grady, Sara était responsable de plusieurs étudiants qui — en dépit de pas mal de preuves donnant à croire le contraire — se figuraient qu'ils deviendraient un jour des médecins. Les gardes de nuit étaient particulièrement pénibles. Ça devait être la lune qui transformait leur petit cerveau en bouillie. Sara se demandait souvent comment certains d'entre eux parvenaient à s'habiller tout seuls et par quel miracle ils avaient pu entrer en fac de médecine.

Oliver Gittings était un des meilleurs exemples. Ou un des pires, c'était selon. Au cours des huit dernières heures, il avait réussi à se renverser un échantillon d'urine dessus et à se coudre accidentellement une compresse stérile sur la manche de sa blouse. En tout cas, elle espérait que c'était accidentel.

Il lança :

— Docteur Linton…

— Suivez-moi, répliqua Sara en abandonnant l'ascenseur pour se diriger vers les escaliers.

— Je suis content de vous avoir trouvée, fit Oliver en courant à ses trousses comme un chiot enthousiaste. On a un cas intéressant.

Oliver trouvait tous ses cas intéressants.

— Faites-moi un topo, demanda-t-elle.

— Fillette de six ans, commença l'externe en tirant deux fois sur la poignée de la porte avant de se rendre compte qu'il fallait pousser. La maman dit que la petite s'est réveillée au milieu de la nuit pour demander un verre d'eau. Elles descendent l'escalier. La petite tombe. La mère la retient par le bras. Elle entend un craquement. La petite se met à crier. La mère débarque ici sur-le-champ.

Sara passa la première pour descendre.

— Les radios montrent une fracture spiroïde ?

— Oui. La petite avait un bleu sur le bras, juste là…

Elle dut tourner la tête pour voir l'endroit qu'il lui indiquait.

— Et donc vous soupçonnez une maltraitance. Vous avez demandé un bilan radiologique ?

— Oui, mais la radio est débordée. Ma garde est presque

terminée, alors je me suis dit : autant prendre les devants et appeler la DFACS pour ne pas laisser traîner.

Sara s'arrêta net. Il parlait de la Division of Family and Children Services, le service de protection de l'enfance. Elle répéta :

— Prendre les devants… en signalant la mère ?

Oliver haussa les épaules comme si ça n'avait aucune importance.

— La petite est trop calme. La mère est agitée, irritable. Tout ce qu'elle veut savoir, c'est quand elles pourront s'en aller.

— Depuis quelle heure sont-elles ici ?

— Sais pas. Je crois qu'elle est arrivée à l'accueil vers 1 heure du matin.

Sara regarda sa montre.

— Il est 5 h 58. Elles ont passé la nuit ici. A leur place, moi aussi j'aurais envie de partir. Quoi d'autre ?

Pour la première fois, Oliver sembla douter un peu de lui-même.

— Eh bien, la fracture…

Sara reprit sa descente.

— Il n'y a aucune fracture caractéristique de maltraitance. Mais, à partir du moment où vous avez appelé la DFACS, ça devient une affaire juridique. Si cette mère frappe sa gamine, vous devez tout faire pour qu'elle ne puisse pas s'en tirer comme ça. Donc, vous aurez besoin de preuves. La petite avait-elle l'air de craindre sa mère ? Est-ce qu'elle vous a regardé dans les yeux, est-ce qu'elle a répondu à vos questions ? Y a-t-il d'autres bleus ? Des retards dans le développement ? Des problèmes d'énurésie ? Des visites fréquentes aux urgences ? Comment présente-t-elle de façon générale ?

Comme Oliver ne répondait pas tout de suite, elle insista :

— La petite ? A-t-elle l'air en bonne santé ? Bien nourrie ?

— Oui, mais…

— Stop.

Sara n'avait pas l'intention d'engager un débat. Elle vérifia de nouveau sa montre.

— Le Dr Connor va venir me relever, mais vous avez tous mes numéros. Demandez un bilan radiologique pour vérifier qu'il n'y a pas d'antécédents de fractures. Prévenez la sécurité de garder un œil sur la mère, et téléphonez aux autres services d'urgences pour savoir s'ils connaissent la petite.

Sara adopta une voix moins sèche pour lui montrer qu'elle lui apprenait quelque chose, pas qu'elle cherchait à le punir.

— Oliver, seulement soixante-cinq pour cent des cas de maltraitance familiale sont repérés aux urgences. Si vous restez en pédiatrie, vous rencontrerez ça toutes les semaines. Je ne dis pas que vous vous trompez. Je dis seulement que vous devez bien connaître toutes les données avant de chambouler la vie de cette gamine. Et celle de sa mère.

— Oui, madame.

Il dévala les escaliers, les poings fourrés dans les poches de sa blouse. Sara ne le suivit pas immédiatement, consciente que l'ego d'Oliver était déjà assez fragile et qu'il valait mieux lui laisser un peu de champ. Au lieu de descendre sur ses talons, elle s'assit donc sur la dernière marche pour consulter son téléphone — le BlackBerry de l'hôpital. Elle dut se retenir de fermer les yeux devant l'avalanche de courriers administratifs débiles qui polluaient sa boîte mail. Rendez-vous, conférences, demandes refusées, et nouvelles procédures pour formuler une demande, s'inscrire à une conférence et prévoir un rendez-vous.

Elle fouilla dans son autre poche pour en tirer son téléphone personnel et ranger le BlackBerry. Là, c'était beaucoup mieux. Son père lui avait envoyé une blague entendue dans un Waffle House. Sa mère lui faisait suivre une recette qu'elle n'essaierait jamais. Il y avait un long mail de sa sœur avec une photo de sa nièce Izzie en pièce jointe. Elle cocha la case « A lire », le gardant pour plus tard. Le message suivant était un MMS de son petit ami. Une heure plus tôt, il lui avait envoyé une photo de son petit déjeuner : six mini-donuts au chocolat, un hamburger œuf-fromage et un grand Coca. Elle se demanda qui de lui ou d'elle ferait une crise cardiaque en premier.

La porte s'ouvrit d'un seul coup. Le Dr Felix Connor passa la tête dans la cage d'escalier et dévisagea Sara d'un air suspicieux.

— Pourquoi as-tu l'air aussi joyeuse ?

— Parce que tu arrives enfin et que je peux rentrer chez moi ?

— Laisse-moi le temps de passer aux gogues.

Sara se releva et rangea le téléphone dans sa poche. Oliver n'était pas le seul à qui il tardait de débarrasser le plancher. A cause d'une épidémie de gastro qui traînait à l'hôpital, Sara avait eu le plaisir d'enchaîner plusieurs nuits de garde. Ça finissait par lui donner l'impression d'être punie pour sa bonne santé.

Maison. Dormir. Silence. En traversant les urgences, elle était déjà en train de prévoir ce qu'elle allait faire. Vu les horaires de dingue qu'elle venait de subir, elle avait quatre jours de liberté devant elle. Elle pourrait lire. Aller courir avec ses chiens. Rappeler à son petit ami pourquoi ils étaient ensemble.

A cette dernière pensée, son sourire s'élargit encore, ce qui lui attira quelques regards curieux. Il n'y avait pas grand monde qui affichait ouvertement sa joie au Grady, le dernier hôpital public d'Atlanta. Le personnel avait plutôt le comportement et l'apparence d'anciens combattants. Si la médecine était comme la guerre, le Grady ressemblait à Guadalcanal. Coups de couteau, passages à tabac, empoisonnements, viols, fusillades, meurtres, overdoses.

Et ça, c'était juste en pédiatrie.

Sara fit une halte au bureau des infirmières pour consulter

sur l'ordinateur le dossier de la patiente d'Oliver. Les rayons X montraient clairement l'endroit où l'humérus droit de la fillette avait été tordu. Soit la mère avait dit la vérité sur ce qui s'était produit dans l'escalier, soit elle était assez maligne pour fabriquer un mensonge convaincant.

Sara leva la tête pour scruter la salle d'attente, qui, bien entendu, accueillait déjà le flot des clients habituels. Plusieurs ivrognes venus se réfugier là pour cuver. Un junkie qui menaçait de se suicider chaque fois qu'il se faisait arrêter. La vieille SDF dont la place était dans un asile, mais qui savait gruger le système pour rester dans la rue. La gamine d'Oliver dormait, recroquevillée sur la dernière civière libre. Sa mère était installée sur une chaise à côté d'elle. Elle était assoupie elle aussi, mais sa main tenait celle de sa fille. Elle n'avait pas encore remarqué le type de la sécurité qui veillait à quelques pas d'elles.

Comme souvent, Sara souhaita que la nature ait conçu un système pour alerter le reste du monde sur les individus qui battaient leurs enfants. Une lettre écarlate. Une marque de la bête. Un signe quelconque pour que les honnêtes gens sachent qu'il ne fallait pas faire confiance à ces monstres.

Jusqu'à récemment, Sara avait vécu dans une petite ville à quatre heures de route au sud d'Atlanta. Elle avait partagé son temps entre un poste de pédiatre pour le comté et un travail de médecin légiste. La blague préférée de son père, à l'époque, c'était qu'entre ces deux boulots elle traitait à la fois les arrivées et les départs. C'était certainement vrai ; mais surtout, trop souvent, Sara s'était ainsi trouvée en position de découvrir par elle-même les horreurs infligées aux enfants. Les rayons X qui montraient des fractures répétées. Les radios qui révélaient des dents gâtées à force de négligence. La peau marquée pour toujours par les brûlures et les coups.

Depuis qu'elle vivait à Atlanta, Sara avait acquis des connaissances supplémentaires dans ce domaine, parce qu'elle sortait avec un homme qui avait grandi dans un orphelinat. Son petit ami n'aimait pas parler de son enfance. Quand elle touchait les cicatrices des brûlures de cigarettes sur sa poitrine ou quand, en l'embrassant, elle sentait l'endroit où un coup de poing avait fendu sa lèvre en deux, elle ne pouvait qu'imaginer l'enfer auquel il avait survécu.

Pourtant, il pouvait arriver bien pire à un enfant. Le système avait de nombreux défauts, mais il avait aussi une raison d'être.

— J'aimerais bien que tu m'effaces ce sourire, lança Felix Connor de retour des toilettes, s'essuyant les mains avec une serviette en papier. Si tu veux savoir, cette gastro est une vraie cochonnerie et je n'en suis toujours pas tout à fait débarrassé.

— Mieux vaut être malade au boulot qu'à la maison, répliqua-t-elle d'un ton léger.

— C'est ce que tu dis à tes patients ?

— Seulement aux bébés.

Avant que Felix n'ait eu le temps d'inventer une excuse pour rentrer chez lui, Sara se mit à lui exposer ses dossiers en cours. Elle était en train de conclure sur les détails de la patiente d'Oliver quand elle sentit un picotement sur sa nuque, comme si quelqu'un la regardait. Elle jeta un rapide coup d'œil par-dessus son épaule, puis se retourna à moitié quand elle reconnut son petit ami.

Will Trent était appuyé contre le mur, vêtu d'un costume trois pièces anthracite qui tombait parfaitement sur son corps élancé. Il avait les mains dans les poches. Ses cheveux blonds, humides, bouclaient déjà sur sa nuque et tombaient presque sur son col.

Il lui sourit.

Elle lui rendit son sourire avec un pincement au cœur familier. Elle connaissait Will depuis deux ans — elle l'avait rencontré ici même —, mais leur relation n'avait que récemment dépassé le stade professionnel. La profondeur de ses sentiments pour lui constituait un cadeau inattendu. Sara avait perdu son mari cinq ans plus tôt, et elle avait sincèrement cru qu'elle finirait sa vie toute seule.

Et puis elle avait rencontré Will.

— Felix, je…, commença-t-elle.

Mais son collègue était déjà parti.

Will s'écarta du mur pour s'avancer vers elle.

— Tu es superbe.

Elle sourit de nouveau devant ce mensonge manifeste.

— Qu'est-ce que tu fais ici ? Je croyais que tu travaillais.

— J'ai un rendez-vous de boulot, mais dans une heure.

— Tu as le temps pour un deuxième petit déjeuner ?

Will secoua la tête, lentement. Sara comprit qu'il ne venait pas simplement lui rendre une petite visite.

— Ah. Il y a un problème ? demanda-t-elle.

— On peut en discuter ailleurs ?

Sara l'entraîna vers la salle de repos des médecins. Il se trouvait à moins de dix mètres, mais ça n'empêcha pas l'inquiétude de la gagner.

Will était agent spécial au GBI, le Georgia Bureau of Investigation. Depuis dix jours, il était en mission infiltrée. Il ne pouvait pas — ou ne voulait pas — parler des détails de son enquête avec Sara, mais il lui téléphonait avec des numéros étranges et débarquait à des heures impossibles. Elle ignorait complètement d'où il venait et où il allait, et chaque fois qu'elle posait la question il changeait de sujet ou bien trouvait une raison de s'en aller. Quand elle n'était pas dominée par l'agacement que ça lui causait, elle avait peur que quelque chose de grave ne lui arrive. Ou ne soit déjà arrivé. Feu le mari de Sara avait été flic lui aussi. Il avait trouvé la mort en service, et le perdre avait failli la tuer. L'idée qu'il survienne la même chose à Will lui était insupportable.

— Je t'en prie…

Will lui tint la porte pour entrer. Par chance, la salle

de repos était vide. Il attendit qu'elle soit installée devant la table basse pour tirer une chaise et s'asseoir à son tour.

Elle répéta :

— Il y a un problème ?

Sans répondre, il lui prit la main. Elle le regarda lui caresser la paume, remontant vers l'intérieur de son poignet. Les yeux bleu profond de Will étaient eux aussi rivés sur le mouvement de ses doigts, et quelque chose dans la façon dont il s'observait en train de la toucher fit naître un frisson délicieux sur la peau de Sara.

Elle lui immobilisa la main. La dernière chose dont elle avait besoin, c'était qu'un de ses étudiants entre et la trouve en train de ronronner comme un chat. Qui plus est, elle commençait à connaître les tactiques de Will.

Elle se pencha en avant.

— C'est quoi, alors ?

Il eut un demi-sourire.

— La diversion n'a pas marché ?

— Elle a failli, avoua-t-elle.

Avec un long soupir, Will annonça :

— Ma mission vient de se compliquer un peu.

Sara s'y attendait, mais il lui fallut tout de même quelques instants pour assimiler l'information. Il continua :

— Je ne peux pas te dire pourquoi, mais je vais devoir y consacrer plus de temps. Je ne pourrai pas revenir aussi souvent à Atlanta. On se verra moins.

Elle n'était pas certaine qu'il lui soit réellement interdit de parler davantage de sa mission, mais elle n'avait aucune envie de gâcher un des rares moments qu'ils passaient ensemble avec une discussion déjà rebattue et sans issue. Elle dit simplement :

— D'accord.

— Super.

Il baissa de nouveau les yeux sur ses mains. Sara suivit son regard. Ses mains étaient bronzées, mais seulement jusqu'aux poignets. Ses cheveux étaient striés de mèches plus claires. Quelle que soit sa mission, Will passait beaucoup de temps au soleil.

— Ce que je voulais te dire, poursuivit-il, c'est que je ne veux pas que tu croies que je m'éloigne. Ou que je…

Les mots moururent sur ses lèvres.

— Je veux dire, ce qu'il y a entre nous… ce qu'on fait ensemble…, reprit-il, avant de marquer une nouvelle pause.

Sara attendit.

— Je ne veux pas que tu prennes mon absence pour…

Il fixa ses mains, cherchant l'expression appropriée.

— … pour un manque d'intérêt ? Parce que je le suis. Intéressé, je veux dire.

Sara regardait le sommet de son crâne, la façon dont naissait son épi en spirale. Dans un futur proche, il viendrait un moment où elle ne pourrait plus se contenter de ses excuses. Soit il s'ouvrirait davantage à elle, soit elle aurait à en tirer des conclusions. Plus elle y réfléchissait, plus Sara sentait que la croisée des chemins se rapprochait. Du coup, elle cessa d'y réfléchir. A la place, elle dit :

— Promets-moi seulement que, quoi que tu fasses, tu seras prudent.

Il hocha la tête. Elle aurait préféré qu'il prononce les mots. Will n'était pas le seul agent spécial en couple. Le GBI était pour l'Etat de Géorgie l'équivalent du FBI pour les Etats-Unis. Sauf dans les affaires de trafic de drogue ou d'enlèvements d'enfants, l'agence devait attendre qu'on réclame spécifiquement son intervention — une demande que les polices locales avaient tendance à ne formuler qu'en tout dernier recours.

Donc, quoi qu'elle y fasse, elle savait que Will devait être aux prises avec une affaire trop délicate pour les policiers locaux. Pire, le fait d'être infiltré signifiait qu'il n'avait pas d'équipier pour l'épauler. Il était entièrement seul, sans doute entouré d'hommes avec des passés de violence et d'addiction.

Will demanda :

— Ça ira, alors ?

Sara pinça les lèvres pour refouler la phrase qu'elle aurait voulu prononcer.

— Bien sûr que ça ira.

— Bien.

Will se laissa aller contre le dossier de sa chaise avec un soulagement quasi palpable. Une nouvelle fois, Sara se demanda comment un homme qui avait passé sa vie d'adulte à résoudre des enquêtes policières pouvait se montrer aussi délibérément obtus dans sa vie privée. Elle s'enquit :

— Ça prendra combien de temps ?

— Deux semaines, peut-être trois.

Elle attendit qu'il en dise plus, mais il se contenta de se taire et de détourner le regard — un geste artificiel, comme s'il tentait de suivre une liste de mouvements à accomplir. Cligner des yeux. Se gratter la mâchoire. Feindre de s'intéresser aux affiches sur le mur.

Sara se retourna pour observer celles qui semblaient avoir attiré son attention. Les décorations habituelles pour un hôpital : avertissements contre le SIDA et l'hépatite C à côté d'une bande dessinée sur l'hygiène avec Bob l'éponge, ornée de graffitis licencieux.

Sara se tourna de nouveau vers lui. Les petits jeux passifs-agressifs n'avaient jamais été son fort.

— Est-ce qu'on peut au moins s'avouer qu'il se passe quelque chose ? Parce que je le sens, Will. Il se passe quelque chose de grave et tu ne m'en parles pas pour ne pas m'inquiéter.

A sa décharge, il n'essaya pas de protester.

— Tu te sentirais mieux ?

Comme elle acquiesçait, il ajouta :

— D'accord.

Sara se mordilla la lèvre. Elle attendait la suite, mais se souvint qu'elle avait eu l'intention de sortir de cet hôpital avant d'avoir atteint l'âge de la retraite.

— C'est tout ? demanda-t-elle.

Il haussa les épaules. Elle se sentit trop épuisée pour continuer à pousser son rocher de Sisyphe.

— Tu me rends folle, tu sais ?

— C'est bien, non ?

Elle serra sa main dans la sienne.

— Non, pas vraiment.

Il se mit à rire, même s'ils savaient tous les deux qu'elle ne plaisantait pas. Il reprit :

— Tu sais que Bob l'éponge s'est fait arrêter par la police à l'aéroport ?

— Will…

— C'est vrai. Ils l'ont dit au journal ce matin.

Sara grogna.

— Exhibition ?

— Evidemment, mais pas que. On dit qu'il est mouillé jusqu'au cou dans une affaire de blanchiment.

Elle secoua la tête.

— C'est nul.

— Oui, mais tu sais quoi ?

Il s'arrêta un instant pour ménager son effet.

— Il paraît que, s'il accepte de baver, la police est prête à passer l'éponge.

Elle secouait toujours la tête.

— Ça t'a pris combien de temps pour la trouver, celle-là ?

Will se pencha pour l'embrasser — pas juste un baiser d'excuse, pas un effleurement des lèvres pour prendre congé, mais quelque chose de plus long, plus grave.

Sara eut le temps de penser que tout le personnel des urgences se trouvait de l'autre côté de la porte et que n'importe qui pouvait entrer à tout moment, mais le baiser se fit plus intense et elle oublia tout. Il s'avança, posant un genou sur la table basse pour la prendre dans ses bras, la pressant contre le dossier de sa chaise à lui en faire tourner la tête.

— J'veux du Jell-O ! gueula un homme dans la salle d'attente des urgences.

Sara sursauta, Will recula. Il s'essuya les lèvres du revers de la main.

— Désolée, s'excusa-t-elle comme si elle pouvait contrôler les patients.

Elle rajusta le col de la chemise de Will, lissa sa cravate, sentant au passage son pouls battre dans son cou — fort, comme le sien.

— Les ivrognes se réveillent.

— Moi aussi, j'aime bien le Jell-O.

— Will…

— Il vaudrait mieux que j'aille bosser, annonça-t-il en se redressant et en époussetant ses genoux. Tu n'oublies pas ce que je t'ai dit, d'accord ? Je n'ai pas l'intention de te laisser.

Il grimaça un sourire avant de poursuivre :

— Enfin si, je m'en vais maintenant, mais je reviendrai. Dès que je peux. D'accord ?

Le cerveau de Sara se remplit instantanément de toutes les choses qu'elle aurait pu exiger — elle voulait qu'il lui promette qu'il ne se mettrait pas en danger, qu'il lui jure que tout irait bien. Elle savait que ces serments seraient au mieux vains, au pire dangereux. La dernière chose dont un flic avait besoin quand il se trouvait dans la ligne de tir, c'était de se demander si sa petite copine serait d'accord ou non.

Pour finir, elle se contenta de répondre :

— D'accord.

Il lui sourit, mais de nouveau Sara perçut que quelque chose n'allait pas. Elle le voyait dans ses yeux — une hésitation, une inquiétude. Pourtant, comme toujours, Will ne lui laissa pas le temps de poser des questions.

Quand il ouvrit la porte pour sortir, elle aperçut le

couloir. Il était bondé. La fournée du matin était arrivée. La cacophonie des alarmes et des machines était de retour. Les patients allongés sur des civières encombraient déjà le passage. L'ivrogne réclamait toujours du Jell-O à grand renfort de hurlements ; un autre lui gueula de la fermer avant d'ajouter qu'il voulait lui aussi du Jell-O.

En silence, Sara croisa les mains sur ses genoux, se repassant la conversation avec Will. Qu'avait-il voulu lui dire réellement ? Pourquoi être venu à l'hôpital alors qu'il aurait pu se contenter de téléphoner ? Au moins, il avait admis qu'il se passait quelque chose. Il était parfois complètement insondable et, à sa grande honte, Sara devait bien admettre qu'il la manœuvrait à sa guise.

Elle posa un doigt sur ses lèvres, là où Will l'avait embrassée. Etait-ce ça, le but de sa visite — l'embrasser ? L'embrasser pour s'assurer qu'elle ne l'oublie pas pendant son absence ? Ou bien marquait-il son territoire avant de partir ? Une seule de ces options était flatteuse.

Le portable de Sara se mit à vibrer. Elle plongea la main dans sa poche pour le chercher à tâtons. Elle pensait — elle espérait — que ce serait Will, mais l'écran affichait comme localisation COMTÉ DE TALLADEGA. Ces dernières semaines, il l'avait appelée de pas mal d'endroits bizarres, mais jamais depuis l'Alabama. Elle décrocha.

— Allô ?

Pas de réponse, juste un bourdonnement sourd.

Elle essaya encore :

— Allô ?

Toujours pas de réponse, mais le bourdonnement s'intensifia, plus animal qu'électronique.

— Allô ?

Elle faillit couper la communication, mais sans raison une image lui vint à l'esprit — Will sur le trottoir, le corps déchiqueté. Elle se leva de sa chaise.

— Will ?

Au bout du fil, comme un souffle d'air.

— Allô ?

Elle ouvrit la porte à la volée et se précipita dans le couloir, manquant entrer en collision avec un patient. C'était ridicule. Will allait bien. Il était parti depuis moins de deux minutes. Elle sentait encore ses lèvres sur les siennes.

— Allô ? répéta-t-elle en pressant le téléphone contre son oreille. Qui est à l'appareil ?

— S-S-Sara ?

Sa correspondante parvenait à peine à parler. Sara plaqua une main sur ses yeux, envahie d'une sensation de soulagement.

— Oui ?

— Ici… ici… désolée, c'est…

— Nell ?

Les pièces s'emboîtèrent enfin dans la tête de Sara. Elle reconnut la voix de celle qui avait été la fiancée de son mari à l'époque de la fac. Jeffrey Tolliver avait eu un enfant avec Darnell Long, mais leur histoire s'était arrêtée là.

— Nell ? répéta Sara. Tout va bien ?

— C'est Jared ! gémit la femme. Oh, mon Dieu…

Sara dut s'appuyer contre le mur. Jared, son beau-fils. Elle ne l'avait rencontré qu'à quelques occasions. Il était officier de police, comme son père jadis.

— Je ne voulais pas… J'aurais dû…

La voix de Nell se brisa.

— Nell, je vous en prie. Dites-moi ce qui…

— J'aurais dû vous écouter ! cria la femme. Elle a fini par le faire… Mon Dieu…

— M'écouter à quel…

Sara se tut. Elle savait exactement de qui parlait Nell.

Lena Adams.

Le mari de Sara avait formé Lena dès sa sortie de l'académie de police. Il l'avait prise sous son aile et l'avait propulsée au rang de détective. Et, en retour de la confiance que Jeffrey Tolliver lui avait témoignée, Lena Adams avait causé sa mort.

Nell sanglotait.

— Mon Dieu, Sara ! Je vous en supplie…

— Nell, parvint à lâcher Sara en dépit de sa gorge nouée. Dites-moi. Dites-moi ce qui est arrivé.

Mais l'autre était trop hystérique pour lui répondre.

— Pourquoi ne vous ai-je pas écoutée ? Pourquoi ne le lui ai-je pas interdit ? Pourquoi…

Sa phrase se perdit dans une plainte à vous briser le cœur.

Sara se força à reprendre une respiration. Sa poitrine tremblait, comme ses mains — tout son corps vibrait sous l'effet de la terreur.

— Nell, je vous en prie. Dites-moi juste ce qui s'est passé.

3

Debout dans le bureau de sa supérieure, au dernier étage du City Hall East, Will regardait la ville. Atlanta s'éveillait à peine. Le soleil pointait au-dessus des gratte-ciel, les cadres arrivaient au boulot dans leur BM et leur Audi, klaxonnant dans les embouteillages. Sur le trottoir d'en face, des dizaines d'hommes faisaient la queue devant le Home Depot. Will observait le ballet des fourgons qui s'arrêtaient devant eux. Une main sortait par la fenêtre et désignait des gars dans la file. Alors deux, trois ou parfois quatre d'entre eux montaient à l'arrière et partaient bosser pour la journée.

Will aurait pu avoir cette vie-là. Au foyer pour enfants d'Atlanta, on ne s'occupait pas vraiment d'orientation. Quand Will avait atteint ses dix-huit ans, on lui avait remis cent dollars et un plan pour se rendre au foyer des sans-abri. Ensuite, il avait passé de longs mois à monter et à descendre de ce genre de fourgons pour aller travailler sur des chantiers ou pour n'importe quel job qui se présentait. Il avait eu beaucoup de chance que les bonnes personnes interviennent pour lui. Sans elles, il n'aurait jamais pu intégrer le GBI. Il n'aurait pas pu avoir sa maison, sa voiture, sa vie.

Il n'aurait pas eu Sara.

Will se détourna de la fenêtre pour observer le bureau d'Amanda Wagner, lequel n'avait pas beaucoup changé depuis quinze ans qu'il travaillait pour elle. Certes, il avait été déménagé plusieurs fois et l'électronique était devenue moins encombrante à mesure que son chef gravissait les échelons jusqu'à la tête du GBI, mais la décoration restait toujours la même : les photos sur le mur, le tapis oriental sous son bureau mastoc. Même son fauteuil était toujours ce vieux truc en cuir et bois grinçant, semblable à celui contre lequel se débat le personnage de George Bailey dans *La vie est belle.*

Contre le mur, le téléviseur à écran plat était une de ses rares concessions à la modernité. Will saisit la télécommande et fit défiler toutes les chaînes d'info d'Atlanta pour voir si on parlait déjà de ce qui s'était produit la nuit précédente à Macon. A moins de deux heures de route de la capitale de l'Etat, Macon était une ville d'une relative importance, avec plus de cent cinquante mille habitants et un pôle universitaire en plein essor. Comme elle se situait en plein cœur de l'Etat, elle apparaissait comme un bon compromis pour les gens qui trouvaient Atlanta trop agité et les bourgades plus petites trop calmes. Par bien des aspects, Macon était plus représentatif de la Géorgie qu'Atlanta. On y trouvait des musées jouxtant des magasins d'articles de seconde main ; à quelques blocs près, des universités techniques reconnues voisinaient avec des écoles qui enseignaient le créationnisme. L'office de tourisme vantait aussi bien le musée afro-américain Tubman que la Hay House, une imposante demeure de mille cinq cents mètres carrés construite avant la guerre de Sécession par celui qui, dit-on, fut le gardien du trésor des Confédérés.

Apparemment pourtant, les chaînes d'info d'Atlanta ne trouvaient pas Macon si intéressant que ça. Will éteignit la télévision et reposa la télécommande sur le bureau d'Amanda. *Méfie-toi de ce que tu désires*, pensa-t-il. C'était sans doute juste une question de temps avant que les détails les plus sanglants sur l'agression dont avait été victime Jared Long ne fassent la une. Les rédactions d'Atlanta n'étaient peut-être pas encore au courant, voilà tout. Parfois, il fallait une éternité pour passer un simple coup de fil, pour que les gens apprennent que leur vie avait changé irrémédiablement.

Will était assis dans sa voiture devant le Grady Memorial quand Sara avait appelé. Jusque-là, il n'avait jamais été le confident attitré de quelqu'un. Désormais, quand quelque chose tournait mal, c'était à lui qu'elle pensait.

Elle pleurait. Elle avait dû s'y reprendre à plusieurs fois pour lui raconter toute l'histoire. Ce qu'elle ne pouvait pas savoir, c'est qu'il était déjà au courant. Qu'il aurait même pu lui fournir certains détails qu''elle ignorait.

On avait tiré sur Jared.

Le pronostic vital était engagé.

Lena était mêlée à ça d'une façon ou d'une autre.

Les yeux dans le vague, sans rien voir à travers le pare-brise, il avait écouté Sara dérouler son récit entrecoupé de sanglots. En esprit, il avait revu l'image de Lena dans cette chambre de cauchemar. A moitié nue. Couverte de sang. Cette nuit-là il s'était précipité dans le couloir en se cognant aux murs, paniqué, avec l'impression de se trouver dans un film au ralenti. Lena plantait son genou dans le dos du type, brandissait le marteau au-dessus de sa tête. Le ralenti se faisait encore plus marqué après le premier coup de marteau. Le couloir devenait interminable, comme si Will avait couru pour escalader une montagne de sable. Il s'approchait, et pourtant chaque pas semblait l'éloigner d'elle.

Mais Sara ne savait rien de tout ça. Elle savait seulement que Jared avait été blessé par balle. Qu'une nouvelle fois Lena Adams s'était trouvée aux côtés d'un homme de bien sur qui on avait tiré. Cinq ans plus tôt, c'était le mari de Sara, et maintenant c'était le fils de celui-ci.

D'ici à ce que ça arrive à Will, il n'y avait qu'un pas pour elle.

Le plus frustrant, c'est que, si Will était passé par l'hôpital ce matin-là, c'était uniquement pour tout lui avouer. Il allait lui expliquer qu'il avait menti sur la nature de sa mission d'infiltration, puis qu'il avait dû lui mentir aussi sur le lieu de celle-ci, sans quoi elle aurait pu tout deviner ; ensuite, il avait dû mentir de nouveau, encore et encore, jusqu'au moment où il avait pris conscience qu'il aurait été infiniment plus simple de lui avouer la vérité dès le début.

Mais, une fois dans la salle de repos, sa belle résolution s'était évanouie. Il n'avait rien pu lui dire — il avait déjà du mal à respirer. Ce n'était pas une figure de style. Depuis peu, chaque fois qu'il voyait Sara Linton, il avait l'impression d'avoir littéralement le souffle coupé. Ça ne devait pas être bon pour son cerveau, ce manque d'oxygène. Voilà peut-être pourquoi, au lieu de se confesser, il avait fini à genoux, à l'embrasser comme s'ils ne devaient plus jamais se revoir.

Ce qui risquait d'arriver. Will avait douloureusement conscience de la précarité de sa situation. De sa relation avec Sara.

— Vous êtes en retard, lança Amanda Wagner en entrant dans son bureau sans lever les yeux de son BlackBerry.

Will ne répondit pas directement — c'était une remarque automatique qui remplaçait chez elle le bonjour. A la place, il dit :

— Je vous ai envoyé mon rapport il y a une heure.

— Je l'ai lu.

Debout au milieu de la pièce, Amanda se mit à pianoter des deux pouces sur son portable pour répondre à un mail. Elle portait un tailleur rouge dont la jupe descendait juste au-dessous du genou, son chemisier blanc rentré dans sa ceinture. Ses cheveux poivre et sel étaient coiffés en une mise en plis impeccable, comme toujours. Ses ongles étaient courts mais parfaitement manucurés, recouverts d'un vernis clair.

Amanda semblait reposée même si, Will le savait, elle n'avait guère dormi la nuit précédente. Le chef de la police de

Macon. Le directeur du GBI. Les techniciens de l'identité judiciaire du GBI. Le médecin légiste du GBI. Le labo du GBI — il fallait tous leur répondre, leur envoyer des mails ou leur transmettre des ordres. Et, malgré ça, Amanda avait trouvé le temps de rappeler trois fois Will depuis le lever du soleil. Au calme de sa voix, à sa façon de lui parler comme s'il avait juste crevé un pneu sur l'autoroute au lieu d'avoir assisté à un massacre en direct, il comprit qu'elle était soucieuse. En général, Amanda aimait bien l'asticoter, mais ce qui s'était passé la nuit dernière était différent.

Ça ne durerait pas.

— Bon, fit-elle en terminant son message pour en commencer un autre. Vous vous êtes mis dans une sacrée panade, William.

Il ne savait pas précisément de quelle panade elle parlait.

— Je n'ai pas besoin de vous dire qu'on ne marche même plus sur des œufs, là. On marche sur des toiles d'araignée. Minées.

— Oui, madame.

— Ces hommes, qui que ce soit, n'ont pas peur de s'en prendre à des flics, continua-t-elle en lui jetant un coup d'œil. Essayez de ne pas vous faire tuer, voulez-vous ? Je n'aurais pas la patience de former un remplaçant.

— Oui, madame.

Elle reporta son attention sur ses mails.

— Où est Faith ?

Faith Mitchell, l'équipière de Will.

— Vous nous avez donné rendez-vous à sept heures et demie. Il lui reste six minutes, répondit-il après avoir vérifié sa montre.

— C'est génial que vous ayez appris à lire l'heure.

Sans cesser de parcourir ses messages, Amanda s'installa à son bureau. Le coussin de son fauteuil laissa échapper un couinement de porc qu'on égorge.

— J'ai mis le directeur au courant de votre équipée nocturne. Il veut surveiller ça de près.

Ne sachant pas quoi répondre à cette information, Will prit un siège et attendit la suite. Récemment, il avait fini par accepter qu'Amanda représentait ce qui dans toute sa vie s'apparentait le plus à une mère — mais une mère capable de vous enfermer dans un réfrigérateur ou de vous attacher sur la banquette arrière d'une voiture avant de la précipiter dans un lac.

Elle posa son BlackBerry et ôta ses lunettes de lecture.

— Vous avez quelque chose à me dire ?

— Non, madame.

Contrairement à ses habitudes, Amanda n'insista pas. Elle alluma son ordinateur et attendit qu'il démarre. D'après les calculs de Will, Amanda était en milieu ou en fin de soixantaine, mais rien ne permettait de connaître son âge exact. Elle était toujours en pleine forme et, en matière de charge de travail, restait capable de tenir la dragée haute à des hommes de la moitié de son âge — ou, pour être honnête, de la moitié de l'âge de Will. N'empêche que la voir utiliser une souris d'ordinateur évoquait irrésistiblement un chat tentant de ramasser un caillou entre ses pattes.

Elle fit claquer ladite souris sur le bureau en grommelant :

— Qu'est-ce qu'il a, ce truc ?

Pas la peine de lui proposer de l'aide, il le savait. D'une pichenette, il épousseta une trace sur le genou de son pantalon. Ça lui rappela Sara. En ce moment, elle devait se trouver dans sa voiture, en direction de Macon. Il lui faudrait une heure et demie pour y arriver. Will aurait dû lui proposer de l'emmener. Le voyage aurait été l'occasion de lui avouer la sinistre vérité.

Sauf qu'alors Sara lui aurait demandé de choisir entre retourner à Atlanta à pied et finir le trajet de la même façon.

Amanda lança :

— Vous broyez du noir, on dirait.

Will réfléchit un instant à cette description avant de répliquer :

— Ça m'étonnerait, je n'ai pas mon broyeur sur moi.

— Très drôle.

Amanda se redressa dans son fauteuil, ramenant toute son attention sur Will.

— Vous avez enquêté sur Lena Adams l'année dernière ?

— Il y a un an et demi, corrigea-t-il. Faith était avec moi. L'équipier de Lena avait été poignardé. Il s'est quasiment vidé de son sang en pleine rue. Ensuite, elle a arrêté le suspect, qui est décédé au cours de sa garde à vue.

— Mise en danger de la vie d'autrui, négligence ?

— Oui, répondit Will. Elle a reçu un blâme officiel, mais elle a quitté Grant County une semaine plus tard pour intégrer la police de Macon. Apparemment, ça ne les a pas dérangés.

Amanda tripota nerveusement les branches de ses lunettes et sa voix se fit plus douce :

— Elle était la partenaire de Jeffrey Tolliver quand il a été assassiné, il y a quoi — cinq, six ans ?

Will regarda par la fenêtre, sentant les yeux d'Amanda comme un laser sur son profil.

— Il y a une chanson d'Eric Clapton qui s'appelle *Dis la vérité*, reprit-elle. « Dis la vérité, sans quoi tu manques tout le spectacle. Regarde dans ton cœur », etc.

— Ça me met très mal à l'aise de penser que vous écoutez du Clapton, objecta Will en se raclant la gorge.

Le soupir d'Amanda contenait une tristesse sur laquelle il préférait ne pas s'appesantir.

— Vous croyez que ça va se terminer comment, cette histoire ?

Il désigna les nuages gris qui commençaient à masquer le soleil.

— Je crois qu'il va pleuvoir.

— Oui, ça va tomber, c'est sûr.

Soudain, Amanda changea radicalement de ton pour lancer :

— Bonjour, major Branson. Merci de vous être déplacée.

Will se leva tandis qu'une femme en uniforme bleu marine de la police entrait dans la pièce. Sa poitrine était décorée de rubans et de médailles, et elle portait sous le bras un attaché-case de cuir d'aspect très officiel. Elle était petite et trapue, avec des cheveux noirs frisés coupés très court, et semblait à peu près aussi enchantée que Will de se trouver là.

Amanda fit les présentations :

— Agent spécial Trent, voici le major Branson, du Macon Police Department. Denise sera notre officier de liaison sur l'affaire Jared Long.

Will sentit son ventre se nouer.

— C'est moi qui mènerai l'enquête ?

— Non, c'est Faith qui s'en chargera, répondit Amanda, l'ébauche d'un sourire aux lèvres.

— Vous avez déjà tout réglé ? fit Branson d'une voix pleine de colère mal contenue. Je vais être honnête avec vous, madame la directrice adjointe. Je ne suis pas ravie à l'idée que vos gars piétinent mes plates-bandes comme si vous étiez chez vous.

— Et pourtant votre chef vous a envoyée vous taper deux heures de route dans le seul but de nous remettre tous vos dossiers, répliqua Amanda d'un ton léger.

— Une heure et demie seulement, la corrigea Branson. Et ce n'est pas parce que je bosse pour lui que je suis toujours d'accord avec ses décisions.

— Pas de problème, fit Amanda en indiquant le fauteuil en face d'elle. On va commencer par régler ce petit concours de celle qui pisse le plus loin pendant que l'agent Trent va nous chercher un café. Ça vous va ?

Branson s'assit, son attaché-case sur les genoux. Sans un regard pour Will, elle lança :

— Noir, deux sucres.

Amanda sourit de son sourire de chat.

— Juste noir pour moi.

Will n'était guère enthousiaste à l'idée de jouer les garçons de course, mais il savait qu'il valait mieux ne pas discuter. Quand il sortit du bureau, Caroline, la secrétaire d'Amanda, lui sourit à son tour en lâchant :

— Pour moi, ce sera café au lait, avec deux sucrettes.

Il acquiesça et s'éloigna dans le couloir. Ses chaussures s'enfonçaient dans la moquette épaisse tandis que la climatisation tournait au maximum. Le City Hall East était installé dans les locaux d'un ancien magasin Sears construit vers 1920. Quand la ville l'avait racheté, au début des années 1990, elle n'avait rénové que les parties importantes, à savoir les bureaux des pontes. Trois étages plus bas, celui de Will ressemblait à une boîte à chaussures à l'air vicié et probablement toxique. La rouille empêchait les fenêtres de s'ouvrir. Les dalles de sol amiantées étaient éraflées et teintées de la boue rouge de Géorgie collectée par près d'un siècle de semelles.

Non seulement l'air au dernier étage était meilleur, mais l'espace de repos ressemblait au hall d'exposition d'un magasin de cuisine, avec des placards en merisier sombre et de l'électroménager couleur inox. La cafetière avait l'air de sortir tout droit de la jambe d'un Transformer. Will devina que c'était le genre d'engin à fonctionner avec des capsules. Il ouvrit les placards et y trouva deux boîtes. Il supposa qu'Amanda carburait au Dunkin' Donuts dans son emballage rose et orange. L'autre paquet contenait des dosettes violettes et jaunes à l'opercule décoré de fleurs et de gousses de vanille. Will en tira trois expressos-noisette avant de refermer le placard.

Après quelques faux départs, il comprit comment insérer une capsule. Il lui fallut une bonne minute avant de parvenir à détacher le réservoir d'eau pour le remplir au robinet. Il décrocha trois tasses de l'égouttoir et attendit que l'eau se mette à bouillir.

Par habitude, il ouvrit la porte du réfrigérateur. Il

contenait deux ou trois sacs en papier, mais pas de vieux tupperwares ni de restes de nourriture en décomposition aux odeurs de morgue. Avant de rencontrer Sara, Will s'était toujours contenté de repas sur le pouce, que ce soit un bol de céréales avalé debout dans la cuisine ou un hot-dog acheté à la station-service en rentrant à la maison.

Désormais, « à la maison » signifiait souvent « chez Sara », et ses dîners n'avaient pas passé la journée à tourner sur un présentoir chauffé.

Jusqu'à ces derniers temps en tout cas.

Enfin, une lumière rouge s'alluma sur la cafetière. Will appuya sur le bouton au-dessus de la capsule et regarda le liquide s'écouler en fumant. L'odeur lui rappelait les parfums écœurants que certaines femmes utilisent pour masquer celle des cigarettes.

Il refit le plein du réservoir d'eau pour une nouvelle tasse. Les effluves de noisette lui emplissaient les narines tandis qu'il versait du lait concentré dans la première tasse. Will n'avait jamais aimé le goût du café, mais c'était lui qui préparait celui de Sara tous les matins. Elle l'aimait fort, sans parfum artificiel. Il avait commencé à lui associer cet arôme.

Will reposa la cuillère et fixa la machine.

Pas la peine de lutter plus longtemps. Il laissa ses pensées revenir à Sara, se représentant tout ce qu'il allait perdre. Il ne sentirait plus ses longs cheveux auburn lui chatouiller le visage. Il ne laisserait plus ses lèvres courir sur les taches de rousseur en bas de son dos. Il ne regarderait plus sa poitrine s'empourprer quand il la touchait. Sans compter cette façon dont elle l'embrassait parfois — quand sa bouche lui montrait exactement ce qu'elle voulait qu'il lui fasse.

— Will ?

Il leva la tête, surpris de découvrir Faith Mitchell sur le seuil.

— Qu'est-ce qui ne va pas ? demanda-t-elle. Tu as l'air mal en point.

La lumière rouge clignotait. Will inséra une nouvelle capsule avant de répondre :

— Tu en veux un ?

— Encore une goutte de caféine et ma tête va exploser.

— Emma t'a empêchée de dormir ?

Emma, dix mois, était la fille de Faith. Will savait très bien que la petite passait la semaine chez son père, mais il écouta Faith comme si c'était la première fois qu'elle le lui racontait.

— Bref, conclut Faith quand elle eut fini de dévider sa litanie de reproches sur le père, je te le demande : qu'est-ce que tu penses des coïncidences ?

Will reconnut une question purement rhétorique. Elle continua :

— Par exemple : tu es en train de bosser en sous-marin et voilà que tu te retrouves embringué dans une des merdes typiques de Lena Adams. Alors, coïncidence ? acheva-t-elle en levant les mains.

— On a toujours su que je risquais de tomber sur elle.

— Oh ! *vraiment* ?

Sa voix remonta sur ce dernier mot, comme si elle s'adressait à un gosse. Will se retourna vers la machine à café. Il prit soin de ralentir ses mouvements, feignant d'hésiter pour que Faith le remplace. Mais, au lieu de mordre à l'appât, elle poursuivit :

— Sara m'a appelée il y a un quart d'heure.

Will se concentra sur la tâche qui consistait à remplir le réservoir d'eau jusqu'au repère, exactement.

— Elle sait que c'est l'Etat qui mène les investigations sur les agressions de policiers. Elle voulait avoir des infos pour Jared.

Il inséra la capsule suivante, toujours sans répondre. Faith resta silencieuse un instant avant d'ajouter :

— Elle n'a pas voulu t'embêter avec ça, mais nous savons toi et moi à quel point elle est terrifiée à l'idée que tu aies à côtoyer Lena. Du coup… Du coup, je lui ai dit que j'allais y jeter un coup d'œil, acheva-t-elle en haussant les épaules.

Will s'éclaircit la voix.

— Ça ne devrait pas être difficile. Amanda te confie l'enquête.

— C'est super, mais je ne le savais pas quand j'ai parlé avec Sara. Je lui ai menti. Tout comme je lui ai menti en disant qu'elle avait raison, qu'heureusement tu bossais Dieu sait où en infiltration et que tu n'allais pas te retrouver embarqué dans tout ça.

Will ouvrit les tiroirs à la recherche de sucrettes. Il en trouva deux doses dans des emballages roses, qu'il ouvrit.

— Tu sais que Sara tient Lena pour responsable de la mort de son mari, continua Faith. D'ailleurs, je suis du même avis qu'elle.

Will tapota la première dosette sur le rebord de la tasse. Faith attendit un instant avant de reprendre :

— Elle va aussi penser que c'est la faute de Lena si Jared s'est fait tirer dessus. Ce qui, étant donné son passif, reste une vraie possibilité… C'est même devenu un schéma récurrent, chez elle. Je m'en suis rendu compte quand tu as enquêté sur Lena Adams, il y a un an et demi. Tous ceux qui l'approchent finissent par se faire tuer. Sara a bien raison d'avoir peur. Jared n'est que la dernière victime en date.

Will jeta les emballages vides dans la corbeille à papier. En inox, comme le reste de la cuisine et l'électroménager. Il se demanda si Amanda avait tout payé de sa poche.

— Jared, qui est le beau-fils de Sara, insista Faith. Le fils de son mari, assassiné selon elle par la faute de Lena.

Le témoin rouge de la cafetière se remit à clignoter. Will appuya sur le bouton. Il tenta le coup de la météo :

— Je crois qu'il va pleuvoir, aujourd'hui.

Faith émit un grognement.

— Tu es un crétin, tu le sais ?

Il fit la grimace, en grande partie parce qu'il ne pouvait pas prétendre le contraire.

— Ce n'est pas l'enquête qui va foutre Sara en rogne, c'est le fait qu'on lui cache tout, reprit Faith, avec un soupir excédé. Sauf que ça ne va pas juste la mettre en rogne. Ça va lui faire du mal. Ça va la briser. Ce qui est bien pire que d'être en colère.

Will saisit les trois tasses.

— Amanda nous attend.

Il sortit de la cuisine et Faith lui emboîta le pas. Sa déception était flagrante. Il se prépara à une nouvelle salve, mais par bonheur elle préféra se taire dans le couloir qui menait au bureau de leur chef. Il savait néanmoins que ce n'était pas terminé. Dans sa tête, Faith dressait déjà certainement la liste de tous les arguments qui allaient dans son sens.

Et, le pire, c'était qu'il ne pouvait rien dire. Parce qu'elle avait *vraiment* raison. Sara ne serait pas furieuse, elle serait blessée. Elle serait brisée. Et puis elle ferait le décompte de tout le mal que Will avait apporté dans une vie jusque-là normale et elle déciderait que ça n'en valait pas la peine. Elle penserait à son enfance à la Dickens. A ce qui était arrivé à sa famille. A son refus obstiné d'aborder les sujets sensibles malgré toute la délicatesse avec laquelle Sara s'y prenait. Non, il n'y avait décidément rien à dire pour sa défense. Will avait failli être viré du lycée. Il avait été SDF. Avait décroché un diplôme à grand-peine. Et on ne parlait même pas de son odieuse épouse, qui semblait avoir disparu de la surface de la terre depuis le jour où il avait rempli les papiers du divorce, mais parvenait quand même à laisser de temps à autre un message injurieux coincé sous les essuie-glaces de la voiture de Sara.

Caroline était toujours à son bureau. Au passage, elle

prit la tasse qui contenait du lait des mains de Will. Il se rendit compte qu'il s'était mélangé dans les commandes — et, en même temps, qu'il s'en fichait complètement.

Difficile à croire, mais l'atmosphère dans le bureau d'Amanda s'était encore plus tendue pendant son absence. Le chef avait les dents serrées et Denise Branson se tenait raide, les poings crispés. Non, leur bras de fer n'était pas terminé.

La voix d'Amanda aurait pu transpercer de l'acier.

— Major Branson, je vous présente l'agent spécial Mitchell.

De façon surprenante, Denise Branson eut un sourire chaleureux pour Faith.

— J'ai travaillé avec votre mère quand j'étais une bleue. J'espère qu'elle profite bien de sa retraite ?

— Oui, répondit Faith en serrant la main tendue. Je lui transmettrai votre bonjour.

— Désolée de ne pas avoir le temps de passer la voir tant que je suis ici, enchaîna Branson. Evelyn a toujours été une grande professionnelle.

Elle ne regardait pas Amanda, mais le sous-entendu était clair.

Le sourire de façade et le silence qu'offrit Faith en retour montraient clairement qu'elle ne se laisserait pas charmer. Elle restait du côté d'Amanda.

Pour détendre l'atmosphère, Will distribua les cafés. Amanda prit sa tasse et la porta à ses lèvres, mais l'écarta dès qu'elle eut reniflé l'odeur. Branson remarqua son geste et posa directement la sienne sur le bureau.

— Essayons de faire vite, commença Amanda. Nous avons tous du pain sur la planche.

Will attendit que les femmes s'assoient avant de s'appuyer sur le rebord de la fenêtre. Il avait l'impression d'être l'homme en trop, littéralement. S'il était habitué à être entouré de femmes, il y avait dans ce groupe particulier quelque chose qui lui donnait envie de se protéger.

— Bon, partons de ce... *martelage* qui implique un officier.

Amanda sourit de son trait d'esprit, mais ce que Will avait vu n'avait rien de drôle.

— Denise, reprit-elle, avez-vous la moindre piste qui explique pourquoi Adams et Long ont été pris pour cible ?

— Nous avons des théories.

Tous attendirent, mais Denise Branson ne semblait pas décidée à les partager.

— D'accord, fit Amanda. Nous allons avoir besoin de reprendre leurs dossiers en cours, de parler à leurs coéquipiers pour savoir s'ils ont fait quelque chose qui...

— Déjà fait, l'interrompit Branson. Personne n'a rien signalé. Ce sont des officiers de police. Ils ne reçoivent jamais de mots de remerciement quand ils arrêtent quelqu'un.

Amanda ne se démonta pas.

— Et pourtant ils ont bel et bien été visés directement. Il y a une raison à ça.

— Nous avons passé en revue tous les dossiers d'Adams sur les douze derniers mois. Même chose pour Long. Surtout des affaires de routine. Pas de boulot dangereux. Rien qui ait pu leur attirer ce genre d'attention.

Amanda eut un sourire narquois.

— Et vous avez pu vérifier tout ça en moins de six heures ? C'est fascinant.

— On est des vrais pros, à Macon.

Amanda dévisageait la femme en face d'elle, tout comme Will. De toute évidence, Denise Branson était très forte à ce petit jeu ; mais le coin de ses lèvres tremblait légèrement quand elle cachait quelque chose, un peu comme si elle réprimait un sourire.

— Vous connaissez Charlie Reed ? demanda Amanda.

Branson secoua la tête.

— Votre expert légiste ? Je n'ai pas eu la chance de le

rencontrer. Par requête expresse transmise à mon chef, la maison a été placée sous scellés juste après qu'on a transféré Jared Long à l'hôpital. Je me suis dit que j'avais mieux à faire qu'attendre là-bas que vos gars daignent se pointer.

— Merci de votre coopération, major. Je suis certaine que grâce à elle notre enquête se déroulera sans anicroche. Vous savez ce qu'on dit : trop de cuisiniers, la sauce est gâtée.

Elle s'interrompit le temps de décocher un sourire artificiel, puis reprit :

— Le labo sait qu'il doit analyser en priorité les traces que Charlie a pu trouver. Il me fera son rapport directement, et je transmettrai tous les résultats intéressants à votre service. Faith sera la responsable de l'enquête.

Puis, se tournant vers celle-ci :

— Je veux que vous gardiez Macon dans le coup, d'accord ?

— Oui, madame.

Faith sortit son carnet et l'ouvrit à une page vierge.

— Major, que pouvez-vous me dire ?

Visiblement, Branson s'était préparée avant de venir. S'adressant à Amanda, elle ordonna :

— Montrez-nous les photos. Celles sur le disque amovible.

Amanda fronça les sourcils devant le ton comminatoire, mais elle obéit, déplaçant sa souris en regardant le téléviseur mural comme si elle attendait qu'il se passe quelque chose. L'écran demeura noir.

— Pourquoi ça ne marche pas ?

Will resta silencieux, mais Faith intervint :

— Est-ce qu'elle est allumée ?

— Bien sûr qu'elle est allumée !

Néanmoins, Amanda prit la télécommande et appuya sur le bouton rouge. La télé s'alluma et une photo apparut. Will supposa qu'il s'agissait du cliché d'identité qui figurait sur le dossier de Jared Long. Il avait rencontré le type une fois. Un beau jeune homme avec un charme et une confiance qui faisaient de lui un meneur-né. Exactement comme son père, d'après toutes les sources. Branson déclara :

— Jared Long, le mari de Lena Adams. Il est motard au Macon PD depuis sept ans. Il fait bien son boulot. Il adore rouler. Aucun problème signalé. Un officier exemplaire.

— Pas comme sa femme, grommela Faith.

Si Branson entendit le commentaire, elle choisit de l'ignorer.

— L'agent Long est sorti du bloc opératoire il y a une heure, poursuivit-elle. Le pronostic est réservé, mais de toute façon ça ne change rien pour nous. Un de nos officiers a été touché. Un autre a failli l'être. Quelqu'un avait mis un contrat sur leur tête. Photo suivante, s'il vous plaît.

Amanda cliqua sur sa souris avant de regarder l'écran, attendant que l'image change.

— Oh ! pour l'amour du…

— Appuyez sur la barre d'espace, indiqua Faith.

— Ça ne marchera pas.

Mais Amanda appuya sur la barre d'espace et la photo changea. Le cliché suivant montrait un homme au visage grêlé, le regard bigleux. Il portait un uniforme orange de prisonnier. Sous son visage, un panneau indiquait son nom et son matricule.

— Samuel Marcus Lawrence, poursuivit Branson. Le premier assaillant à être entré dans la maison. Décédé quelques minutes plus tard. C'est notre tireur numéro un. Délinquant de moyenne envergure, qui a écopé respectivement de deux et trois ans pour coups et blessures. Liberté conditionnelle anticipée les deux fois pour bonne conduite. Il racontait partout qu'il avait appartenu aux Hell's Angels, mais on n'a aucune preuve de ça.

Prenant des notes dans son carnet, Faith demanda :

— Drogué ?

— A la méth. Il avait la tronche plus marquée qu'une pute de la zone.

— Quoi qu'il en soit, il est mort, conclut Amanda.

Elle frappa de nouveau sur la barre d'espace. Une autre photo d'identité apparut. L'homme devait avoir le même âge que le précédent, les cheveux grisonnants, avec un tatouage fané représentant un cobra qui se perdait dans les plis de son cou de poulet.

— Fred Leroy Zachary, annonça Branson. Il a tiré huit ans pour agression armée, avant d'être libéré pour avoir balancé dans une affaire de viol avec séquestration. Connu dans le milieu pour ses talents de gros bras. Il est en vie, mais tout juste. Il a eu la mâchoire brisée. Fracture de la colonne. Plusieurs côtes fêlées. Ils l'ont plâtré des pieds à la tête et lui ont bloqué les mâchoires. Il ne peut pas parler. Même s'il en était capable, son avocat l'en empêcherait.

Amanda dit :

— Eh bien, on ne peut pas reprocher à Adams de faire les choses à moitié. Qu'a-t-elle dit pour sa défense ?

Branson redevint évasive.

— Pas grand-chose. Les médecins l'ont déclarée en état de choc. Ils ont dû la traiter sur place. Elle a donné les grandes lignes — un individu armé s'est introduit dans la maison. Il a tiré sur Long par-derrière. Fusil à pompe, canon scié, de la chevrotine partout. Adams a récupéré le marteau dans la ceinture à outils de Long et s'est défendue. Un deuxième individu s'en est pris à elle. Il y a eu lutte, mais elle est parvenue à neutraliser les deux agresseurs.

Branson se tut, comme si elle en avait fini.

— C'est tout ? insista Amanda.

— Comme je l'ai dit, Adams est sous traitement, traumatisée. Elle a vu son mari se faire tirer dessus. Elle a dû défendre sa peau. Leur peau à tous les deux, d'ailleurs. On reprendra l'interrogatoire plus tard, mais d'après moi elle a bien le droit de souffler un peu.

Amanda réunit la pointe de ses doigts sous son menton sans répondre. Faith continuait de prendre des notes dans son carnet, mais Will pouvait pratiquement la voir tendre l'oreille. Il manquait un gros morceau à la fin de l'histoire. Soit Lena avait caché que Will était présent sur les lieux, soit Branson cachait que Lena lui en avait parlé.

— Faith va aller questionner Adams, annonça Amanda. D'après moi, elle a eu tout le temps de souffler. Nous avons besoin de savoir exactement ce qui s'est produit hier soir. Que ça vous plaise ou non, c'est notre enquête, et c'est comme ça que ça va se passer.

La mâchoire de Branson se crispa, mais elle acquiesça d'un bref signe de tête. Ce fut au tour de Faith de rompre le silence :

— Major, vous pouvez peut-être me renseigner sur quelques points basiques ? demanda-t-elle en tournant une nouvelle page de son carnet. Il s'agit d'un quartier résidentiel, c'est ça ?

Branson hocha la tête.

— Une fusillade au milieu de la nuit. Quelqu'un a vu ou entendu quoi que ce soit ?

Apparemment, tout comme Amanda, Branson aimait prendre son temps pour répondre aux questions qui lui déplaisaient. Elle fit durer le silence plus que nécessaire avant de concéder :

— Les voisins ne se sont pas inquiétés tout de suite. C'est un secteur plutôt rural. Quand vous entendez des détonations au milieu de la nuit, c'est soit des chasseurs qui braconnent, soit un raté de moteur. Le coin est très arboré, avec des terrains qui vont jusqu'à deux hectares par maison. Pas comme vous autres en ville, serrés comme des sardines.

Faith acquiesça, ignorant la pique — ou peut-être qu'elle était d'accord.

— Qui a appelé la police ? reprit-elle.

— Un voisin, à quatre maisons de là. Vous trouverez

son nom et sa déposition sur le disque dur externe, si votre patronne arrive à le faire marcher.

Denise Branson lança un coup d'œil en direction d'Amanda avant de revenir à Faith pour poursuivre :

— Il y a deux autres flics qui habitent dans la même rue. Dont une femme qui vit avec un infirmier. L'autre est marié à un pompier. C'est seulement grâce à ça que Long n'est pas décédé sur place. Son cœur s'était arrêté quand ils sont arrivés sur les lieux. Ils se sont relayés pour lui faire des massages cardiaques jusqu'à ce que l'ambulance débarque. Ce qui a pris quasiment vingt minutes.

— Si Long revient à lui, Faith prendra sa déposition pour savoir si elle corrobore celle de sa femme, annonça Amanda.

De nouveau, Branson fit une longue pause. Les coins de sa bouche frémirent, puis elle sourit franchement.

— Et ça ne vous dérange pas que je sois au courant de la présence de votre petit gars dans cette maison hier soir, au moment des meurtres ?

Le petit gars en question, c'était Will, bien entendu. Il pensa au marteau, au sang encore chaud sous ses mains quand il avait saisi le métal. Pour un flic expérimenté comme Denise Branson, ses empreintes digitales dans le sang séché avaient dû être plus visibles qu'une enseigne au néon.

Amanda poussa un soupir lourd de résignation.

— Je pense que mon petit gars mérite d'être mieux traité que ça, dans la mesure où c'est lui qui a empêché votre détective d'assassiner un suspect à coups de marteau. Un *autre* suspect, en réalité.

— Vous croyez vraiment ? rétorqua Branson du tac au tac.

Amanda réfléchit quelques secondes.

— Donc, si je comprends bien, malgré l'ordre formel de ne pas pénétrer sur ma scène de crime, vous avez relevé les empreintes ?

Les épaules de Branson se raidirent, comme si elle se préparait à la bagarre. Elle avait sans doute expédié une équipe chez Lena à la minute même où Amanda avait donné l'ordre de boucler les lieux. Will imaginait sans peine la fureur du major quand elle avait découvert, sur son écran, sa photo d'identité dans le fichier du GBI. Il ne pouvait pas lui en vouloir. Personne n'aime se rendre compte qu'on s'est foutu de lui.

— D'accord, concéda Amanda en se tournant vers Will. A notre tour de partager nos infos. Will, auriez-vous l'obligeance de raconter votre soirée d'hier au major ?

Il ne s'attendait pas à ça mais, puisqu'on lui demandait de participer, il s'exécuta :

— Hier soir, j'ai été approché par un contact sur lequel je travaille dans le cadre d'une opération d'infiltration. Il m'a dit avoir besoin de quelqu'un pour faire le guet pendant un cambriolage. Pas de violence en vue, les occupants n'étaient pas là. Deux mensonges éhontés, apparemment. Comme ça me semblait un bon moyen de me faire intégrer dans le groupe, j'ai dit oui.

— Parce que vous vous trouviez à Macon comme ça, par hasard ?

Personne ne répondit.

— Votre contact, il a un nom ? reprit Denise Branson avec un sourire narquois.

— Anthony Dell, indiqua Amanda.

Branson fit mine de ne pas l'avoir entendue. A l'adresse de Will, elle lança :

— Donc, Dell vous propose un job. Ensuite ?

— On est partis. Dell m'a déposé à l'entrée de la rue avec pour instruction de l'appeler sur son portable si quelqu'un approchait. Il a continué jusqu'à une maison avec une allée en pente raide. Il y avait déjà un fourgon gris clair garé sur le trottoir. Deux hommes en sont sortis — Zachary et Lawrence, je suppose. Ils sont entrés dans la maison. Dell est resté dehors, près du fourgon. Je n'ai pas remarqué qu'ils étaient armés, mais je me tenais à cinquante mètres de là.

— Ça fait la moitié d'un terrain de foot, fit Branson. Vous avez relevé l'immatriculation ?

— Il était minuit…

— Avec la pleine lune.

— Et pas de réverbère. D'où j'étais, je ne voyais que des ombres.

Branson le dévisageait comme si elle tentait de déceler un mensonge dans son expression. Pour finir, elle dit :

— La Kia que conduit Dell se trouvait toujours sur les lieux quand nos gars ont débarqué.

Will sentit son estomac se serrer. Il avait complètement oublié la voiture de Tony.

— Nous avons tiré Dell de son lit ce matin, continua Branson. Il a paru sincèrement surpris que sa voiture ne se trouve pas devant chez lui. Il a demandé à porter plainte pour vol sur-le-champ. On a cherché des traces de poudre sur ses mains et fouillé dans son casier judiciaire. Qui ne contient que des infractions mineures — mais je suis sûre que vous êtes déjà au courant.

— Vous l'avez laissé partir ? demanda Amanda.

— Pourquoi l'aurais-je retenu ? Vous avez un témoin qui l'a vu sur les lieux ?

Will vit distinctement Amanda frémir. Branson poursuivit :

— J'ai remarqué un autocollant sur le pare-brise de Dell — une pastille de stationnement autorisé pour le parking du Macon General. Ça m'a mis la puce à l'oreille, parce que le mois dernier on a mené une enquête sur des vols de médicaments à la pharmacie de l'hôpital. On n'a rien trouvé de concret, mais je sais que le GBI reçoit des copies de tous les rapports liés à des vols de substances réglementées. Donc, ce matin, j'ai poussé jusqu'à l'hôpital pour vérifier les dossiers de tous les collègues de Dell. Alors, dites-moi, vous aimez votre boulot à l'hosto ? conclut-elle à l'intention de Will.

Amanda parvint à paraître à la fois ennuyée et méprisante :

— D'accord, major, excellent travail. Vous êtes vraiment un cador. Et, à l'heure actuelle, où se trouve la Kia de Dell ?

— Dans notre garage. Vous nous avez donné l'ordre de boucler la maison, pas de vous laisser la rue, répondit Branson avec un plaisir non dissimulé. Mais je veillerai à transmettre tous les résultats intéressants à votre service.

— Comme c'est gentil. Merci.

— De rien, répondit Branson avant de reporter son attention sur Will. Donc, deux hommes entrent dans la maison. Vous et Dell restez dans la rue. Et puis ?

Will dut réfléchir un instant pour retrouver l'endroit où il s'était arrêté.

— J'ai entendu le coup de feu. J'ai couru vers la maison.

— A un demi-terrain de foot de là, compléta-t-elle. Et ensuite ?

— Dell a tenté de m'empêcher d'entrer. On a lutté un moment — je ne sais pas combien de temps, mais il est plus costaud qu'il en a l'air, et visiblement il paniquait complètement. Plusieurs coups de feu sont partis pendant qu'on se bagarrait.

Branson le détailla des pieds à la tête.

— Vous n'avez pas l'air de vous être battu.

— Il essayait de m'empêcher d'entrer, pas de me casser la gueule.

— Sympa, comme type.

Will haussa les épaules. Si on se mettait à sa place, Dell lui avait rendu un fier service. Il avait tenté de le convaincre de partir au lieu d'aller se fourrer dans un merdier sans nom.

— Le temps que j'entre, les deux hommes étaient neutralisés, poursuivit-il. Lena Adams m'a reconnu, ou du moins j'ai eu cette impression. J'ai réussi à lui faire lâcher le marteau, puis je suis ressorti. Dell avait disparu.

La police allait débarquer. J'ai entendu les sirènes. Je suis passé derrière la maison, j'ai sauté la clôture pour m'éloigner à pied dans les bois.

Will fourra les poings dans ses poches pour s'appuyer de nouveau contre la fenêtre. Techniquement, il ne s'était pas juste « éloigné à pied » — mais personne n'avait besoin de savoir qu'il avait détalé comme un lièvre poursuivi par tous les diables de l'enfer.

Branson demanda :

— Aviez-vous eu le moindre contact avec Lena Adams depuis que vous et votre partenaire aviez enquêté sur elle il y a dix-huit mois ?

Will répondit par la vérité.

— Aucun de nous ne l'a vue depuis que l'affaire est close.

— Vous avez parlé avec elle depuis la nuit dernière ?

Will secoua négativement la tête. Il revit dans son esprit l'expression de Lena quand il avait posé un doigt sur ses lèvres pour lui demander de se taire. Apparemment, elle l'avait pris au mot.

— Je trouve intéressant que, sans la moindre coordination, la détective Adams ait choisi de ne pas brûler votre couverture, fit remarquer Branson.

— Ça lui donne le beau rôle, non ? répliqua Faith. Ce n'est pas Will qui l'a empêchée de réduire le cerveau de ce type en bouillie — elle s'est retenue toute seule.

Branson ne répondit pas — elle semblait du genre à défendre systématiquement ses hommes.

— Je vais lancer un avis de recherche sur le fourgon gris, dit-elle simplement. Et le communiquer aux chaînes d'info.

— Modèle récent, précisa Will. Ford, probablement. Tôlé sur le côté et derrière. Gris clair, pas foncé.

Branson sortit un BlackBerry de son attaché-case et se mit à taper les renseignements sur son clavier.

— Et, bien sûr, rien côté immatriculation, même si vous êtes passé juste à côté quand vous êtes entré dans la maison ?

— Vous n'avez pas lancé de recherches pour des véhicules immatriculés aux noms de Lawrence et Zachary ? l'interrogea Amanda.

— Bien sûr que si, répondit Branson sans cesser de taper son mail. Ils habitent tous les deux dans un camping du côté de l'I-16. Zachary conduit une Harley, Lawrence un pick-up. Qui étaient garés tous les deux à côté de leurs trous à rats respectifs. Aucun des deux n'a de fourgon gris enregistré à son nom.

— Ils sont de Macon ?

— Depuis toujours.

— Les familles sont prévenues ?

— Lawrence a une ex qui semble tout à fait ravie qu'il y soit passé. Zachary a un frère qui attend son injection au pénitencier de Holman. Il a tué l'employé d'une station-service au cours d'un braquage. Apparemment, chez eux, le meurtre est une affaire de famille.

— C'est souvent le cas, fit Amanda qui semblait prête à conclure la réunion. Bon, comme je l'ai dit, on a tous du pain sur la planche.

A Faith, elle lança :

— La priorité numéro un quand vous arrivez à Macon, c'est de parler à Lena Adams et de vous assurer qu'elle la ferme au sujet de Will. Il faudra aussi reprendre ses dossiers les plus récents. Je suis sûre que le major Branson ne verra pas d'inconvénient à ce qu'on pose un regard neuf sur le bon boulot de ses gars. Parlez à l'équipe d'Adams, essayez de savoir sur quoi elle bossait. Ça ne m'étonnerait pas qu'elle ait mené quelques investigations pour son propre compte. Voyez si quelqu'un veut vous dire quelque chose.

Branson laissa tomber son BlackBerry dans son attaché-case.

— Pour l'interroger, il faudra aller à l'hôpital. Elle refuse de quitter la chambre de Long. Elle nous a prévenus qu'il faudrait la sortir avec les menottes.

— On peut arranger ça, lui assura Faith. Après tout, Adams est coupable d'une tentative de meurtre.

Dans l'ombre, elle avait pas mal travaillé sur la précédente enquête au sujet de Lena, et n'avait toujours pas digéré qu'ils aient échoué à lui coller quoi que ce soit sur le dos.

— Vous avez déjà entendu parler de la « doctrine du château », agent Mitchell ? répliqua Branson en la fusillant du regard. Cet Etat garantit à tout citoyen le droit de se défendre, lui ou son domicile, contre un agresseur. De mon point de vue, c'est exactement ce à quoi sert cette loi.

Faith refusa de s'embarquer dans un débat juridique, mais elle n'était pas du genre à laisser quelqu'un avoir le dernier mot.

— Peut-être bien, major Branson. N'empêche que, vu la vie qu'elle mène, Lena Adams finira un jour ou l'autre derrière les barreaux.

— Je pense que le seul endroit où elle se soucie d'être en ce moment, c'est dans la chambre de son mari, à attendre qu'il se réveille. Comme nous tous. Jared Long est un bon flic. Lena aussi d'ailleurs, et ça m'inquiète un peu que vous vous lanciez dans cette affaire avec un préjugé contraire, agent Mitchell.

— Je suivrai les preuves, voilà tout, protesta Faith.

— Quoi qu'il en soit, intervint Amanda, nous devons nous assurer que Lena préserve la couverture de Will. Nous avons toujours une opération en cours à l'hôpital et, étant donné les événements de la nuit passée, elle est devenue foutrement plus dangereuse. Major, je compte sur vous pour respecter notre demande de confidentialité. Nous avons passé trop de temps sur ce truc pour le laisser partir en fumée.

— Ce *truc* ? répéta Branson en insistant sur le mot.

Amanda se tut. Elle n'essayait pas de gagner du temps : elle la faisait simplement poireauter. De son côté, Denise

Branson avait l'air résolue à camper dans le bureau si c'était nécessaire. Enfin, après presque une minute, Amanda lâcha :

— Will ?

Il la regarda dans les yeux en se demandant jusqu'où elle voulait qu'il pousse ses révélations. Elle ouvrit les mains, comme pour lui indiquer de ne rien cacher. Bien entendu, ce qu'elle montrait devant Branson et ce qu'elle pensait vraiment étaient deux choses très différentes. Il prit la précaution de modifier un peu la vérité.

— Il y a quelques jours, on nous a filé un tuyau selon lequel un caïd comptait s'installer sur Macon. Son nom de code dans la rue, c'est Big Whitey. On l'a passé dans nos fichiers. Un résultat en Floride, mais pas grand-chose d'autre.

Branson demanda :

— Quelle partie de la Floride ?

— Sarasota.

— Vous avez une photo ?

Will hésita un instant de trop. Théâtralement, Amanda ouvrit un tiroir pour en tirer un cliché de surveillance qu'elle fit glisser sur son bureau en indiquant :

— Elle a été prise il y a quatre ans.

Branson se pencha et étudia posément le cliché au grain grossier.

Will aurait pu le décrire les yeux fermés. Big Whitey portait une casquette de l'équipe de base-ball des Marlins enfoncée sur le crâne et un blouson épais, surprenant vu le climat de la Floride. Des lunettes noires réfléchissantes masquaient tout le haut de son visage, et une barbe sombre et dense dissimulait quasiment toute surface de peau. Il avait les mains dans les poches. Big Whitey savait comment s'y prendre avec les caméras de sécurité : impossible de dire s'il était grand ou petit, blanc ou pas.

Will expliqua :

— La Floride n'a jamais réussi à avoir mieux. Cette

photo vient de la caméra de surveillance d'un restau de poulet sur la Tamiami Trail.

Branson demanda :

— Mais ils sont sûrs que c'est Big Whitey ?

— Un des cuistots l'a reconnu. Il a dit qu'il l'avait vu à l'endroit où il achetait ses pilules.

— Il l'a balancé pour quoi ?

Will désigna la photo du doigt.

— A peu près une minute après ce cliché, Whitey est sorti du champ de la caméra et a collé une balle dans la tête d'un flic avant de filer par la porte de derrière, où une voiture l'attendait.

Branson semblait dubitative.

— Et Sarasota n'aurait pas tout mis en œuvre pour retrouver un tueur de flic ?

— Le cuistot ne connaissait pratiquement que son surnom. Les flics voulaient l'interroger de nouveau le lendemain, sauf qu'il s'est fait descendre devant chez lui le soir même.

— Les flics de Sarasota avaient laissé repartir leur unique témoin ?

— Ils ne savaient pas que Whitey l'avait repéré, et ils ne pouvaient pas le retenir sans raison légale.

Amanda intervint, clairement sarcastique :

— Et les gars de Sarasota n'avaient pas rassemblé les pièces du puzzle sur Big Whitey. C'est le FDLE qui l'a fait à leur place.

Même si ce n'était pas nécessaire, elle expliqua :

— Le Florida Department of Law Enforcement est l'équivalent de notre GBI. C'est eux qui sont chargés de coordonner les affaires entre les différents comtés. Ils sont très bons pour voir l'ensemble du tableau quand les forces locales sont trop myopes pour le percevoir.

De nouveau, Branson prit quelques secondes avant de demander :

— Vous avez d'autres détails sur Big Whitey ?

Will répondit :

— Rien de récent. Selon le FDLE, il aurait commencé avec le gang des Palmetto Street Rollers, un groupe établi à Miami. Beaucoup de Cubains, quelques Blancs. Selon le FBI, ils auraient été jusqu'à vingt mille répartis sur la côte Est.

Branson hocha la tête, et il poursuivit :

— Le gang a éclaté en plusieurs groupes à la suite de guerres de territoire. En Floride, sans en être sûr, on pense que Big Whitey a récupéré Sarasota et toute la zone qui descend vers les Keys. D'après nous, en deux ans, il a remonté vers Savannah et même Hilton Head.

— Et sur quoi vous fondez-vous pour conclure ça ?

— Savannah et Hilton Head sont tombés sur son nom à plusieurs reprises, surtout par des indics, mais rien de concret. Au début, les flics locaux l'ont pris pour une légende urbaine, un genre de croquemitaine de la rue. « Tiens-toi bien ou Big Whitey te chopera. » « C'est pas moi, m'sieur l'agent, c'est Big Whitey. » A Savannah, ils sont persuadés qu'il existe vraiment, mais l'Etat de Caroline a supprimé la brigade de Hilton Head il y a six mois. Ils préfèrent financer des gardes-côtes, en se disant que surveiller le trafic maritime fonctionne mieux.

— Et qu'est-ce qui a convaincu Savannah que ce Big Whitey n'est pas juste une rumeur — je veux dire, quoi d'autre que l'excellente vision d'ensemble du GBI ? questionna Branson sans pouvoir s'empêcher d'ironiser à son tour.

Will ignora le sarcasme.

— Ils se sont aperçus qu'il se passait quelque chose, une tendance déjà vue ailleurs. Les drogués et les malfrats sont devenus plus sophistiqués. La criminalité a augmenté, mais le nombre d'affaires résolues a diminué. Les voyous trouvaient soudain de quoi embaucher des avocats haut de gamme — toujours les mêmes, dans les mêmes cabinets. Et de quoi se payer aussi des caisses et des fringues plus élégantes, des armes plus grosses. Quelqu'un a transformé une bande de délinquants à la petite semaine en hommes d'affaires.

— Donc, Big Whitey existe vraiment, résuma Branson. Et tous les voyous de la ville ont joué le jeu ?

— A moins de finir six pieds sous terre. La plupart des délinquants ont accepté. Après tout, ils ne sont pas devenus dealers pour perdre de l'argent.

Ce que Will n'ajouta pas, c'est que pas mal de flics avaient eux aussi suivi le mouvement, à leur manière. Ceux qui n'avaient pas demandé un transfert avaient postulé pour une retraite anticipée.

— Et maintenant, parce qu'on vous a refilé un tuyau, vous pensez que Big Whitey est en train de monter le même genre d'opération à Macon, conclut Branson. Je suppose donc que le truc de Whitey, c'est les médocs, comme ceux que Tony Dell fauchait à la pharmacie de l'hôpital ?

Will répondit :

— C'est une partie de son business, mais le gros du trafic reste l'héroïne. Whitey s'introduit d'abord dans les banlieues, et de là il s'attaque aux quartiers blancs friqués. Il les appâte avec des médocs, puis il les amène à se piquer à l'héro.

Branson demanda :

— Comment avez-vous dégoté Dell ?

— Source confidentielle, intervint Amanda d'un ton léger.

— La même que celle qui vous a branchés sur Big Whitey ? rétorqua Branson sans même la regarder.

— C'est comme ça que ça se passe en général.

De nouveau, Branson l'ignora pour demander à Will :

— Et c'est la raison pour laquelle vous avez accepté de faire le guet sur le prétendu cambriolage d'hier soir ? Pour vous construire une réputation de vrai dur auprès de Dell ?

Will hocha la tête.

— Bon, c'est logique. Merci pour votre temps.

Branson ramassa son attaché-case pour le reposer sur ses genoux avant de terminer :

— Madame la directrice adjointe, vous savez comment me contacter.

Amanda n'était pas souvent prise au dépourvu, mais sur ce coup-là Denise Branson était parvenue à la surprendre.

— C'est tout ?

— Je vois bien que vous ne m'en direz pas plus, et de mon côté je n'ai pas du tout l'intention de partager quoi que ce soit avec vous, fit Branson en se levant. Mais si j'avais vraiment eu envie de me faire baiser ce matin je serais restée au lit avec mon vibromasseur.

Pas de doute, elle savait réussir une sortie. Elle quitta le bureau la tête haute, son attaché-case sous son bras. Will regarda Amanda — elle fixait la porte, médusée.

— La vache, lança Faith, brisant le silence. Sacré numéro.

Amanda recommença à tripoter les branches de ses lunettes de lecture.

— Elle savait que c'était Lawrence qui avait tiré sur Long avec le fusil à pompe. Je suppose qu'elle a demandé des tests. On le saura vite.

Will avait noté ce détail lui aussi.

— Elle est entrée dans la maison avant que les scellés soient posés. Elle savait que Lawrence avait des boutons dus à la méth sur le visage, mais on ne les voit pas sur ses photos. Et elle a appelé Dell « Tony », pas Anthony.

Amanda enchaîna :

— Elle a eu environ deux heures avant que Charlie et son équipe arrivent à Macon. En d'autres termes, elle mène une enquête parallèle.

Elle fusilla Will du regard.

— Et il gèlera en enfer avant qu'elle nous révèle ce qu'elle a trouvé dans la voiture de Dell. Si tant est qu'elle ait trouvé quoi que ce soit.

Il hocha la tête — le reproche était mérité.

— A mon avis, la voiture ne servira à rien, intervint Faith en consultant les notes qu'elle avait prises. Apparemment, Branson a dû prendre directement les empreintes pour identifier Zachary et Lawrence. Ils n'étaient pas assez bêtes pour entrer avec leur portefeuille sur eux. Ils ont dû les laisser dans le fourgon.

— Dell a sans doute déjà revendu leurs cartes de crédit, ajouta Will. Il gardera leur permis de conduire pour lui. Et le fourgon doit déjà être démembré et revendu en pièces détachées.

Abandonner la Kia sur place avait été un coup risqué, mais Tony Dell n'était pas du genre à laisser passer une occasion de se faire de l'argent facilement.

— Dell n'a qu'un tout petit casier, je me trompe ? demanda Amanda à Will.

— Non, répondit-il. Il a été arrêté quelques fois, mais il n'est jamais passé par la case pénitencier.

En réalité, Tony Dell avait jusqu'ici eu beaucoup de chance.

— Qu'est-ce que vous allez lui raconter quand vous vous retrouverez ?

— Que je suis en rogne. Pourquoi il m'a menti sur le job ? Qu'est-ce qu'il a raconté aux flics ? Est-ce que je dois quitter la ville ? Est-ce qu'il va me payer quand même ?

— Très bien. N'en faites pas trop.

De nouveau, Will hocha la tête. Faith se carra sur sa chaise.

— Pourquoi Lena n'a-t-elle pas dit à Branson que tu étais là-bas ?

— Je n'en ai pas la moindre idée, avoua Will. Je veux bien croire qu'elle était en état de choc. Elle avait les pupilles comme des soucoupes et elle ruisselait de transpiration. Elle venait de tuer un mec à mains nues et elle était sur le point de s'en faire un autre.

— C'est vrai, n'est-ce pas ? intervint Amanda. N'oublions pas qu'elle a failli commettre un meurtre de sang-froid.

Will répondit :

— Branson a raison pour ce qui est de la loi du château. Deux personnes se sont introduites chez elle et ont tenté de la tuer. Elle a cru son mari mort. Sa propre vie était en danger. On pourrait amener ça devant un tribunal, mais aucun jury au monde n'accepterait de la condamner.

C'était le problème avec Lena Adams — du moins, pour Will. Il n'approuvait pas ses agissements mais, dans ses tripes, il les comprenait. La voix d'Amanda se fit dure :

— J'ai dit « n'oublions pas », je ne vous ai pas demandé de la coffrer.

Puis, à Faith :

— Essayez de vous débrouiller pour réunir Will et Lena dans la même pièce. Elle pourrait accepter de nous en dire plus en sa présence.

— Avec Sara dans le couloir, ça ne va pas être facile, répondit Faith en coulant un regard furieux en direction de Will. Et n'oubliez pas à qui nous avons affaire. Au cas où ce ne serait pas clair pour tout le monde, le fait que Lena s'en soit tirée la dernière fois me reste en travers de la gorge. Ça ne m'étonnerait pas le moins du monde qu'elle connaisse les raisons de ce qui s'est passé hier et qui a donné les ordres. A mon avis, elle a choisi la mauvaise perquisition ou le mauvais pot-de-vin pour se remplir les poches. C'est peut-être pour ça que Branson est chargée de l'enquête. Lena fait partie de son équipe. Branson ne veut pas passer pour la pauvre conne qui avait un ripou sous ses ordres sans le savoir.

— Lena n'est pas un officier marron, protesta Will.

Il avait passé sa vie auprès de femmes blessées comme Lena Adams. Quand on les connaissait, leurs motivations étaient faciles à découvrir.

— Elle n'accepterait pas de pot-de-vin. D'accord, elle

fait des trucs pas réglo, mais elle pense toujours que c'est pour de bonnes raisons.

— Si tu le dis, répondit Faith, qui ne s'encombrait guère de nuances. Le major Branson croit que les vols à la pharmacie de l'hôpital sont la raison de ta présence à Macon. Et elle fera tout pour découvrir qui est ton informateur.

Amanda énonça l'évidence :

— Elle ne le saura que si quelqu'un le lui dit.

— Vous ne trouvez pas bizarre qu'elle nous ait demandé une photo de Big Whitey ? lança Will.

— Si, reconnut Amanda. Ce n'est pas ce que j'aurais voulu qu'on me montre en premier.

— Elle n'a pas fait ce truc bizarre avec sa bouche quand on la lui a sortie, mais qui sait ? reprit Faith en refermant son carnet. Vous pensez qu'elle nous cache quoi d'autre ?

— Plus que ce qu'on lui cache de notre côté, et ça m'énerve, répondit Amanda.

Puis, haussant la voix :

— Caroline, appelez-moi Gil Gonzalo, au FDLE.

— Je vais tomber sur un réceptionniste, répondit la secrétaire depuis le couloir. Avec le décalage horaire, il ne sera pas à son bureau avant une demi-heure.

— Ils bossent vraiment quand ils veulent, là-bas, grommela Amanda. Will, dans votre rapport, vous dites que Dell est venu vous trouver hier soir vers 23 h 30. Il vous a emmené directement sur les lieux ?

Il n'avait pas encore réfléchi à la question de l'horaire.

— Je sortais juste de mon service à l'hôpital. Il m'a abordé au passage, sur le parking. Peut-être qu'il avait besoin de moi pour remplacer quelqu'un…

— Comment Dell t'a-t-il présenté le boulot ? interrogea Faith.

— Il m'a demandé si je voulais gagner cinq cents billets en fermant ma gueule et en ouvrant les yeux.

— Cinq cents, c'est beaucoup pour faire le guet, souligna Faith. Tu peux faire buter quelqu'un pour moins que ça.

— Tu as raison.

Will se rendait compte qu'il avait raté pas mal de trucs la veille. L'adrénaline et la panique pure n'ont jamais fait de bien sur la mémoire à court terme. Il continua :

— J'ai remarqué qu'ils se sont juste serré la main devant la maison de Lena. Pas le *check* façon potes, une poignée de main formelle, comme s'ils ne se connaissaient pas bien.

Faith plissa les lèvres, réfléchissant à la situation.

— Donc, c'était un plan préparé à la dernière minute. Ils n'avaient pas de gars sur place.

— Dell traîne quasiment tous les soirs dans le même rade, au Tipsie, précisa Will. C'est un bar à strip-tease près de la bretelle d'autoroute, avec une clientèle de repris de justice et de bikers. J'y suis allé deux ou trois fois avec lui, histoire de consolider la relation.

— La *relation* ? répéta Faith d'un ton moqueur.

Will ignora son sarcasme.

— Si tu cherches un gars à Macon pour descendre deux flics, le Tipsie est le bon endroit.

— J'irai y jeter un coup d'œil, dit Faith. J'espère que le reste de la police de Macon se montrera plus coopératif que le major Branson. Elle a quelque chose d'un peu trop frimeur pour moi. C'est quoi cette façon de sortir toutes ses décorations pour une réunion de travail ? Et son petit sourire…

— Pour moi, expliqua Amanda, on lui a refilé ça pour lui faire les pieds. Double tentative de meurtre sur des flics, un mort, un blessé grave, et son chef nous l'envoie ici pour nous mettre au courant ? Ce n'est pas une mission de rêve.

— Surtout si elle est debout depuis pas d'heure, renchérit Faith. Si j'ai bien compris, Branson a l'air du côté de Lena. C'est peut-être un truc du genre « toi et moi contre le monde entier », comme si elles étaient dans le même bateau.

— Peut-être, admit Amanda. Qui se ressemble s'assemble.

Will cessa de leur prêter attention. Il repensait à la nuit précédente, au trajet vers la maison de Lena. Dell semblait nerveux, mais c'était toujours plus ou moins le cas chez lui. Il tripotait la radio, pianotait sans cesse sur le tableau de bord, sa cuisse ou le volant, conduisant d'une main vers ce qu'ils voyaient tous les deux comme un coup facile. Il n'avait pas arrêté de parler : du temps, de sa mère malade qui vivait au Texas, d'une femme de l'hôpital avec qui il crevait d'envie de coucher. Tout ce que Will avait à faire, c'était d'acquiescer de temps en temps pour l'encourager. Dell n'en demandait pas plus. Il parlait même trop pour son propre bien. Parce qu'ils avaient raconté l'histoire à l'envers au major Branson : au départ, l'enquête de Will visait bel et bien Tony Dell. Sauf que, dès son premier jour sous couverture, il l'avait entendu déblatérer à propos d'un dealer de grande envergure nommé Big Whitey.

Will s'aperçut soudain qu'Amanda et Faith s'étaient tues et le regardaient.

— Qu'y a-t-il ? l'interrogea Faith.

Il secoua la tête, mais lança tout de même :

— Encore ce Big Whitey…

— Ça ne peut pas être une coïncidence, dit Faith. Tu es là-bas pour Dell. Dell t'oriente sur Big Whitey. Big Whitey tue des flics. Un peu plus d'une semaine après, deux officiers de police sont attaqués.

— C'est le timing qui me gêne, objecta Will. Si je veux tuer des flics, je ne m'y prends pas au dernier moment. Je prépare mon coup. Je les file pour découvrir leurs habitudes. Et ça me prendrait plusieurs jours, peut-être une semaine, pour réunir une équipe. Leur exécution devait donc être une question urgente, sinon ils n'auraient jamais employé Dell et encore moins quelqu'un comme moi, qu'ils n'avaient jamais vu.

— Tu penses que des membres du groupe de départ se sont dégonflés ? Parce que, continua Faith pour répondre à sa propre question, ce serait logique qu'ils vous aient caché leur objectif réel si leur premier choix leur avait fait faux bond.

— Ce qui expliquerait les cinq cents dollars, approuva Will. Tu allonges les billets pour éviter les questions et trouver plus facilement des volontaires.

Il réfléchit un instant puis revint sur l'organisation :

— Donc, les salopards ne jouent pas sur le long terme. Ça, c'était un truc récent. S'il y avait un contrat sur leur tête, ça date au maximum de deux semaines. Conclusion, il faut qu'on sache ce qui s'est produit depuis quinze jours.

— Macon appartient maintenant au comté de Bibb, fit Amanda en pianotant sur son clavier. C'est quel district, ça ?

— Le douzième, répondit Will.

— Caroline, appelez-moi Nick Shelton, lança Amanda à sa secrétaire.

— J'ai lu le journal local tous les jours, dit Will, s'attirant un regard surpris de la part des deux femmes. Il y a environ une semaine, deux flics ont été blessés au cours d'un coup de filet sur une maison de shoot clandestine, qui vendait surtout de la méth et des médocs. Les détails sont vagues. Un flic est toujours à l'hosto, l'autre est en arrêt maladie.

— Quelque chose d'autre ? demanda Amanda.

— Ils ont saisi de l'argent liquide dans la perquisition. La loi leur permet de le garder. Le journal ne donnait pas de somme exacte, mais le Macon PD parlait déjà d'acheter de nouveaux véhicules de patrouille et des fusils-mitrailleurs pour le groupe d'assaut. A part ça, ajouta-t-il avec un haussement d'épaules, rien que le tout-venant — des adolescentes en fugue, une saisie d'herbe au lycée, un type mort sur ses gogues.

Amanda posa les deux mains à plat sur son bureau. Visiblement, la discussion était terminée.

— Très bien. On a un plan ?

— Mon service à l'hôpital commence à 11 heures, indiqua

Will à Faith. Il va falloir que tu m'aides à me trouver dans la même pièce que Lena sans cramer ma couverture.

— Je suis sûre qu'elle sera prête à coopérer, répondit son équipière d'un ton sceptique avant de se tourner vers leur chef. Amanda, vous croyez que ça vaut la peine que j'aille au camping où vivaient Zachary et Lawrence ?

Amanda secoua la tête.

— Branson a sans doute retourné ciel et terre là-bas. Attendez un jour ou deux et allez-y en douceur. Ça fera un chouette contraste.

— Parfait, approuva Faith. En parlant de Branson, je revérifierai quand même les infos qu'elle nous a données. Pour voir si elle n'a pas oublié un ou deux trucs dans les casiers de Zachary et Lawrence. J'en profiterai pour faire quelques recherches sur Adams et Long. J'enverrai tout aux analystes pour qu'ils fouillent dans les comptes, situations de crédit, amis proches, famille… tout ce qu'ils trouveront.

— Ça va faire un sacré paquet d'informations à trier, signala Amanda. Faites-vous aider par des stagiaires. Demandez-leur de centrer leurs recherches sur Jared Long, histoire qu'on ait des traces écrites en cas de procès. On ne voudrait pas être accusés de manquer d'objectivité.

Faith se leva de sa chaise.

— De manquer *de nouveau* d'objectivité, vous voulez dire ? Je vais appeler la compagnie de téléphone pour savoir quels sont les relais autour de la maison d'Adams. A minuit dans une zone rurale, il ne devrait pas y avoir tant d'appels que ça.

— Tenez-moi au courant s'ils vous mettent des bâtons dans les roues, dit Amanda. S'ils nous demandent un mandat, ça pourrait nous prendre plusieurs jours.

Ces derniers temps, les fournisseurs d'accès commençaient à se montrer pointilleux sur les informations qu'ils transmettaient.

— Amanda ? cria Caroline depuis le couloir. Nick Shelton sur la deux.

Amanda souleva le combiné mais, au lieu de parler dedans, elle le coinça contre son épaule.

— Will, faites attention à vous. Gardez toujours votre téléphone sur vous pour qu'on sache exactement où vous êtes.

— Oui, madame.

Il suivit Faith jusqu'à la porte.

— Et aussi…

Amanda attendit que tous deux se soient retournés vers elle.

— Will a raison sur le timing. Quelle que soit la cause de tout ça, elle ne peut pas remonter à loin. Faith, vous vous occupez de reconstituer les faits. Vous partez d'hier soir et vous remontez, minute par minute s'il le faut. Trouvez-moi ce que Lena Adams a bien pu foutre pour déclencher un merdier pareil.

4

SEPT JOURS AVANT — JOUR DU RAID
Macon, Géorgie

L'aube teintait la lumière du matin de bleu cobalt tandis que le fourgon du commando dévalait la route de gravier. A l'arrière se trouvaient dix flics, cinq d'un côté, cinq de l'autre, serrés épaule contre épaule, si bien que chaque cahot les faisait sauter à l'unisson. Les haut-parleurs hurlaient *Cop Killer* d'Ice-T, faisant vibrer l'air sur un rythme enragé.

« Tueur de flic. Plutôt toi que moi. »

Un nouveau nid-de-poule, et Lena Adams rajusta sa prise sur son fusil d'assaut. Elle vérifia le Glock attaché à sa cuisse, s'assurant que le velcro retenait l'arme fermement. La voix dans sa tête chantait aussi fort qu'Ice-T à mesure qu'ils approchaient de la cible. Elle prit quelques inspirations rapides, pas pour s'éclaircir la tête, mais pour la faire tourner, pour amplifier encore le rush d'adrénaline et la sensation d'euphorie — celle de savoir qu'elle n'était plus qu'à quelques minutes de la plus grosse saisie de sa carrière.

Et puis tout s'arrêta. La musique se tut d'un seul coup. La lumière rouge s'alluma au-dessus de leurs têtes.

Silence.

Deux minutes avant d'arriver.

Le fourgon ralentit, faisant crisser le gravier sous les

pneus. On sortit les pistolets, on vérifia les chargeurs, on ajusta les casques et les lunettes de protection. L'odeur de testostérone se fit plus épaisse. Neuf hommes et une femme. Tous vêtus de gilets en kevlar et de treillis noirs, avec assez de munitions pour éliminer une petite armée.

Lena respira par la bouche, comme pour mieux goûter la peur et la tension croissantes dans le fourgon. Elle observa son équipe. Yeux grands ouverts. Pupilles dilatées. Une anticipation presque sexuelle. A la façon dont chacun s'agitait sur son siège, agrippait plus fermement la crosse de son fusil, elle sentait l'excitation grimper autour d'elle. Ils surveillaient la maison depuis deux semaines, et ils avaient préparé leur assaut tandis que les drogués et les putes allaient et venaient comme des fourmis affairées. Il y aurait un tas de fric. Du Percocet, du Vicodin, de l'Oxy-Contin — l'héroïne des bouseux. De la coke. Des armes.

Beaucoup d'armes.

La surveillance nocturne leur avait appris que quatre hommes se trouvaient à l'intérieur de la maison. Le premier était un voyou de petite envergure, en liberté conditionnelle pour voies de fait. Le deuxième était une merde de junkie qui aurait sucé un clébard pour obtenir sa dose d'Oxy. Le troisième était Diego Nuñez, un gros bras à l'ancienne qui adorait aller au charbon. Le quatrième était leur meneur, une ordure du nom de Sid Waller, qui avait été interrogé pour une affaire de viol et pour deux meurtres différents, mais avait réussi Dieu sait comment à s'en tirer blanc comme neige.

Waller était leur cible principale. Lena l'avait dans le collimateur depuis huit mois, jouant à « je t'attrape — je te relâche » avec une application masochiste.

Mais pas cette fois.

La drogue et les armes suffiraient à expédier Sid à l'ombre pour au minimum vingt ans, mais Lena en voulait davantage. Elle voulait qu'il sache pour le reste de sa misérable vie que c'était une femme qui lui avait passé les menottes, l'avait expédié en taule et fait plonger. Et la vie en question, d'ailleurs, ne durerait pas — Lena voulait l'envoyer directement dans le couloir de la mort. Elle voulait être là quand on lui planterait l'aiguille dans le bras. Voir la dernière étincelle de vie le quitter. Et elle jouait sa carrière pour que ça se produise.

Depuis deux semaines, elle bataillait contre sa hiérarchie, les exhortant à maintenir l'opération, plaidant pour obtenir davantage d'heures sup, de personnel, d'argent, et de clémence pour l'indic qui leur avait indiqué cette maison au milieu des bois.

Derrière les barreaux, la bande de Sid ne ferait pas long feu. Diego Nuñez tiendrait peut-être le coup, mais les deux autres étaient des drogués et, sans Sid Waller pour les surveiller, ils oublieraient vite la loyauté au profit de la défonce. En moins de vingt-quatre heures, ils supplieraient à genoux pour qu'on leur offre un arrangement, et Lena avait sous la main un procureur prêt à le faire. Sid Waller avait tué un gamin de dix-neuf ans. Il avait violé sa propre nièce et tranché la gorge de sa sœur quand celle-ci avait appelé le 911. Chaque flic dans ce fourgon rêvait d'être celui qui le mettrait hors d'état de nuire.

Lena, elle, ne rêvait pas. Pas la peine : elle allait le faire.

Elle fixa le plafonnier jusqu'à ce que la lumière rouge se mette à clignoter.

Une minute.

Lena ferma les yeux, repassant le plan dans sa tête. Ils avaient pris tous les renseignements sur la maison. Saisie sur hypothèque, elle était vide, comme pas mal de baraques dans les faubourgs de la ville. En brique — un bon point : ça arrêterait les balles. C'était un bâtiment sans étage, sur une parcelle de huit mille mètres carrés entourée d'un côté par une forêt et de l'autre par une route de campagne qui partait de Macon et menait vers l'Interstate 75 en direction d'Atlanta. La consultation du cadastre leur avait permis d'obtenir les plans datant du permis de construire : salon, salle de bains et deux chambres à l'arrière ; salle à manger et cuisine à l'avant, avec en face de l'évier un escalier qui menait au sous-sol.

Ils avaient répété l'assaut si souvent que Lena le voyait comme un ballet parfaitement chorégraphié. DeShawn Franklin et Mitch Cabello feraient sauter la porte avec un bélier Monoshock. Lena prendrait l'avant de la maison avec Paul Vickery, son coéquipier depuis un an. Eric Haigh et Keith McVale s'occuperaient de la salle de bains et des deux chambres à l'arrière. DeShawn et Mitch entraîneraient les éventuels prisonniers à l'écart. Les autres hommes quadrilleraient le pourtour de la maison pour s'assurer que personne ne se tire en douce par une porte ou une fenêtre. Lena aurait voulu au moins huit hommes de plus dans son équipe, mais l'opération frôlait déjà le million de dollars et elle savait qu'il valait mieux ne pas en demander davantage à sa hiérarchie.

Ils travailleraient toujours par deux : hors de question d'entrer seul dans une pièce. L'agencement de la maison, avec des pièces en enfilade pourvues d'une seule porte, rendait l'opération hasardeuse. Dans le parking du poste de police, ils avaient délimité à l'aide de rubans un plan des lieux à grande échelle. Lena et Paul devaient se charger de deux portes avant d'atteindre le sous-sol : celle entre le salon et la salle à manger, et celle entre la salle à manger et la cuisine. Toutes deux représentaient un risque majeur de se faire tirer dessus.

Le plus compliqué, ça allait être le sous-sol. Le plan de masse montrait un espace ouvert, mais il datait de la construction de la maison, dans les années 1950. On devait supposer qu'il avait été aménagé depuis. Ils allaient trouver des murs qui ne figuraient pas sur le plan, des portes fermées, des placards. Il n'y avait pas de porte de sortie, seulement deux soupiraux trop étroits pour qu'un homme puisse s'y faufiler. Bref, le sous-sol constituait un piège mortel.

Au poste, ils avaient tiré à la courte paille pour savoir qui descendrait en premier. L'équipe de Lena avait gagné, mais seulement parce que c'était elle qui tenait les pailles.

Le fourgon rétrograda encore, roulant maintenant au pas. L'arrière n'était pas vitré, mais Lena pouvait voir à travers le pare-brise, par-dessus la tête du chauffeur. Le soleil commençait à leur faire de l'œil. Un bosquet de pins serrés bordait le côté de la maison. Les photos aériennes montraient un sentier qui le traversait en ligne droite jusqu'à la route, à moins de deux cents mètres de là. Si les méchants décidaient de s'enfuir à pied, ce serait la direction qu'ils prendraient — raison pour laquelle deux voitures de police étaient chargées de quadriller cette portion de départementale.

Le véhicule s'arrêta. Le plafonnier clignota une dernière fois avant de s'éteindre.

Lena actionna la pompe de son fusil d'assaut pour engager une cartouche dans le magasin. De nouveau, elle vérifia le Glock. Ses équipiers firent de même. Le conducteur, un vieux de la vieille nommé Kirk Davis, murmura quelques mots dans la radio pour informer la hiérarchie qu'ils étaient en place. Le poste de commandement mobile était installé à un kilomètre et demi, dans le parking d'un supermarché Piggly Wiggly. Si on se fiait à ce qui s'était produit dans le passé, Denise Branson attendrait que le commando de Lena ait sécurisé la maison avant de débarquer et de s'arroger tous les lauriers de l'opération.

Tant pis.

Ses lauriers, Lena les aurait quand elle tiendrait Sid Waller sous sa botte, allongé par terre avec ses gros poignets sciés par les larges menottes en plastique. C'était tout ce qu'elle pouvait faire — tout ce qu'il lui restait dans la vie. Ce qui la poussait à se lever chaque matin, qui l'accompagnait dans son lit vide quand elle allait se coucher.

Elle saisit la poignée de la porte avant de se retourner vers son groupe, fixant tour à tour chaque homme dans les yeux pour s'assurer qu'ils étaient prêts. Tous hochèrent la tête. Elle ouvrit la portière.

Et le bal commença.

Lena sauta la première pour s'élancer vers la maison. Elle entendit le martèlement des bottes derrière elle — neuf gars armés jusqu'aux dents et bien décidés à en découdre. Le fusil serré contre sa poitrine, elle sprinta en direction de l'abri de voiture. Son Glock lui battait contre la cuisse. Elle scruta les bois qui entouraient la maison, prit note des détritus qui jonchaient le sol, des bouteilles brisées et mégots de cigarettes.

L'équipe chargée de la surveillance du périmètre se dispersa pour prendre position. Lena emmena le reste des hommes sous l'abri de voiture. Ils se mirent en ligne, deux de chaque côté, Paul Vickery coude à coude avec Lena. Il lui adressa un clin d'œil, comme si de rien n'était, mais elle pouvait voir sa poitrine qui se soulevait à toute vitesse sous son gilet. De l'intérieur de la maison leur parvinrent les rires enregistrés d'une série télé, puis de la musique. *Movin' on Up*, le générique de *The Jeffersons.*

Lena déclencha le chronomètre de sa montre. Elle hocha brièvement la tête en direction de DeShawn et Mitch qui, tenant le bélier Monoshock, attendaient son signal.

Ils effectuèrent deux mouvements pour donner de l'élan au cylindre de métal de trente kilos avant de l'abattre sur la porte — le bois éclata comme du verre.

Lena hurla « Police » au moment où ils se précipitaient à l'intérieur, armes brandies, prêts à tirer dans tous les sens.

Sauf qu'ils débarquaient après la fête.

Deux hommes étaient assis sur le canapé en velours côtelé jaune en face du téléviseur. Torse nu. Le jean sur les hanches. L'un avait la main dans sa poche de devant. L'autre tenait une canette de bière. Tous deux avaient les yeux ouverts. Leurs lèvres également ouvertes révélaient leurs dents manquantes. Tout un arsenal d'armes de poing était disposé sur la table basse éraflée devant eux.

Aucun des hommes ne bougea — et ils ne bougeraient pas avant que le légiste en ait fini avec eux.

On leur avait tranché la gorge à tous les deux. Les blessures étaient béantes, montrant des morceaux de vertèbres blanches derrière les tendons rouge sombre de leur cou.

Paul chercha un pouls, même si, à trois mètres de distance, Lena aurait pu dire que les deux hommes avaient rendu l'âme depuis des heures. La peau cireuse. L'odeur de décomposition. L'un des morts était le junkie — Elian Ramirez. Son torse nu était cave, avec les côtes qui saillaient comme des cure-dents. Son assassin lui avait épargné la peine de se tuer à petit feu à l'Oxy.

Paul observa le deuxième homme, lui fit pivoter la tête pour mieux le regarder.

— Merde, jura-t-il, avec une déception contagieuse.

Diego Nuñez, le bras droit de Sid Waller. Lena vit une mouche parcourir paresseusement son orbite. D'un violet tirant sur le noir, la langue de Nuñez sortait de sa bouche comme celle d'un chow-chow. Selon les témoignages, Diego avait eu son tour avec la nièce de Waller quand son patron en avait eu terminé avec elle. Il tenait le volant de la voiture depuis laquelle on avait tiré sur le gamin de dix-neuf ans qui avait été assez bête pour dénoncer Waller. D'après Lena, en récompense de ses bons services, Diego avait aussi eu le droit de s'amuser avec la sœur de Waller. La femme avait été sauvagement violée et battue avant qu'on lui tranche la gorge.

Assassin. Violeur. Homme de main. Et il était mort devant sa télé, une bière à la main.

— Merde, répéta Paul.

Il venait de trouver un autre cadavre derrière le canapé. Celui-ci n'avait pas la gorge ouverte, mais il lui manquait une partie de la tête, tranchée d'un seul coup. Sans doute avec la hache appuyée contre le mur, comprit Lena, vu que de longues mèches de cheveux mêlées à des lambeaux de cuir chevelu et d'os blanc adhéraient encore à la lame.

Eric Haigh plaqua une main sur sa bouche. Du vomi jaillit entre ses doigts pendant qu'il se précipitait vers la porte. Lena ne s'en occupa pas — il pouvait détaler aussi loin que ça lui chantait. Elle ne tolérait guère la faiblesse. Et hors de question qu'elle laisse son équipe tomber dans une embuscade. Il fallait qu'ils se sortent les doigts du cul, et en vitesse.

Elle fit claquer son pouce contre son majeur pour attirer leur attention, et le son sec se détacha sur la musique assourdissante de la télé. Elle montra les trois cadavres avant de lever quatre doigts. L'unité de surveillance avait parlé de quatre hommes. Il leur restait à trouver Sid Waller.

Il n'en fallut pas plus. DeShawn se mit en faction près de la porte de derrière pour éviter les mauvaises surprises. Mitch prit la place d'Eric et suivit Keith dans le couloir du fond. Lena se dirigea vers la salle à manger, Paul sur ses talons.

Ils avancèrent courbés en deux. Le sol était jonché d'ordures — surtout des canettes de bière et des sacs de fast-food vides. La moquette était si crasseuse qu'elle adhérait aux semelles des bottes de Lena tandis qu'elle avançait vers la porte ouverte. Elle tâchait de marcher sur la pointe des pieds en pensant à ce qui se trouvait au sous-sol. Elle imaginait Sid Waller tapi au-dessous d'eux, une arme pointée sur le plafond, guettant un bruit pour tirer.

Le générique de *The Jeffersons* s'acheva par un accord de gospel. Lena l'entendit à peine par-dessus le son de son propre cœur qui lui cognait dans les oreilles. Elle se plaqua contre le cadre de la porte, l'épaule contre le mur.

Une cloison de bois recouverte de plâtre, qu'un 9 mm Parabellum transpercerait sans peine — c'était, Lena le savait, le calibre préféré de Sid Waller.

Paul lui tapota la jambe deux fois, le signal pour passer à l'action. Lena s'écarta du chambranle, genoux pliés, fusil braqué vers l'intérieur de la pièce. Il n'y avait pas de table à manger, seulement un matelas taché de sang à même le sol, avec les résidus habituels d'une salle de shoot. Pipes à crack. Feuilles d'alu pliées. Seringues usagées. L'odeur âcre et vinaigrée de l'héroïne lui brûla les narines.

Une infiltration due aux averses récentes avait fait s'écrouler une partie du plafond. Le sol était jonché de morceaux de plâtre. Les lattes du parquet avaient commencé à se soulever, formant comme la proue d'un canoë. Lena scruta le plafond pour s'assurer que personne ne se cachait dans la charpente.

La pièce était vide. Par la fenêtre brisée, Lena vit l'un des policiers en faction devant la maison, son Colt AR-15 brandi devant lui, tournant sans cesse la tête de droite à gauche pour observer les environs. Il s'arrêta juste le temps de faire signe à Lena que personne n'avait quitté les lieux.

Elle jeta un coup d'œil à Paul et désigna du doigt la porte suivante. Celle-ci était fermée. Elle donnait sur la cuisine, où se trouvait l'accès au sous-sol.

Comme pendant leurs répétitions, Paul passa devant. Fusil à pompe à l'épaule, Lena recula, surveillant ses arrières.

Depuis les chambres, Mitch lança :

— Clair !

Lena tapota à son tour la jambe de Paul pour lui indiquer d'avancer. Il ouvrit la porte d'un coup de pied, puis accomplit les mêmes gestes qu'elle quelques instants auparavant, pointant son Glock vers la cuisine tandis que Lena la balayait du canon de son fusil.

Vide.

Les placards n'avaient plus de façade. Une moitié du

plafond s'était effondrée, l'autre était envahie d'auréoles brunes. L'évier avait disparu et on avait défoncé le plâtre pour arracher les canalisations de cuivre et les fils électriques, bons pour la revente. Une odeur nauséabonde s'élevait du tuyau d'évacuation percé. Paul pointa son Glock vers le plafond, cherchant une éventuelle cache, avant de secouer la tête pour montrer qu'ils ne risquaient rien de ce côté-là.

Ils se tournèrent vers la porte du sous-sol.

Ça, c'était surprenant.

Il y avait une barre de renfort en bois, comme celles que l'on peut trouver sur un portail de grange — un madrier de charpente de cinq centimètres sur dix, logé dans deux sabots d'acier rivetés de part et d'autre du chambranle.

Paul jeta un coup d'œil interrogateur à Lena. Elle pouvait presque l'entendre penser. Ils avaient beaucoup parlé de la porte du sous-sol. Dans leurs scénarios, ils avaient toujours supposé deux choses : celle-ci serait fermée, et un ennemi se tiendrait de l'autre côté avec une arme chargée. Ils étaient donc censés se plaquer contre le mur et utiliser la crosse d'un fusil pour casser la poignée, le verrou ou tout ce qui maintiendrait la porte fermée, avant de plonger dans l'enfer qui les attendait derrière.

La barre de renfort changeait un peu la donne. Mais peut-être pas tant que ça.

Collée contre le mur, Lena tenta de soulever le madrier avec le canon de son arme. Il était coincé. Pas moyen de le faire glisser. L'un d'eux allait devoir utiliser ses deux mains pour l'ôter de son logement — ce qui ferait de lui une cible idéale pour un tireur placé de l'autre côté du battant.

Lena n'y réfléchit pas à deux fois. Elle lança son fusil à Paul. Il l'attrapa d'une main avant de reculer pour la couvrir.

Pour soulever la barre, elle dut y aller avec l'épaule, pliant les genoux et remontant. Cette saloperie était bien calée, elle refusait de bouger. Elle essaya encore, cette fois en assenant un grand coup, en utilisant toute la force de ses jambes. Ça marcha… plus ou moins. Le madrier sauta enfin hors des sabots, mais Lena perdit l'équilibre, partit en arrière et se retrouva sur le cul en plein milieu de la cuisine.

Raté pour l'avantage de la surprise.

Le madrier rebondit bruyamment sur le parquet. Elle avait l'impression de s'être fracturé le coccyx. Elle ressentit une douleur vive et cuisante sur son cuir chevelu, là où sa tête venait de heurter le rebord saillant du plan de travail. Son casque avait glissé en avant et écrasé ses lunettes de protection sur l'arête de son nez. Elle porta la main à l'arrière de son crâne. Les cheveux étaient mouillés. Elle regarda ses doigts : du sang.

Paul la dévisageait, sourcils froncés, comme s'il ne comprenait pas comment elle avait pu merder un truc aussi simple. Lena ne le savait pas plus que lui, mais elle n'avait pas le temps d'y réfléchir. Elle se releva, l'œil toujours rivé sur la porte fermée. Elle secoua la tête pour reprendre ses esprits. Sa vision était brouillée et elle avait l'impression qu'un métronome cognait à l'intérieur de son nez. Elle retira ses lunettes de sécurité. Le pont était ébréché. Elle les jeta vers un des placards sans porte.

Un sifflement étouffé leur parvint du couloir. Il signifiait : *Ne tirez pas*. Keith apparut dans la cuisine, suivi de Mitch. C'étaient tous les deux des costauds, avec des épaules si larges qu'ils donnaient l'impression que la cuisine n'était pas plus grande qu'un placard à balais.

Lena sentit une goutte rouler le long de sa nuque. Elle l'essuya de la main, mais ses doigts collaient quand elle les retira. Du sang, pas de la sueur.

Paul mâchonnait sa langue entre ses dents de devant, un tic qu'elle avait repéré dès la première semaine où ils avaient travaillé ensemble. Ça signifiait qu'il allait manifester son désaccord avec elle. Ça n'arrivait pas souvent mais, quand il faisait ça, c'était du sérieux.

Lena ouvrit la bouche, prête à lancer un ordre pour reprendre la tête du groupe, mais, comme par un accord tacite, Mitch et Keith passèrent en premier, braquant leur lampe torche sur la porte. Ils jetèrent un coup d'œil à Lena. Leur regard exprimait désormais plus d'agacement que d'expectative.

A contrecœur, elle se déplaça vers l'emplacement de l'évier et épaula de nouveau son fusil. Il ne lui restait qu'à les couvrir. Les rires enregistrés venus du téléviseur semblaient se moquer d'elle. Lena n'entendait pas les dialogues, juste le bourdonnement grave de George auquel répondait la voix aiguë de Weezy.

Mitch ouvrit la porte du sous-sol à la volée. Comme personne ne tirait, il descendit l'escalier. Keith le suivit. Paul resta en haut, Glock levé au cas où quelqu'un aurait réussi à échapper aux presque deux quintaux combinés de ses collègues.

Alors, l'attente commença.

Le temps changea. Même les particules de l'air semblaient flotter sur une fréquence différente.

Paul ne bougeait pas. Des gouttes de sueur s'écoulaient de ses mains, tombaient sur le parquet. Lena retint son souffle, attendant un dénouement — une détonation, des cris. Dans sa tête, elle égrenait les secondes. Cinq. Dix. Un nouvel éclat de rire jaillit de la télévision. La voix de Weezy encore. Puis celle de Lionel.

Vingt secondes. Paul n'avait pas bougé. Il ressemblait à une statue.

Sans un bruit, Lena relâcha son souffle. Inspira une nouvelle fois.

Trente-cinq secondes.

Quarante.

Enfin, Keith lança :

— Clair !

Paul baissa son arme. Lena expira enfin. Les poumons lui brûlaient.

— Deuxième passage ! ordonna-t-elle.

Elle appuya son fusil contre le meuble de la cuisine le temps d'enlever son casque. Elle entendit un chapelet de jurons en provenance du sous-sol, mais ça n'avait plus guère d'importance. Il y avait trois morts dans la maison — une maison qui était restée sous surveillance constante. Elle avait claqué un million des dollars de la police pour ce merdier. Elle avait trouvé le moyen de s'ouvrir le crâne et de prendre un coup sur le nez. Elle avait foutrement mal au cul. Ça cognait dans sa tête. Pendant ce temps, Sid Waller était sans doute à la plage, sirotant une margarita en se demandant quelle femme il allait suivre chez elle pour la violer.

Lena regarda sa montre. Le chronomètre tournait toujours. Cela faisait quatre minutes et trente-deux secondes qu'ils étaient entrés dans la maison.

— Puuuutain…, soupira-t-elle en expirant.

Elle leva les yeux vers le plafond crevé. Les poutres de la charpente montraient des taches de moisissure blanches. Des sacs plastique roulés en boule colmataient un trou dans les tuiles de goudron. Elle entendit des bruits de bottes résonner dans la pièce d'à côté — le reste de l'équipe venait aux nouvelles.

Assez fort pour que tout le monde l'entende dans la maison, Lena lança :

— On se tire d'ici aussi vite que possible. Maintenant, c'est une scène de crime.

— Branson est en route, répondit DeShawn sur le même ton. Le légiste débarque dans une demi-heure.

— Super, dit-elle. Plus on est de fous, plus on rit.

A son tour, Paul ôta son casque pour passer la main dans ses cheveux trempés de sueur.

— Tu vas bien ?

Lena hocha la tête, trop furieuse pour parler. Ce truc était censé faire bouger les choses. Tout changer, en mieux.

Putain. En ce moment, dans sa vie, la seule chose qui marchait c'était son boulot, et elle avait réussi à gâcher ça aussi.

Elle dégrafa la sangle velcro de son gilet pare-balles pour pouvoir respirer. Son T-shirt lui collait au dos. Elle savait qu'elle avait la nuque couverte de sang. Mais ça, Denise Branson, sa responsable directe, s'en ficherait. Elle exigerait des réponses. La hiérarchie allait s'en mêler. Les Affaires internes — la police des polices — aussi. Lena allait devoir appeler son mari pour qu'il lui apporte des vêtements de rechange : pas question qu'elle reste dans cette tenue de merde tout le temps qu'ils la cuisineraient. Sauf que, pour couronner le tout, Jared ne répondait plus à ses appels. Et qu'il ne se voyait sans doute plus comme son mari.

Lena enfouit son visage dans ses mains, secoua la tête. Il fallait qu'elle se reprenne. Ce n'était pas le moment de craquer.

— Je te soutiens devant Branson, dit Paul. Tout ce qu'il te faudra.

Lena baissa les mains.

— Je veux savoir pourquoi cette porte était barricadée.

De nouveau, Paul fronça les sourcils. Visiblement, il n'avait pas poussé la réflexion aussi loin.

— Tu massacres trois mecs et tu te tires, dit-elle. Tu ne restes pas dans la maison. Tu ne condamnes pas le sous-sol.

Elle désigna la porte.

— Regarde les traces dans le bois — le mec y est allé au marteau pour enfoncer ça.

La sueur lui ruisselait sur le visage. Elle l'essuya d'un revers de la main. La maison était une vraie fournaise.

— Putain. Branson va me renvoyer à la circulation pour ça.

— Tu pourras faire équipe avec Jared.

— Va te faire foutre.

— Hé là, fit Paul en déposant son Glock sur le meuble de la cuisine.

Il lui mit la main sur le bras, puis sur le visage, souriant comme si ça pouvait tout arranger.

Lena s'écarta de lui. Elle donna un coup de talon sur le plancher pour que ceux du sous-sol l'entendent.

— Cabello ? McVale ? Pourquoi vous traînez ?

— On a trouvé de l'argent ! cria Keith en retour. On est riches !

— Merci, mon Dieu, fit Lena en se dirigeant vers l'escalier. Faites que ce soit un million de dollars...

Une saisie de cette ampleur couvrirait au moins les heures sup.

— Fais sortir tout le monde, dit-elle à Paul. Préviens l'équipe technique qu'on va avoir besoin de projos. Et je veux parler au légiste dès qu'il arrive.

— Oui, chef, répondit-il avec un salut militaire.

Lena tira sa Maglite de la poche de son pantalon tandis qu'elle descendait les marches. En arrivant en bas, elle chercha un interrupteur. Elle découvrit un tableau électrique ouvert, fusibles baissés. Elle en remit quelques-uns en place, mais rien ne se produisit.

Comme ils l'avaient prévu, le sous-sol avait été divisé en plusieurs petites pièces. Dans le faisceau de sa lampe, Lena découvrit un mauvais lambris disloqué par endroits, et des sacs-poubelle éventrés qu'on avait balancés là depuis la cuisine. Rien d'autre que des ordures sur le sol. Il n'y avait pas de couloir, juste une série de portes en enfilade — quatre portes, donc cinq pièces en comptant celle où elle se trouvait.

Tout au bout, elle vit de la lumière — sans doute Keith et Mitch en train de compter l'argent dans la dernière chambre. Sa vision se brouilla. Elle porta la main à l'arrière de son crâne, retenant un chapelet de jurons. Le sang coulait sans s'arrêter. Elle allait avoir besoin de points de suture et son nez était sans doute cassé. Les humiliations s'amoncelaient. Désormais, sa seule chance de sauver l'opération, c'était de trouver une pile de billets de cent jusqu'au plafond.

Lena ouvrit la bouche pour appeler ses gars, mais quelque chose l'arrêta. Le sixième sens. Une intuition de flic. On n'entendait plus leurs voix. Keith et Mitch étaient incapables d'aller chier sans le claironner à la cantonade. Ils avaient trouvé un tas de fric et n'étaient pas en train de délirer sur la façon dont ils allaient le dépenser ? Quelque chose clochait.

Les mains de Lena se refermèrent sur la poignée du Glock. Elle éteignit sa Maglite et attendit que ses yeux s'habituent à l'obscurité. Elle tendit l'oreille, cherchant à ignorer le bruit de la télévision au rez-de-chaussée.

Rien.

Elle avança jusqu'à la pièce suivante. Elle avait beau bouger avec mille précautions, impossible de ne pas faire de bruit. Trop de détritus par terre — canettes vides, pipes à crack en verre, morceaux de papier alu. La moquette était grasse, collante, adhérant à ses pieds comme des ventouses. Dans cet espace exigu, le moindre son était amplifié. Elle aurait aussi bien pu se mettre à chanter.

Non.

Ce qu'elle aurait vraiment dû faire, c'était remonter pour aller chercher du renfort. On n'entre jamais seul dans une pièce. On travaille toujours par deux. Lena enfreignait sa propre règle d'or.

Mais elle venait de tomber sur le cul, de s'ouvrir le crâne, et avait dilapidé une petite fortune pour capturer trois cadavres et sécuriser une scène de crime qui devait contenir plus d'ADN que les toilettes pour hommes d'un relais de routiers. Pas question qu'elle compromette le peu de réputation qui lui restait à cause d'un mauvais pressentiment.

Pourtant, elle saisit à tâtons la sangle de son gilet de kevlar et la rajusta. Elle avança, genoux pliés, le centre de gravité assez bas pour pouvoir plonger au sol ou se jeter sur un assaillant. Plus elle approchait de la dernière pièce, plus elle était certaine que quelque chose avait gravement merdé.

Dix mètres. Cinq. Lena n'était plus qu'à trois mètres quand elle vit l'extrémité d'une botte. Cuir noir. Bout ferré. Exactement comme celles qu'elle portait, mais cinq tailles au-dessus.

Et pointée vers le plafond.

Lena se figea. Elle cligna des yeux. Elle voyait double. Le sang inondait le col de son gilet pare-balles. Elle avait la bouche incroyablement sèche.

Encore un pas. Elle distinguait à peine le sol devant elle. Dans l'autre pièce, les faisceaux des deux lampes torches se croisaient, l'un sur la porte, l'autre vers le mur. Il y avait un attaché-case en face d'elle. Du fric répandu sur le sol. Des billets de cent, comme elle en avait rêvé.

Lena brandit le Glock à deux mains devant elle. Elle ne transpirait plus. Elle n'avait pas peur. Toutes les pensées parasites disparurent. Elle compta ses pas — un, deux — puis elle se retrouva dans la dernière pièce, son arme braquée sur Sid Waller.

Il tenait Keith à la gorge, le canon d'un Sig Sauer 9 mm contre son cou. Mitch était allongé sur le dos, le cuir chevelu ouvert, le visage couvert de sang.

A l'académie de police, dès la première fois où on vous confiait une arme, on vous apprenait à poser le doigt sur le pontet, pas sur la détente. Ça laissait au cerveau quelques millisecondes supplémentaires pour comprendre ce que vous aviez sous les yeux, pour savoir si vous vous apprêtiez à tirer sur un ami ou un ennemi. On ne met jamais le doigt sur la détente avant d'être certain qu'on va tirer sur quelqu'un.

Lena posa le doigt sur la détente.

— Recule, ordonna Sid Waller.

Elle secoua la tête.

— Non.

Il resserra ostensiblement les doigts sur la crosse du Sig.

— Je veux une voiture. Pas de barrages sur les routes.

— Tu n'auras rien du tout.

Les yeux de Keith s'écarquillèrent encore quand elle fit un pas en avant.

— Laisse-le partir.

— Je veux un négociateur.

— C'est moi, ton négociateur, répondit-elle. Laisse-le partir ou je te crève.

— Recule ! cria Waller en enfonçant le Sig dans le cou de Keith. Je vais le faire !

Elle avança encore d'un pas. Hors de question qu'elle le laisse sortir de cette cave avec Keith, putain.

— Fais-le. De toute façon, tu vas le tuer. Alors vas-y, que je puisse te descendre.

— Je suis sérieux.

— Moi aussi.

Waller cligna les paupières, l'air inquiet. Ce n'était pas la première fois qu'il affrontait Lena du regard, mais c'était la première fois qu'elle pointait une arme sur sa tête.

— T'es complètement folle, bordel.

— Exactement, connard.

Lena avança encore. Elle se sentait indifférente, comme si elle regardait quelqu'un d'autre agir à sa place. C'était une autre femme qui tenait le Glock. Une autre femme qui fixait ce meurtrier, ce violeur d'enfant.

— Pose ton arme.

Keith lâcha un sanglot et murmura :

— S'il te plaît…

Waller pointa le Sig sur Lena.

— Je te tue, alors. Qu'est-ce que tu en penses ?

Elle plongea les yeux dans le sombre abîme du canon.

— Tu verras bien si t'arrives en haut de l'escalier.

— Recule, putain ! hurla Waller dans une explosion de postillons. Je vais le faire.

— Fais-le.

Lena était à moins d'un mètre de lui.

— Je t'avertis…

— Vas-y, hurla-t-elle à son tour. Tire, espèce de couille molle !

Les mains de Waller bougèrent très vite. Elle vit à peine le mouvement. Un instant, le Sig était pointé sur Lena ; la seconde suivante, il le dirigeait sur sa propre tête. Son doigt se crispa. Il y eut un éclair, et tout le côté de son crâne explosa.

— Jésus ! cria Keith en s'agitant frénétiquement pour se débarrasser des morceaux d'os et de cervelle qui maculaient son cou. Oh, bordel !

Il tenta de s'écarter, mais ses pieds glissaient sur la moquette trempée. Lena se laissa aller contre le mur, son corps soudain vidé de toute énergie.

— Vérifie si Mitch va bien, souffla-t-elle.

— Putain ! geignit Keith sans l'entendre. Oh, Seigneur…

Il se redressa tant bien que mal et sortit de la pièce en titubant.

— Lee ?

Paul dévalait l'escalier, la voix paniquée.

— Appelle une ambulance ! cria-t-elle en retour.

Elle s'agenouilla près de Mitch, s'assura qu'il percevait sa présence.

— Du calme, parvint-elle à murmurer. On s'occupe de toi.

Mitch se mit à tousser. Sa respiration était pénible, ses yeux aussi exorbités que ceux de Keith.

— Qu'est-ce qui se…

Paul découvrit la scène, stupéfait.

— Bordel, mais que…

Il ne termina pas sa phrase, se contentant d'écarter d'un coup de pied l'arme de Waller de sa main, comme si un gars à qui il manquait la moitié de la tête constituait encore une menace.

La voix de DeShawn leur parvint de l'autre bout du sous-sol.

— Ça va, tout le monde ?

— Ça va. Reste où tu es.

Lena s'accroupit sur ses talons, rangea son Glock dans son holster.

— Waller s'est tiré une balle, expliqua-t-elle à Paul.

— Sans déconner, fit celui-ci. Mitch ? Comment tu…

— Sortez-moi d'ici.

Mitch leva la main pour toucher du bout des doigts l'os à nu de son crâne. Il regarda Lena. Elle ne comprenait pas son expression : il était soit terrifié, soit subjugué. Elle ne parvint même pas à trancher quand il lui lança :

— Putain, mais t'as vraiment envie de mourir !

— Allez, fit Paul en remettant le morceau de cuir chevelu déchiré en place comme s'il s'agissait d'un bout de scotch. Tu peux te lever ?

Mitch essaya, mais Paul dut faire le plus gros du travail.

— Branson est là dans cinq minutes, annonça-t-il à Lena.

Elle sentit quelque chose lui chatouiller le cou. D'une pichenette, elle chassa ce qui la gênait — un morceau de la cervelle de Sid Waller. A l'autre bout du sous-sol, on apercevait les faisceaux de plusieurs lampes. Lena devina que toute l'équipe était descendue en entendant la détonation.

— Bordel de Dieu, dégagez d'ici ! cria-t-elle. Il faut vraiment que je vous répète qu'on est sur une scène de crime ?

Il y eut quelques murmures de protestation, mais aucun n'osa désobéir.

— Les AI vont nous tomber sur le dos, murmura Paul.

Lena ne répondit rien. Elle avait l'habitude des Affaires internes. Paul passa un bras sous les épaules de Mitch pour le soutenir.

— Je vais parler à Keith. M'assurer qu'il est de notre côté. Ta version est prête ? demanda-t-il à Lena.

— Emmène-le là-haut, c'est tout.

Paul s'éloigna, portant quasiment Mitch pour lui faire traverser le sous-sol. La montée de l'escalier fut laborieuse, mais quelques gars avaient fait mine de ne pas entendre les ordres de Lena, et ils étaient restés là pour aider Paul à évacuer Mitch. Elle les entendit traverser la cuisine d'un pas lourd, puis sortir enfin.

La maison resta silencieuse. Le bois craquait à mesure que la température changeait. Le soleil était levé, maintenant. Elle apercevait un rai de lumière à travers les soupiraux obturés par des planches.

Lena était vidée de toute son énergie. Sa vision demeurait floue. Elle avait l'impression que la pièce penchait. Un sentiment d'abandon s'empara d'elle. Elle se sentait soudain très seule. Elle voulait Jared. Elle voulait qu'il arrive en courant et qu'il la prenne dans ses bras. En se concentrant assez fort, elle pouvait presque sentir ses mains lui caresser le dos, sa voix apaisante lui murmurer à l'oreille.

Elle essuya une larme. Pourquoi souhaitait-elle si fort qu'il soit ici alors que, chaque fois qu'il se trouvait devant elle, sa seule envie était qu'il s'en aille ?

Elle baissa les yeux. Elle avait de nouveau la main sur son ventre. Sa paume sur un estomac plat.

Lena secoua la tête pour tenter de reprendre ses esprits, parce que Paul avait raison : dès que Branson débarquerait, elle exigerait une version parfaitement claire. Trois hommes avaient été assassinés pendant la nuit alors même que les flics se trouvaient en surveillance dans un sous-marin planqué à moins de cinq cents mètres. Keith était sans doute encore en train de se chier dessus à l'idée qu'on venait de lui pointer une arme sur la tête. Mitch avait failli être scalpé. Sid Waller s'était donné la mort.

Que pouvait-elle dire ? Qu'une partie d'elle avait espéré

que Waller la tue ? Que ça aurait soulagé presque tous ceux qui la connaissaient ?

Non. Elle dirait à Branson qu'elle avait fait exactement ce qu'on lui avait appris : on ne laisse pas un otage aux mains d'un forcené. On ne lui offre pas la chance de se déplacer vers un autre endroit. On saisit la moindre opportunité.

Ou bien c'est l'autre qui le fait.

Elle braqua sa lampe sur le visage de Sid Waller. Dans sa bouche ouverte, elle aperçut une couronne en titane gravée d'une tête de mort sur une incisive. Lena l'avait vue assez souvent pendant les interrogatoires — elle aurait pu la dessiner de mémoire. Waller s'asseyait toujours avec les jambes écartées, comme si ses couilles avaient besoin de beaucoup d'espace. Il regardait rarement Lena en face, mais quand il le faisait c'était avec une telle expression de dégoût qu'elle se sentait sale rien qu'à se trouver en face de lui. Même en présence de son avocat, il ne se gênait pas pour l'insulter, lui cracher dessus, la traiter de connasse. Paul, ça le rendait dingue, mais Lena laissait courir. Waller cherchait à la faire sortir de ses gonds. Il voulait qu'elle lui saute à la gorge pour pouvoir se foutre d'elle. Pas besoin d'être un génie pour reconnaître un homme qui déteste les femmes. Ce salopard aurait préféré mourir plutôt que de se faire arrêter par une femme flic.

Elle arrêta le faisceau de sa lampe sur la cavité béante aux reflets mouillés qui ornait la moitié de son visage.

Vœu exaucé.

Lena se détourna du cadavre pour diriger sa lampe vers l'attaché-case. Elle s'était trompée — plus de billets de cinquante que de cent. Un demi-million, peut-être. Denise Branson sortirait quand même toutes ses médailles et ses décorations pour les photos dans la presse. On ne mentionnerait pas le fait que deux flics chevronnés s'étaient fait surprendre par un criminel armé.

N'empêche, Lena ne laisserait pas la question en suspens.

Mitch et Keith étaient meilleurs que ça. Du moins le croyait-elle. Redressant sa Maglite, elle scruta la pièce pour tenter de comprendre ce qui s'était passé. Un panneau de lambris était écarté du mur. Elle se pencha pour voir derrière. C'était là que Waller s'était planqué. La plaque de bois dissimulait une cache creusée dans la terre, autour des fondations. Keith et Mitch s'étaient précipités sur l'argent comme dans une souricière, et Sid Waller avait jailli de son trou pour les neutraliser avant qu'ils aient eu le temps de réagir.

D'abord Mitch, sans doute, et le canon du Sig qui lui ouvre la tête. Puis Keith se retrouve avec le flingue braqué sur son cou — bien plus effrayant que sur la tempe. Parce que, quand on vous tire dans le cou, vous pouvez vous en sortir. Peut-être que vous ne marcherez plus jamais, que vous devrez respirer par un tube ou pisser dans un sac le reste de votre vie, mais vous resterez vivant.

Quelqu'un descendait l'escalier. Lena attendit que Denise Branson traverse le sous-sol dégueulasse pour la rejoindre.

— Adams ? Qu'est-ce qui s'est passé ici, bordel ? cria Denise. Vous aurez foutrement de la chance si le chef Gray ne réclame pas votre tête sur ce coup-là.

Lena avait déjà reçu des menaces de la part de gens bien plus inquiétants que Denise Branson. Elle répondit simplement :

— Waller a pris Keith en otage. Il a braqué son arme sur moi. Je l'ai braqué à mon tour. Il a fait un choix.

Denise fusilla le cadavre de Waller du regard. Elle paraissait prête à lui cracher dessus.

— Et maintenant, qui va nous donner Big Whitey, d'après vous ?

Lena n'en pouvait plus d'entendre ce putain de nom.

— Denise, pour tout dire, je m'en tape.

— Vous feriez mieux de vous reprendre en main avant que je…

Elle se tut.

Un bruit. Elles l'entendirent toutes les deux. La cachette de Waller. Il y avait quelque chose d'autre derrière le mur.

Lena se retrouva avec le Glock à la main sans savoir quand elle avait dégainé.

Denise bougea plus lentement. Elle recula, tira son arme de son étui d'épaule.

Le son s'éleva de nouveau. Lena se déplaça vers la droite, tentant de braquer sa lampe torche derrière la cloison, l'épaule collée contre le mur comme quelques minutes plus tôt. Elle s'agenouilla pour changer d'angle. La partie gauche de la cavité restait dans l'obscurité. Tout ce qu'elle vit, ce fut de la terre noire et mouillée et une chaussette de sport sale, rembourrée.

Lena se redressa et les deux femmes se regardèrent. Comme on pouvait s'y attendre, Denise fit signe à Lena de passer devant.

Lena attendit de retrouver cet étrange détachement, ce pilote automatique qui guidait ses mouvements. Peine perdue. Son intrépidité s'était évanouie. Son corps refusait de bouger. Cinq minutes plus tôt, elle avait voulu mourir mais, à présent que l'occasion lui était redonnée, elle se rendit compte qu'elle n'en éprouvait plus le désir.

Denise siffla brièvement entre ses dents pour attirer son attention. Lena lui jeta un coup d'œil. Le major attendait, son arme vers le sol, le doigt sur le pontet, les yeux écarquillés, la bouche ouverte.

Lena se retourna. Elle regarda la chaussette sale et mouillée, le trou noir d'où avait jailli Sid Waller.

Le son s'éleva encore.

Plus le moment de penser.

Elle tira le panneau de lambris vers elle.

5

Sara n'avait que rarement visité Macon, mais elle en avait toujours retiré l'impression que la ville gardait éternellement le cul entre deux chaises, tiraillée entre la capitale libérale de l'Etat, à moins de cent cinquante kilomètres au nord, et les villes plus petites et conservatrices qui constituaient la majorité du territoire. La plupart des gens d'Atlanta se fichaient complètement de Macon, mais tout dans la ville respirait le besoin d'impressionner sa voisine plus riche.

L'hôpital général de Macon était un exemple parfait de cette tendance. En se garant sur le parking goudronné de frais, Sara ne put s'empêcher de remarquer la différence d'échelle entre la tour monolithique du Grady Memorial d'Atlanta et les trois bâtiments de brique beaucoup plus petits à l'architecture opulente qui constituaient le centre médical du comté. Jusque dans les années 1960, le Grady avait été séparé en deux ailes — une pour les Noirs, une pour les Blancs. Comme dans beaucoup de régions du Sud d'aujourd'hui, c'était une forme de ségrégation différente qui sévissait à Macon. Il n'était plus question de couleur de peau, mais de classe sociale. On accueillait tout le monde… pourvu qu'ils aient de quoi se payer les soins.

Sara ne prit conscience qu'elle avait roulé jusqu'au fond du parking qu'au moment où elle aperçut les panneaux de sortie. Elle se gara sur un emplacement ombragé par quelques arbres. Pendant plusieurs minutes, elle resta dans sa voiture, tentant de décider ce qu'elle allait faire. Puis son cerveau reprit le dessus, guida sa main vers la poignée, ses pieds sur l'asphalte, ses jambes vers l'hôpital. Au passage, la grande fontaine au milieu du rond-point l'éclaboussa de fines gouttelettes. Le clapotis régulier de l'eau avait sans doute pour but d'apaiser les visiteurs mais, pour Sara, ce bruit ne faisait que la mettre encore plus sur les nerfs.

En avançant vers les portes du bâtiment principal, elle eut l'impression de remonter le temps — de quelques années à peine. D'un seul coup, elle se retrouvait à Grant County, le jour où son mari avait été assassiné. Le corps de Sara avait fait le lien avant que son cerveau ne s'en rende compte. C'était peut-être dû à tous les officiers de police, un océan d'uniformes bleus qui envahissait le parking, l'entrée, le hall d'accueil.

A leur vue, un flot d'adrénaline lui inonda le cœur. Un sifflement aigu lui emplit les oreilles. Elle avait mal à la tête, ses muscles se tétanisaient, comme si quelqu'un avait tiré sur tous les fils qui tenaient son corps.

Peut-être que ce n'était pas l'adrénaline. Peut-être que c'était la colère. Parce que, quand Sara entra dans l'hôpital, elle était si furieuse qu'elle ne pouvait pratiquement plus fonctionner normalement.

Non. Pas furieuse. Enragée.

Enragée d'être ici. De ne pas se trouver chez elle en train de prendre une douche, de promener ses chiens, de dormir — n'importe quoi de normal. Enragée à l'idée qu'une nouvelle fois elle se trouvait prise dans une des toiles d'araignée mortelles tissées par Lena Adams.

Tout son corps s'était raidi parce que c'était Lena qui tirait les ficelles.

La colère avait commencé à monter aux urgences du Grady, dès l'instant où Sara avait raccroché avec Nell. Une colère qu'elle avait d'abord entendue chantonner à l'arrière-plan, comme un petit air dont elle aurait oublié les paroles. Elle avait appelé Will. Elle avait fourré dans un sac les vêtements de rechange et la trousse de toilette qu'elle gardait à l'hôpital. Elle s'était arrangée avec la personne qui prenait soin de ses chiens, avec son directeur de service, avec ses étudiants. Elle avait fait le plein de sa voiture. En sortant de la ville, elle avait conduit juste au-dessus des limitations de vitesse. Jared avait besoin d'elle. Darnell avait besoin d'elle. C'était ce qui la poussait en avant. Les deux seules choses qui comptaient. Sara avait l'obligation d'être là pour eux. Elle le devait à Jeffrey. Elle le devait à Jared et à Nell.

Mais, quand Sara était passée devant le panneau indiquant qu'elle avait déjà parcouru la moitié du chemin, la petite chanson s'était faite plus insistante, et le cerveau de Sara avait retrouvé les paroles de la mélodie.

Jeffrey. L'équipier de Lena. Son mari.

Sa vie.

Elle l'avait tenu dans ses bras pendant qu'il mourait. Avait caressé une dernière fois son épaisse chevelure, touché une dernière fois la peau rugueuse de son visage. Elle avait posé ses lèvres sur les siennes, senti sa respiration difficile dans sa bouche. Elle l'avait supplié de ne pas l'abandonner, juste avant de voir la vie quitter lentement son regard magnifique.

Sara aurait voulu le suivre. Le chagrin l'avait comme déracinée, coupée de toutes ses amarres. Les semaines étaient passées, puis les mois, mais la douleur restait là, une vague puissante qui ne refluait pas. Finalement, un soir, Sara avait avalé trop de médicaments. Elle avait dit à sa mère que c'était une erreur, mais ce n'était pas vrai. Elle avait voulu mourir et, quand elle s'était rendu compte qu'elle n'y parvenait pas, elle avait compris qu'il ne lui restait plus qu'à tout recommencer.

Elle avait quitté sa famille, sa maison, son existence, pour aller s'installer à Atlanta. Elle avait acheté un appartement qui ne ressemblait en rien à la maison qu'elle avait partagée avec Jeffrey. Elle avait choisi des meubles qui ne lui auraient pas plu, avait commencé à porter des vêtements qu'il n'aurait pas aimés. Elle avait même pris un travail qu'il ne l'avait jamais vue exercer. Elle avait refait sa vie pour fonctionner sans lui.

Et puis elle avait rencontré Will.

Will.

La seule pensée de son nom atténuait un peu sa vive angoisse. Elle aurait tant voulu se trouver avec lui en cet instant qu'elle avait failli faire demi-tour sur l'autoroute pour repartir vers Atlanta.

Il y avait dans son placard une robe rouge moulante. Elle la porterait avec ces talons affreusement hauts qui poussaient Will à s'humecter les lèvres chaque fois qu'il les voyait. Elle coifferait ses cheveux pour qu'ils retombent sur ses épaules, comme il aimait. Elle mettrait de l'eye-liner sombre, renouvellerait son mascara. Elle vaporiserait une touche de parfum à chaque endroit où elle voulait qu'il l'embrasse. Et, dès qu'il passerait sa porte, elle lui annoncerait qu'elle était profondément, irrévocablement, amoureuse de lui. Elle ne le lui avait jamais dit jusqu'ici. Faute d'avoir trouvé le bon moment.

Le bon moment.

Un souvenir terriblement précis et douloureux l'avait toujours retenue. Elle se revoyait dans son ancienne maison, devant la cheminée. Que portait-elle ? Pas besoin de réfléchir pour le savoir : la robe noire qu'elle avait revêtue pour les funérailles de son mari. Il avait fallu des jours à sa mère pour la convaincre de la quitter, de prendre une douche et d'enfiler des habits qui ne portaient pas sur eux l'odeur de la mort de Jeffrey.

Au fil des jours, Sara était retournée sans cesse devant la cheminée. Elle ne pouvait détacher son regard de l'horloge en merisier posée dessus. C'était un bel objet ancien, un cadeau de mariage de sa grand-mère, transmis comme la montre qu'elle portait au poignet. Le fait que Sara ait hérité de deux appareils destinés à donner l'heure ne lui avait jamais paru particulièrement significatif. Ce dont elle se souvenait, après les funérailles, c'était qu'elle était restée à regarder l'aiguille des minutes se déplacer, écoutant le tic-tac assourdissant.

Puis Sara avait arrêté l'horloge. Elle avait rangé sa montre dans un tiroir. Elle avait débranché le radioréveil au chevet de son lit — ce lit où elle n'arrivait plus à dormir. Elle avait trouvé du scotch d'électricien sur l'établi de Jeffrey et recouvert les horloges du micro-ondes, du four, du boîtier Internet. C'était devenu une obsession. Elle ne laissait plus entrer quiconque portait une montre chez elle. Personne n'avait le droit de parler du passage du temps. Tout ce qui pouvait rappeler à Sara que la vie continuait sans Jeffrey devait être banni de sa vue.

— Madame Tolliver ?

Un nouveau coup au cœur. Elle s'immobilisa — elle était figée là, en plein milieu du hall d'accueil de l'hôpital, comme frappée par la foudre.

— Madame Tolliver ? répéta l'homme.

Il avait un certain âge, avec des cheveux poivre et sel fournis et une moustache bien taillée. Comme au moment du coup de téléphone de Nell, il fallut quelques secondes à Sara pour retrouver l'information dans ses souvenirs.

— Bonjour, chef Gray, dit-elle enfin.

Il lui offrit un sourire chaleureux, même si elle percevait une certaine réserve dans ses yeux. C'était ce qu'elle appelait intérieurement le « regard spécial veuve » — celui qu'on posait sur elle en ce moment. Le regard où on lit que votre interlocuteur ne sait pas quels mots prononcer parce que, en secret, il pense seulement à la chance qu'il a que ça ne lui soit pas arrivé à lui.

L'homme lui tendit la main.

— Appelez-moi Lonnie.

— Sara.

Elle prit sa main et la serra. Il avait une poigne solide et rassurante, à son image. Lonnie Gray était un flic à l'ancienne, du genre à ne jamais pouvoir complètement quitter la police. Une fois à la retraite, il était devenu consultant, se consacrant à travers tout l'Etat à la formation des forces de l'ordre. Sara l'avait vu pour la dernière fois aux obsèques — du moins le supposait-elle. Elle avait pris tant de médicaments pour supporter le service que les seuls souvenirs qu'elle en gardait lui avaient sans doute été transmis par sa mère et sa sœur.

— Je viens d'apprendre que vous aviez pris les rênes du Macon PD, dit-elle. Je l'ignorais.

— J'ai découvert que le métier de consultant était encore plus ennuyeux qu'on pourrait le supposer. Etre un despote éclairé me manquait.

Gray sourit de sa propre plaisanterie — ils étaient tous deux conscients qu'il s'agissait plus ou moins de la vérité. En dépit de son apparence de grand-père débonnaire, Sara savait que Lonnie Gray n'était pas homme à supporter qu'on lui désobéisse.

— La ville a de la chance de vous avoir, assura-t-elle.

— Si vous le dites. Personnellement, je suis enchanté qu'on n'ait pas demandé aux gens de voter à ce sujet. On m'a dit que vous viviez à Atlanta, maintenant ? fit Gray en scrutant les mains de Sara, sans doute pour voir si elle s'était remariée.

— Oui. Et nous nous rencontrons de nouveau dans de bien tristes circonstances, répondit Sara.

C'était une évidence, mais Gray parut apprécier sa franchise.

— Vous avez raison. L'état de Jared est stable, à présent. Les médecins veillent sur lui.

— Pourrais-je vous demander pourquoi on ne l'a pas emmené au MCCG ? reprit-elle, soulagée que la conversation change de cap.

Le Medical Center of Central Georgia, centre médical de Géorgie centrale, était une unité de soins de premiers secours, bien mieux équipée pour une blessure par balle que l'hôpital général de Macon. Le chef Gray ne répondit pas directement.

— Désolé de vous avoir appelée « madame Tolliver ». Vous êtes médecin, n'est-ce pas ?

— Oui.

Du fait qu'il éludait sa question, elle conclut que les ambulanciers avaient dû être obligés de réagir en termes de secondes, pas de minutes. Les blessures de Jared avaient exigé qu'on l'emmène aux urgences les plus proches.

— Je peux vous assurer que nous retrouverons ceux qui ont fait ça à votre beau-fils, fit Gray avec un hochement de tête, comme pour lui promettre qu'ils finissaient toujours par arrêter les coupables.

Pour certaines personnes, tout était toujours en noir et blanc. Elles croyaient que la vengeance allégeait la douleur, alors qu'elle ne faisait qu'infecter le chagrin.

— Jeffrey nous manque, continua Gray. J'aurais aimé qu'il soit là pour nous aider.

Bien qu'elle connaisse déjà la réponse, Sara demanda :

— Vous avez appelé la police d'Etat à la rescousse ?

— Personne n'est de trop sur une affaire pareille.

Ce n'était pas de la diplomatie. Lonnie Gray était le même type de chef de la police qu'avait été Jeffrey. Tous deux se fichaient des lauriers. Ils voulaient juste qu'on coffre les méchants pour que les gentils puissent rentrer chez eux le soir.

— Je suis sûre que vous finirez par découvrir ce qui s'est passé, dit Sara.

— Moi aussi, docteur Tolliver. Je vous en fais la promesse, déclara-t-il avec un accent plus officiel, sans doute celui qu'il adoptait dans le cadre de son travail. Jared est un bon gars. J'aimerais en avoir cinquante comme lui. Et l'arrivée de la détective Adams a été un vrai plus pour l'équipe. Ils seront sur pied en un rien de temps. Vous savez que nous prenons soin des nôtres.

Sara chercha une réponse appropriée, mais Lonnie Gray n'en attendait visiblement pas. Il semblait aussi épuisé qu'elle. A plusieurs reprises, elle avait vu Jeffrey dans des circonstances similaires. Le poids des responsabilités lui courbait littéralement les épaules. Ses traits étaient tirés. Appartenir aux forces de l'ordre était un rude métier, mais nul n'y restait assez longtemps pour devenir chef de la police sans une véritable vocation.

Gray se tourna vers ses officiers et Sara suivit son regard. Elle tentait de ne pas noter les similarités avec ce qui s'était passé cinq ans plus tôt. Les sparadraps sur leur bras, parce qu'ils avaient tous donné leur sang. L'ennui qui les poussait à déchiqueter lentement le rebord de leur verre en plastique. La curiosité dans leurs yeux chaque fois qu'une nouvelle personne arrivait.

— Mon fils est décédé récemment, dit Lonnie Gray.

Sara ignorait qu'il en avait un.

— Je suis désolée de l'apprendre.

— Je vous remercie, répondit-il d'un ton résigné. Vous le savez, le chagrin ne s'efface pas.

Sara hocha la tête, la gorge nouée, incapable de déglutir.

— Je ferais mieux d'y aller.

— Je vous accompagne.

— Non, répliqua-t-elle avec une certaine brusquerie. Merci, mais ça ira. Restez avec vos hommes.

Il parut soulagé.

— La mère est ici. J'ai cru comprendre qu'elle et ma détective ne s'appréciaient guère. Peut-être pourriez-vous…

En dépit des circonstances, Sara sentit poindre un sourire. Il lui parlait comme à la femme d'un officier chevronné. Ce devait être pareil, imaginait-elle, dans l'armée ou dans toute profession dominée par les hommes, où les femmes étaient censées s'occuper de la maison tandis que les hommes partaient conquérir le monde.

— Je ne suis pas sûre que ce soit mon rôle, répondit-elle.

— Adams travaillait avec votre mari.

— C'est vrai, admit Sara, devinant que Gray n'était pas au courant de leurs rapports tendus. Bon, je ferais mieux d'y aller. Nell m'attend.

Gray lui prit les mains entre les siennes.

— Merci, docteur. Et n'oubliez pas : si je peux faire quoi que ce soit pour vous, n'hésitez pas à me le demander.

Sara ne put que hocher la tête de nouveau. C'était visiblement tout ce qu'attendait le chef Gray, car il lui serra le bras avant de s'éloigner. Sara le regarda approcher un de ses détectives. En le voyant arriver, l'homme se redressa immédiatement et se mit au garde-à-vous. Il adressa à Sara un salut de la tête avec la déférence à laquelle elle était habituée lorsqu'un officier apprenait qu'elle était la veuve d'un flic.

Elle le salua de la tête en retour en pensant que c'était un sentiment réconfortant… jusqu'au moment où il devenait étouffant. Elle ne voulait pas jouer les veuves éplorées. Elle s'était battue contre ça pendant des années au Grady d'Atlanta, où on trouvait en général devant une porte sur trois un flic en faction. Etrangement, c'était seulement à partir du moment où elle avait commencé à sortir avec Will que les gens l'avaient laissée quitter sa tour de verre.

Elle n'aurait pas la force d'y retourner une autre fois.

Sara suivit la ligne verte sur le sol, sachant qu'elle menait aux ascenseurs, tout comme elle savait que la ligne bleue indiquait les urgences. Il y avait des similitudes rassurantes entre les cliniques privées, avec leur éclairage cossu et les peintures pimpantes destinées à rappeler au monde que la plupart des patients étaient des clients payants.

Sara appuya sur le bouton près de la porte de l'ascenseur.

Difficile de croire qu'elle avait fait la même chose quelques heures plus tôt à Atlanta. Tout comme les façades, l'intérieur de l'hôpital général de Macon différait clairement de celui du Grady. Ici, tout était propre et moderne, parfaitement en accord avec la clientèle. Le gros des revenus de la clinique provenait sans doute de chambres d'accouchement de luxe, de coloscopies de routine et d'IRM de genoux de patients du troisième âge. La peinture ne s'effritait pas, on ne voyait pas de seaux placés aux endroits stratégiques pour recueillir les fuites du toit. Pas de permanence policière ni de chambres spécialement équipées pour les prisonniers ou les criminels dangereux.

Franchement, Sara préférait le Grady.

La porte de l'ascenseur s'ouvrit avec un chuintement discret. Sara entra dans la cabine. Elle était seule. La porte se referma. Elle appuya sur le bouton au symbole bleu et regarda les chiffres défiler à mesure qu'elle grimpait vers le cinquième. A chaque apparition du signal lumineux, elle se retenait pour ne pas prononcer la phrase qui résonnait sans cesse dans sa tête : *Je ne veux pas être ici. Je ne veux pas être ici. Je ne veux pas être ici.*

Même avant la mort de son époux, Sara n'avait jamais apprécié Lena Adams. Elle était dangereuse. Arrogante. Négligente. Jeffrey se plaignait constamment de son obstination, mais Lena savait comment fonctionnait le cerveau de son mari. Il n'y avait pas d'attirance sexuelle entre eux — parfois, elle aurait préféré que ce soit aussi simple. Lena était uniquement un défi auquel Jeffrey ne pouvait résister. C'était une petite sœur aux tendances destructrices face à un grand frère protecteur prêt à tout lui pardonner. Jeffrey aimait sa rudesse. Son goût de la bagarre. Le fait qu'elle pouvait encaisser les pires coups et se relever quand même.

Et, quand elle n'y parvenait pas seule, Jeffrey était là pour lui tendre la main. Facile de prendre des risques quand on sait qu'un autre en subira les conséquences — et c'était exactement ce qui s'était produit cinq ans plus tôt. Une fois de plus, Lena avait décidé de faire cavalier seul en se lançant inconsidérément à la poursuite de types très dangereux. Trop dangereux, avait-elle fini par comprendre — c'est alors qu'elle avait appelé Jeffrey à la rescousse, comme si souvent auparavant. Sauf que cette fois, cette dernière fois, les salauds n'avaient pas fait machine arrière. Cette fois, au lieu de faire payer Lena, ils avaient assassiné Jeffrey.

Sara était certaine que le scénario s'était répété avec Jared. On n'envoie pas un commando d'assassins contre un motard. Elle aurait parié n'importe quoi que Lena s'était encore frottée à de vrais salauds qui, comme les salauds de la fois précédente, avaient décidé que la meilleure façon de la punir était de tuer ce qu'elle aimait le plus.

Comme si Lena Adams était capable d'aimer quelque chose.

La porte de l'ascenseur s'ouvrit sur un autre couloir immaculé, avec toujours le même éclairage accueillant. Sur pilote automatique, Sara suivit les flèches qui pointaient vers la salle d'attente des urgences. Elle passa à côté d'un homme de haute taille qui arborait une casquette de base-ball orange et bleu. Contrairement à lui, Sara le reconnut immédiatement : Jerry Long, le mari de Darnell et l'ami d'enfance de Jeffrey. Tout le monde l'appelait Possum depuis que, dans son enfance, il avait eu un accident impliquant des feux d'artifice, qui l'avait laissé étendu dans le jardin comme un opossum. Il vouait à Jeffrey un amour inconditionnel étrange, dont seuls sont capables les hommes hétéros. Possum avait joué receveur dans l'équipe de football où Jeffrey était attaquant. Il avait épousé l'ancienne petite amie de Jeffrey. Avait élevé son enfant.

Sara continua à marcher, tête baissée. Il ne la remarqua pas.

En tant que médecin, elle passait son temps à anticiper ce qui allait arriver, réfléchissant toujours avec deux ou trois coups d'avance, mais pour une raison ou pour une autre, aujourd'hui, Sara se contentait de minuscules tranches de vie. Elle refusait de penser plus loin que les tâches banales qui se présentaient à elle les unes après les autres. Quitter le Grady. Puis conduire sur l'autoroute. Puis prendre la sortie. Puis garer la voiture. Puis entrer dans l'hôpital.

Croiser Possum lui donna un aperçu de ce qui l'attendait. Tout le monde voudrait évoquer ses souvenirs de Jeffrey. Ils auraient envie de rappeler les vieilles blagues qu'ils avaient faites ensemble, les femmes faciles et les maris jaloux, et Sara devrait rester là à les écouter, comme si sa vie à elle s'était arrêtée au moment où son mari était mort.

Et elle s'était arrêtée, oui. Tout s'était figé. Mais, à force, elle avait fini par se remettre en mouvement, et Sara s'était construit une nouvelle existence — une existence qu'ils ne comprendraient pas.

La culpabilité était comme un vautour perché sur son épaule, guettant le moment propice pour la dévorer.

Sara était tout juste capable de mettre un pied devant l'autre pour avancer dans le couloir. Elle s'arrêta devant la petite salle d'attente qui faisait le coin, juste avant la porte battante des urgences. L'endroit était vide, à l'exception d'une femme âgée aux cheveux plus gris que bruns.

— Bonjour, Sara, la salua Nell.

Elle était assise dans un fauteuil bas, sous la fenêtre, un tricot en cours sur les genoux, une pile de magazines à côté d'elle.

Il n'y avait que cinq ans de différence entre elles, mais Nell avait vieilli comme une vraie paysanne en pleine santé — pas de teinture, pas de maquillage, pas de traitements au laser pour enlever les taches de soleil ou adoucir les rides. En fait, elle faisait exactement son âge, et Sara n'avait pas l'habitude de voir ça à Atlanta.

— Ne vous levez pas, lui dit Sara avant de se pencher pour la prendre dans ses bras et la serrer avec affection.

Nell avait toujours été forte, mais une impression de

fragilité émanait désormais d'elle. L'impuissance, sans doute. Néanmoins, Sara la complimenta :

— Vous n'avez pas changé du tout.

Nell eut un rire bref.

— Ne mentez pas, mon chou. Nous aussi, en Alabama, nous avons des miroirs.

Elle déplaça la pile de magazines pour que Sara puisse s'asseoir à côté d'elle, et lui prit la main. C'était inhabituel. Nell montrait rarement des signes d'affection. Elle était bavarde, parfois rude jusqu'à frôler l'impolitesse, mais elle était également d'une gentillesse incroyable — le genre de femme que l'on peut appeler en plein milieu de la nuit après des années de silence, et qui serait néanmoins prête à remuer ciel et terre pour vous aider.

Le genre de femme qu'aurait dû être Sara.

Elle serra la main de Nell plus fort.

— Je suis désolée pour ce qui s'est passé.

— Vous n'auriez pas dû vous déranger. Je voulais juste…

— Je suis heureuse que vous ayez pensé à moi, répondit Sara.

Et, en cet instant, elle était sincère.

De toute façon, il était hors de question qu'elle reste à Atlanta. Son devoir l'appelait ici.

— Y a-t-il quelque chose que je puisse faire ?

Nell poussa un long soupir.

— Il n'y a qu'à attendre, je crois. Ils ne me disent rien. Ils attendent vingt-quatre heures pour se prononcer. Qu'est-ce que ça signifie, hein ?

Sara ne l'ignorait pas : ça signifiait qu'ils ne savaient rien ; Jared était seul face à lui-même. Pourtant, elle tenta de rassurer Nell :

— Ça veut dire qu'il est jeune et fort, et que son corps a besoin de temps pour récupérer.

— J'espère que vous avez raison, répondit Nell en lui lâchant la main pour fourrer son tricot dans son sac. Vous aviez raison sur cette femme, Sara. D'abord Jeffrey, maintenant ça. C'est un poison.

Sara sentit sa gorge se serrer de façon familière.

— Pour l'instant, on doit juste penser à Jared.

Nell secoua la tête.

— Elle refuse de quitter la chambre, expliqua-t-elle, lèvres pincées. Elle est juste assise là comme une satanée gargouille. Je ne supporte plus de la voir. Je dois me retenir pour ne pas lui cracher au visage.

Sara eut toutes les peines du monde à ne pas renchérir. Ça ne leur ferait aucun bien de nourrir mutuellement leur haine.

— Comment s'appelle son médecin ?

— Shammers. Ou Shaman. Je n'arrive pas à le retenir. Un nom étranger.

— Est-ce qu'il est de l'hôpital, ou est-ce qu'on l'a fait venir du MCCG ?

— Pas la moindre idée. Il m'a donné sa carte.

Nell saisit son sac et se mit à fouiller à l'intérieur.

— Je ne sais même pas si cet hôpital est bon.

— Très bon, lui assura Sara, même si elle espérait qu'on avait appelé les spécialistes du centre de traumatologie à la rescousse. Depuis quand est-il sorti du bloc ?

Nell regarda sa montre.

— Une heure.

— Vous ont-ils donné des détails ?

— Merde, Sara, je n'y connais rien en médecine. On lui a tiré dessus avec un fusil à pompe. La chevrotine s'est dispersée dans tous les sens. Dans sa tête, son cou, son dos.

— Est-ce que des plombs ont pénétré dans son crâne ?

— Ils surveillent son cerveau à la recherche d'un œdème. Je suppose que ça signifie que oui. Ils ont aussi dit qu'il faudrait peut-être soulager la pression interne. C'est grave ?

— Le cerveau a un volume fixe, expliqua Sara. Si le cerveau enfle, il faut lui faire de la place.

— Alors, ils vont lui découper le haut du crâne ?

— Pas comme vous le pensez. C'est une opération chirurgicale très précise. Ne pensez pas à ça pour l'instant, d'accord ? fit-elle en posant la main sur l'épaule de Nell.

Celle-ci hocha la tête de mauvaise grâce.

— Et sa moelle épinière ? poursuivit Sara.

— Vous voulez dire, est-ce qu'il risque d'être paralysé ? Je sais qu'ils le maintiennent dans le coma, répondit Nell avec un haussement d'épaules. Ils disent qu'il vaut mieux qu'il dorme, mais je connais mon p'tit gars. Il détesterait l'idée qu'on lui remplisse le sang de médicaments contre la douleur.

Sara savait que Nell ne pouvait même pas imaginer les souffrances endurées par son fils.

— Est-ce qu'il a pu dire quelque chose avant qu'on l'endorme ?

— Un certain chef Gray m'a indiqué qu'il était inconscient quand on l'a amené ici. Vous le connaissez ?

— Gray ? Oui, acquiesça Sara. Jeffrey a travaillé avec lui sur une affaire, avant notre rencontre. Il avait confiance en lui. Et tous les autres aussi. Gray a travaillé dans tout l'Etat, il a reçu des tas de décorations.

Nell n'en fut guère impressionnée.

— Pour ce que ça compte… Ça n'a pas empêché Jared de se faire tirer dessus.

Elle entreprit de sortir des objets de son sac à main — une brosse à cheveux, une bible de poche, un tube de baume à lèvres.

— Où ai-je fichu cette carte ?

— Et Jared, continua Sara, comment allait-il, en ce moment ?

— En pleine santé. Fort comme un cheval.

Sara ne trouva pas comment aborder le sujet avec délicatesse, aussi préféra-t-elle y aller franco :

— Je ne parle pas de ça. Est-ce qu'il travaillait sur une

affaire qui l'absorbait particulièrement ? Ou bien y avait-il un problème avec Lena ?

— Oh ! il n'aurait rien dit contre elle — pas Miss Perfection !

Nell tira un paquet de chewing-gums de son sac, en offrit à Sara. Celle-ci secoua la tête.

— Quand lui avez-vous parlé pour la dernière fois ?

— Il m'appelle tous les mercredis et les dimanches, après la messe. Notez bien qu'il n'y va pas, lui. Il a arrêté après l'avoir rencontrée.

On était jeudi. Sara continua :

— Donc, vous lui avez parlé hier ?

— A 21 heures. Il était dans un bar avec des amis. Ça signifie quoi, d'après vous ?

Nell n'attendait pas vraiment de réponse.

— Ça signifie que quelque chose ne va pas, voilà, conclut-elle. Un mercredi soir, il devrait être chez lui avec sa femme, pas en train de boire des coups avec ses copains.

Sara garda son opinion pour elle-même. Jared était adulte. Marié ou non, il avait tout à fait droit à une soirée pour lui.

— Au téléphone, a-t-il dit quoi que ce soit qui vous ait paru anormal ?

— Non. Comme d'habitude. « Au travail, ça se passe bien. Lena est géniale. Dis à papa que je l'embrasse. » Le pays des Bisounours, quoi, conclut-elle avec un sourire amer. Quand on pense qu'ils ne se sont même pas mariés à l'église… Ils ont fait ça à la mairie, comme pour un contrat. Vous avez rencontré son oncle ?

De nouveau, Sara acquiesça.

— C'était le seul de sa famille à être venu, poursuivit Nell. Ça vous dit tout ce qu'il y a à savoir sur cette femme. Pas d'amis. Pas de collègues. Juste un vieux croûton qui serait plus à sa place dans la rue, à faire la manche.

Désignant son bras, elle ajouta :

— Il avait des traces de piqûres de haut en bas. Il ne se donnait même pas la peine de les cacher. Dieu seul sait si elles étaient récentes ou non.

Sara pinça les lèvres. Elle se sentait au bord de l'abîme qu'elle avait si souvent frôlé.

— Nell, ça ne vous fait pas de bien de vous mettre en colère comme ça.

Visiblement, Nell avait du mal à lâcher prise, mais elle murmura enfin :

— Vous avez raison. Si je continue à parler d'elle, je vais finir par retourner dans cette chambre pour la tuer.

Elle baissa les yeux sur son sac à main pour en reprendre la fouille, à la recherche de la carte de visite du médecin.

— Jared a besoin d'un pyjama. Il détesterait l'idée de se réveiller dans une de ces blouses.

— On va aller lui en chercher un, proposa Sara, même si elle savait que c'était inutile.

— Je veux voir la maison. Je n'ai eu droit qu'à des photos. Qu'est-ce que vous en pensez ? Je vis à moins de quatre heures de route, mais elle ne m'a jamais invitée pour Noël ni pour les vacances.

Sara n'avait aucune intention de prendre la défense de Lena, mais elle imaginait que Nell n'avait pas dû rendre les choses faciles de son côté.

— La police scientifique est sans doute encore sur les lieux.

— La police scientifique, répéta Nell, comme pour laisser les mots se graver dans sa tête. N'empêche, j'aimerais jeter un coup d'œil à la maison. Je veux voir où c'est arrivé.

— Ce n'est sans doute pas une bonne idée, protesta Sara. La police ne nettoie pas avant de partir. C'est certainement resté dans le même état qu'hier soir.

L'information parut choquer Nell, mais elle se ressaisit rapidement pour tirer de son sac un petit carnet de notes et un stylo-bille. Elle le fit cliqueter et commença à écrire.

— Je dirai à Possum de passer au magasin « Tout à un dollar » à la sortie de l'autoroute. On va avoir besoin de chiffons. De nettoyant en spray. De sacs-poubelle. De gants. Quoi d'autre — de l'eau de Javel ?

Sara tenta de la raisonner :

— Il y a des entreprises spécialisées dans ce genre de choses.

— Je ne vais pas laisser des inconnus faire le ménage dans la maison de mon fils, fit Nell d'une voix scandalisée. C'est la chose la plus ridicule que j'aie jamais entendue.

Sara comprit qu'il valait mieux ne pas discuter.

— Pourquoi faire ça à quelqu'un ? reprit Nell. C'est un garçon tellement gentil. Il n'a jamais dit de mal de personne. Il aidait toujours les gens, sans rien demander en retour. Pourquoi, Sara ? Pourquoi s'en être pris à lui ?

Le nom de Lena lui vint aux lèvres, mais elle resta silencieuse et secoua la tête.

— Il a les yeux fermés par du scotch, et des tas de tubes qui sortent de son bras. Il y a un machin en plastique comme un jeu de Puissance 4 qui dépasse de son dos.

— C'est sans doute un Pleur-Evac, devina Sara. Ça sert à maintenir son poumon ouvert le temps qu'il guérisse.

— Merci. C'est plus que personne ne m'en avait dit.

Sara en doutait. L'expression vitreuse dans les yeux de Nell lui était familière. Dans des situations traumatisantes, il est toujours difficile de comprendre les informations que donnent les médecins, et plus encore de poser les bonnes questions. Elle offrit à Nell les conseils qu'elle prodiguait aux familles de ses patients.

— Notez toutes les questions qui vous viennent. Si je ne peux pas y répondre, nous trouverons quelqu'un qui le pourra. D'accord ?

— Vous avez raison. J'aurais dû faire ça. C'est juste que j'ai tellement… Je veux dire, c'est si dur de le voir…

Un sanglot guttural l'empêcha de terminer. Oubliant

sa liste, elle jeta son carnet et son stylo sur ses genoux, le visage baigné de larmes. Sara se demanda si elle avait envie que son mari revienne. Sans doute priait-elle surtout pour que son fils sorte un jour de cette chambre.

Elle regardait les mains de Nell sans pouvoir lever les yeux sur son visage. La douleur était trop vive. Certes, elle côtoyait la mort presque chaque jour, mais le fait de connaître Nell et Jared changeait sa perspective. Elle n'était plus un observateur extérieur.

— Bon, ça ne sert à rien, lança Nell d'une voix pleine de reproche envers elle-même. Pleurer, ça n'a jamais aidé personne.

Elle tira de son sac un paquet de mouchoirs en papier et entreprit de s'essuyer les yeux.

— Je n'en ai pas parlé à Delia, poursuivit-elle en parlant de sa fille cadette, la sœur de Jared. Elle travaille dans le Golfe. Elle est vétérinaire, maintenant. Vous le saviez ? Ils lui font gratter le pétrole sur les tortues marines. Elle dit que la marée noire n'est toujours pas finie.

— Il faut la mettre au courant, suggéra Sara.

Nell secoua la tête, visiblement furieuse.

— Qu'est-ce que je lui dis ? « Cette putain qui a épousé ton frère a failli le faire tuer » ? Quand j'ai appris qu'il la fréquentait, j'ai su qu'il n'en sortirait jamais rien de bon.

Sara ne répondit rien. Nell se moucha avant de continuer :

— Il me l'a caché pendant toute une année. Il savait que je ne serais pas d'accord. Et il savait pourquoi. Vous m'aviez avertie, Sara. Et vous l'aviez averti lui aussi. Vous avez tout à fait le droit de me faire le coup du « Je vous l'avais bien dit », maintenant.

Sara demeura silencieuse. Avoir raison ne la consolait en rien.

— Mais Jared ne m'écoute jamais. Il répétait que Jeffrey connaissait les risques quand il avait accepté de porter l'uniforme. Comme si elle n'avait rien à voir avec ce qui s'était passé. Comme si elle ne l'avait pas abandonné dès que les choses ont mal tourné. Quelque part, conclut-elle avec une grimace de dégoût, je me suis dit que, si je ne parlais pas d'elle, peut-être que Jared passerait à une autre.

Les arguments étaient si familiers que Sara aurait presque pu les réciter avec elle. Après la mort de Jeffrey, les mêmes récriminations étaient venues la tourmenter. Elle aurait dû l'empêcher de travailler avec Lena. Mettre son veto. Lui dire que c'était trop dangereux, trop risqué, de se retrouver mêlé à la vie de Lena. Mais Jeffrey avait toujours pensé à sauver les autres, pas lui-même.

— Vous n'avez rien à vous reprocher, dit-elle.

— Vraiment ? répondit Nell en désignant la salle d'attente autour d'elle. Ici, j'ai tout le temps qu'il faut pour penser à tout ce que j'ai mal fait.

Sara décida qu'il était temps de changer de sujet.

— J'ai croisé Possum dans le couloir.

Nell s'affala sur son siège et resta silencieuse pendant quelques secondes avant de déclarer :

— Il est dans un sale état. Il craque à tout bout de champ. Ça fait cinq ans que je ne l'ai pas vu pleurer comme ça. Il n'écoute pas les médecins. Il refuse d'entrer dans la chambre de Jared. Pas à cause de Lena. Lui, il la supporte. Vous savez à quel point il est gentil. Il deviendrait ami avec n'importe qui. Mais tout ça…

Elle indiqua l'hôpital d'un geste général.

— Ça lui rappelle ce qui s'est passé. A vous aussi, je suppose.

Sara se mit à fixer les motifs à fleurs de la peinture murale, derrière Nell. Sans le vouloir, elle pensait à Will. Elle se voyait étendue sur le canapé avec lui. En train de regarder la télé. Son bras autour d'elle. Leurs chiens couchés à côté d'eux.

— On est venus tous ensemble à l'hôpital cette nuit-là, reprit Nell sans préciser de quelle nuit il s'agissait — c'était inutile. On est venus directement, sans s'arrêter. On ne pouvait rien faire. Comme si ça servait à quoi que ce soit qu'on vienne. On ne pouvait plus rien pour lui. Merde, s'il y avait eu quelque chose à faire, vous l'auriez fait.

L'image de Will disparut de l'esprit de Sara. Le vautour de la culpabilité était revenu se percher sur son épaule, ses griffes lui labouraient la peau.

— Je sais que nous avons rompu le contact pour de vraies raisons, vous et moi, ajouta Nell. Parce que ça fait trop mal, pas vrai ? Et voilà que je vous oblige à replonger dans tout ça. J'en suis désolée, Sara. Je ne savais pas qui appeler.

Sara hocha la tête. A grand-peine, elle parvint à lâcher :

— Jeffrey aurait voulu que je sois là.

— J'aurais tellement aimé lui parler de Jared plus tôt. Lui donner la chance de connaître son fils.

— Il avait compris vos raisons de ne pas le faire, répondit Sara.

Ce n'était qu'un demi-mensonge. Avant sa mort, Jeffrey avait cherché à se lier avec Jared. Mais c'était compliqué. Nell pouvait se montrer très dure, et Possum ne méritait pas qu'un autre homme cherche à le remplacer en tant que père de Jared.

— Vous vous souvenez de notre première rencontre ? demanda Nell.

Ça remontait à un siècle, mais Sara répondit :

— Oui.

— Vous avez dû penser que Jeffrey était fou de vous emmener comme ça au diable vauvert.

Sara sourit. Sylacauga, Alabama, était l'incarnation absolue de la cambrousse profonde, mais elle était ravie que Jeffrey ait envie de lui présenter sa famille.

— Nous avons gâché votre barbecue.

— Vous m'avez dit que vous étiez strip-teaseuse.

Sara se mit à rire. Elle avait oublié cette partie-là. Il faut dire que Nell lui avait tendu la perche en lui demandant si elle était serveuse ou hôtesse. Ils avaient tous cette image de Jeffrey — l'homme qu'il était, le genre de femmes qu'il fréquentait. Et ils se trompaient tellement.

— Bref, fit Nell. C'est déjà assez triste comme ça, pas besoin de déterrer le passé. Je sais que vous y pensez encore tous les jours.

De nouveau, elle prit les mains de Sara dans les siennes, cette fois pour caresser son doigt à l'endroit où elle avait porté son alliance.

— Je suis heureuse que vous l'ayez enlevée, mon chou. Un jour, quand le temps aura passé, vous trouverez la force de recommencer.

Sara opina en se forçant à ne pas détourner le regard.

Cinq ans. Elle avait porté le deuil de son mari pendant cinq ans. Elle avait vécu seule pendant cinq ans. Elle avait attendu et attendu encore que la douleur s'en aille, pendant cinq longues années de solitude.

— Sara ?

Elle s'aperçut qu'elle avait manqué une question.

— Oui ?

— Je vous ai demandé si vous étiez d'accord pour qu'on aille le voir ensemble dans sa chambre. Je sais que ce sera difficile avec Lena là-bas, mais peut-être que vous pouvez parler avec un docteur, de médecin à médecin, et savoir ce qu'ils ne nous disent pas ?

Sara ne trouva aucune bonne raison de refuser. Après tout, elle était là pour ça. Pour aider Nell. Pour aider Jared. Pour, d'une certaine façon, remplacer son mari au chevet de son fils. Même le chef Lonnie Gray partait du principe que Sara jouerait ce rôle. Alors pourquoi pas ?

Elle se leva du canapé pour quitter la petite salle d'attente. Elle portait encore sa blouse de médecin. Les infirmières lui jetèrent à peine un coup d'œil quand elle poussa la porte des urgences et s'avança dans le couloir. Le numéro de chambre de Jared était inscrit sur le tableau de l'accueil, mais Sara l'aurait deviné au flic en faction devant la porte. L'officier se tenait à quelques mètres du bureau des infirmières, la main sur l'étui de son arme. Une cloison vitrée séparait la chambre de Jared du couloir. Le rideau était à moitié tiré, la porte ouverte.

Le flic salua Sara d'un signe de tête :

— Madame...

Elle ne répondit pas, s'avançant sur le seuil comme si elle était parfaitement à sa place.

Les plafonniers étaient tous éteints, et seule la lueur des machines allumées éclairait la chambre. Jared avait le visage gonflé. Son corps était immobile. Sara n'avait pas besoin de consulter son dossier : l'équipement présent dans la chambre en disait bien assez long. Un drain Pleur-Evac branché pour le pneumothorax. Un respirateur artificiel en marche. Trois cathéters pour les antibiotiques et autres liquides. Une sonde nasogastrique, reliée elle aussi à la vanne d'évacuation dans le mur, pour garder l'estomac vide. Un oxymètre pour le pouls, un tensiomètre, une sonde urinaire et d'autres drains chirurgicaux. Près du mur, sur un chariot, un défibrillateur prêt à servir.

Ils ne s'attendaient pas à ce que Jared reprenne conscience dans un futur proche.

Enfin, Sara dut se résigner à regarder dans le coin de la pièce.

Lena dormait. En tout cas, elle avait les yeux fermés. Elle était roulée en boule dans un fauteuil, les genoux contre la poitrine, en position fœtale. Elle portait une blouse d'hôpital, car ses vêtements avaient dû être classés comme pièces à conviction.

Elle n'avait pas changé. Un bleu était en train de jaunir sous son œil gauche. L'arête de son nez s'ornait d'une coupure en ligne droite qui avait commencé à se couvrir d'une croûte. Rien d'anormal. Sara ne se souvenait pas de Lena sans une égratignure ou une cicatrice quelconque — sa vie était trop brutale pour ça. La seule chose qui avait changé, c'étaient ses cheveux. Ils étaient plus longs que la dernière fois où Sara l'avait vue. Etait-ce aux obsèques ? Elle ne s'en souvenait plus. Personne dans la famille Linton ne souhaitait prononcer le nom de cette femme.

Sara respira un grand coup avant de pénétrer dans la chambre.

Sous bien des aspects, voir Jared était plus dur que voir Lena. Il ressemblait tant à Jeffrey — les cheveux sombres, la carnation, les longs sourcils. Il avait la silhouette de son père. Quand il marchait, c'était avec la même grâce athlétique. Il avait aussi la même voix grave.

Sara posa la main sur son visage. Sans pouvoir s'en empêcher, elle lui caressa le front, suivit du pouce la ligne de ses sourcils épais, étrangement doux, comme ceux de Jeffrey. Même l'implantation de sa barbe de trois jours lui semblait familière.

Lena n'avait pas bougé, mais Sara sut qu'elle était réveillée et qu'elle la regardait.

Lentement, elle laissa retomber sa main. Elle n'allait pas se sentir coupable de le toucher. C'était naturel pour elle de penser ça, d'établir cette connexion.

Dans le fauteuil, Lena bougea, se dépliant et reposant les pieds par terre.

Sara prit la main de Jared. Sa paume était calleuse. Les mains de Jeffrey avaient toujours été douces. Il se taillait soigneusement les ongles au lieu de se les ronger, coupait ses cuticules. A plusieurs reprises, Sara l'avait surpris à utiliser la lotion parfumée à l'avoine qu'elle gardait sur sa table de chevet.

Lena se leva.

Le cœur de Sara s'affolait. Sans qu'elle sache pourquoi, le simple fait de se trouver dans la même pièce que Lena Adams la rendait nerveuse. Même avec un flic dehors.

Même en sachant qu'elle ne pouvait pas lui faire de mal, elle se sentait en danger.

Et, comme toujours, Lena avait l'air de s'en ficher. Elle s'approcha du lit. Sans toucher Jared, pour l'arranger ou pour se rassurer. Au lieu de lui tenir la main, elle se tenait elle-même, les bras serrés sur la taille. Bordel, elle avait toujours tout fait toute seule.

— Sara..., commença Lena.

C'était un murmure, presque un sanglot. Lena n'avait jamais eu honte de pleurer. Elle n'hésitait pas à s'en servir. Elle poussa un long soupir, tremblant de tout son corps, et ses mains agrippèrent le rebord métallique du lit. Elle portait une alliance en or avec un petit diamant. Un peu de sang était incrusté sur la monture. Elle attendait que Sara dise quelque chose, tente d'améliorer la situation.

Automatiquement, les mots se présentèrent à l'esprit de Sara, ces conseils qu'elle avait donnés un nombre incalculable de fois au chevet d'un patient inanimé : *Vous pouvez le toucher. Lui prendre la main. Lui parler. L'embrasser. Ne pensez pas aux tuyaux et allongez-vous près de lui. Montrez-lui que vous êtes là, avec lui, à ses côtés. Pour l'aider à revenir.*

Mais elle ne dit rien de tout ça, se contentant de se mordiller le bout de la langue jusqu'à sentir le goût du sang dans sa bouche. Son cœur battait toujours la chamade. La peur avait disparu, remplacée par un froid immense, comme une main glacée qui lui étreignait la poitrine et remontait vers sa gorge.

— Je n'y arriverai...

La voix de Lena s'étouffa. Sara avait l'impression de s'entendre cinq ans plus tôt. Ces quatre mots suffirent à la replonger dans le deuil. La perte. La solitude.

— Je n'y arriverai..., répéta Lena. Je n'y arriverai pas. Je ne peux pas vivre sans lui.

Lentement, Sara reposa la main de Jared. Elle défroissa

le drap, le borda. Puis elle regarda Lena — droit dans les yeux.

— C'est très bien, lui dit-elle. Maintenant, vous savez l'effet que ça fait.

6

Will tourna sur sa moto dans le parking du Macon General jusqu'à ce qu'il repère la BMW de Sara. C'était idiot de sa part, mais ces derniers temps, de toute façon, il se sentait complètement idiot. Elle avait dédaigné les emplacements réservés aux médecins pour une place à l'ombre d'un bosquet. Il refréna le désir de descendre de moto pour toucher le capot de sa voiture — juste pour savoir depuis combien de temps elle était là, se disait-il, mais il savait au fond qu'il cherchait surtout une forme de connexion.

Ce qui était suffisamment pathétique et embarrassant pour le pousser à foncer vers les places des employés à une vitesse excessive.

Par chance, faire hurler ses pneus dans un parking était exactement le genre de choses qu'affectionnait son alter ego. Will avait déjà effectué des missions d'infiltration. Il se considérait comme plutôt doué pour entrer dans la peau d'un personnage. En Géorgie du Nord, pas mal de coqs qui coulaient grâce à lui une retraite paisible auraient pu en témoigner. Certes, s'infiltrer dans un réseau de combats d'animaux clandestins n'était pas aussi dangereux que sa mission du moment, mais les agents d'information du GBI étaient parvenus à lui offrir cette fois-ci une couverture encore plus soignée.

Comme les journaliers devant le Home Depot, Will pensait que Bill Black, son personnage, lui offrait un aperçu saisissant de ce qu'il aurait pu devenir. Bill était un repris de justice familier du système carcéral. Il possédait un dossier scellé de délinquant juvénile et on l'avait exclu de l'Air Force pour faute grave. Plus important, depuis sa majorité, trois condamnations sérieuses avaient été inscrites dans son casier judiciaire — deux pour voies de fait sur des femmes, une autre pour avoir poussé un vigile dans l'escalier d'un centre commercial.

Cette charge avait valu à Bill Black de passer quatre-vingt-dix jours dans la prison du comté de Fulton. Il avait obtenu une libération conditionnelle pour bonne conduite, mais il était étroitement surveillé par son agent de probation, qui rendait ses rapports directement à Amanda. Cet AP avait déjà débarqué plusieurs fois à l'hôpital pour des visites-surprises. Bill Black faisait peur. Les flics le soupçonnaient dans d'autres affaires. Le braquage d'une station-service. Un truc qui avait mal tourné dans le Kentucky. Une agression où la victime avait perdu un œil. Bref, Black était ce que les séries télé appellent une « personne d'intérêt ».

Le GBI avait réussi à dégoter quelques indics prêts à corroborer la couverture de Black en échange de clémence. Un ancien détenu avait raconté à Will toutes les rumeurs qui avaient tourné dans la prison à l'époque où Bill Black était censé s'y trouver. Des gardiens avaient confirmé les détails les plus marquants, qui évoquaient un mélange entre *Luke la main froide* et *Les Soprano*. Puis on avait pris quelques photos peu flatteuses de Will avec un panonceau où étaient inscrits le nom de Black et son numéro d'écrou. A part l'absence de tatouage de prison lamentable, difficile de prendre la couverture de Will en défaut.

Bien sûr, des défauts, on en trouvait toujours, mais Will n'était pas prêt à partager le plus gros de tous avec Amanda : le nom de Bill Black, que sa supérieure lui avait proposé avec fierté, lui donnait l'impression de lui tordre le cerveau comme dans une toile de Salvador Dalí.

— Bill, ça rime avec Will, lui avait-elle dit en lui tendant le dossier contenant toutes les informations à mémoriser. Et, bien sûr, Black, comme la couleur.

Vu son sourire, il avait compris qu'il était censé lui en être reconnaissant. Mais, en réalité, elle aurait aussi bien pu lui mimer son patronyme en dansant, vêtue d'un justaucorps.

Will était dyslexique, un problème qu'Amanda ne ressortait pour l'asticoter que lorsqu'elle ne trouvait pas mieux. Il n'était pas prêt à le lui expliquer ouvertement — on trouvait tout sur Internet — mais, si elle s'était donné la peine de faire quelques recherches, elle aurait su que la dyslexie n'est pas un trouble de l'écriture, mais un trouble du langage. Raison pour laquelle Will ne comprenait rien aux rimes, et n'arrivait pas à comprendre comment Black, avec une majuscule qui signifiait que c'était un nom propre, pouvait aussi désigner une couleur. Pourtant, dans le bureau d'Amanda, il s'était contenté de feuilleter le dossier comme s'il le comprenait parfaitement.

— Ça a l'air bien, avait-il dit.

Elle n'avait pas paru convaincue.

— Vous avez besoin d'un coup de main avec les mots compliqués ?

Il avait refermé la chemise et quitté son bureau.

Il savait lire — il n'était pas débile —, mais il lui fallait du temps et pas mal de patience. Avec les années, Will avait appris quelques trucs pour donner l'impression qu'il s'en sortait mieux. Poser une règle sous les lignes pour éviter que les lettres sautent dans tous les sens. Utiliser un logiciel pour dicter ses rapports ou lire ses mails. Au lycée, on lui avait annoncé qu'il avait le niveau de lecture d'un élève de primaire. A vrai dire, ses profs n'avaient rien diagnostiqué d'autre qu'un manque flagrant d'intelligence. C'est seulement à la fac qu'il avait enfin appris qu'il souffrait d'une maladie nommée la dyslexie — et il était à ce moment-là trop tard pour faire quoi que ce soit, à part prier pour que personne ne le remarque.

En général, pas grand monde ne s'en apercevait. Amanda était au courant, et elle gardait ça en réserve pour le critiquer. Faith l'avait découvert au cours de leur première enquête en commun et, chaque fois qu'une question de lecture surgissait, elle prenait un ton maternel qui donnait envie à Will de se fourrer la tête dans un broyeur ménager.

Et, bien sûr, Sara savait. Elle s'en était rendu compte dès le début. Sans doute, pensait Will, que le fait d'être médecin vous entraînait à reconnaître les symptômes. Le truc étrange, c'était que ça n'avait rien changé à sa façon de le traiter. Elle voyait la dyslexie comme faisant partie de Will, au même titre que la couleur de ses cheveux ou sa pointure.

Elle le considérait comme quelqu'un de normal.

Et, s'il continuait à faire vrombir le moteur de sa bécane, elle allait surtout regarder par la fenêtre et l'apercevoir sur le parking.

Il y avait une certaine ironie, il s'en rendait bien compte, à penser qu'il venait de passer dix jours à cacher la vérité à Sara pour se retrouver coincé non seulement dans la même ville qu'elle, mais dans le même bâtiment et plus ou moins autour des mêmes personnes. Il aurait tout donné pour qu'elle retourne à Atlanta, où il était beaucoup plus simple de lui mentir. Ici, à Macon, Will risquait constamment de se retrouver nez à nez avec Sara au détour d'un couloir ou derrière une porte. Alors, elle exigerait des réponses.

Il gara la Triumph à sa place habituelle, tout près de l'entrée du personnel. La pluie l'avait accompagné sur pratiquement tout le trajet depuis Atlanta, crachant des aiguilles glacées sur son visage. Il ne portait pas un casque intégral mais un « bol », le plus petit modèle autorisé par la loi, qui évoquait un bonnet. Chaque fois qu'un gros camion le serrait de trop près sur l'autoroute, Will se demandait s'il verrait réellement son cerveau sur l'asphalte avant de mourir ou si la mort serait instantanée.

Cette pensée n'était pas nouvelle. Quand il avait vingt ans, Will avait conduit une Kawasaki, parce que ça ne coûtait pratiquement rien et que l'essence était chère. Et il fallait admettre que la sensation de chevaucher un gros moteur vibrant n'était pas désagréable pour un jeune homme avec peu d'expérience auprès de la gent féminine. Mais, dix ans plus tard, c'était devenu une autre histoire, beaucoup moins drôle. Il avait mal au dos, aux mains, aux épaules, sans parler des autres zones de son corps. Il descendit et se dégourdit les jambes en dégrafant la lanière de son casque pour le décoller de son crâne.

— Salut, Bud, lança une infirmière.

Will leva la tête. Appuyée au mur du bâtiment, la femme tétait une cigarette. Il avait dit à tout le monde de l'appeler Buddy parce qu'il n'avait plus envie de penser à la conversation avec Amanda chaque fois qu'il entendait le prénom de Bill Black. Il n'avait pas prévu que ses collègues de l'hôpital raccourciraient encore ça en Bud.

— T'as fait bonne route ? demanda-t-elle.

Will grogna — une réponse typique de Bill Black.

— Super, fit-elle en souriant.

Ses cheveux blonds décolorés ne bougeaient pas malgré la brise. Sa petite blouse moulante était décorée de dauphins bondissants.

— T'as entendu parler de ce qui s'est passé hier soir chez ces deux flics ?

— Ouais.

Will retira le bandana qui lui couvrait le crâne et s'en servit pour essuyer la poussière de la route de son visage.

— Y en a un aux urgences. Pas sûr qu'il s'en tire.

Elle retira un brin de tabac de sa langue avant d'ajouter :

— Y a des keufs partout, aujourd'hui.

Will grogna de nouveau. Il fourra le bandana dans la poche de son jean. La femme souffla un nuage de fumée.

— Tony dit qu'ils étaient chez lui ce matin. Des crétins

lui ont volé sa voiture et s'en sont servis pour ce truc. Tu y crois, à ça ?

Will la regarda en se demandant si c'était une question purement rhétorique. Il décida que la meilleure solution consistait à l'ignorer purement et simplement.

— Faut que j'aille pointer.

Casque sous le bras, il s'avança vers la porte. L'infirmière tira une dernière bouffée de sa cigarette. Apparemment, elle ne se formalisait pas de sa goujaterie. C'était typique des femmes qui gravitaient dans les mêmes cercles que Bill Black. Pour elles, un homme, ça se tait, ça grogne et ça fait la gueule, ça se gratte et ça crache par terre. Pour Will, à qui on avait appris à baisser la lunette des toilettes avant même de lui ôter ses couches, c'était comme vivre sur Mars.

Ou au paradis, d'une certaine façon.

— Prends soin de toi, fit l'infirmière avec un clin d'œil quand il ouvrit la porte.

Il ne daigna pas la lui tenir. Il connaissait ce type de femmes pour les avoir côtoyées de loin durant toute sa vie. A l'orphelinat. Dans les rues. De temps à autre sur la banquette arrière d'un véhicule de police. Elles choisissaient les mauvais types, prenaient les mauvaises décisions. Plus on les maltraitait, plus elles s'accrochaient.

Will savait depuis toujours que les femmes de ce genre le trouvaient attirant. Peut-être à cause des cicatrices sur son visage. Ou peut-être à cause des marques invisibles que laissait une enfance difficile, et que seuls vos semblables pouvaient remarquer. Quoi qu'il en soit, il leur plaisait parce qu'elles le croyaient traumatisé, dangereux, ou les deux. Il avait passé sa vie à les éviter. La seule façon d'intéresser une femme désespérée, c'était d'être un certain type d'hommes. Un homme que Will s'était toujours refusé à devenir.

— Au fait, lança l'infirmière sur le seuil, un poing sur la hanche. J'm'appelle Cayla.

Will était arrivé devant l'entrée des vestiaires du personnel. Il se retourna vers elle, dix mètres plus loin. De là, les dauphins sur la jupe de son uniforme ressemblaient à des taches de sperme.

— Cayla avec un C, ajouta-t-elle avec un sourire aguicheur.

Ce coup-là, pensa Will, un grognement ne suffirait pas. Il tenta de faire le malin :

— Pourquoi tu me l'écrirais pas, tant que tu y es ?

Elle eut un rire qui le fit se sentir tout petit.

— Avec plaisir. Qu'ess'tu fais après l'boulot ?

Il haussa les épaules.

— Ça te dirait de venir dîner chez moi ? J'parie que t'as pas mangé du fait maison depuis que t'es sorti.

L'histoire de Bill Black avait circulé rapidement. Ça faisait moins de deux semaines que Will travaillait à l'hôpital et elle savait déjà qu'il sortait de prison.

— Ça te dit ? insista-t-elle. Vers 19 heures ? J'ai une recette de poulet frit, je te dis que ça.

Will hésita. Il connaissait le nom de Cayla Martin pour avoir parcouru son casier, qui mentionnait une arrestation pour conduite en état d'ivresse quatre ans plus tôt. Ça lui avait coûté bonbon — il lui restait encore mille dollars d'amende à payer avant qu'elle ait le droit de conduire ailleurs que sur le trajet entre son domicile et son boulot. Elle travaillait également comme infirmière à la pharmacie de l'hôpital, ce qui signifiait qu'elle avait accès à tous les médicaments qui disparaissaient régulièrement.

Cayla tapa du pied, impatiente.

— Allez, Bud. Laisse-moi te préparer un bon p'tit plat, quoi ?

Will était en train de soupeser ses choix quand Tony Dell sortit du vestiaire. En le voyant, le type paniqua. La semelle de ses tennis patina sur le lino quand il tenta de faire demi-tour.

Flic ou voyou, pas d'importance : quand quelqu'un essaie de tirer sa révérence en te voyant, tu l'arrêtes. Will laissa tomber son casque, chopa Tony par le cou et le plaqua contre la porte, face en avant.

— Ça va ! cria Tony.

Il était petit. Will faisait presque deux têtes et vingt kilos de muscle de plus que lui. Le soulever était aussi facile que soulever Sara.

— Dans quoi tu m'as fourré, putain ? gronda-t-il d'une voix volontairement caverneuse.

— J'ai pas..., bredouilla Tony péniblement — pas facile de parler avec la bouche écrasée contre une porte. Merde, Bud, j'essayais juste de te brancher sur un bon coup...

— Et moi, je vais te brancher sur du triphasé pour t'apprendre.

— Bud ! Je déconne pas, mec. Je savais que dalle !

Ses pieds grattaient contre la porte tandis qu'il cherchait à toucher le sol.

— Allez, quoi !

Will le lâcha, et Tony retomba sur ses pieds. Il lui fallut quelques secondes pour se remettre. Il avait le souffle court et la sueur lui ruisselait sur les sourcils — parce qu'il flippait, ou parce qu'il était en plein trip, Will ne sut le déterminer. Quoi qu'il en soit, maintenant qu'il ne redoutait plus de se faire briser la nuque, Tony décida de prendre ses grands airs.

— Putain, mec, c'est quoi ton problème ?

— Qui a monté ce truc ? demanda Will.

Tony vérifia du regard qu'ils étaient seuls dans le couloir. Cayla avait disparu. Les femmes comme elle savent à quel moment déguerpir.

— Putain, gémit Tony en se frottant la nuque. Ça fait mal, mon pote.

— Qui a monté ça ? répéta Will en enfonçant son doigt dans l'épaule de Tony. Tu vas me le dire, espèce de merdeux.

Tony porta la main à son épaule.

— Je sais pas. C'est deux types, au bar. Ils se sont pointés et ils m'ont demandé si je voulais me faire du fric.

— Hier soir ?

— Ouais, après le taf.

— Tu les connaissais ?

— De vue, oui. Toi aussi, tu les as vus passer, continua-t-il en se massant l'épaule. C'est les gars qui traînent dans la salle réservée.

L'équivalent d'un carré VIP au Tipsie. Will l'avait déjà vue, c'est vrai. Un endroit à peu près aussi engageant que les douches du pénitencier d'Etat.

— Ils t'ont proposé combien ?

Tony resta coi, l'air fuyant. Will lui plaqua la main sur la poitrine et le repoussa contre la porte, sans forcer. La menace suffit à décider le petit homme à parler.

— Mille cinq cents.

Will leva le poing.

— Espèce de fils de…

— Ils m'ont dit que ce serait sans risque ! jappa Tony en levant les mains pour se protéger. Il fallait juste qu'on reste dans la rue, à faire le guet. Rien d'autre.

Will ne baissa pas le poing.

— Et t'as partagé mille pour toi, cinq sacs pour moi ?

— J'étais plus près de la maison, tenta Tony avec un haussement d'épaules peu convaincu. C'était plus exposé.

Will laissa retomber sa main.

— Tu savais que c'était pas juste un casse.

Tony ouvrit la bouche, la referma. Vérifia de nouveau qu'ils étaient seuls.

— J'vais pas te mentir, Bud. Je savais que les gens dans la baraque, ils risquaient de morfler. Mais j'te jure sur un tas de bibles que je savais pas que c'était des keufs. Sinon, jamais j'aurais dit oui, et jamais je t'aurais embringué là-dedans. On est potes, non ?

— Mes potes, c'est pas les mecs qui me foutent dans la merde pendant que je suis en conditionnelle.

Un pan de la chemise de Will était sorti de son jean. Il le remit en place et scruta à son tour les parages avant de gronder :

— Y a pas intérêt que ça me retombe dessus.

Mais Tony n'était pas aussi con qu'il en avait l'air.

— Pourquoi t'as voulu entrer, toute façon ? Qu'est-ce qui t'a pris ?

La question à un million. Will avait profité du trajet pour lui trouver une réponse.

— J'avais besoin de la thune. Les morts, ils casquent pas.

— C'est pas faux, répondit Tony sans pour autant se départir de son air suspicieux. N'empêche que t'as pas traîné pour entrer dans cette baraque. Même que t'as failli me péter la gueule pour y arriver. Moi, j'essayais juste de t'aider.

Nouveau coup d'œil dans le couloir pour Will. Se composant une expression de colère, il entreprit de se justifier :

— Bon, j'ai une ex, tu vois ? Une gonzesse, dans le Tennessee. Paraît qu'elle est en cloque, de moi. Je la croyais pas, mais elle a fait le test. Cette pute a dit qu'elle irait baver aux flics si je lui crachais pas cinquante sacs avant l'accouchement.

Il termina par une phrase qu'il avait entendu répéter par un nombre incalculable de repris de justice :

— Je peux pas retourner en taule, mec. Je tiendrais pas le coup.

Tony hocha la tête. Là, il comprenait. De toutes les conversations glanées au Tipsie, Will avait pigé que l'épreuve que redoutaient le plus les délinquants, c'était le test de paternité. Mais, le plus difficile à croire, c'était que l'argot que Will avait pompé sur le câble dans une série sur un gang de motards fonctionnait vraiment.

— Je vois le truc, mon pote, fit Tony en se grattant le creux du coude, un tic nerveux qui lui laissait des traces rouges permanentes. Si ça te dit, on y monte ensemble, on lui causera du pays.

— Tu vas la fermer, oui ? fit Will. Y a tous les schmitts du pays à l'étage. Et le flic, là, c'est pas sûr qu'il s'en tire. T'imagines ce qui se passera s'il claque ?

Tony continua de se gratter et vérifia encore le couloir.

— Bon, et t'as vu quoi ? Dans la baraque, je veux dire ? T'as vu quoi ?

Will tenta de repousser l'image sanglante de Lena à cheval sur Fred Zachary, prête à lui briser le crâne.

— Un type mort, l'autre en train de clamser. Et une cinglée avec un marteau.

— Elle t'a vu, elle ?

— Tu crois que je l'aurais laissée en vie ?

Tony baissa la voix :

— On m'a dit qu'elle avait utilisé la griffe du marteau…

— Tu la connais ? La keuf, je veux dire. Elle t'a déjà chopé ?

— Pas moyen. Je me fais pas coincer par une meuf, mec.

Pour Will, un chihuahua de trois kilos aurait suffi à arrêter Tony Dell.

— Pourquoi qu'ils ont voulu tuer deux flics ? C'était des ripoux ou quoi ?

Cette fois, ce fut Tony qui s'appuya à la porte de lui-même, sans que Will le pousse.

— Les gars m'ont rien dit et j'ai pas demandé. Je te jure, Bud. Je sais que dalle.

Will évalua ce qui inquiéterait un type comme Bill Black dans cette situation.

— Le van, t'en as fait quoi ? demanda-t-il.

La question prit visiblement Tony de court.

— Pas de malaise. Je connais des mecs.

— Je sais pas ce qu'ils t'ont filé, mais tu me dois la moitié.

— Pas des masses, tenta Tony.

Will le saisit par le bras pour être sûr d'obtenir toute son attention.

— Mon cul. Je vais te le demander une dernière fois : pour qui ils bossaient, hein ?

— J'en ai pas la moindre idée, mec. Juré.

— Ben tu ferais mieux d'y réfléchir sérieusement, parce que ça m'étonnerait pas qu'ils nous cherchent en ce moment.

— Pour nous buter, tu veux dire ?

— Tu crois que le type qui a lancé ça va juste te faire confiance pour la fermer ?

— Oh putain, gémit Tony, soudain livide. Ça peut être que Big Whitey. C'est le seul mec que je connais qu'a les couilles pour un truc pareil.

Will serra le bras de Tony plus fort. C'était vachement plus facile d'interroger quelqu'un quand on pouvait vraiment lui coller la trouille.

— Pourquoi tu dis ça ?

— Parce qu'il a déjà buté des flics. Tout le monde est au courant. Putain, mec, on dit qu'il a descendu un fédéral en Floride !

Le fameux meurtre enregistré par la caméra.

— T'es sûr que tu leur as pas dit mon nom ?

— Putain non, frangin. Sûr que non.

— Si j'apprends que c'est pas vrai…

— Je te jure ! glapit Tony d'une voix suraiguë. Ecoute, mec, je suis pas une balance. Je te raconte pas de craques.

Il plongea sa main libre dans sa poche et en tira une liasse de billets.

— Ecoute, tu sais quoi ? Voilà tout ce qu'on m'a filé pour le fourgon. Tu le prends, d'accord ? Et on dit qu'on est quittes.

Will le lâcha pour empoigner l'argent. Les billets étaient humides, et il essaya de ne pas y penser pendant qu'il comptait.

— Six cents. C'est tout ?

— C'est plus que ce que tu devais palper hier soir.

Will grogna. Bill Black se serait contenté de cette somme.

— Ecoute, reprit Tony en se grattant de nouveau. Big Whitey, c'est un homme d'affaires. On peut aller le trouver et discuter avec lui. Pour le raisonner, quoi.

— Hors de question que je…

— Ecoute-moi, chef, l'interrompit Tony, le bras en sang à force de se gratter. Je t'ai expliqué que j'avais un petit trafic de médocs, ici. Toi et moi, on pourrait doubler la mise en…

— Non, coupa Will. C'est mon AP qui m'a dégoté ce taf. S'il manque des trucs dans la pharmacie, tu crois qu'ils vont venir trouver qui ?

Il se pencha sur Tony, l'air menaçant, pour ajouter :

— Et qu'est-ce que t'as dit aux flics quand ils sont venus chez toi, cette nuit ?

De nouveau cet air fuyant.

— Qui c'est qui t'a dit ça ?

— L'infirmière, là. Et, à l'heure qu'il est, elle a dû mettre tout l'hosto au courant.

— Cayla, fit Tony d'une voix soudain radoucie.

D'un coup, Will percuta. Cayla Martin, c'était la fille dont Tony n'avait pas arrêté de parler la veille, pendant qu'ils se rendaient chez Lena. Pas étonnant qu'un petit trafiquant de médocs soit branché sur une infirmière de la pharmacie.

— Elle a dit quelque chose d'autre sur moi ? demanda Tony.

— Non.

— T'es sûr ?

Will commençait à en avoir un peu marre.

— Elle m'a invité à bouffer.

De façon inattendue, Tony sembla le prendre mal. Il se raidit.

— Tu comptes y aller ?

— Dis-moi ce que t'as raconté aux flics ce matin.

Mais Tony ignora sa question.

— Je te prenais pour un pote, Bud. Je peux pas croire que tu sortes avec elle.

Ce que Will ne pouvait pas croire, c'est qu'ils aient ce genre de conversation.

— T'as dit quoi aux flics, Tony ? M'oblige pas à te casser la gueule pour te faire cracher le morceau.

À contrecœur, l'autre répondit :

— Qu'on avait dû me piquer ma caisse. Ils m'ont demandé d'aller porter plainte.

— Va pas chez les flics, l'avertit Will. Si tu y mets les pieds, ils te laisseront jamais sortir.

— Je leur dirai rien !

— Tu crois que ça suffira ? Deux flics ont failli y laisser leur peau. Ils vont coller ça sur le premier crétin venu.

— Ils ont tous les crétins qu'il leur faut, répliqua Tony. Les deux gars d'hier — y en a un qui est mort. L'autre peut plus bouger, et il va certainement pas baver. Je te l'ai dit, Big Whitey, il a le bras long. Il peut les faire descendre même à l'hosto. Ici, en prison, au pénitencier, t'es nulle part à l'abri de Big Whitey. Crois-moi, mec. C'est un dur.

Will grinça des dents. Toutes les conversations qu'il avait pu avoir avec Tony finissaient toujours par déboucher sur Big Whitey. Il y avait quelque chose de pas net là-dedans, mais l'instinct de Will lui soufflait de ne pas y fourrer son nez pour le moment.

— C'est toi qui vois, mec. Je veux juste que tu me mêles pas à ça.

Tony sentit qu'il perdait son auditoire.

— On peut lui parler. Le prévenir qu'on bavera pas. Peut-être même bosser pour lui.

— Non, coupa Will.

Il ramassa son casque, l'épousseta sur sa manche et tenta encore un coup d'argot de biker :

— Faut que je crache pour mon gosse, j'ai mon AP qui me renifle le cul, alors je vais pas chercher les emmerdes.

— On peut arranger ça.

— J'm'en tape, mec. Tu me mêles pas à tes conneries, c'est tout.

D'un coup d'épaule, Will poussa la porte battante du vestiaire. Il était vide. Des casiers métalliques bleus divisaient la pièce en trois parties. Il attendit quelques secondes pour voir si Tony Dell allait le suivre. Comme la porte ne bougeait pas, il se dirigea vers les casiers fixés sur le mur du fond.

Le nom de Bill Black était inscrit sur un morceau de scotch blanc collé sur l'un d'eux. Au marqueur, Bill l'avait barré pour écrire les lettres BUD. Pas très joli — l'écriture de Will n'avait jamais été fantastique —, mais c'était toujours mieux que le casier d'à côté, où quelqu'un avait dessiné un pénis éjaculant, avec une seule couille. Plaisanterie d'initiés, pensa-t-il.

Pour fermer son casier, Will avait acheté un cadenas à combinaison dans le but de remplacer le système d'origine, à cadran tournant. Différencier la droite et la gauche n'avait jamais été son fort, mais il n'avait jamais eu de problème avec les chiffres. Il fit tourner les quatre molettes pour former la date à laquelle il avait embrassé Sara pour la première fois. Ou, techniquement, à laquelle Sara l'avait embrassé lui. Mais le cadenas n'avait pas besoin de connaître ces détails.

Will accrocha son casque dans le casier avant d'en tirer sa veste et son pantalon de travail. L'un dans l'autre, la maintenance n'était pas un mauvais poste. Will était bon pour réparer les choses. Les formulaires qu'on lui avait donné à remplir étaient destinés à des personnes avec un très faible niveau d'anglais. Seulement cinq cases à cocher ou non, et une seule longue ligne avec un X au bout, ce qui lui permettait de reconnaître facilement l'endroit où il fallait signer. Même s'il n'avait pas inscrit son nom, évidemment. Il avait tracé deux B majuscules et s'en était tenu là.

Il ôta ses vêtements pour revêtir sa tenue de travail. Il portait la photo d'identité de Bill Black au bout d'une lanière pendue à son cou. Une carte de sécurité et un trousseau de clés étaient attachés par un filin rétractable à sa ceinture, à laquelle pendait aussi une lampe torche retenue par un mousqueton. Will transféra les billets toujours moites de Tony Dell dans la poche de devant de son pantalon de travail, espérant qu'ils auraient séché au moment où il les enregistrerait comme pièces à conviction. Dans un portefeuille bleu à fermeture velcro, il gardait les cartes de crédit de Bill Black, une copie d'une amende pour excès de vitesse qui lui tenait lieu de permis de conduire, et quelques reçus qui suggéraient que M. Black effectuait la plupart de ses courses au supermarché RaceTrac à l'entrée de l'Ocmulgee Trail.

Il vérifia la charge de son iPhone. Dans la vie de tous les jours, Will n'utilisait pas de smartphone, mais Bill Black était plus raffiné que lui. Pas qu'il faille bac + 5 pour s'en servir — Will avait découvert la plupart des fonctions par lui-même au cours des longues heures passées à ne rien faire dans le studio crasseux que Bill Black louait à la semaine dans un motel.

Black avait deux comptes mail, le premier sur le serveur de l'hôpital et l'autre sur Gmail. La boîte de réception contenait des messages de plus en plus virulents, apparemment écrits par une femme du Tennessee enceinte et très en colère. On y trouvait aussi quelques messages viraux plus ou moins racistes émanant de comptes anonymes, mais Bill Black n'avait pas beaucoup d'amis. Le plus gros de ses mails était donc constitué de newsletters publicitaires qui vantaient du matériel de chasse et des sites de femmes nues ou bien proposaient des réductions sur de la charcuterie ou des eaux de toilette.

La playlist enregistrée sur le portable montrait que Black préférait la country, avec un petit faible pour Otis Redding, l'enfant du pays. On trouvait quelques photos de paysages prises depuis l'autoroute. Black était chasseur, logique qu'il apprécie les forêts et les arbres. Et, comme il aimait aussi les femmes, il avait téléchargé un bon nombre de photos de cul — surtout des blondes et des asiatiques. Will avait pensé ajouter quelques rousses, mais ça lui avait fait bizarre à cause de Sara. Et, à cause de Sara aussi, il avait vu que ce n'étaient pas de vraies rousses.

Les techniciens en informatique du GBI avaient fait le reste des modifications, ajoutant quelques fonctions cachées au téléphone. C'étaient des applications d'arrière-plan, invisibles quand on ne savait pas exactement quoi chercher. L'une d'elles effaçait automatiquement la trace de tous les appels et de tous les textos, entrants et sortants. L'autre transformait le haut-parleur en enregistreur quand on appuyait trois fois de suite sur le bouton d'allumage. Une autre encore permettait de générer un numéro de téléphone et une localisation aléatoires quand Will voulait appeler quelqu'un sans qu'on puisse tracer la source de son appel. L'application la plus importante reliait l'appareil au réseau de repérage de l'armée — pas le GPS disponible pour le commun des mortels, mais un système de positionnement en temps réel qu'on utilisait par exemple pour piloter les drones et bombarder des sites.

C'était à cause de cette application que Will vérifiait sa batterie. Amanda avait raison sur beaucoup de choses, mais sans doute jamais autant que lorsqu'elle croyait en un lien entre l'enquête de Will sur Big Whitey et l'agression de Lena Adams et Jared Long. Même Tony Dell avait fait le rapprochement.

Will n'avait aucune envie de disparaître des écrans radar pour avoir oublié de recharger son téléphone.

Derrière lui, la porte battante s'ouvrit. Il se retourna. Il s'attendait à voir Tony Dell, mais se trompait. Le nouveau venu était un mastoc à la chevelure fournie et à la mâchoire impressionnante.

Will savait reconnaître un flic quand il en voyait un. Il fit exactement ce qu'aurait fait Bill Black — claquer la porte de son casier et se diriger vers la sortie.

Le flic exhiba sa plaque.

— Détective Paul Vickery, Macon PD.

Le coéquipier de Lena. Logique. Will continua à l'ignorer, marchant droit vers la porte. Vickery le saisit par la manche et le força à pivoter vers lui. Il était un peu plus petit que Will, mais porter un badge et une arme lui conférait visiblement le droit d'emmerder les gens.

— Tu vas où, comme ça... Buddy ? lança-t-il après avoir jeté un coup d'œil à l'étiquette cousue sur la chemise de Will.

Celui-ci tenta de calmer le jeu.

— Je veux pas d'ennuis, d'accord ?

Vickery se balançait impatiemment d'un pied sur l'autre. Visiblement, il cherchait la bagarre.

— Ça, c'est trop tard, connard. Où est Tony Dell ?

Will haussa les épaules, pensant que le partenaire de Lena n'avait sans doute pas besoin de se retrouver seul à seul avec un type dont on avait retrouvé la voiture devant la maison où Jared Long avait failli être assassiné. Et Lena aussi, d'ailleurs.

— Je sais pas, mec. Demandez à l'accueil.

— C'est à toi que je demande, tête de nœud. T'es Bill Black, c'est ça ?

Il n'attendait pas de réponse — ses yeux avaient parcouru le badge de l'hôpital pendu autour de son cou.

— Ton patron dit que vous êtes très potes, Dell et toi. Toujours fourrés ensemble.

Will comprit que Ray Salemi aurait balancé n'importe quoi pour que Paul Vickery quitte son bureau.

— On n'est pas exclusif, comme couple. On se laisse le droit de fréquenter d'autres personnes.

— Très drôle, connard, siffla Vickery en s'approchant. Hier soir, t'étais où ? Avec Dell et sa bande, en train d'essayer d'assassiner mon équipière ?

Will avait déjà pensé à son alibi.

— Demandez à mon agent de probation. Visite-surprise juste avant minuit.

— Je ferai ça, ouais, fit Vickery, plissant les yeux. Sauf que t'es pas net, ducon. Ça, mes tripes me le disent.

Will se dispensa de tout commentaire.

— Tu es mouillé dans cette merde jusqu'au cou. Je le sens d'ici, continua Vickery en reniflant comme pour illustrer son propos. Dell est un as de la balance. C'est juste une question de temps avant qu'il bave sur toi. Pourquoi tu ne le prendrais pas de vitesse ? Dis-moi ce qui s'est passé hier soir et je t'évite la taule.

— Désolé, mais je peux pas vous aider, détective.

De nouveau, Will tenta de partir, mais Vickery l'en empêcha en plaquant une main sur sa poitrine.

— Dernière chance. Tu me dis où est ton petit pote, ou c'est toi qui vas morfler.

— Je vous dis que je ne…

Vickery le cogna en plein visage. Il vit le coup venir sans avoir le temps de l'esquiver. Sa tête partit en arrière et il entendit craquer sa mâchoire. Un goût de sang envahit sa bouche. Automatiquement, il leva les poings, mais il s'obligea à les baisser tout aussi vite. Vickery était le partenaire de Lena. Will n'avait pas besoin de beaucoup réfléchir pour savoir que, si quelqu'un s'en prenait à Faith ou à sa famille, il ferait lui aussi des trucs stupides.

— Vas-y, Buddy, fit Vickery en le giflant paume ouverte avant de le siffler comme un chien. T'as envie de me cogner, mec ? Allez mon gars. Viens. Aux pieds.

Will dut se forcer à desserrer les poings. Au lieu de casser la gueule à Paul Vickery, il dit :

— Vous êtes au courant qu'il y a une caméra de sécurité, non ?

Vickery braqua les yeux vers le plafond. La caméra était pointée sur eux et son voyant rouge clignotait. Un instant, il parut se demander si le plaisir de tuer Will à coups de poing méritait ou non qu'il perde son insigne.

Apparemment non.

— On n'en a pas fini, toi et moi, cracha Vickery avant d'ouvrir la porte d'un coup de pied pour s'éloigner dans le couloir, poings serrés.

Will jeta un coup d'œil à la caméra branchée à une pile de 9 volts, et qui n'était plus reliée à aucun circuit depuis que la Cour suprême avait statué que les employés avaient droit à leur vie privée quand ils se trouvaient dans un vestiaire.

Un détective aurait dû savoir ça.

Il regarda son reflet dans le miroir de l'évier. Vickery n'avait pas laissé de marque. Du bout de la langue, Will chercha l'origine du goût de sang dans sa bouche. L'intérieur de la joue s'était entaillé sur une dent. Il ouvrit le robinet et y prit une gorgée d'eau. La blessure le picotait. Il se gargarisa jusqu'à recracher une eau à peine rosâtre.

Dans sa poche, son téléphone se mit à vibrer. Il brancha son écouteur pour écouter le mail envoyé par Ray Salemi, son patron compatissant, déchiffrant les mots en même temps que la voix métallique les prononçait. Il comprit que Faith avait trouvé le moyen de les réunir, Lena et lui, dans une même pièce.

Une fuite dans un tuyau aux urgences. Et Will était chargé de la réparer.

Will emprunta l'escalier de l'aile nord jusqu'au cinquième étage. La montée ne fut pas facile — sa boîte à outils semblait devenir plus lourde à chaque marche. Son corps était en train de lui rappeler qu'il n'avait dormi que quelques heures la nuit précédente. En règle générale, Will essayait de courir un peu chaque jour, mais la vie de Bill Black ne lui laissait pas le temps pour un tel luxe. Sur le palier du troisième, ses bras tremblaient. Parvenu au quatrième étage, il sentit une douleur vive dans le bas de son dos. Il dut poser la boîte à outils et sortir son bandana de sa poche pour essuyer la sueur qui lui ruisselait sur le visage.

— Salut !

Il leva la tête. Faith était penchée par-dessus la rampe. Elle vérifia que la cage d'escalier était vide avant de demander :

— Tu es monté à pied depuis le sous-sol ?

Il ramassa sa caisse et reprit son ascension.

— L'ascenseur donne sur la salle d'attente, en face de l'autre escalier, se justifia-t-il.

— Pourquoi tu n'as pas pris l'ascenseur jusqu'au quatrième et fini par l'escalier ?

Will regarda sans répondre une goutte de sueur dévaler le long de son nez avant de s'écraser sur le béton des marches. Quand il parvint sur le palier, le sourire de Faith montrait à quel point elle le trouvait idiot, mais elle était trop charitable pour le dire à voix haute.

— Will, ça fait un quart d'heure que je te guette à toutes les portes.

— Tu as vraiment cassé un tuyau, demanda-t-il, ou tu as juste menti ?

— J'ai utilisé un genre de pistolet à eau. Tu verras. Tu crois que tu vas y arriver ? enchaîna-t-elle en désignant la volée de marches suivante.

Et elle s'élança devant lui, grimpant quatre à quatre. Elle avait enfilé la tenue réglementaire — tennis noires, pantalon sombre, polo bleu à manches longues portant les lettres GBI en jaune vif dans le dos. Ses cheveux blonds étaient noués sous une casquette avec le même logo, et son Glock était attaché à sa cuisse.

Will déposa sa boîte à outils près de l'entrée des urgences pour jeter un coup d'œil par la porte vitrée. Une infirmière était assise à l'accueil. Le flic qui gardait la porte de Jared Long était si jeune qu'il avait l'air encore emballé dans du film plastique. Will avait déjà participé à des enquêtes sur des agressions contre des policiers. A Macon comme partout ailleurs, tous les officiers expérimentés devaient être en ce moment en train de cogner à des portes et de secouer leurs informateurs.

Will gravit le reste de l'escalier à la suite de Faith. Sans le poids à traîner, l'ascension était beaucoup plus facile. Quand il ouvrit à son tour la porte métallique, la lumière du soleil le fit pleurer. Les nuages de pluie s'étaient dissipés pour laisser place à un beau ciel bleu. A en juger par les mégots de cigarettes qui jonchaient le gravier, le personnel connaissait bien cette sortie sur les toits. Il observa le complexe médical autour de lui, les cinq étages de l'hôpital flanqués de part et d'autre de bâtiments plus bas où les médecins louaient des cabinets. A ce qu'avait compris Will, il y avait une forte proportion d'obstétriciens et de pédiatres. Lui-même avait été appelé à plusieurs reprises dans des chambres d'accouchement. La plupart des usines et sites industriels de Macon avaient fermé au cours de la récession, mais les Maconites continuaient à faire des bébés.

— Par ici, l'appela Faith.

La porte de sortie était protégée par un abri, que Faith avait contourné pour que personne ne risque de les surprendre.

— Comment va Sara ? demanda Will.

— Elle est allée faire des courses avec Nell. La mère de Jared. Elle veut nettoyer la maison.

— La maison… la scène de crime ?

— Celle-là, oui.

Will fronça les sourcils. Sara pensait-elle vraiment que c'était une bonne idée ?

— J'y passerai tout à l'heure pour voir si tout va bien, dit Faith.

Puis, jetant un coup d'œil à l'étiquette sur sa chemise :

— Buddy ?

— Elle était à quelqu'un d'autre, mentit Will. J'ai parlé à Tony Dell ce matin.

— Et ?

— C'est ce qu'on pensait. Zachary et Lawrence sont venus le trouver au Tipsie en lui disant qu'ils avaient besoin de gars pour un coup.

— Tony les connaissait ?

— Il dit que non, qu'il les avait juste vus au bar une fois ou deux. Je le crois à quatre-vingt-dix pour cent. Il y a tout un tas de types, dans le genre plouc, qui traînent dans l'arrière-salle. Des caïds, bien au-dessus du niveau de Tony.

Faith tira une paire de lunettes de soleil de sa poche et les chaussa.

— J'ai vérifié ce que Branson nous a dit ce matin. Sur les tireurs, elle ne mentait pas. Moyenne délinquance. Rien d'aussi violent dans leur casier. Certainement pas disposés à tuer pour de l'argent.

— Le diagnostic pour Fred Zachary, le deuxième tireur ?

— Ne me demande pas. Impossible de l'approcher. Son avocat s'est installé dans sa chambre. Il ne le quitte pas.

— Ça va lui coûter bonbon.

— Surtout que le type vient d'un cabinet réputé de Savannah. Vanhorn et Gresham. Ils viennent juste d'ouvrir une antenne à Macon. Tu me suis ? Même méthode qu'à Sarasota et Hilton Head. Big Whitey débarque, il organise le milieu local, il leur paie des avocats de luxe, et il descend les flics qui lui mettent des bâtons dans les roues.

— Du nouveau du côté des relais téléphoniques ? demanda Will.

— Lena a reçu un SMS de Paul Vickery vers minuit moins dix. Juste pour savoir si tout allait bien. Un quart d'heure après, Long a eu un appel masqué qu'on essaie de tracer. Ça risque de prendre la journée.

— Un quart d'heure plus tard ?

— Oui, environ dix minutes avant l'attaque.

Will observa la vue — un mélange déprimant de voies rapides et de centres commerciaux.

— C'était peut-être un des potes de Jared qui appelait pour savoir s'il était bien rentré.

— Peut-être.

— Tu as parlé à l'équipe de Lena ?

— Ce qu'il en reste. DeShawn Franklin a l'air de trouver que ce n'est pas très grave. Paul Vickery est un con.

Will se passa la main sur la mâchoire.

— Ça ne lui a pas plu qu'on ait failli assassiner sa partenaire. Il est venu ce matin. Il cherchait Tony Dell.

— Il l'a trouvé ?

— Si Tony se fait casser la gueule, on saura que oui.

— Ouais, je me suis doutée que Vickery était ce genre de mecs, admit Faith. Quand j'ai parlé avec lui, il est monté sur ses grands chevaux. Pas de temps à perdre avec moi alors qu'il aurait pu pister celui ou celle qui a mis un contrat sur Lena et Jared.

— Vickery soupçonne Bill Black d'être impliqué, dit Will.

— A sa place, je penserais la même chose. Black est un délinquant avec des antécédents violents. La voiture de Dell se trouvait sur le lieu du crime. Ils bossent au même endroit.

— Mon patron lui a même dit que Tony Dell et Bill Black étaient potes.

— Super. Ça fait quoi, d'avoir une cible dessinée dans le dos ?

— Je suppose que ça va piquer à un moment ou un autre.

Effectivement, il allait devoir faire très attention à lui

s'il avait la malchance de croiser de nouveau le chemin de Vickery.

— Avec le Macon PD, ça se passe comment ?

— En surface ils sont prêts à nous aider, mais dès qu'on creuse un peu ils nous envoient paître.

— Creuser quoi ?

— Les rapports d'incidents. Les briefings quotidiens. Apparemment, ils n'aiment pas trop la paperasse. C'est rare, pour un poste de police.

— Je croyais que les officiers devaient tout noter, argua Will.

Faith s'appuya au mur posément avant de répondre :

— Moi aussi. Peut-être qu'on devrait venir bosser à Macon.

— Le chef Gray tient bien sa langue, mais la presse va lui mettre le grappin dessus — celle de Macon et celle d'Atlanta. Et quelqu'un aurait vu un camion de CNN sur l'autoroute.

— Super, grommela Will.

D'après son expérience, la présence des médias ne facilitait jamais une enquête.

— Le moindre flic disponible, Gray l'a envoyé dans la rue, à commencer par lui-même, exposa Faith. Faut lui reconnaître ça. Il met les mains dans le cambouis comme les autres. Le hic, c'est que ça laisse le champ libre à Branson. A elle ainsi qu'à Paul Vickery. J'ai l'impression que DeShawn Franklin n'apprécie pas trop ça. C'est le chef Gray qui l'a recruté quand il est arrivé à son poste, il y a quelques années. Il doit avoir un genre de conflit de loyauté.

— Tu crois qu'on pourrait le convaincre de bosser pour nous ?

— Pas à moins de le choper au pieu avec une femme morte ou un garçon vivant, souffla Faith, dont la frustration se lisait clairement sur le visage. J'ai vérifié la situation financière de Jared et de Lena, fouillé leurs comptes. A vue de nez, rien de ce côté-là. La Celica de Lena est payée, le crédit pour le 4x4 de Jared se termine l'année prochaine. Pas grand-chose sur leurs cartes bancaires. Il reste deux ou trois mille à Jared de ses prêts étudiants, à peu près pareil sur leur compte d'épargne. Pas de grands voyages ni de maison secondaire. Bon, leur baraque est hypothéquée, mais comme tout le monde, non ?

— Et leurs dossiers pros ?

— Il y en a un max. Visiblement, Jared faisait le concours de celui qui colle le plus de prunes. Et Lena a des rapports d'arrestation épais comme ça, fit-elle en écartant les paumes. J'ai quatre recrues du bureau qui me cherchent pour me tuer tellement je leur ai collé de paperasse. Ils vont devoir s'y mettre dix-huit heures par jour.

— Tant que tu ne retiens pas leur nom, tu peux les exploiter sans remords.

— Je m'en souviendrai, dit Faith. Le premier truc que je leur ai demandé, évidemment, c'est les rapports sur l'assaut d'une maison de shoot, celle que tu as vue dans le journal.

Will supposa qu'elle avait une raison de mentionner l'affaire.

— Et ?

— C'est les AI qui détiennent le dossier. Intégralement.

— C'est logique. Deux flics ont été blessés pendant l'opération.

— Keith McVale et Mitch Cabello. Je suis trop forte, hein ? Non, en fait, j'ai juste trouvé leurs noms sur la liste des flics du poste.

— Tu leur as parlé ?

— L'un est allé passer son ITT en Floride, l'autre est sorti de l'hôpital ce matin. Il ne répond pas à mes appels et il n'est pas chez lui.

Elle tira son portable de la poche arrière de son pantalon et essuya l'écran avant de montrer des photos à Will.

— DeShawn Franklin. Mitch Cabello. Keith McVale.

Mis à part leur couleur de peau, ces trois hommes avaient la même allure — mâchoire carrée, boule à zéro. Comme Paul Vickery. Ils évoquaient plus un commando qu'une brigade de flics.

— Il y a un troisième type qui a disparu au même moment, continua Faith en inclinant le téléphone pour que Will puisse voir la nouvelle photo. Un autre détective, Eric Haigh. Je ne sais pas quel est le lien avec tout ça, mais il a demandé un congé administratif le jour même de la descente.

Will observa l'image, semblable aux autres.

— Introuvable ? devina-t-il.

— Il ne répond même pas au téléphone, indiqua Faith. J'ai comme une impression de déjà-vu...

Will savait de quoi elle parlait. Les forces de police de Hilton Head et Savannah avaient été victimes d'une épidémie soudaine de demandes de transfert et de départs à la retraite anticipés à la minute où Big Whitey avait pointé son nez dans le secteur.

— C'est la même stratégie qu'avec les dealers, fit Will. Si tu butes ou que tu blesses un flic, ça devient plus facile de mettre les autres au pas ou de les convaincre d'aller voir ailleurs.

— Et c'est comme ça que Big Whitey récupère le marché de la drogue, conclut Faith avant de changer de sujet. Dis, j'étais tellement désespérée ce matin que j'ai fini par lire ton fameux canard.

Elle fit apparaître le navigateur Internet sur son téléphone.

— Donc, on est au courant pour le raid sur la maison de shoot — au moins, on sait que c'est arrivé. Les deux fugueuses, c'était juste des fêtardes ; elles sont rentrées chez elles le lendemain. Le dealer d'herbe, c'était un récidiviste qui va partir tout droit en désintox pour la millionième fois. Et le type mort sur ses gogues, c'était une attaque cardiaque. Ils le décrivent comme « un entrepreneur de quarante-trois ans ».

Elle jeta un coup d'œil à Will.

— Je suis sûr qu'il y a une vanne à faire, non ?

— Ça te viendra.

Elle rit de bon cœur.

— Bon, le gros morceau, c'était forcément la descente de police. J'aime pas l'avouer, mais Denise Branson est vraiment forte. Elle m'a renvoyée dans les cordes.

Will avait déjà travaillé sur ce genre d'affaires. Il lui épargna les explications.

— Les Affaires internes ne transmettront pas la moindre information concernant la descente sur la maison de shoot tant qu'ils n'ont pas pris de décision. Légalement, ils ne peuvent pas parler de l'affaire parce que la réputation d'un officier, voire de plusieurs, est en jeu, et parce qu'il y a des possibilités de poursuites judiciaires. Donc, interdiction formelle de l'ouvrir pour tous ceux qui y ont été mêlés de près ou de loin — et qui, de toute façon, ne te diraient que dalle parce que tu es la méchante flic d'Etat qui fourre son nez là où elle ne devrait pas.

— Tout juste, approuva Faith. J'ai un gamin ado, je devrais avoir l'habitude qu'on me déteste mais, là, c'est carrément un autre niveau.

Will aurait voulu lui dire que ça allait s'améliorer, mais à quoi bon mentir ?

Elle rangea son téléphone dans sa poche.

— Je suis allée là-bas en pensant qu'ils allaient balancer sur Lena, mais tout le monde la vénère. Ils la voient comme le meilleur détective de la brigade. Je ne comprends pas. Et, quand je leur demande ce qu'elle a de si fantastique, ils me regardent comme si c'était évident, que j'étais vraiment conne de ne pas le voir.

Will était lui aussi incapable d'expliquer comment Lena parvenait à s'attirer autant de loyauté, mais il avait déjà vu ça à Grant County. Pour quelqu'un qui merdait presque à chaque fois, elle s'était fait un sacré paquet d'admirateurs.

— Et Denise Branson ? demanda-t-il. Ils en pensent quoi, là-bas ?

— Ils sont moins chauds à son sujet. Elle est au-dessus d'eux, elle a confiance en elle, c'est une femme, le trio gagnant. Et toi, Tony Dell, qu'est-ce qu'il t'a dit d'autre ?

— Big Whitey par-ci, Big Whitey par-là… toujours la même chose.

— Ça me rend nerveuse.

Will ne répondit pas. Ils étaient d'accord là-dessus : Tony Dell se mettait en danger à force de répéter le nom de Big Whitey à tout bout de champ.

— Je l'ai convaincu que Big Whitey allait chercher à nous tuer. On fait des cibles idéales.

— Logique.

Faith se tut, les yeux perdus du côté de l'autoroute. Will devina ses pensées, qui devaient rejoindre les siennes : il était temps de s'attaquer à Big Whitey. Will allait devoir se rapprocher encore de Tony Dell, peut-être *via* Cayla, l'infirmière de la pharmacie.

— Tony a proposé d'arranger une rencontre, dit-il. Pour expliquer à Big Whitey qu'on n'est pas une menace, et voir si on peut parler business avec lui.

Faith hocha la tête, toujours sans le regarder.

— Transmets-moi les détails dès que tu les auras.

— Tu pourras peut-être aller cacher un flingue dans les toilettes pour moi.

Comme elle ne répondait pas, il précisa :

— Comme dans…

— *Le Parrain,* je sais.

Will suivit son regard sur la file de voitures. Le trafic de midi encombrait l'I-475. Les centres commerciaux et tous les fast-foods imaginables à proximité des sorties étaient bondés à craquer.

— Tu as trouvé ta blague ? Avec l'entrepreneur sur les toilettes ?

— A vrai dire, je trouve ça moins drôle, maintenant.

Will contempla de nouveau les voitures. Un camion fit un écart sur la mauvaise voie pour doubler un fourgon. Coups de klaxon furieux. Faith souleva sa casquette pour passer la main dans ses cheveux.

— Et elle, elle va bien ? demanda-t-il.

Elle secoua la tête.

— Elle n'a pas dit un mot. J'ai l'impression de parler à un mur. Elle ne répond à rien. Elle ne me regarde même pas. J'ai failli mettre un miroir devant sa bouche pour être sûre qu'elle était vivante.

Will patienta, le temps que son équipière comprenne que ce n'était pas la réponse qu'il attendait.

— Sara va bien, oui, fit-elle enfin. Fatiguée. Elle ne l'a pas dit, mais je vois à quel point c'est dur pour elle de se trouver là.

Il hocha la tête. Enfin, Faith lui fit face.

— Il faut que tu lui en parles, Will. On est allés trop loin, là.

Il se frotta la joue, sentant un bleu se former là où Vickery l'avait frappé.

— Donc, Lena n'a rien dit ?

Faith le fixa quelques secondes en silence avant de secouer la tête.

— J'ai essayé de lui parler comme si elle n'était qu'un témoin, au même titre que les autres. Puis comme à un flic. Mais, d'un bout à l'autre, je sentais la sueur me couler dans le dos, parce que le seul truc auquel je pense, c'est que je serai le prochain flic qu'elle fera descendre.

Haussant les épaules, elle ajouta :

— A moins que ce ne soit toi.

Ne trouvant rien à répondre, Will haussa les épaules à son tour.

Un éclat de rire les fit se retourner tous les deux. Un groupe de médecins venait d'investir le toit. Will contourna l'abri d'un pas prudent, dos collé à la cloison métallique. Le gravier crissait sous les pas de la petite bande tandis qu'ils se dirigeaient vers le rebord du bâtiment.

Ayant vérifié que la voie était libre, il se glissa par la porte. Une fois à l'intérieur, il se pencha par-dessus la rampe avant de descendre les escaliers. Sa boîte à outils se trouvait toujours devant les urgences. Il la saisit par la poignée et poussa la porte battante. Au même instant, son cœur s'arrêta — il n'avait pas pris la précaution de jeter un coup d'œil par la petite ouverture avant. Par chance, il n'y avait personne d'autre que le flic et l'infirmière.

Le garde porta la main à son arme. Will exhiba sa carte.

— Maintenance. On m'a dit qu'il y avait une fuite dans les tuyaux ?

Le flic le fusilla du regard sans baisser la main.

— C'est bon, officier Raleigh, le rassura l'infirmière en se levant. La vache, Bud, vous avez pris votre temps !

Mais, tout de suite, elle s'excusa :

— Remarquez, c'est sans doute pas votre faute.

— Désolé quand même, répondit Will. Le truc d'avant m'a mis en retard.

— Vous pouvez m'appeler Ruth.

Elle sourit et lui fit signe de la suivre.

Passant la boîte à outils dans son autre main, Will lui emboîta le pas dans le couloir. Il était venu une fois aux urgences pour vérifier un climatiseur bruyant. Le service était disposé en une sorte de fer à cheval qui partait du bureau des infirmières. Les chambres étaient petites. Les rares fenêtres donnaient sur le couloir. Sans doute que les patients des urgences se fichaient d'avoir le soleil, mais cet endroit rendait Will claustrophobe.

Devant la porte de la chambre de Jared, l'officier Raleigh leur barra le passage pour saisir la carte qui pendait au cou de Will et scruter la photo de Bill Black. Will était assez près pour voir le fin duvet sur les joues de l'officier.

— C'est quoi, le problème ? demanda Ruth, perplexe. C'est Buddy. Il est déjà venu.

Will observa la femme d'un certain âge, avec des cheveux sombres qui laissaient voir des mèches grises. Pourquoi le couvrait-elle ? Il n'oubliait jamais un visage, et il était certain de ne jamais l'avoir croisée.

— Ça va, fit Raleigh en s'écartant enfin.

Will tenta de conserver un air neutre en entrant dans la chambre, mais Lena, pelotonnée dans un fauteuil dans un coin, ne put masquer son expression stupéfaite. Heureusement, Ruth se méprit sur sa signification.

— Je suis désolée, ma pauvre, lui dit-elle, mais il faut vraiment qu'on vérifie cette fuite. Ça ne prendra qu'une minute.

Will regarda partout, sauf en direction de Jared. Il en était incapable.

— C'est là, fit Ruth en montrant une tache brune au plafond.

Il était assez grand pour la toucher en tendant le bras. La dalle de polystyrène était mouillée et sentait la pomme. Il jeta un coup d'œil au plateau-repas posé près du lit de Jared. La brique de jus de fruits était vide.

Will baissa le bras. La façon qu'avait Ruth de le regarder le mettait mal à l'aise. Elle lui fit un clin d'œil et chuchota :

— Je suis une copine de Cayla.

Il tâchait de retrouver un des grognements caractéristiques de Bill Black quand Faith apparut enfin.

— C'est quoi ce bordel ? lança-t-elle, furieuse, s'en prenant directement au flic de garde. Le chef Gray vous a formé mieux que ça, non ? Est-ce que vous avez contrôlé ce type-là ?

Raleigh hésita. Visiblement, il avait une sainte frousse de son patron.

— Il a un passe.

— Des badges comme ça, on en trouve chez Kinko pour un dollar ! Allez me vérifier son identité aux ressources humaines, conclut-elle en lui désignant la porte.

— Oui, madame.

Avec quelques années de plus, Raleigh aurait certainement répondu à Faith d'aller se faire foutre, mais c'était un bleu et il fila sans demander son reste.

Ruth regarda le plafond et, d'un air très professionnel, s'enquit :

— Vous en pensez quoi, Bud ?

Will leva les yeux à son tour.

— J'en pense que c'est un truc qui fuit.

— On pourrait déplacer M. Long dans un autre service, suggéra Faith.

Ruth secoua la tête.

— Je suis toute seule ici pendant une heure, et je ne peux pas le bouger sans qu'on m'aide.

— Je peux le faire, proposa Faith.

— On n'a pas vraiment le droit de...

— De toute façon, il faudra que toute la chambre soit vidée, interrompit Will.

Il poussa la dalle de polystyrène et décrocha la lampe torche de sa ceinture pour regarder sous le faux plafond — un geste qu'il effectuait quasiment tous les jours depuis qu'il était ici. Il savait qu'il avait de fortes chances de découvrir au moins un tuyau en mauvais état, mais l'enchevêtrement de câbles au niveau des urgences avait de quoi surprendre.

Il écarta la dalle de toit de manière que tout le monde puisse voir et tâcha de prendre une voix décidée :

— Ça, c'est l'oxygène, ça, la vidange de condensation de la clim, un tuyau en PVC et un vieux truc d'eau chaude. Je vais avoir besoin du schéma technique pour...

— J'ai compris, le coupa Ruth. J'appelle mon superviseur pour savoir si elle peut venir.

Elle partit, Faith sur les talons. Will gardait le faisceau de sa lampe braqué sur le plafond, mais il avait les yeux rivés sur Jared Long.

Le visage du jeune homme était enflé comme un ballon. Son corps était bardé de tuyaux. On lui avait scotché les paupières. Du sang séché formait une croûte autour de ses narines. La peau de ses mains présentait une couleur jaune cireuse. Aucun flic n'aime voir un autre flic sur un lit d'hôpital. En règle générale, Will n'était pas superstitieux, mais il dut réprimer un frisson qui lui montait le long du dos.

Sans compter que Jared Long n'était pas le seul mauvais présage dans la pièce.

Lentement, comme pour éviter de casser quelque chose, Lena s'extirpa de son fauteuil.

— Vous tenez le coup ? demanda Will.

— Non, répondit-elle, de l'autre côté du lit, bras serrés autour de la taille. Sara ne sait pas que vous faites ça, n'est-ce pas ?

Lena avait toujours été observatrice, mais hors de question que Will lui parle de Sara. Par-dessus son épaule, il jeta un coup d'œil en direction de Ruth. L'infirmière était au téléphone, Faith pratiquement collée à elle.

— Je ne lui dirai rien, continua Lena en léchant ses lèvres craquelées et desséchées. Je n'en ai parlé à personne. Vous vous en rendrez compte : je sais la fermer. J'ai appris à faire ce qu'il fallait.

— Qu'est-ce qui s'est passé hier soir ? demanda Will.

— Ils lui ont tiré dessus.

Lena s'en tint là, omettant, de façon caractéristique, de parler de sa propre implication. N'empêche, Will voyait bien qu'elle était encore en état de choc. Elle avait les yeux injectés de sang et un coquard qui virait au violet. Elle paraissait incapable de tenir en équilibre, les pupilles dilatées — il ne savait pas si c'était à cause de l'obscurité de la chambre ou de l'effet d'un médicament quelconque.

— Dites-moi ce qui a entraîné ça, fit-il.

Lentement, elle secoua la tête de gauche à droite.

— C'était la descente de la semaine dernière ? Deux policiers ont été blessés, insista-t-il comme elle restait muette. Vous étiez de l'opération ? Vous faisiez partie du groupe d'assaut ?

Elle ne répondit pas tout de suite.

— Je n'ai pas le droit de parler du raid, dit-elle enfin.

— Nous savons tous les deux que vous vous moquez des règles.

— Demandez à Branson.

— C'est à vous que je le demande.

De nouveau, elle secoua la tête et baissa les yeux sur Jared. Dans un souffle, elle lui murmura :

— Je suis désolée, mon chéri. Tellement désolée.

— Lena, quelque chose a déclenché ça, insista Will.

Comme elle ne répondait pas, il tenta la diplomatie :

— Est-ce que Jared a arrêté quelqu'un qui aurait pu vouloir se venger ?

Elle lui jeta un regard étonné, comme s'il ne lui était jamais venu à l'esprit qu'un motard patrouillant sur une zone du littoral Est, le corridor principal du trafic de drogue, pouvait se retrouver dans une situation dangereuse.

— Vous croyez qu'il a pu croiser des trafiquants ? demanda-t-elle.

— Je ne sais pas. A vous de me le dire.

Elle parut y réfléchir quelques instants.

— Ils l'auraient abattu sur place, non ?

Will savait qu'elle avait raison, mais il demanda tout de même :

— Jared n'a pas mentionné quoi que ce soit ?

— On ne parlait pas vraiment.

Will prit le temps de digérer l'information. Il n'était

guère surpris d'apprendre qu'il y avait un désaccord dans le couple. La première chose qu'il avait vue en entrant chez eux, c'était un oreiller et un drap sur le canapé.

— Et vous ? s'enquit-il.

— Quoi, moi ?

Il jeta un nouveau coup d'œil en direction de Ruth. Faith lui adressa un signe discret de la main, pour montrer qu'il ne lui restait pas beaucoup de temps. Tâchant de ne pas perdre patience, il reprit :

— Je ne sais pas ce qui a déclenché ça, mais je suis sûr que vous n'avez pas fait exprès. Vous n'êtes pas une mauvaise personne. Mais vous avez fait quelque chose, et c'est pour ça qu'on se retrouve ici. Il faut que vous me disiez ce que c'est pour que je puisse arrêter les responsables.

Lena continuait à dodeliner de la tête, les mains sur la barrière du lit. Elle desserra les poings, et le bout de ses doigts vint effleurer le drap qui couvrait le corps de Jared.

— Vous pouvez me faire confiance, vous le savez, insista Will. C'est pour ça que je suis là.

Elle ne répondit pas directement à sa demande.

— Votre équipière… depuis combien de temps vous travaillez avec elle ?

Will sentit du sang sur sa langue. Sans s'en rendre compte, il avait mordillé la coupure à l'intérieur de sa joue.

— Faith ? Ça fait un bout de temps.

— Elle est douée ?

— Oui. Qui est Big Whitey ? reprit-il pour tenter un autre angle d'attaque.

Le nom parut tirer Lena de son état second. Un éclair de colère lui traversa le visage, comme si elle redevenait elle-même.

— Qu'en dit Branson ?

— Qui est-il ?

— Personne, fit-elle avec une crainte qui paraissait sincère. Il n'existe pas. C'est un mensonge.

— Lena…

— Arrêtez, l'implora-t-elle en s'accrochant au rebord du lit avec un air désespéré. Ecoutez-moi, Will. Si vous aimez Sara, tenez-vous à l'écart de tout ça. Je suis sérieuse. Ne vous en mêlez pas.

Will regarda de nouveau l'infirmière. De toute évidence, elle allait conclure son coup de fil.

— Parlez-moi, fit-il à Lena. Laissez-moi vous aider.

Elle secoua la tête, les larmes aux yeux.

— On est censés protéger les gens. On est censés assurer leur sécurité.

— La meilleure façon de protéger Jared, c'est…

— Comment vous faites pour décider ?

Par-dessus le bruit des machines, il l'entendit distinctement ravaler un sanglot avant de continuer :

— Comment vous faites pour décider quelle vie compte le plus ?

Elle posa la main sur son ventre, paume à plat, doigts écartés.

— C'est ce que Jared voudrait, murmura-t-elle pour elle-même. C'est ce qu'il voudrait que je fasse.

Faith toussota bruyamment pour annoncer son retour. Ruth marchait sur ses talons.

— C'est grave comment, cette fuite ? demanda celle-ci à Will. Je veux dire, vous pensez que tout le plafond va s'effondrer ?

Il prit tout son temps pour éteindre la torche et la suspendre au crochet de sa ceinture. Enfin, il secoua la tête et haussa les épaules en même temps.

— Je le saurai pas avant d'être monté là-haut.

Ruth poussa un soupir.

— Ma chef ne peut pas venir m'aider avant une heure. Vous allez devoir revenir plus tard.

Le personnage de Bill Black reprit le dessus.

— Va falloir déposer une nouvelle demande, du coup.

Nouveau soupir de Ruth — mais, apparemment, elle avait l'habitude de la paperasse de l'hôpital.

— D'accord, Buddy. Merci de vous être déplacé.

Elle se dirigea vers Jared et vérifia les machines. Lena surveillait ses moindres faits et gestes, aux aguets. Sa seule présence était angoissante. Elle ne le touchait pas, sauf du bout des doigts. Elle regardait à peine son visage. Ruth devait le sentir elle aussi, car elle lui lança :

— Vous pouvez le caresser, trésor. Vous n'allez pas lui faire mal.

Joignant le geste à la parole, elle posa la main sur la joue de Jared, et la laissa là. Avant de froncer les sourcils.

Quelque chose n'allait pas.

Ruth toucha le front de Jared. Puis son cou. Puis son poignet. Elle regarda sa montre, comparant son pouls au chiffre qui clignotait sur l'écran. Will pouvait voir que le cœur battait plus vite que la normale et que la tension était basse.

— Qu'est-ce qui se passe ? demanda Faith.

— Il est juste un peu chaud, répondit Ruth en saisissant une télécommande pour relever le bas du lit.

Will sentit le sol vibrer sous ses pieds.

— Je suis sûre que ce n'est rien, mais je vais quand même aller chercher le médecin, prévint l'infirmière avec une bonhomie forcée avant de filer de la chambre.

Faith la suivit, mais Will ne pensait pas que Lena allait lui parler davantage. Ramassant sa boîte à outils, il fit une dernière tentative :

— Lena, je sais que vous croyez maîtriser la situation, mais vous vous trompez.

— Je n'ai jamais rien maîtrisé de toute ma vie, répliqua-t-elle sans même lever les yeux.

Will se tut pour lui laisser une dernière chance d'avouer

la vérité, mais elle l'ignora. Elle se contentait de regarder Jared, la main toujours collée à son ventre. Ses lèvres remuaient en silence, comme si elle priait.

Il ne lui restait plus qu'à quitter la chambre. Dans son bureau, Ruth était au téléphone. Elle ne parut pas le remarquer quand il passa devant elle. Mauvais signe. L'état de santé de Jared devait être plus préoccupant qu'elle ne l'avait laissé paraître.

Il traversa le couloir pour rejoindre Faith qui lisait ses mails — ou du moins faisait semblant, car il vit que l'écran de son téléphone était noir. Il s'arrêta à quelques pas d'elle et ouvrit sa boîte à outils.

— Alors ? fit-elle à voix basse.

Il prit un porte-bloc et un stylo avant de jeter un nouveau coup d'œil à Ruth. Elle lui tournait le dos, téléphone à l'oreille. Néanmoins, il préféra murmurer pour répondre :

— Elle protège quelqu'un.

— Elle se protège, elle.

Will n'en était pas convaincu. Il cocha quelques cases sur son formulaire.

— Je pense qu'elle était de la descente sur la maison de shoot. Elle m'a dit qu'elle n'avait pas le droit d'en parler.

— Bien sûr qu'elle en était. Ça ne m'étonnerait pas qu'elle l'ait dirigée.

— Elle m'a aussi dit de laisser tomber Big Whitey.

Faith leva les yeux de son BlackBerry.

Will continuait à cocher des cases, prenant le temps de décider s'il devait ou non révéler le reste à Faith. Mais, au final, il n'avait pas vraiment le choix.

— Elle m'a dit que, si j'aimais Sara, je ferais mieux de laisser tomber toute l'affaire.

Faith baissa de nouveau les yeux sur son écran et passa le pouce sur l'écran noir. Elle ne laissait que rarement paraître d'autres sentiments que l'irritation, mais Will vit que les mots de Lena touchaient un point sensible.

— Pourquoi est-ce que j'ai l'impression que c'est exactement ce qu'elle a dit à Jeffrey Tolliver il y a cinq ans de ça ? demanda-t-elle.

7

UN JOUR AVANT LE RAID

Lena était assise à son bureau, contemplant l'écran de son ordinateur où défilaient des feux d'artifice. Elle savait qu'il lui suffirait d'appuyer sur une touche pour voir apparaître son espace de travail. Elle savait aussi ce qui l'y attendait — enquêtes en cours ou closes, documents juridiques, témoignages, dépositions… Des octets et des octets de données qui résumaient inlassablement la vie de milliers de personnes.

Mais il n'y avait dans cet ordinateur qu'une seule vie qui compte à ses yeux.

Même si ce n'était plus vraiment une vie.

Lena ferma les yeux et laissa le chagrin l'envahir.

Un jour, elle s'était électrocutée. Pas comme sur une chaise électrique — elle avait juste pris une décharge. C'était arrivé quand elle avait quinze ans. Elle aidait Sybil à se coiffer. Toutes deux se tenaient devant le miroir après la douche. La vitre était embuée et l'air sentait le moisi.

C'était l'oncle Hank qui avait bricolé l'électricité de la maison où elles avaient grandi. Les prises qui fumaient et les ampoules qui claquaient étaient pour elles monnaie courante. C'était également lui qui avait construit la bibliothèque sans étagères et abattu un mur porteur, avec pour résultat que le toit ressemblait désormais au dos d'un chameau. On entrait dans cette maison à ses risques et périls.

Voilà pourquoi Lena aurait dû penser à débrancher le ventilateur avant de brancher le sèche-cheveux. Le choc électrique était remonté dans son bras, puis était descendu le long de sa colonne jusqu'aux jambes et à la pointe des pieds, qui par malchance baignaient dans l'eau stagnante de la douche. Il y avait eu une sorte de pause. Lena n'avait pas senti la brûlure de l'électrocution avant de voir l'eau. Elle avait pensé : *Ça, c'est dangereux.* Les lumières s'étaient éteintes. Son corps s'était raidi. Tout ce qu'elle savait ensuite, c'est qu'elle s'était retrouvée par terre dans la salle de bains tandis que Sybil hurlait à Hank d'appeler une ambulance.

C'était exactement comme ça qu'elle se sentait maintenant — sous le choc. Comme après une décharge électrique. A terre. Tendue de tout son corps. Les nerfs en feu. Seulement, cette fois, il n'y avait personne pour l'aider. Cette fois, elle était entièrement seule.

Lena regarda un instant les explosions de couleurs sur l'écran. Elle posa la main sur la souris et cliqua doucement. Le bureau apparut. Elle guida la flèche sur le dossier qui contenait l'échographie. Lena avait déchiré le tirage papier, mais il restait la vidéo. Sa main se figea sur la souris. Pas besoin d'ouvrir le dossier. Pas besoin de voir les images — elles étaient gravées à tout jamais sur ses rétines. Chaque fois qu'elle les regardait, elle se sentait terriblement faible.

Une petite bulle noire. Des crêtes et des plis blancs. Le palpitement ténu d'un cœur pas plus gros qu'une goutte de pluie.

Comment pouvait-elle aimer autant quelque chose sans jamais l'avoir vu de ses propres yeux ? Comment pouvait-elle sentir ce cœur battre en elle alors qu'il fallait une machine pour lui dire qu'il s'y trouvait ?

Comment avait-elle pu le perdre si facilement ?

Comment un seul moment, horrible, avait-il pu effacer

des semaines de bonheur, détruire la vie dont elle s'était mise à rêver et qu'elle attendait d'un cœur infiniment léger ?

La flèche hésita sur l'icône, qui trembla légèrement.

Son portable se mit à sonner. Lena lâcha la souris pour décrocher.

— Ici la détective Adams.

— Oh…

Une voix de femme, qui semblait surprise qu'elle ait répondu.

— Oui ? demanda Lena.

Elle reposa la main sur la souris. Elle n'avait pas besoin de revoir le fichier. Elle aurait dû s'en débarrasser. Le mettre à la corbeille.

— Allô ? fit la femme. Madame ?

Lena se contraignit à détourner le regard de l'ordinateur et à écouter.

— Oui ?

La femme était en train de dire :

— … du cabinet du Dr Benedict ? Vous m'avez vue hier ?

Lena n'aimait pas les gens dont la voix montait à la fin de chaque phrase.

— Vous appelez pour la facture ? On ne l'a pas encore reçue.

— Oh non, bien sûr que non, répondit la femme d'une voix presque offensée. Je voulais juste savoir si tout allait bien ? Votre mari nous a dit que vous aviez repris le travail ?

Lena se frotta les yeux du bout des doigts. La nuit dernière, Jared avait dormi sur le canapé. Quand Lena s'était réveillée, ce matin, il était parti. Elle avait vérifié le tableau de service en arrivant. Il avait modifié son emploi du temps pour ne pas avoir à la croiser.

— Madame ?

Lena laissa retomber sa main.

— Vous vouliez quelque chose en particulier ?

— Le Dr Benedict m'a demandé de vous appeler pour voir si les crampes se sont calmées ?

Lena porta la main à son ventre.

— Ça va mieux, répondit-elle sans bien savoir si c'était la vérité.

Chaque fois qu'elle y pensait, elle avait l'impression que ça recommençait. La douleur insoutenable qui l'avait tirée d'un sommeil profond. La panique pendant qu'elle tentait de s'habiller. La peur qui les avait accompagnés quand ils avaient foncé à l'hôpital. La torture d'entendre les mots du médecin. La terrible dispute qui l'avait opposée à Jared quand ils étaient rentrés chez eux.

Il ne voulait pas que Lena jette les draps tachés de sang. Il prétendait qu'elle voulait faire comme si rien n'était arrivé. Qu'elle refusait de ressentir ses émotions. Qu'elle était incapable de vivre son chagrin. D'après lui, jeter les draps, c'était se débarrasser des preuves.

Comme si Lena avait eu besoin d'un rappel visuel pour comprendre ce qu'elle avait perdu.

Ce qu'*ils* avaient perdu.

— Madame ?

Lena secoua la tête pour tenter de chasser ses pensées parasites.

— Oui ?

— Je vous demandais, pas d'hémorragie excessive ?

Lena ignorait ce que signifiait « excessive » dans ce cas. Elle n'avait pas de point de comparaison.

— Madame Long ?

La voix de la femme était remplie d'une chaleur dix fois plus irritante que son questionnement stupide.

— Je peux demander au Dr Benedict de vous prescrire un arrêt de travail ? Vous n'auriez pas dû reprendre si vite. La plupart des patientes prennent deux ou trois semaines, parfois un mois, voire deux si ça leur est possible.

— Eh bien, moi, je ne peux pas, répondit Lena.

Ç'avait déjà été assez difficile hier. Ils étaient rentrés de l'hôpital vers 10 heures du matin. Lena avait passé l'après-midi à dormir et s'était disputée avec Jared jusque tard dans la nuit. L'idée de se retrouver de nouveau coincée à la maison avec pour seule occupation le fait d'attendre le retour de Jared lui était insupportable. Qui plus est, personne au travail ne savait qu'elle était enceinte.

Qu'elle l'avait été.

— J'ai du travail, fit Lena à la femme.

— J'en suis certaine, madame Long, mais les gens comprendront. Ce que vous avez perdu...

— Je vais bien, la coupa Lena.

Elle aurait voulu corriger la femme, lui dire que son nom de famille était Adams, que Jared lui avait dit de le garder parce que Lena Long évoquait le genre de produits que vantent les pires pubs télévisées. A la place, elle dit simplement :

— Je n'ai pas besoin d'arrêt de travail. Merci.

— Oh ! mon chou, ne raccrochez pas, s'il vous plaît, fit la femme, pleine de compassion. Vous devriez rentrer chez vous. Passer du temps avec votre mari ? Croyez-moi, il ne le montre peut-être pas, mais il souffre autant que vous.

Lena se frotta de nouveau les yeux. Oh que si, Jared le montrait. C'était Lena, le problème. D'après lui, elle réagissait comme une machine, pas comme la femme qu'il avait épousée. Et il n'était pas certain d'avoir envie de rester marié à cette nouvelle femme.

Lena regarda l'horloge. Elle avait une réunion dans cinq minutes. Son équipe l'attendait. Elle aurait dû raccrocher. Se taire. Mais les mots lui vinrent sans qu'elle puisse les arrêter.

— Je me demandais...

Au lieu de l'inviter à continuer ou de sortir une nouvelle idiotie sous forme de phrase terminée comme une question, la femme resta silencieuse. Un truc efficace. Lena l'utilisait pendant les interrogatoires. Les gens ont toujours tendance à remplir les blancs, surtout quand ils se sentent coupables de quelque chose.

— J'ai avorté, dit Lena.

Elle porta la main à son visage. La peau était chaude sous ses doigts. La femme restait silencieuse. Elle reprit :

— Il y a six ans. Je me demandais si…

— Non. Ça n'a rien à voir avec ce qui s'est passé l'autre nuit, répondit la femme, catégorique. Si c'était le cas, je n'aurais pas pu avoir mes deux trésors.

Une partie du poids sur la poitrine de Lena parut s'envoler soudain. Elle ouvrit la bouche pour avaler de l'air — pendant quelques instants, elle put respirer de nouveau.

— Donnez-vous le temps de faire votre deuil, reprit la femme. Vous pourrez essayer de nouveau, avec votre mari. Croyez-moi, je sais ce que vous vivez. Et ça ira mieux. Ça ne disparaît jamais, mais ça change.

Lena tira une boîte de mouchoirs en papier de son bureau. Il fallait qu'elle se ressaisisse. Elle était au travail. Pas le moment de s'appesantir sur ça. Hors de question qu'elle parvienne à mener sa brigade s'ils la voyaient sangloter devant son écran. Elle s'essuya les yeux et se moucha.

— D'accord, fit-elle à la femme. Merci. Il faut que je retourne au boulot.

— Madame Long… Lena. Vous devriez rentrer chez vous. Ne vous infligez pas ça. Il n'y a aucune médaille de dure à cuire à gagner.

— D'accord, répéta Lena d'un ton plus ferme. Merci de votre appel. Je dois vous laisser.

— Mais…

Lena raccrocha. Se moucha de nouveau. Se frotta les yeux jusqu'à les irriter. Peut-être que ce n'était pas le cas chez le médecin mais, au poste de police, des médailles pour les durs à cuire, on en distribuait tout le temps.

Elle se tourna vers son ordinateur. Cliqua sur le fichier de l'échographie et le déposa dans la corbeille. Elle descendit ensuite dans le menu « Finder » jusqu'à la ligne « Vider la corbeille ». Son doigt resta sur le bouton de la souris. Son cœur cognait dans sa poitrine.

— Lee ?

Paul Vickery cogna à sa porte tout en entrant. En la voyant, il s'arrêta net.

— Qu'est-ce qui se passe ? Quelqu'un t'a tiré les poils du nez ?

— J'ai un putain de rhume.

Elle remonta dans le menu, ouvrit « Edition » puis sélectionna « Annuler Placer dans la corbeille ». Elle ne leva pas les yeux sur Paul avant d'avoir vu l'icône du fichier de retour sur son bureau.

— C'est pour quoi ?

— Tu as pris ta décision, patron ?

La décision. Ils avaient planifié la descente pour la semaine suivante, mais leur indic leur avait signalé une grosse livraison pour ce soir. Même avant d'avoir perdu le bébé, l'idée d'avancer le raid mettait Lena mal à l'aise. Elle voulait davantage de temps pour le préparer. Apparemment, elle était la seule. Elle sentait de toute part la pression pour passer à l'action. Pour tenter de récupérer plus d'argent, plus de flingues, plus de drogue, plus de condamnations.

— Ouais. T'es le seul à ne pas être au courant, répondit-elle à Paul.

— Je demandais juste, ô Grand Chef. Monte pas sur tes grands chevaux.

Elle entendit un tintement familier en provenance de son ordinateur. Paul n'était pas le seul à avoir des fourmis dans les pattes. Denise Branson venait de lui envoyer un nouveau mail. Lena parcourut la première ligne, qui allait droit au but en rappelant que, avec les heures sup de la nuit précédente, l'opération de Lena venait de franchir le seuil du million de dollars.

— Putain, chef, fit Paul en lisant par-dessus son épaule. Tu lui as bien foutu la rage. Qu'est-ce que tu vas faire, hein ?

— Elle se calmera dès qu'on verra sa bobine dans le journal.

— Vanhorn et Gresham, lut Paul sur l'écran. L'avocat de Sid Waller vient de ce cabinet, c'est ça ?

Lena cliqua sur le mail pour le fermer et se leva.

— On va tirer à la courte paille pour savoir qui passe dans le sous-sol en premier. C'est moi qui tiendrai les pailles. Un tireur par paire.

Paul eut un sourire de renard.

— Ça tombe bien, je me sens en veine, partenaire.

— Vous avez fini de reproduire les plans au scotch dans le parking ?

— Ouais. On a dû dire à DeShawn de ne pas sortir son rapporteur, mais on y est.

— Parfait. On va répéter l'opération jusqu'à ce qu'on y arrive les yeux fermés.

Elle saisit son blouson pour sortir.

— Il fait au moins vingt-cinq degrés là-dedans, la prévint Paul.

— Merci pour le bulletin météo.

Lena enfila le blouson en descendant le couloir. Ses hormones étaient encore en vrac. Elle avait froid tout le temps, sauf quand elle était brûlante. Voilà de quoi elle aurait dû parler à l'autre idiote du cabinet du Dr Benedict, pas d'un truc qui s'était passé six ans plus tôt.

— Fais gaffe, tu vas…, commença Paul.

— Merde.

La fermeture Eclair s'était coincée dans son chemiser.

— Laisse-moi faire.

Debout devant elle, Paul se mit à tenter de la dégager, comme si elle avait trois ans. Paul n'était pas le seul à la traiter avec plus d'attention ces derniers temps. Elle supposait qu'elle devait émettre des phéromones de femme enceinte. En tout cas, elle l'avait fait pendant un certain temps.

— J'ai peur qu'on ait un problème avec Eric, dit Paul. Il est bizarre.

— Comment ?

— Trop calme. Son truc dans le fourgon, l'autre fois, c'était marrant, mais il cache quelque chose.

— Il cache quoi ?

— C'est bien ça, le problème.

Lena regarda les doigts de Paul s'affairer sur la fermeture coincée dans le chemisier. Elle pensait au petit blouson bleu qu'elle avait acheté sur Internet. Toute la famille de Jared soutenait religieusement l'équipe de football d'Auburn. Lena l'avait enguirlandé pour avoir peint la chambre du bébé mais, la semaine dernière, elle-même n'avait pu résister à l'envie d'acheter sur le site des Tigers un sweat à capuche taille bébé.

La commande était en cours. Quand allait-on la livrer ? Quel jour allait-elle rentrer chez elle pour trouver un blouson miniature qui ne serait jamais porté ?

— Lee ? demanda Paul. Tu es avec moi ?

Elle secoua la tête.

— Trop tard pour remplacer Eric. Il va juste falloir qu'il serre les dents.

Paul parvint enfin à libérer la fermeture Eclair.

— C'est toi le patron.

Le mot piquait un peu — il commençait à se teinter d'ironie.

— J'en ai de la veine, grommela-t-elle.

Le vrai patron, techniquement, c'était leur lieutenant, mais une forme de leucémie foudroyante l'avait retiré de l'équation et Denise Branson ne lui avait pas encore trouvé de remplaçant à la hauteur. Au début, Lena avait été ravie d'endosser de nouvelles responsabilités, mais elle en voyait maintenant tous les inconvénients.

— Putain, tiens-toi bien, fit soudain Paul en se redressant au garde-à-vous contre le mur, torse bombé.

Lena n'eut pas à demander pourquoi : Lonnie Gray déboucha dans le couloir, le téléphone à l'oreille. Il coupa la communication quand il aperçut Paul et Lena.

— On en est où ? demanda-t-il sans s'encombrer de préambule.

— On répète les opérations. Pas d'erreur ce coup-ci. On va cueillir Waller.

— J'y compte bien, détective, répondit froidement Gray.

— Oui, monsieur, répondit Lena.

Elle savait qu'il ne plaisantait pas. Elle avait vu plus d'un flic quitter de façon anticipée la police de Macon pour avoir déçu le chef.

— Toute l'équipe est à cent pour cent, vous avez ma parole.

— Vous pouvez compter sur nous, monsieur, ajouta Paul.

On aurait dit un élève de primaire apportant une pomme en cadeau à son instituteur.

— Très bien.

Gray continua dans le couloir, non sans saluer Paul d'un bref hochement de tête. Lena parvint quasiment à entendre le bruit des couilles de Vickery qui remontaient dans leur sac. Elle éprouvait sans doute le même respect envers Gray, mais elle espérait ne pas donner l'impression qu'elle mouillait sa petite culotte chaque fois que le chef était dans les parages.

Dès que celui-ci eut disparu, Paul frappa dans ses mains.

— Tu as entendu le chef? C'est parti, mon kiki!

Il précéda Lena dans le couloir qui menait au garage. Paul était visiblement très remonté, et pas juste à cause du chef. Il marchait sur la pointe des pieds d'une façon bizarre, qui lui donnait une démarche presque efféminée. Elle savait qu'il avait servi deux fois en Afghanistan, où il avait reçu un éclat d'obus dans le bras. Les séances de rééducation lui avaient rendu toute sa mobilité, mais il avait perdu le goût de la guerre en rentrant chez lui.

N'empêche que Paul était toujours partant pour une bonne bagarre — un trait qu'il partageait avec Lena. Au début, elle s'était dit que leur similitude de tempérament permettait une très bonne entente dans leur binôme, mais elle commençait à comprendre que plus de différences d'opinions auraient engendré un meilleur équilibre.

Si Lena avait autant respecté Jeffrey Tolliver, c'était en partie parce que, quand il pensait qu'elle avait tort, il le lui disait sans ambages.

Paul ouvrit la porte du parking souterrain d'un coup de pied. Le bruit du métal contre le métal se répercuta dans le garage. C'était ici qu'on entreposait les véhicules et bateaux saisis pour pouvoir les désosser à la recherche de drogue ou de produits de contrebande. Le bâtiment servait aussi à la maintenance de base sur les véhicules de service, ce qui expliquait les trois voitures de patrouille juchées en ce moment sur des ponts mécaniques.

Les mécanos avaient libéré un vaste espace pour laisser travailler l'équipe de Lena. Repérés par des rubans adhésifs, les contours de la maison de shoot s'étendaient sur un rectangle de dix mètres sur vingt, ce qui même dans l'immense local ne laissait que peu de place. Comme plan de travail, ils utilisaient le bureau du sergent chargé de tenir les registres du garage — celui-ci avait protesté furieusement, mais en vain : les ordres étaient les ordres. Néanmoins, Lena était surprise que Denise Branson n'ait pas encore retiré son autorisation. Elle était assez remontée contre Lena pour sévir, et elle ne s'était pas élevée au rang de major sans apprendre à punir les gens.

DeShawn Franklin, Mitch Cabello et Keith McVale se tenaient autour du bureau. Lena passa devant Paul et allongea le pas pour qu'il reste derrière. A l'époque de Grant County, elle avait été la seule femme de toute la force de police. Elle s'était engagée en connaissance de cause : à chaque instant, elle devait jouer des coudes pour imposer son rang aux autres.

— Salut, patron, lança Mitch en levant la tête des plans qu'ils avaient récupérés au cadastre. T'as chopé un rhume ?

Lena imaginait qu'elle avait les yeux rouges à force de pleurer. Elle s'essuya le nez d'un revers de la main.

— Ouais. C'est Jared qui me l'a refilé.

— Ça m'étonne pas, fit DeShawn avec un bruit évocateur qui poussa les autres à se mettre à chantonner une musique de film porno.

— Vos gueules, bande de cons. Je viens de croiser le chef Gray dans le couloir. Il a été clair : soit on revient avec Waller, soit c'est pas la peine de remettre les pieds ici. Et ça vaut aussi pour toi, beau gosse, conclut-elle en fusillant DeShawn du regard.

Mitch fit « Oh-oh » avec la voix de Scoubidou dans les dessins animés, mais tout le monde savait que DeShawn était un protégé de Gray.

Lena observa le garage. Les mécanos avaient pris leur pause déjeuner et le sergent de garde devait être en train de bouder dans une voiture. L'équipe B avait passé la nuit en planque, et Lena les avait autorisés à arriver plus tard ce matin. Pendant la descente, ils auraient seulement pour mission de surveiller les alentours, et ils n'avaient donc pas besoin de réviser la tactique d'assaut avec les autres.

Pourtant, il manquait encore quelqu'un.

— Où est Eric ? demanda-t-elle.

— Au bruit, en train de chier son déjeuner, expliqua obligeamment DeShawn.

Lena jeta un coup d'œil à Paul, dont le visage reflétait facilement les pensées. Il était toujours inquiet pour Eric. Peut-être à raison. Pour paraphraser le vieux dicton, les tripes d'Eric étaient le reflet de son âme.

— Un truc qui ne va pas, patron ? demanda DeShawn.

Lena tenta de faire appel à son caractère d'avant.

— Ouais. J'ai que des fillettes dans mon équipe.

Ils accueillirent sa déclaration avec des hurlements de rire et des grands gestes. Lena les ignora, observant le sol de béton où se trouvaient délimités les contours de la maison à échelle réelle. Salon, deux chambres, salle de bains, salle à manger, cuisine. Ils pouvaient parcourir les lieux de long en large jusqu'à ce que ça devienne une habitude pour le jour J.

La seule inconnue, c'était le sous-sol.

Verrou. Cadenas. Serrure à clé. Ils avaient beau avoir perdu pas mal de temps à échafauder des théories, pas moyen de savoir comment la porte serait fermée.

Le plus gros problème, c'étaient les quatre ou cinq types qui se trouvaient habituellement dans la maison. Parfois, un ou deux junkies y passaient la nuit, mais c'était plutôt après un week-end de fête. Le trafic commençait dès sept heures et demie du matin — des gamins qui allaient à l'école ou des adultes qui partaient travailler. Deux ou trois heures plus tard, c'étaient les mamans en monospace qui venaient chercher un petit remontant pour supporter leurs corvées quotidiennes. La fréquentation aux heures du déjeuner restait variable, mais l'heure de pointe commençait à 16 h 30 et ne se terminait pas avant 3 heures du matin.

C'est alors que débarquait Sid Waller. Réglé comme une horloge, il empruntait la sortie en direction du nord sur Allman Road, prenait à gauche sur Redding Street, puis, roulant au pas dans sa Corvette, descendait le chemin de terre parsemé d'ornières qui menait à la maison de shoot.

Waller y restait en général pendant trois heures. Nul ne savait ce qu'il y faisait. Trop dangereux d'envoyer un indic à ce moment-là. De toute façon, c'était une heure où, d'habitude, tout le monde était dans les vapes. Paul pensait que Waller goûtait à ses produits. DeShawn supposait qu'il se tapait des filles. Pour Denise Branson, il comptait son argent.

Lena priait pour qu'il fasse les trois à la fois et que, au moment où ils pénétreraient dans le sous-sol sombre et humide, Sid Waller soit trop défoncé, trop repu et trop effrayé pour tenter quoi que ce soit pendant qu'elle lui passerait les menottes.

Elle leva les yeux. Ils l'attendaient. DeShawn regardait ses mains comme pour déterminer s'il avait besoin ou non d'une manucure. Mitch et Keith discutaient à voix basse — ils n'auraient pas été capables de la fermer même si on leur avait braqué un flingue sur la tête. Le visage de Paul en disait long — il était comme un chiot prêt à bondir, à la limite de se pisser dessus d'excitation.

La porte s'ouvrit dans un grincement. Eric Haigh apparut dans le garage avec un sourire contrit. Paul avait raison. Il avait quelque chose de bizarre. Il paraissait hésitant, ce qui devint encore plus évident quand il rejoignit les autres autour du bureau. Ils étaient prêts à partir, tandis qu'il semblait ne rêver que d'une chose : retourner d'où il venait.

Bon. Chacun sa merde, après tout.

— Très bien, mesdemoiselles, lança Lena en frappant dans ses mains. La décision est prise. On attaque cette nuit à zéro-zéro-trente.

8

JEUDI

Depuis le siège passager du 4x4 de Nell, Sara regardait défiler le paysage des environs de Macon. La ville d'Atlanta regorgeait de beaux jardins et d'arbres mais, dès qu'elle se retrouvait entourée de forêts, Sara se sentait en quelque sorte chez elle. Comme Macon, Grant County, où elle avait grandi et vécu, était une ville étudiante, située dans une partie de l'Etat qui évoluait plus lentement que le reste. Rien qu'en voyant des arbres, Sara avait l'impression que ses poumons se remettaient à fonctionner. Le vautour sur son épaule l'avait provisoirement quittée. Elle se sentait de nouveau elle-même, en tout cas un petit peu plus.

Peut-être n'était-ce pas seulement le paysage qui lui conférait ce calme. Pendant que Nell était allée acheter des produits ménagers pour le nettoyage, Sara s'était hâtée de s'épancher dans un long mail à sa sœur. La réponse de Tessa avait été tout aussi longue mais, au lieu d'être truffée de clichés sur les devoirs des bons petits soldats ou le plaisir de la vengeance, elle avait établi des listes. Dix trucs qu'elle aimait chez Will Trent. Les trois blagues les plus débiles de leur père. Huit mots interdits que Tessa avait prononcés devant sa fille Izzie, la nièce de Sara, et qui vaudraient sans doute une place en enfer à Tess. Six raisons pour lesquelles personne ne parviendrait jamais à faire des biscuits aussi bons que ceux de leur grand-mère. Cinq choses que faisait leur mère et qu'elles s'étaient juré de ne jamais reproduire, mais qu'elles faisaient désormais quasiment chaque jour.

La seule mention directe à la situation de Sara se trouvait dans le post-scriptum :

Je t'en prie, ne recommence pas à écouter du Dolly Parton.

— Je fais ça tout le temps, dit Nell, arrachant Sara à ses pensées.

— Pardon ?

— Me souvenir de quelque chose à propos de Jeffrey et sourire, expliqua l'autre en souriant à son tour. Il adorait être dans les bois. Quand il était au lycée, il partait tout le temps en excursion.

Sara ouvrit la bouche pour la détromper, puis décida de laisser tomber et de rester silencieuse.

— Pas de problème, dit Nell. Gardez l'histoire à laquelle vous venez de penser pour quand Jared se réveillera. On l'écoutera tous ensemble, ce sera bien.

Sara hocha la tête. C'était un refrain qui devenait familier dans la bouche de Nell — il avait commencé à la minute où les deux femmes avaient quitté l'hôpital. Il fallait qu'elle trouve un pyjama propre pour quand Jared se réveillerait. Elle voulait nettoyer la maison pour quand Jared se réveillerait. Sara ne lui en voulait pas. Elle savait que c'était la seule façon qu'elle avait trouvée pour tenir le coup.

Le téléphone de Nell bipa. Elle utilisait son GPS pour trouver la maison de Lena et Jared.

— Ça doit être par là, murmura-t-elle en virant brusquement sur la droite.

Sara pinça les lèvres. Nell conduisait comme une vieille dame, sans jamais dépasser les limitations de vitesse, ralentissant pour laisser passer le moindre véhicule qui en manifestait l'intention. Il lui arrivait même d'arrêter le 4x4 pour lire un panneau ou pour faire une remarque sur un piéton. On voyait qu'elle venait d'une de ces petites villes où il est malpoli de rouler vite et où on n'utilise son klaxon que pour signaler un chien sur la chaussée.

Nell scruta les maisons qui bordaient la route.

— Pas trop mal, déclara-t-elle (ce qui constituait la première remarque positive sur Macon depuis qu'elles étaient montées en voiture). Mais on dirait qu'ils ont tous trouvé les plans de leur maison dans le même magazine.

Sara suivit son regard. Effectivement, il y avait une certaine uniformité dans le lotissement, mais les maisons restaient de taille raisonnable par rapport aux terrains et n'étaient pas défigurées par des excroissances pour des chambres qui ne serviraient jamais à personne. Les pelouses étaient soignées. On voyait des monospaces dans les allées et des drapeaux américains accrochés au-dessus des portes d'entrée. Exactement le genre de quartier où pouvaient habiter deux officiers de police.

Nell n'avait plus besoin de son GPS. Elle se gara près du fourgon blanc appartenant à l'unité d'identité judiciaire du GBI. Charlie Reed se trouvait à l'arrière, devant les portes ouvertes. Un homme plus jeune lui tendait des sacs plastique qu'il entreposait avec soin à l'intérieur. En tant qu'ancien médecin légiste, Sara reconnut des sachets de pièces à conviction. Il lui sembla que le passé remontait à la surface, en particulier quand elle remarqua les deux flics devant un véhicule de patrouille au bout de la rue.

— Nous y voilà, fit Nell en observant la maison avec appréhension.

Sara songea qu'elle avait dû s'attendre à une maison de sorcière plutôt qu'à la demeure de plain-pied en bardeaux qui se dressait avec son charme suranné au sommet d'une petite colline escarpée. C'était une *shotgun*[1], plus profonde que large, avec la porte au milieu de la façade. Sur le porche, au lieu du drapeau américain, flottait le fanion orange et bleu de l'université d'Auburn.

— Au moins, il n'a pas renié ses racines, murmura Nell d'un ton approbateur en le voyant.

Sara émit un bruit de gorge qui pouvait passer pour un acquiescement. Peut-être que c'était elle, et pas Nell, qui ne voyait pas du tout Lena vivre dans cette maison. La pelouse était épaisse et fournie, et des pétunias en pots ornaient la boîte aux lettres. Des buissons de *Liriope muscari* bordaient l'allée jusqu'à la porte d'entrée peinte en rouge vif. Devant l'auvent de la terrasse, d'autres pétunias dans des bacs en bois. Sara ne parvenait pas à s'imaginer Lena en train de s'occuper de ses fleurs, et encore moins de se poser un instant pour ouvrir un bouquin sur le feng shui.

— Vous venez ? demanda Nell.

Sara ouvrit sa portière. La température extérieure lui parut plus fraîche que celle de l'habitacle confiné. Les policiers en faction au bout de la rue la dévisagèrent sans dissimuler leur curiosité. Elle leur fit un signe de la main, ils répondirent d'un hochement de tête.

— Je vais appeler Possum pour voir s'il a pu discuter avec l'infirmière, fit Nell à Sara avant d'ouvrir son téléphone pour composer le numéro.

Main sur la hanche, portable collé à l'oreille, elle scruta la maison en attendant que son mari décroche.

Sara espérait qu'elle était en train de réviser ses plans. Pendant les trente premières minutes de leur trajet, elle lui avait exposé de plus en plus crûment ce qu'impliquait

1. Typiques de l'architecture des Etats du Sud, les maisons « shotgun » sont étroites et longues, avec un couloir traversant. Leur nom, qui signifie « fusil de chasse », viendrait de la possibilité de tirer une balle de fusil depuis l'entrée et de la voir traverser jusqu'à la porte de derrière. (NdT)

le nettoyage d'une scène de crime. A la fin, elle s'était montrée quasiment brutale, avec pour seul effet apparent de conforter encore plus Nell dans sa résolution.

— Comment va-t-il ? demanda celle-ci au téléphone.

Sara s'écarta du 4x4 pour lui laisser de l'espace. Une petite brise s'était levée. Comme elle se dirigeait vers le fourgon de la police scientifique, elle se frotta les bras. Elle aurait dû prendre un blouson.

— Bonjour, docteur Linton, la salua Charlie Reed en souriant.

Il aurait été bel homme sans sa moustache en guidon de vélo qui lui donnait l'allure d'un crooner pour thé dansant.

— Je vous en prie, dites-moi qu'Amanda a enfin réussi à nous attacher vos services…

— Que Dieu m'en garde ! s'exclama Sara.

Il n'y avait rien au monde qu'elle souhaitait moins que travailler avec Amanda Wagner.

— Je suis avec une amie, expliqua-t-elle en montrant Nell. C'est la mère de Jared Long.

Le sourire de Charlie disparut.

— Oh. J'espère qu'elle n'a pas l'intention de voir le…

— Pire que ça. Elle compte faire le ménage.

Charlie lui fit signe de la suivre vers l'avant du fourgon, jetant un coup d'œil en direction de Nell pour s'assurer qu'elle ne pouvait les entendre.

— C'est que… c'est moche, là-dedans. Bon, il y a pire, bien sûr, mais ils ont tiré au fusil à pompe et il y a eu lutte. Le volume de sang…

Sara leva les mains en un geste d'impuissance.

— Vous savez, je m'en irais avec plaisir si j'étais sûre qu'elle me suive.

Charlie observa de nouveau Nell. Même de loin, sa détermination était apparente.

— Au moins, c'est une bonne chose qu'elle vous ait pour l'aider.

— J'essaie encore de la faire changer d'avis.

— Elle n'a pas l'air du genre à changer d'avis, lança Reed. Vous voulez un topo rapide ?

Sara hocha la tête, un peu honteuse de se montrer aussi avide de connaître les détails. Sur un ton professionnel, Charlie commença :

— L'homme que nous nommons Agresseur 2 est entré par la fenêtre de devant.

Il montra la fenêtre en question, dont les montants blancs étaient maculés de poudre à empreintes noire.

— D'après les empreintes, continua-t-il, on peut supposer qu'Agresseur 2 a ouvert la porte pour faire entrer celui que nous appelons Agresseur 1. A en juger par les traces de poudre sur le sol et les murs, on peut conclure que le premier agresseur se tenait dans la pièce de devant, à l'entrée du couloir, quand il a tiré le premier coup de feu avec le fusil à pompe. Remington 870 à canon scié, calibre 28.

Par son expérience glanée dans des enquêtes précédentes, Sara savait qu'une décharge de fusil à pompe à cette distance pouvait traverser une bonne épaisseur de contreplaqué. Le canon scié avait dispersé la chevrotine, seule raison pour laquelle Jared n'était pas mort sur le coup.

— J'ai lu le rapport d'admission de l'hôpital, dit Charlie. D'après mes premières constatations sur les lieux, les plombs se sont principalement concentrés en un cercle de vingt centimètres dans la région du thorax, à peu près entre les vertèbres D2 et D7, même si certains ont pénétré dans le crâne. Sur la scène de crime, on a trouvé quelques plombs fichés dans le bois de l'encadrement de la porte. On peut donc supposer que la victime a reçu la majorité de la décharge.

Sara avait perdu l'habitude d'entendre des gens parler comme s'ils témoignaient devant un juge.

— Jared était sur le seuil, alors ?

— Oui. Le corps de la victime était allongé en plein

milieu. Il avait sans doute les bras croisés ou devant lui. Selon le rapport de l'hôpital, il ne présentait pas de blessure à l'arrière des bras ni sur les mains. Il portait une ceinture à outils. On peut supposer que la détective Adams y a pris le marteau.

Ce détail avait intrigué Sara, qui n'arrivait pas à imaginer pourquoi Lena aurait gardé un tel outil dans sa chambre — même si, avec elle, on ne savait jamais.

— Adams s'est servie du marteau pour neutraliser le premier agresseur, le tireur donc, à la porte de la chambre. La griffe du marteau est entrée juste là, expliqua Charlie en portant un doigt sous son œil. Elle s'est logée dans l'orbite après avoir crevé le vitré. Le fusil à pompe a tiré une deuxième fois avec un impact d'environ trente-deux centimètres de diamètre sur le mur d'en face. A un moment, l'agresseur est tombé sur le sol, après quoi on a retiré le marteau de son visage. On a trouvé des traces de fluides organiques et d'os sur les murs à une distance comprise entre vingt-cinq et quarante centimètres du sol, ce qui signifie qu'il se trouvait sans doute allongé sur le dos à ce moment-là. Ça a éclaboussé jusqu'au plafond, en arc de cercle.

Il se tut et frissonna avant d'ajouter :

— Désolé mais, les marteaux, ça me fait peur.

— Vous n'êtes pas le seul.

— Ça ne change rien. A un moment donné, Agresseur 2 a essayé de venir en renfort. Vu les traces de poudre, il devait se trouver à environ deux mètres de l'entrée de la chambre quand il a tiré trois balles de revolver Smith & Wesson à cinq coups. Sauf qu'il n'a touché que son copain. Je ne sais pas vraiment comment ça s'est passé, mais Agresseur 1 se tenait dos à la porte quand il a reçu les balles. Evidemment, il a dû tomber sur le sol ensuite. Et puis, d'une façon ou d'une autre, Agresseur 2 est tombé lui aussi, et Adams lui a sauté dessus.

— Le deuxième assaillant était au sol avant qu'elle le frappe ?

— Il était à genoux, précisa Charlie. Pardon. On a trouvé des empreintes de main et de genoux dans le sang à l'endroit où il est tombé. C'est certainement à ce moment-là que la détective Adams l'a frappé à la tête avec la crosse du fusil à pompe. On a du sang et des cheveux sur l'arme, et les projections de sang sur le mur et le lit, à environ quatre-vingts centimètres du sol, ont une forme en arc de cercle compatible avec un coup façon base-ball. On a emporté les dents arrachées comme preuve. Au moins, la mère n'aura pas à les voir.

Il jeta un nouveau coup d'œil à Nell. Elle avait raccroché son téléphone et sortait ses sacs de produits ménagers du coffre de son 4x4.

— Que s'est-il passé après que le deuxième tireur a été neutralisé ? demanda Sara.

— Les voisins sont arrivés, répondit Charlie en désignant le bout de la rue d'un mouvement de tête. Il y a deux officiers de police dans le quartier, ainsi qu'un infirmier et un pompier. Une femme pompier, plus précisément. Ils ont fait repartir le cœur de Jared. Par chance, les policiers de garde qui ont répondu à l'appel du 911 ne sont pas entrés dans la chambre. La scène était presque intacte quand je suis arrivé.

— Vous avez dit que le cœur de Jared s'était arrêté ? demanda Sara. Ça expliquerait pourquoi ils l'ont emmené aux urgences les plus proches plutôt qu'à l'unité spécialisée en traumato.

— Exactement, répondit Charlie. Si j'ai bien compris, les voisins se sont occupés de la victime un bon moment avant que l'ambulance arrive. Si vous voulez tout savoir, je suis surpris qu'il s'en soit tiré. Il avait perdu une quantité importante de sang. D'après moi — mais je n'ai pas fait le calcul, donc c'est une approximation —, près de deux litres.

Sara se tut le temps de digérer l'information. Si Charlie avait raison, Jared avait subi une hémorragie de classe III, soit près de trente pour cent de son volume sanguin. Il en résultait une tachycardie sévère qui entraînait à très court terme une détresse respiratoire puis une défaillance généralisée des organes. Si les voisins de Jared n'avaient pas pratiqué eux-mêmes le massage cardiaque, Sara et Nell se seraient retrouvées ce matin au funérarium, pas à l'hôpital.

Et cela sans même parler de la gravité des blessures qui se trouvaient à l'origine de ladite hémorragie.

— Bonjour, fit Nell.

Les sacs plastique des fournitures lui sciaient les mains, mais elle secoua la tête quand Sara lui proposa d'en prendre quelques-uns.

— Je suis Darnell Long, la maman de Jared, se présenta-t-elle à Charlie.

— Charlie Reed, répondit celui-ci. Je travaille pour l'Etat. Je suis désolé pour votre fils, madame Long. Mais je sais qu'il est entre de bonnes mains.

— Le Seigneur ne nous envoie que ce que nous pouvons affronter.

Charlie joignit les mains et répondit :

— « Celui qui me suit ne marchera pas dans les ténèbres. »

Nell parut surprise que l'homme cite la Bible. Quant à Sara, elle n'avait jamais vu Charlie comme une grenouille de bénitier. Cela dit, il était né dans le Sud, où les bébés tètent les Ecritures en même temps que le sein maternel. Reed parut ravi de son effet.

— Je dois retourner au travail, annonça-t-il. Veuillez m'excuser, mesdames.

Il s'éloigna vers le fourgon.

— Voyez-vous ça…, fit Nell en le regardant partir.

Sara commençait à comprendre que cette expression sous-entendait chez elle beaucoup de choses — elle l'avait entendue pour la première fois quand Nell avait découvert le parking du club de strip-tease qui jouxtait le supermarché.

— C'est quoi, cette moustache ? demanda-t-elle à Sara.

— Charlie est un des meilleurs experts en police scientifique de l'Etat, répondit-elle. Et il est très gentil. Très impliqué dans son métier.

— Voyez-vous ça.

Nell n'ajouta rien d'autre. Elle gravit l'allée, ses sacs à bout de bras. Sara voyait les poignées s'enfoncer dans sa peau et lui couper la circulation.

— Vous êtes sûre que vous ne voulez pas que je vous aide ? demanda-t-elle.

— Tout va bien, merci.

N'empêche qu'elle ahanait pour parcourir les derniers mètres.

La moto de police de Jared était garée devant le garage. La lumière extérieure, au-dessus de la porte, était encore allumée. Sara se retourna vers la rue. Impossible d'ignorer qu'un officier de police vivait ici. Même en pleine nuit, le projecteur éclairait la moto, comme pour souligner sa présence.

— Qu'est-ce qu'on fait avec ça ? demanda Nell en montrant les rubans de balisage de la police autour de la porte.

Charlie n'avait pas encore apposé les scellés sur la maison.

— Ils en mettront d'autres, fit Sara en écartant les rubans sans toutefois ouvrir la porte. Nell, je tiens à vous répéter que ce n'est pas une bonne idée. Ce sera bien pire que vous ne le pensez. Il y a eu une lutte féroce. Jared a perdu beaucoup de sang. Il va y en avoir par terre, sur les murs, partout. Ce sont des déchets organiques. Normalement, il y a des procédures pour les évacuer. Vous devriez laisser ça à des professionnels.

Nell brandit les sacs.

— Je crois que je sais faire le ménage, même en cas de catastrophe.

— Je peux vous prêter l'argent. Vous le donner, même. Ça m'est égal pourvu que…

— Non, répondit Nell d'une voix qui indiquait clairement que la discussion était terminée. Je vous remercie.

Elle attendait. Finalement, Sara tourna la poignée et poussa la porte.

A l'intérieur, il régnait ce relent caractéristique des scènes de crime — pas l'odeur métallique du sang, qui provenait de l'oxydation du fer qu'il contenait, mais la puanteur de la peur. Sara avait toujours cru fermement à l'intuition. Il existe dans le tréfonds du cerveau humain un mécanisme qui alerte du danger. Ce mécanisme se déclencha à l'instant où elle posa le pied dans la maison de Lena et Jared.

Un homme y était mort, deux autres avaient failli y être tués. Une femme s'était battue pour sa vie. La menace de la violence semblait planer encore dans l'air immobile.

Sara observa les réactions de Nell. Sa posture avait changé. Elle faillit laisser tomber un sac.

— Vous devriez peut-être vous asseoir, suggéra-t-elle.

— Non, ça va.

— Asseyons-nous un moment, insista-t-elle.

Nell secoua la tête et regarda la pièce autour d'elles. C'était un espace ouvert, combinant la pièce à vivre et la cuisine. Le soleil entrait à flots par les fenêtres. Au-dessus du canapé, le ventilateur de plafond tournait dans un lent gémissement. Rien de mal n'était arrivé dans cette pièce. Les meubles n'étaient pas renversés. Les murs étaient peints d'un gris mat. Le seul endroit en désordre était la cuisine, visiblement en travaux. Des cartons plats contenant des meubles à monter étaient empilés d'un côté. Un seau sur une coiffeuse faisait office d'évier. Le lave-vaisselle était disposé dans un coin, tuyau d'évacuation et câble électrique enroulés autour des parois. La gazinière avait été déplacée, mais Sara vit qu'elle était toujours reliée à l'arrivée de gaz.

— Il est pire que Jeffrey, fit-elle sans réfléchir.

Jeffrey avait toujours eu un projet en cours. Retaper une vieille voiture. Installer un deuxième lavabo dans la salle de bains. Refaire la cuisine. Le bricolage lui donnait le sentiment du devoir accompli, à défaut de sérénité. A l'époque où Sara avait commencé à sortir avec lui, une épaisse bâche de plastique faisait office de mur dans sa cuisine. Le réfrigérateur était installé dans le salon. Un tuyau d'arrosage qui passait par la fenêtre de devant était relié par un système complexe à la machine à glaçons.

— Jeffrey a toujours aimé travailler de ses mains, renchérit Nell.

Elle déposa ses sacs sur le comptoir constitué d'un panneau de contreplaqué posé sur des tréteaux. Elle caressa la surface du bois, regardant le seau de l'évier et le sol nu mais propre.

— Au moins, continua-t-elle, je ne peux pas lui reprocher de mal tenir la maison. Ce n'est pas Jared qui aurait nettoyé comme ça.

Sara ne répondit pas. Lena avait toujours été très soigneuse. Au poste, son espace de travail semblait tout droit sorti d'un catalogue de fournitures de bureau.

— Je demanderai à son père de venir terminer ici, poursuivit Nell en désignant les cartons empilés. Ça ne lui prendra pas plus de la journée. Je l'aiderai à accrocher ces meubles, et il se débrouillera pour les éléments bas. Je n'ai pas l'impression qu'ils aient acheté le plan de travail, mais on en trouvera un chez…

Soudain, elle se tut. Sara suivit son regard vers le canapé. On y voyait un oreiller posé sur un drap plié nettement. Sur la table basse, il y avait une paire de lunettes, un verre d'eau et un étui de gouttière dentaire.

— Bonjour ?

Faith Mitchell venait d'entrer par la porte. Elle avait déjà rencontré Nell et Possum à l'hôpital. Sara s'était chargée des présentations.

— Vous arrivez à l'instant ? reprit Faith.

— Oui, répondit Nell sans détacher les yeux du canapé.

Faith parut elle aussi remarquer le curieux aménagement, mais elle ne fit aucune remarque. Elle adressa à Sara un sourire qui montrait qu'elle ne souhaitait pas en rajouter dans le malaise.

— Nous avons vu Charlie, indiqua Sara.

— Il est encore en train de ranger son fourgon.

Nell entreprit de déballer bruyamment les sacs, posant sans ménagement la bouteille d'eau de Javel et les gants sur le comptoir.

Faith parcourut la pièce, soulevant des objets au hasard. Elle cherchait visiblement à se faire une idée des lieux. L'équipière de Will avait un an de moins que lui, mais elle avait été formée dans la police d'Atlanta avant de rejoindre le GBI. Elle s'y était forgé un caractère à la fois pragmatique et cynique. Sara n'aurait pas pu souhaiter de meilleur agent pour épauler Will : Faith était intelligente et compétente. Elle détestait prendre des risques. En d'autres termes, elle était l'opposé exact de Lena Adams.

Elle était aussi terriblement curieuse. Elle fit le tour de la pièce avec un air critique, jetant sur les rideaux et les meubles le même œil acéré que Nell.

Sara se trouva lente à la détente. Nell n'était pas seulement ici pour le ménage. Lena la repoussait de la chambre d'hôpital de Jared ; du coup, sa belle-mère venait envahir sa maison.

Elle avait terminé de déballer ses sacs. Posant les mains à plat sur le comptoir, elle déclara :

— Il vaudrait sans doute mieux que j'aille voir d'abord.

Inutile de discuter avec elle. De toute évidence, elle était déterminée à continuer. Sara et Faith la suivirent en silence dans le couloir.

Elle s'arrêta vite, juste devant la salle de bains des invités. Le rideau de la douche était replié. Un morceau de savon sale jouxtait une bouteille de shampoing Axe. Le couvercle des toilettes était relevé. Le meuble de toilette était parsemé d'articles masculins — déodorant, rasoir, crème à raser, une brosse à dents en mauvais état et un tube de dentifrice à moitié vide. Des poils courts jonchaient le lavabo. Jared s'était rasé et avait oublié de rincer après lui.

Nell se remit en marche en bougonnant :

— Apparemment, elle l'a aussi viré de la salle de bains...

— Il faudrait me payer cher pour que je partage la mienne avec un homme, murmura Faith sur le même ton.

— A qui le dites-vous, répondit Sara, sur les pas de Nell.

Celle-ci s'immobilisa devant un cercle tracé à la craie sur le sol, où Charlie avait relevé de l'ADN. A en juger par la forme du contour, Sara devina que quelqu'un avait craché par terre, sans doute simplement pour marquer son territoire.

Ce qui étayait encore une fois l'idée que les tireurs n'avaient pas choisi leurs victimes au hasard.

De chaque côté du couloir se trouvait une chambre d'amis. La première servait de bureau. La deuxième semblait l'objet d'un autre projet en cours. Les murs étaient peints d'un jaune joyeux. La porte du placard était posée sur des tréteaux. Nell passa devant en secouant la tête, sans doute en train d'assigner mentalement une nouvelle tâche à Possum. Elle s'arrêta à quelques pas de l'entrée de la chambre principale.

Sara l'entendit prendre une brusque inspiration tandis qu'elle se raccrochait au cadre de la porte d'une main tremblante.

Charlie avait peut-être sous-estimé la quantité de sang. Malgré le temps écoulé, la mare pourpre était encore en train de se figer autour de l'endroit où Jared s'était écroulé. La lumière de la fenêtre se reflétait sur la surface humide, dont les rebords avaient pris des teintes rouille qui s'incrustaient déjà dans le bois du parquet.

Le reste du sang avait séché depuis des heures, laissant des taches lie-de-vin qui racontaient une violente altercation. Le plafond et les murs n'étaient pas les plus touchés. Il y avait de grosses empreintes de bottes mélangées à celles des pieds nus de Lena dans toute la pièce. Des éclaboussures. Des jets de sang. Des nuages. Des gouttelettes. Des empreintes de genoux, de mains. Des traînées, indiquant sans doute la présence d'un tapis qui avait ensuite été roulé sous le corps de Jared. Des traces qui montraient que quelqu'un avait rampé vers le lit. Encore d'autres empreintes de chaussures, là où les voisins et les premiers secours s'étaient précipités pour venir en aide à Jared. Ils avaient dû finir couverts de sang. Les interstices des dalles de la salle de bains eux-mêmes étaient devenus rouges.

Mais c'était autour de la porte de la chambre que se lisait la vraie histoire. C'était là que Jared avait été abattu. Là que Lena avait affronté les assaillants. Les motifs des traînées de sang séché sur les murs et le plafond auraient pu faire l'objet d'un manuel de police scientifique. Leur taille, leur forme, leur densité et leur portée variaient, et serviraient sans doute à établir en détail la chronologie de ce qui avait été, de toute évidence, une lutte à mort. Même sans les restes de dents et d'os, avec le marteau et les armes emportés en guise de preuves, l'ombre de la mort régnait dans tous les coins.

La voix de Nell s'étrangla :

— Je ne peux pas… je ne sais pas quoi… Croyez-vous qu'un aspirateur à liquides pourrait…

Sara ne dit rien. Nell renifla, mais les larmes ne vinrent pas. Elle s'agrippait au chambranle, incapable de terminer sa phrase. Sara regarda Faith, qui se contenta de secouer la tête.

— D'accord, fit enfin Nell en s'avançant dans la chambre d'un pas décidé pour se diriger vers la commode.

Elle faisait attention à l'endroit où elle marchait, mais il était impossible d'éviter le carnage. Ses tennis se posèrent sur des empreintes séchées — pieds nus, bottes, mains.

— Jared a toujours préféré porter un pyjama, lança-t-elle d'une voix trop aiguë.

Elle se mit à ouvrir des tiroirs, que l'équipe de Charlie avait dû photographier et inventorier.

— Un homme qui se respecte ne reste pas en blouse d'hôpital. Je sais qu'il voudra porter des vêtements normaux dès que possible.

Sara resta sur le seuil de la chambre avec Faith. Toutes deux regardèrent en silence Nell Long fouiller dans les affaires de Jared et Lena. Les trois tiroirs du haut appartenaient visiblement à cette dernière. Ses dessous restaient très utilitaires, même si Nell ne se privait pas d'émettre un reniflement réprobateur chaque fois qu'elle trouvait quelque chose d'un peu osé. Les tiroirs du bas étaient ceux de Jared. Ils étaient remplis de shorts de basket, de T-shirts et de boxers. Il portait l'uniforme quatre-vingts pour cent du temps. Il devait garder un costume dans le placard pour les mariages et les enterrements ainsi que quelques polos et pantalons de toile pour des occasions moins formelles.

Nell interrompit sa recherche pour scruter la chambre, les mains sur les hanches.

— Je suis persuadée qu'il n'a pas arrêté de porter des pyjamas.

Sara resta silencieuse jusqu'au moment où Nell se dirigea vers la table de chevet.

— Nell…

La main sur la poignée du tiroir, celle-ci tourna la tête.

— C'est sans doute le côté de Lena, indiqua Sara en montrant le livre ouvert sur la tranche — un roman à l'eau de rose — à côté d'une lotion pour les mains et d'un baume à lèvres.

Comme Nell ne bougeait pas, Faith intervint :

— Je pense que vous n'avez pas envie de savoir ce que

la femme de votre fils garde dans sa table de chevet. Ni votre fils, d'ailleurs.

— Qu'est-ce que vous croyez que…

Elle fut interrompue par un bruit de moteurs. Sara se retourna. La porte d'entrée était restée grande ouverte. Elle aperçut au moins six motards dans la rue. Les flics étaient comme ça — ils étaient sans doute venus prendre soin de la mère de Jared. Et ils tombaient pile au bon moment. Faith saisit l'opportunité :

— Pourquoi n'allez-vous pas parler aux amis de Jared ? suggéra-t-elle. Je suis sûre qu'ils veulent savoir comment il va.

— Je n'ai pas le temps de jouer les mamans pour tout le monde, grommela Nell.

Pourtant, elle quitta la chambre d'un pas décidé.

— La vache, siffla Faith quand elle fut hors de portée d'oreille. Jamais vu une pareille langue de vipère.

Sara préféra ne pas répondre.

— Vous avez parlé avec Charlie ? demanda-t-elle.

— Il m'a fait un topo tout à l'heure, répondit Faith avant de regarder de nouveau dans la chambre. Nell va bientôt recevoir un coup de fil de l'hôpital. Jared a de la fièvre.

— Une infection ?

— D'après l'infirmière, oui.

Les infirmières se trompaient rarement à ce sujet. Sara pensa à la détermination inébranlable de Nell, à tous les projets qu'elle avait évoqués ces dernières heures pour « quand Jared se réveillerait ».

— S'il meurt, elle ne s'en relèvera pas.

— Oui. C'est toujours les plus durs qui tombent le plus fort.

Sara baissa la tête. Faith entra dans la chambre, piétinant le sang séché avec toute l'assurance d'un flic.

— Je vais essayer de trouver ce pyjama, dit-elle. Peut-être que ça lui donnera l'impression de l'aider.

— Peut-être.

Sara s'appuya au chambranle tandis que Faith fouillait le placard. Elle observa les traces de pas qui jonchaient le sol. Le sang était si sec qu'il avait commencé à cailler, mais Charlie s'était montré très méticuleux, et Sara pouvait encore lire la progression, en particulier parce que les pieds de Lena étaient tout petits. Sara oubliait toujours à quel point elle était menue, moins d'un mètre soixante pour cinquante kilos toute mouillée.

Charlie Reed avait indiqué que quatre voisins étaient d'abord venus à la rescousse. D'après les traces de sang sur le sol, ils avaient attendu à côté de la porte de la salle de bains, se relayant pour pratiquer le massage cardiaque sur Jared. Du coup, les deux séries de traces de bottes devaient appartenir aux agresseurs. Tous deux avaient opté pour le style cow-boy, avec des semelles en plastique plates qui avaient laissé des empreintes typiques en forme de point d'exclamation sur le parquet. L'une des paires arborait une tête de mort gravée sur le talon, l'autre n'avait rien de remarquable — ni marque ni motif particulier. Les agresseurs avaient tous deux tendance à la pronation, conséquence probable de la pratique de la moto.

Sauf qu'il y avait d'autres empreintes.

Sara marcha jusqu'au lit et s'agenouilla.

— Deux agresseurs, c'est ça ? demanda-t-elle à Faith.

— C'est ça, lâcha indistinctement celle-ci depuis le placard.

— Quatre secouristes ?

— Euh… ouais, répondit Faith d'une voix hésitante. Deux flics, un infirmier en repos et une fille qui bosse chez les pompiers.

— Et ça, alors ?

Faith se retourna. Sara montrait une empreinte de chaussure juste à côté de la table de chevet de Jared. Elle provenait aussi d'une botte, mais elle était plus grande que les deux autres séries, et le talon portait le logo de la marque de semelles antidérapantes Cat's Paw.

Faith se remit à fouiller le placard sans manifester le moindre intérêt.

— Je suis sûre que Charlie s'en est occupé.

— Mais regardez les empreintes. Lena était pieds nus. Les assaillants portaient des bottes de cow-boy.

Elle désigna d'autres empreintes.

— Deux des voisins portaient des tennis, un troisième des pantoufles, et le quatrième était en chaussettes.

Faith tira deux pantalons de jogging de l'étagère, et prit un T-shirt dans le panier à linge sale.

— Ça peut passer pour un pyjama, non ?

Sara se redressa lentement.

— Ça ne vous inquiète pas qu'un troisième agresseur ait pu se trouver là la nuit dernière ?

— Vous sous-entendez que je ne fais pas bien mon boulot ?

— Non, répondit Sara avec l'impression de s'être fait réprimander. Bien sûr que non.

— Vous oubliez les infirmiers des ambulances, continua Faith en comptant sur ses doigts. Trois équipes, n'est-ce pas ? Ils ont d'abord emmené Jared, puis le deuxième tireur. Le premier est parti directement à la morgue. Six types en plus, douze possibilités d'empreintes. Sans compter les gens du Macon PD qui ont pu traîner par là.

— Charlie m'a assuré que les flics qui sont intervenus avec les premiers secours sont restés hors de la chambre.

— Vraiment ?

Faith n'avait pas l'air ravie, mais Sara continua :

— Il a également dit que l'ambulance avait mis un moment pour arriver ici. Le sang de la périphérie aura séché en cinq minutes, dix maximum. Donc, à moins qu'un des ambulanciers ait délibérément marché dans la flaque de sang autour de Jared avant de venir vers ici, je ne vois pas comment ils pourraient être responsables de cette troisième empreinte.

Pour bien mettre les points sur les *i*, elle conclut :

— Celui qui a laissé cette trace était là quand le crime s'est produit.

— C'est là qu'est tombé le deuxième agresseur, répondit Faith d'une voix raisonnable où perçait une certaine tension. Je suis sûre que les premiers ambulanciers sur les lieux ont dû s'occuper de lui. Ils ne sont pas du genre à débarquer sur les lieux et à s'occuper d'une victime sans évaluer l'état des deux autres.

— Ils devaient porter des 5.11, rétorqua Sara, qui connaissait bien la marque de chaussures spécialement conçues pour les ambulanciers et les pompiers. Et, même sans ça, le sang avait certainement séché quand ils sont arrivés ici. Vous ne voyez pas d'empreintes d'un autre intervenant, n'est-ce pas ? Même autour de Jared.

Faith poussa un soupir excédé.

— Il s'est passé beaucoup de choses dans cette pièce hier soir. Impossible de dire d'où vient cette empreinte. Nous sommes d'accord ?

Sara acquiesça, mais seulement parce qu'elle ne voulait pas envenimer les choses. Il était possible, et même très probable, qu'un des ambulanciers ait vérifié l'état de santé du deuxième agresseur avant de quitter la maison. Mais en aucun cas il n'avait pu se tenir au-dessus du corps et se pencher sur lui. Pour prendre le pouls et la tension, il aurait dû s'agenouiller. A moins d'être un contorsionniste, il n'avait aucune raison de poser son pied contre la table de chevet.

— Ecoutez, Sara, lança Faith en refermant la porte du placard. Je sais que vous êtes très douée pour ça, mais cette scène de crime appartient à Charlie. Il s'est trouvé sur place pratiquement à partir du moment où Jared a été emporté à l'hôpital. C'est sans doute lui ou un de ses gars qui a laissé cette empreinte. Ou peut-être qu'il sait déjà quel ambulancier a trébuché ou marché là où il n'aurait pas dû. Quoi qu'il en soit, Charlie fera tout ce qu'il faut pour en identifier le propriétaire. Vous savez comment ça se passe. On ne laisse rien sans explication.

— Vous avez raison, admit Sara.

Sauf qu'elle avait déjà vu Faith mentir, et qu'elle savait reconnaître quand ça arrivait. Elle était certaine qu'elle lui cachait quelque chose.

— Allons-y, dit Faith. On va voir si mon plan a fonctionné.

Sara comprit qu'elle était censée la suivre. Elle jeta un dernier coup d'œil à l'empreinte de botte avant de retourner dans le couloir. Ce n'était pas parce qu'elle avait cessé d'exercer la profession de médecin légiste depuis des années que son esprit d'analyse avait disparu. Le logo Cat's Paw à lui seul en disait long sur le propriétaire des chaussures. Il était économe, du genre à faire ressemeler ses chaussures plutôt qu'à en acheter une nouvelle paire. A en juger par sa pointure, il devait dépasser le mètre quatre-vingts. Il travaillait dans une profession qui nécessitait des semelles spéciales, isolantes et antidérapantes — comme un mécano, un électricien ou un maçon. Les analyses pourraient déceler des traces d'huile ou de résidus issus du caoutchouc poreux. A partir de là, on pourrait affiner les recherches parmi les fréquentations habituelles des deux agresseurs. Sans compter qu'un simple coup de fil aux cordonniers de la ville pouvait permettre d'établir une liste de clients ayant acheté des semelles Cat's Paw.

Ce dont se chargeait sans doute en ce moment même un des membres de l'équipe de Charlie.

Faith avait raison. Celui-ci faisait bien son boulot. Et elle aussi, d'ailleurs. S'ils cachaient quelque chose, c'était sans doute pour une bonne raison. Même si l'instinct de

Sara lui hurlait le contraire, elle devait se souvenir qu'elle voyait tout cela de l'extérieur.

Faith s'arrêta sur le seuil de la maison. Dans la rue, les motards entouraient Nell d'un cercle protecteur. Ils semblaient tous détendus et d'humeur à bavarder. Sara devina qu'ils lui vantaient les exploits de Jared — vrais ou faux, ça ne comptait pas. Quand il s'agissait d'embobiner quelqu'un, les flics étaient imbattables.

— Ça me surprend qu'ils m'aient écoutée, avoua Faith. Je leur ai dit de monter une collecte pour payer le service de nettoyage. Je me suis dit que même cette vieille langue de vipère n'oserait pas dire non.

Sara ne put se retenir de rire.

— Bien pensé.

— Un des vieux trucs d'Amanda — mais ne lui dites pas que je m'en sers. Les gens croient toujours qu'on va les juger s'ils paient quelqu'un d'autre pour laver leur linge sale. Je pense que c'est un truc du Sud.

Elle retourna vers la cuisine.

— Je vais voir s'ils seraient aussi prêts à venir terminer l'aménagement de la cuisine. Mince, plutôt mourir que faire ma vaisselle dans un seau.

— Ce n'est pas aussi moche que ça en a l'air, fit Sara.

Du doigt, elle désigna le trou percé dans le récipient pour le raccorder à l'évacuation, tandis qu'un robinet relié à un tuyau d'arrosage permettait d'avoir l'eau courante. C'était exactement le genre de système qu'aurait fabriqué Jeffrey — de bric et de broc, et pourtant parfaitement opérationnel.

A l'opposé, le dispositif aurait horrifié Will. Il partageait beaucoup de qualités avec Jeffrey, mais il n'arrêtait jamais un projet avant de l'avoir terminé, et parfaitement. En tout cas, selon sa propre conception de la perfection. Par exemple, le fait que l'artisan qui avait travaillé dans l'appartement de Sara n'ait pas peint le dessus de la tranche des portes le rendait fou.

— Vous pouvez me rendre un service ? demanda Faith en fouillant dans la pile de courrier sur la table de la cuisine. Allez voir si Nell est toujours dehors.

Sara dut se mettre sur la pointe des pieds pour apercevoir la rue en contrebas. Nell parlait encore avec les flics.

— Oui, pourquoi ?

Faith ouvrit une des enveloppes.

— Ce n'est pas illégal ? s'inquiéta Sara.

L'autre parcourut du regard ce qui ressemblait à une facture.

— Seulement si je me fais pincer. C'est Jared qui l'a ouverte, d'accord ? Sauf qu'il ne se le rappelle pas à cause de sa blessure à la tête.

— Mais ça porte malheur…

— Et ça n'en valait pas la peine, conclut Faith en repliant la facture et en la remettant dans l'enveloppe. Vous serez ravie d'apprendre que le frottis de Lena est parfaitement normal. Bon, je ferais mieux de prévenir Nell au sujet de Jared. Le médecin devrait avoir déjà appelé.

— Attendez, fit Sara. Je sais, il y a peu de risques que le sujet vienne sur la table, mais Nell n'est pas au courant pour Will. Enfin, je veux dire, pour Will et moi. Le fait qu'on soit ensemble. Et j'aimerais que ça reste comme ça.

Elle sentait son cœur battre plus vite, comme si elle se retrouvait en train de raconter un bobard à sa mère. Si Faith était surprise, elle ne le montrait pas. Pourtant, Sara se sentit obligée de se justifier :

— C'est juste que, légalement, Will est toujours marié, et…

Elle laissa sa phrase en suspens. Il n'y avait aucune raison de mentir.

— Ils aimaient tellement Jeffrey, reprit-elle. Ils ne comprendraient pas que je passe à autre chose. Parfois, je me demande moi-même comment je fais.

— Je suis contente pour vous, répondit Faith en s'appuyant

contre la table. Will vous aime, vous savez ? Je veux dire, il est raide dingue de vous. Il n'a jamais été comme ça avec Angie. Depuis le jour où il vous a rencontrée, on dirait qu'il marche sur un nuage.

Sara sourit, même si la dernière personne à laquelle elle ait envie de penser en ce moment était la femme lunatique de Will.

— Sérieusement, insista Faith, je ne l'ai jamais vu comme ça. Vous l'avez changé. Vous le rendez… Vous le rendez heureux.

Elle haussa les épaules comme si elle ne parvenait pas à le croire elle-même. C'était idiot, mais Sara sentit les larmes lui monter aux yeux.

— Il me rend heureuse aussi.

— Alors, c'est tout ce qui compte. Même si rien n'est éternel, conclut Faith avec une grimace.

Sara s'essuya les yeux.

— J'ai l'impression que beaucoup trop de gens me citent les Ecritures aujourd'hui.

— Ma mère a trouvé mon nom dans la Bible. *Faith* signifie « foi ». Tu parles d'un vœu pieu… Bon, fit-elle en se redressant, je dois vraiment aller voir Nell. Au stade où il en est, une infection, c'est grave ?

— Ils appelleront sans doute un spécialiste du CDC.

Le Center for Disease Control, centre des maladies infectieuses, avait une antenne à Atlanta.

— Nous avons de la chance que ce soit tout près.

— Ça ne paraît guère encourageant.

— Non, admit Sara. Les infections sont imprévisibles. Chaque personne réagit différemment aux traitements. Il n'y a pas deux réponses semblables. Si l'infection s'est logée dans son cœur ou son cerveau, il y a très peu de chances qu'il s'en tire, et même dans ce cas c'est très compliqué de s'en remettre. Mais il est jeune et en bonne santé. Ça compte beaucoup, se sentit-elle obligée d'ajouter.

— Merde, la voilà, souffla Faith au moment où Nell gravissait les marches du porche.

Elle portait un colis FedEx dans une main et une petite enveloppe dans l'autre.

— J'ai l'impression que votre souhait a été exaucé, annonça-t-elle en fourrant cette dernière dans la poche arrière de son pantalon. Ils disent que, quand ce genre de choses se produit, il y a toujours une collecte. Je n'ai pas voulu me montrer impolie, mais je ne suis tout de même pas invalide.

Sa voix était dure, mais Sara percevait le soulagement sur son visage. Les plis de son front avaient un peu disparu, et son visage semblait plus détendu.

— Ce sont des bons gars. Je ne devrais pas me plaindre.

— Ils se sentent aussi démunis que vous, madame Long, expliqua Faith. Ça les rassure de faire quelque chose pour vous, même si vous êtes tout à fait capable de vous en tirer toute seule.

— Je suppose que c'est vrai, admit Nell.

Elle examina le paquet FedEx, sur lequel était inscrite la mention « Personnel » au marqueur rouge.

— Un livreur me l'a remis pendant que nous étions dehors. C'est adressé à Lena. « Personnel », voilà ce que ça dit. Je ne sais pas si je dois l'ouvrir ou pas.

— Il y a une adresse de retour ? demanda Faith d'un ton faussement nonchalant.

— C'est effacé, répondit Nell après avoir jeté un coup d'œil. Je l'ouvre ?

Le haussement d'épaules de Faith était presque crédible.

— Si vous voulez. C'est peut-être quelque chose dont Lena a besoin.

Nell lui lança un regard narquois.

— « C'est pas à un vieux singe qu'on apprend à faire des grimaces », c'est aussi un dicton, par chez vous ?

Pour toute réponse, un large sourire éclaira le visage de Faith.

— C'est ce que je pensais, conclut Nell en se dirigeant vers le comptoir de la cuisine.

Elle ouvrit son sac à main pour en tirer un couteau assez imposant. Sara n'en fut guère surprise, mais Faith écarquilla les yeux.

— Voyons voir ce que c'est que ce truc personnel, fit Nell en coupant le ruban adhésif qui entourait le colis.

Elle jeta un coup d'œil à l'intérieur et fronça les sourcils comme si elle ne savait pas bien ce qu'elle voyait.

— Qu'est-ce que c'est ? demanda Sara.

Nell introduisit les doigts dans le paquet.

— Je ne…

L'emballage tomba sur le sol.

Nell tenait un petit blouson, du genre que l'on achète pour les nouveau-nés. Il était bleu marine avec des bandes orange sur les manches, et le logo de l'université d'Auburn dans le dos.

Son visage prit une expression de surprise. Elle regarda Sara, puis Faith, puis de nouveau le petit blouson, soupesant la minuscule capuche cousue au col.

Sans un mot, elle se précipita dans le couloir, son épaule cognant contre le coin du mur. Sara était sur ses talons quand elle pénétra dans la chambre d'amis.

— Il n'a pas…

La voix de Nell s'étrangla. Elle se figea au milieu de la pièce, les mains crispées sur le blouson.

— Comment a-t-il pu ne pas… Oh, mon Dieu !

Un sanglot étouffé jaillit de sa bouche. Elle enfouit son visage dans le minuscule vêtement. Faith arriva derrière Sara, la culpabilité affichée sur ses traits pincés.

— C'est une chambre de bébé, murmura Nell, serrant le blouson sur sa poitrine. Il était en train de préparer une chambre de bébé.

Ses doigts effleurèrent la porte du placard, sur laquelle

des ballons étaient esquissés au crayon. Des pots de peinture colorée étaient posés par terre, avec des pinceaux fins, des éponges et des récipients.

— Vous étiez au courant, lâcha Nell d'un ton glacial en se tournant vers Faith.

Laquelle, cette fois, ne se donna pas la peine de mentir.

Un téléphone se mit à sonner. Nell porta la main à sa poche, en sortit son portable. Quand elle répondit, ce fut d'une voix tremblante.

— Qu'est-ce qu'il y a, Possum ? Je suis occupée, là.

Elle écouta, hochant la tête avant de raccrocher et de ranger le téléphone dans sa poche.

— Jared a attrapé une infection, fit-elle d'un ton neutre. Ils disent que je dois retourner là-bas.

— Je vais vous conduire, proposa Sara.

— Non, répondit Nell, le blouson de bébé toujours serré contre elle. J'ai besoin d'être seule, d'accord ?

S'adressant à Faith :

— Vous pourrez la ramener ? Il me faut juste un peu de temps.

Nell n'attendit pas de réponse. Quand elle quitta la pièce, ce fut comme si elle en emportait tout l'air avec elle.

— C'est affreux, soupira Faith.

Sara ne dit rien. Faith la dévisagea.

— Sara ?

Elle secoua la tête, observant la chambre de bébé, la façon dont le soleil baignait la pièce par la fenêtre. Les murs étaient d'un jaune chaud et joyeux. Elle pouvait imaginer des rideaux aux fenêtres, secoués par une brise d'été. Une frise de ballons sur le mur pour aller avec ceux de la porte du placard. Le blouson accroché à un petit portemanteau coloré comme le reste du décor. Le vêtement était grand pour un nouveau-né, mais l'enfant de Lena pourrait le porter à partir de trois mois.

— Je suis désolée de ne pas vous en avoir parlé avant, murmura Faith.

Sara continua seulement à secouer la tête. Elle avait peur des mots qui pourraient sortir de sa bouche.

Une des dernières choses que Sara et Jeffrey avaient envisagées ensemble avait été d'adopter un bébé. Sara ne pouvait en avoir. Il leur avait fallu des années pour tomber d'accord sur l'idée d'adoption, pour décider qu'ils étaient prêts à élever un enfant ensemble.

Et puis Jeffrey était mort, laissant Sara brisée. L'agence d'adoption leur avait envoyé sa réponse. A l'époque, Sara avait à peine remarqué que c'était un refus. Elle était incapable de prendre soin d'elle-même, alors un bébé…

— Sara ? demanda Faith. Parlez-moi, s'il vous plaît.

Un goût acide lui emplit la bouche.

C'était injuste. Voilà ce qu'elle aurait voulu dire. Hurler à pleins poumons.

C'était vraiment injuste.

Lena était forte. Elle pliait, ne rompait pas. Elle se tirerait de cette tragédie comme elle s'était tirée de toutes les précédentes, sans peine.

Même si elle perdait Jared, Lena saurait ce que ça fait de sentir son enfant grandir dans son ventre. Elle pourrait toujours lui tenir la main et penser à Jared. Elle verrait son bébé sourire, évoluer, grandir, faire du sport, aller au collège, à la fac — et toujours, toujours, elle se souviendrait de son mari. Elle verrait Jared dans ses petits-enfants et ses arrière-petits-enfants. Elle s'éteindrait en paix en sachant qu'ensemble ils avaient créé quelque chose de beau. Que, par-delà la mort, ils vivaient encore.

— Sara, répéta Faith. Qu'est-ce qui se passe ?

Sara se frotta les yeux, furieuse de se retrouver aussi triste que ce matin.

— Pourquoi a-t-elle autant de chance, merde ?

Elle avait du mal à parler, la gorge serrée, luttant pour chaque mot.

— Quoi qu'il arrive, elle s'en tire comme une fleur, et…

Elle dut s'arrêter pour reprendre sa respiration.

— Elle a de la chance. Elle a toujours eu trop de chance.

— Allons-nous-en, proposa Faith en montrant la porte.

Mais Sara ne pouvait pas bouger. Faith dut la prendre par le bras pour la mener hors de la chambre. Sara crut qu'elles allaient sortir de la maison, mais Faith s'arrêta devant la table de la cuisine pour saisir l'enveloppe qu'elle avait ouverte précédemment. Elle la lui tendit, mais Sara ne la prit pas.

— Je me fiche de lire les résultats de son frottis.

— Regardez d'où ça vient.

Sara lut l'adresse. Le centre médical de Macon. Driscoll Benedict, gynécologie-obstétrique.

— Et alors ?

Faith ouvrit l'enveloppe et déplia la facture du médecin. Elle la tendit à Sara. L'examen remontait à dix jours. Au-dessus de la somme à payer, une mention indiquait que la consultation aux urgences serait facturée à part.

Au-dessous, quelqu'un avait écrit à la main : *Que Dieu vous bénisse tous les deux. Nous prions pour vous.*

Cette fois, Sara prit la facture. Ses jambes flageolaient, et elle s'assit à la table de la cuisine. Même sans la note de condoléances, elle aurait reconnu le code de l'acte médical.

Lena avait perdu le bébé.

9

Will roulait à moto sur une nationale cahoteuse, la tête pivotant en permanence comme la tourelle d'un char d'assaut. Davantage que les poids lourds qu'il croisait de temps à autre, c'étaient les chevreuils qui l'inquiétaient. Moins de dix minutes plus tôt, il avait vu un cerf traverser la route juste devant lui. Une créature magnifique, il n'y avait pas d'autres mots. Ses muscles frémissaient sur son poitrail et ses cuisses. Ses longues jambes avaient des grâces de danseuse. Ses bois évoquaient les branches d'un arbre. L'animal n'avait pas daigné regarder dans la direction de Will, et c'était tant mieux, parce que celui-ci préférait qu'aucune créature vivante n'ait pu voir l'expression de terreur pure sur son visage. Pas besoin d'être un grand mathématicien pour calculer les chances de survie quand un deux-roues lancé à pleine vitesse percute un cerf en mouvement. Le légiste aurait passé des jours à ôter des morceaux de Will de la cage thoracique de l'animal.

Pas mal d'animaux sauvages devaient vivre aux alentours d'Atlanta, mais cette idée restait une hypothèse tant qu'on se trouvait entouré de gratte-ciel à regarder défiler les bus, les voitures et les trains.

Ce qui avait le plus surpris Will en arrivant à Macon, ce n'était pas la faune sauvage, mais la séparation entre riches et pauvres. A Atlanta, la modeste maison de Will n'était qu'à quelques blocs du luxueux appartement de Sara, qui à son tour ne se trouvait pas loin d'un centre de réhabilitation pour drogués.

A Macon, on ne voyait pas réellement de quartiers pauvres, mais l'avenue qui ceignait la ville semblait marquer un point de non-retour. Les demeures imposantes laissaient place à des cottages, qui disparaissaient au profit de villas à façades en bardeaux, puis de terrains pour mobile homes négligés pour finir par des cabanes en planches. A force d'enquêter à travers tout l'Etat, Will avait côtoyé son lot de pauvreté, mais il trouvait particulièrement déprimant d'apercevoir du linge qui séchait près d'un bâtiment qui semblait ne même pas avoir l'eau courante.

Il ralentit l'allure pour scruter la route devant lui, guettant les chevreuils en goguette. Pas très loin, il aperçut une Coccinelle Volkswagen — pas le nouveau modèle, qui ressemble à la soucoupe volante de George Jetson dans le dessin animé, mais le vieux modèle, dont le bruit évoque un enfant crachotant des pépins de framboise. Tout l'arrière était recouvert d'autocollants. Quand elle freinait, c'étaient les clignotants qui s'allumaient. Will rétrograda une nouvelle fois. La Cox coupa la voie de gauche pour effectuer un demi-tour brutal en direction d'une rangée de boîtes aux lettres sur le bas-côté. Une main passa par la fenêtre pour vérifier le courrier, puis la Coccinelle repartit avec un nouveau demi-tour sur place qui aurait pu offrir un magnifique tremplin d'envol pour la moto de Will s'il n'avait pas été attentif.

Il rétrograda encore pour s'arrêter face aux boîtes aux lettres et vérifia l'heure sur son portable. Il lui avait fallu presque une heure pour effectuer un trajet censé durer vingt minutes. Il n'était pas doué pour suivre les directions, et un téléphone qui vous dit d'aller à gauche ou à droite ne constitue pas vraiment un atout pour un dyslexique. Sans compter qu'il se débattait dans les sables mouvants de la culpabilité. Sara n'était pas ravie qu'il travaille en infiltration, et elle le serait encore moins à la perspective d'un rendez-vous galant avec une femme. D'accord, il ne sortait pas vraiment avec Cayla Martin, mais l'infirmière semblait imaginer le contraire, ce qui rendait la situation très inconfortable.

Après en avoir discuté avec Faith, Will avait décidé qu'il était temps de pousser Big Whitey à sortir du bois. Il avait passé près d'une heure à pister Tony Dell, en vain. Cayla Martin lui avait paru la meilleure solution de rechange. L'infirmière semblait plus facile d'accès — et sacrément. Pendant que Will mangeait à la cafétéria, une main avait furtivement glissé un billet sous son plateau. Un mouvement bien rodé. Personne n'avait semblé le remarquer. Will voulait croire qu'il s'était montré à la hauteur, glissant le mot dans sa poche avec la discrétion d'un Aldrich Ames. Même si Will était persuadé que le magistral espion ne lisait pas ses missives caché dans un box des toilettes.

19 heures — A gauche à la sortie 12, puis à droite sur route de terre. Seule maison avec la lumière allumée. Ne sois pas en retard !

Cayla avait dessiné une bouille souriante sous le point d'exclamation, ce qui accentuait encore la culpabilité de Will. Il lui arrivait de laisser des smileys à Sara. De lui en envoyer par texto. Elle répondait de la même manière. Une fois, pendant qu'ils folâtraient, elle l'avait embrassé sur le ventre en suivant ce motif.

Will poussa un long soupir peiné en descendant de sa moto.

Il balaya l'écran de son iPhone pour faire apparaître le clavier et composer le code à douze chiffres qui lui permettait d'accéder aux applications secrètes. Les icônes n'apparaissaient qu'une fraction de seconde, et il fallait se tenir prêt pour sélectionner le programme destiné à masquer la provenance des appels. L'application s'ouvrit, et il tapa un numéro à dix chiffres.

Il porta le téléphone à son oreille — et le cogna contre son casque. Il dégrafa la lanière de celui-ci pour le suspendre au guidon. Quatre longues sonneries retentirent avant que Sara décroche — c'était inhabituel. A l'arrière-plan, Will entendit un piano et des bruits de conversation. Au lieu de dire « Allô », Sara demanda :

— Qui m'appelle de Brunswick ?

Apparemment, l'application de brouillage avait fonctionné.

— Je n'y suis pas exactement, répondit Will. Et toi, où es-tu ?

Il tenta d'identifier le bruit de fond, qui évoquait plus un bar qu'un hôpital.

— Où je suis ? répéta-t-elle avec un accent sudiste plus marqué que d'habitude, ce qui lui arrivait souvent quand elle s'éloignait de la ville. Je bois un scotch au bar de l'hôtel Days Inn de Macon.

Will pensa immédiatement à tous les empaffés qui devaient la draguer. Il dut faire un effort pour rester calme.

— Vraiment ?

— Vrai-ment.

Elle laissa traîner sa voix. Will pensa à la forme de sa bouche. A l'accent circonflexe de ses lèvres. Puis il imagina un débile à gourmette en or qui s'asseyait à côté d'elle et demandait s'il pouvait lui offrir un verre.

— Ça ne te ressemble pas de traîner dans un bar.

— Non, admit Sara. Mais, en ce moment, je fais pas mal de choses qui ne me ressemblent pas.

Will ne parvint pas à déchiffrer le ton de sa voix. Elle ne semblait pas ivre, ce qui le soulageait. A sa connaissance, Sara buvait très peu.

— Je devrais pouvoir te rejoindre vers minuit. 1 heure maximum, proposa-t-il.

— Non, mon trésor. Je n'ai pas envie que tu viennes.

Will prit peur. En général, Sara l'appelait « mon trésor » quand il se montrait particulièrement obtus. Avait-elle compris qu'il était à Macon ? Il chercha mentalement où pouvait se trouver la faille. Faith n'aurait pas parlé — en tout cas, pas sans le prévenir. Denise Branson était assez maligne pour se taire et, même dans le cas contraire, elle ne savait pas où se trouvait Sara. Lena avait promis de ne rien dire, mais quel genre d'idiot fallait-il être pour faire confiance à une femme capable de tuer un homme à coups de marteau et de mentir sur ce qui s'était passé après ?

— Will ?

Il s'efforça de ravaler sa crise de paranoïa. S'il savait une chose de Sara, c'est qu'elle n'aimait pas les petits jeux. Si elle avait éventé sa couverture, elle lui aurait réclamé des explications au lieu d'aller écouter du piano dans un bar.

— Comment va Jared ? demanda-t-il.

— Pas très bien.

Elle se tut pour boire une gorgée. Il l'entendit reposer son verre sur le comptoir avant de reprendre :

— Une des incisions s'est infectée. Il a fait un choc septique. Ils ont mis un type du CDC sur le coup. Il sait ce qu'il fait, mais…

Elle se tut un instant avant de reprendre :

— Lena était enceinte. Elle a perdu le bébé il y a dix jours.

Il n'arrivait toujours pas à déchiffrer le ton de sa voix. Sara ne pouvait pas avoir d'enfants, mais ça n'avait rien à voir avec Lena.

— Faith est au courant ? demanda-t-il.

— Elle était là. Pour tout dire, j'ai piqué une crise sous ses yeux.

Will regarda sa moto. Il aurait dû remonter en selle pour aller la voir. Le Days Inn était tout près de l'autoroute, à moins d'une demi-heure de route.

— Faith a été très bien, continua Sara. Franchement, tant qu'à piquer une crise devant quelqu'un, autant que ce soit elle.

— Oui.

Il entendit approcher un semi-remorque et aperçut ses

phares à travers un nuage de poussière. Le bruit du moteur remplit l'air, couvrant ce que Sara était en train de dire.

— Quoi ? demanda-t-il.

— Rien d'important.

Il entendit un tintement de glaçons et un bruit de déglutition quand elle but une gorgée.

— Tu es à côté d'une route ou quoi ?

— Je voulais juste t'appeler. Tu avais l'air bouleversée ce matin.

— Et je suis bouleversée ce soir aussi, répondit-elle d'un ton léger. Tu sais quoi ? Il y a longtemps, mon père m'a dit que rêver de vengeance, c'était comme boire du poison et s'attendre à ce que ce soit l'autre personne qui meure.

— C'est ce que tu fais ?

— Je ne sais pas.

Elle se tut de nouveau.

— J'ai l'impression d'avoir franchi une limite. D'avoir volé quelque chose à Lena. Un truc privé, qui ne m'appartient pas. Ma livre de chair n'avait pas le goût auquel je m'attendais, conclut-elle avec un rire amer.

Will regarda les boîtes aux lettres. La plupart des portes étaient peintes à la bombe par différentes mains, chacune avec des couleurs différentes. Sur l'une, quelqu'un avait dessiné une marguerite. Une autre s'ornait d'un emblème des Georgia Bulldogs.

— Tu me manques, dit Sara.

Will l'avait vue moins de douze heures plus tôt mais, en entendant ces mots, il se rendit compte à quel point il avait envie de la retrouver. Il tenta de réfléchir à un moyen de se tirer de ce guêpier. Il aurait dû lui dire qu'il était navré de garder des secrets. De ne pas être là en ce moment. Il aurait dû lui dire qu'il était un lâche et un menteur, qu'il ne la méritait pas — mais que, sans elle, sa vie s'effondrerait de nouveau comme un château de cartes.

— Quoi qu'il en soit, enchaîna-t-elle sans lui laisser le

temps de se lancer, comme apparemment il vaut mieux que je m'en tienne à un seul verre, je ferais mieux de retourner à l'hôpital pour être avec Nell. Je lui ai dit que Lena avait perdu le bébé, mais elle était déjà au courant. Je suppose que Lena lui en a parlé avant que j'arrive. Je ne sais pas. Elle n'est pas très bavarde. Moi non plus, bien sûr — du moins pas avec elle.

Elle eut un rire froid.

— Pardon, je raconte n'importe quoi. Je suis fatiguée. Je suis debout depuis vingt-quatre heures. J'ai essayé de dormir, mais je n'y arrive pas.

— Tu rentres chez toi cette nuit ?

Will était déjà en train de calculer qu'après en avoir fini avec Cayla il pourrait sauter sur sa moto et rentrer à Atlanta. Mais Sara doucha ses espoirs :

— J'ai déjà réservé une chambre ici pour ce soir. Les chiens se débrouilleront sans moi. Il vaut mieux que je ne prenne pas ma voiture dans l'état où je suis.

— Je peux venir te chercher, proposa-t-il en tentant de ne pas prendre une voix suppliante. Laisse-moi le faire.

— Non, répondit-elle d'un ton sans équivoque. Je ne veux pas que tu viennes, Will. Je ne veux pas te mêler à ça.

— Je suis vraiment désolé, fit-il avec l'impression d'être pris au piège de ses propres mensonges.

— Ne le sois pas, je t'en prie.

Elle fit une nouvelle pause, comme pour reprendre son souffle.

— Je veux que tu continues à faire ce que tu fais, où que tu sois, et quand tu auras fini je veux que tu rentres me retrouver à la maison. On se fera un bon dîner, on discutera, on rira, et puis je veux que tu m'emmènes dans la chambre pour…

Un autre camion passa en trombe, mais Will entendit tous les détails pornographiques qu'elle chuchotait au téléphone.

— C'est d'accord, tu peux faire ça ? demanda Sara.

Will avait l'impression que sa langue avait enflé dans sa bouche. Il toussota avant de répondre :

— Je peux faire tout ça, oui.

— Parfait. Parce que c'est ce dont j'ai besoin, Will. J'ai besoin que tu me donnes l'impression d'être solidement ancrée dans ma vie. La vie que j'ai avec toi.

Derrière elle, le piano s'était arrêté. Un glaçon tinta dans un verre. Quelqu'un rit.

— C'est bien, ce qu'il y a entre nous, non ? demanda-t-elle.

Sur ce point au moins, il pouvait lui répondre honnêtement.

— Oui. C'est très bien.

— Je trouve aussi.

— Sara…

Will entendait le désespoir dans sa propre voix, mais il ne trouva rien d'autre à dire que son prénom.

— Je dois te laisser.

— Tu n'es pas obligée.

— Pense à plus tard, d'accord ? Nous deux à la maison. Ce que tu voudras pour dîner. Ou le film qu'on ira voir. On promènera les chiens. On vivra juste notre vie. Voilà ce que j'ai en tête en ce moment. C'est ce qui m'aide à surmonter ça.

— Oui, on le fera. Tout ce que tu dis.

Il attendit qu'elle ajoute quelque chose, mais elle raccrocha. Il demeura là, à fixer son portable comme si son regard avait le pouvoir de faire revenir Sara au téléphone. Même s'il n'avait pas de mots pour la réconforter. Pour être lucide, il s'était montré trop laconique au téléphone. Il s'en rendait compte à présent. Il avait obligé Sara à prendre la conversation en charge alors que, de toute évidence, elle attendait qu'il dise quelque chose — n'importe quoi — susceptible de la rasséréner un peu.

— Quel con, grommela-t-il.

De nouveau, il composa les douze chiffres qui donnaient accès aux applis secrètes. L'écran apparut, mais il ne fut pas assez rapide pour appuyer sur l'icône. Il recommença le code, mais s'arrêta au dixième chiffre.

Il ne savait pas quoi lui dire. Il voulait aller la voir. En brûlant les feux rouges, il pouvait y être en dix minutes. Il lui ferait tout ce qu'elle désirait, et même plus.

Sauf qu'alors elle lui demanderait comment il avait fait pour arriver si vite.

Will avait dix minutes pour trouver une explication valable. Quinze s'il y avait des bouchons autour du Days Inn. Il décrocha son casque du guidon. La peinture s'était écaillée à un endroit. Il chaussa le bol. Une fois en selle, il fit pivoter la moto vers l'endroit d'où il était venu.

Il n'avait plus le choix, désormais. Après cette conversation, la seule chose à faire, c'était filer directement à l'hôtel ou à l'hôpital, s'asseoir avec Sara et lui raconter en détail ce qui se passait. Faith avait raison — la situation était beaucoup trop tendue. Ce qui avait commencé comme un petit mensonge par omission s'était transformé en une véritable tromperie qui pouvait détruire toute leur relation.

Will ne voulait pas qu'un jour Sara boive du poison en espérant qu'il meure.

Il mit les gaz pour retourner vers l'autoroute, levant les yeux pour scruter le ciel qui s'assombrissait. L'hôtel se trouvait près d'un aéroport, et il pouvait donc se servir des avions pour s'assurer qu'il était dans la bonne direction. A supposer, évidemment, que Sara ait bien parlé de ce Days Inn-là. C'était une grosse chaîne, et il pouvait y avoir plusieurs hôtels de ce nom à Macon.

Quand il baissa les yeux, ce fut pour découvrir un pick-up noir qui bloquait la chaussée devant lui. Une Honda blanche était arrêtée sur la voie de gauche. Il ralentit, regrettant l'absence de klaxon sur sa monture. Il ne pouvait ni doubler ni tenter de passer par le bas-côté sans risquer de déraper sur la terre battue. Il arrêta la moto et posa ses bottes sur l'asphalte.

— Hé là, cria-t-il. Ecartez-vous !

— Du calme ! répondit le conducteur du pick-up en se penchant par la fenêtre.

Will reconnut la voix de Tony avant de voir son visage.

— Bordel, Bud, qu'est-ce que tu fais dans ce sens ? Chez Cayla, c'est de l'autre côté !

Il montrait une allée en terre qui partait de la route à angle aigu, masquée par de grands arbres. Pas de pancarte, pas de panneau pour indiquer qu'il s'agissait d'autre chose que d'un chemin sans issue. Will n'aurait jamais réussi à le trouver tout seul. Cayla avait bien joué son coup — elle savait qu'il valait mieux donner à un homme une adresse à trouver plutôt qu'un numéro de téléphone grâce auquel il aurait pu annuler.

— Allez, fit Tony en lui faisant signe de le suivre.

Will fit rugir son moteur, tâchant d'observer le conducteur de la Honda blanche sans se faire remarquer. Tout ce qu'il aperçut avant que la vitre se referme, ce fut le sommet d'un crâne, des cheveux noirs crépus et un front haut.

Tony s'engagea dans le chemin de terre, la radio assez fort pour que Will entende la mélodie. Lynyrd Skynyrd. *Free Bird*. Pas vraiment surprenant.

Will ralentit pour se laisser distancer par le pick-up qui soulevait derrière lui des nuages de poussière rouge capables d'asphyxier un éléphant. Impossible de s'en aller maintenant. Il passerait deux heures chez Cayla, pas davantage, puis irait retrouver Sara pour faire ce qu'il aurait dû faire depuis le début.

Elle était sans doute en route pour l'hôpital. Sauf que Will ne pouvait pas se jeter sur elle devant ses amis. Qui plus est, ce qu'il avait à lui dire devrait attendre qu'ils se retrouvent seuls. Il lui avouerait tout à l'hôtel. Jusque-là, ils ne s'étaient jamais vraiment disputés, et il ignorait comment Sara réagirait. Elle lui jetterait peut-être des objets au visage, ou bien elle jurerait comme un charretier. Encore que — il ne l'avait jamais vue jeter quoi que ce soit, et elle ne prononçait que rarement des gros mots, sans doute à force de travailler en présence d'enfants.

Peut-être qu'elle se tairait d'un seul coup, comme ça se produisait quand elle était inquiète. Will détestait les moments où elle était silencieuse. Même si c'était peut-être préférable à l'autre hypothèse. La seule chose dont il était certain, c'est qu'il était prêt à se coucher devant un train lancé à pleine vitesse pour empêcher qu'elle le quitte.

Les roues arrière du pick-up de Tony rebondirent sur un nid-de-poule, et Will braqua pour l'éviter. Le trou était rempli d'eau boueuse. Le chemin de terre se rétrécit encore. Will tenta d'observer les alentours, mais il distinguait seulement la silhouette de quelques maisons. Le jour laissait place à la nuit. Tony était à présent trop loin pour que Will puisse se repérer à ses phares. Il conduisait avec le pied sur le frein, et les feux arrière transformaient le rouge de la terre en un noir glacé.

Will se demanda si Tony l'emmenait au milieu de nulle part pour le tuer. Il ne semblait pas capable de commettre un meurtre de sang-froid mais, dans le passé, Will avait eu des surprises de ce côté-là. En général, la mort ne prévient pas. L'entrepreneur de quarante-trois ans qui était mort sur ses toilettes la semaine précédente n'avait certainement pas envisagé qu'on le retrouve avec son pantalon sur les chevilles.

Une petite enseigne au néon annonçait l'entrée d'un camp de mobile homes. Des feuilles de palmier entouraient le nom du parc, tracé en lettres cursives. L'endroit était bien tenu. Visiblement, il accueillait des familles. Des vélos d'enfants étaient rangés devant les terrasses, les containers à ordures alignés au bord de l'allée centrale et les voitures garées sur les emplacements réservés. Derrière les rideaux tirés, Will aperçut la lueur des téléviseurs.

La route s'élargit de nouveau tandis que le camp disparaissait dans le rétroviseur de Will. Il plissa les yeux pour tenter de voir plus loin. Tony, le coude à la fenêtre, claquait des doigts au rythme de la musique. George Michael, *I Want Your Sex*. Le genre de morceau qui, à cette distance de la civilisation, risquait de vous faire tuer, mais apparemment Tony s'en fichait.

Soudain, le chemin de terre se transforma en une route goudronnée. La moto sursauta brutalement. Heureusement que Will ne roulait pas vite, sans quoi il aurait eu droit à un joli soleil par-dessus le guidon.

Des lampadaires illuminaient le goudron. On avait coulé des fondations pour des centaines de maisons, mais le promoteur s'était trouvé à court de fonds, ou bien il s'était enfui avec la caisse. Sans doute les deux. Des tuyaux de plomberie et d'évacuation émergeaient des dalles de béton comme des cure-dents. De façon saugrenue, certaines allées s'ornaient de boîtes aux lettres sans donner sur la moindre habitation. Dans d'autres, la mauvaise herbe perçait déjà le ciment blanc des trottoirs.

La maison de Cayla Martin faisait partie d'un groupe de quatre construites au fond d'un cul-de-sac. Macon n'était pas la seule ville d'Amérique à présenter des lotissements abandonnés en cours de développement, mais celui où vivait Cayla était particulièrement sordide. La pelouse était envahie de broussailles. Le seul arbre, planté près de la porte d'entrée, était tordu et mourant. Personne ne s'était occupé de cette maison, depuis le début. La peinture de la façade en bois s'écaillait déjà faute d'avoir été vernie. Certaines fenêtres étaient posées de travers. Même la porte d'entrée était inclinée bizarrement, comme si on ne s'était même pas donné la peine de la mettre d'aplomb. Will se demanda si l'artisan qui s'en était occupé pouvait être le même jean-foutre que celui qui avait travaillé sur l'appartement de Sara.

Tony Dell se gara sur une courte allée derrière une

Toyota noire. Il ouvrit la portière, et tomba plus qu'il ne descendit. Le F-250 était trop haut pour lui. On aurait dit un gamin avec les chaussures de son père. D'ailleurs, dans l'obscurité, il avait une démarche sautillante quand il s'approcha de Will.

— Putain, Bud, tu te les gèles pas sur cet engin ?

Will haussa les épaules, même si, côté froid, l'autre avait tout à fait raison.

— Où t'as trouvé ça ? demanda-t-il en désignant le pick-up d'un coup de menton.

— Je l'ai emprunté à un copain.

— Sympa, le copain.

Ça constituait un sacré bond par rapport à la Kia qui se trouvait désormais à la fourrière.

— J'espère que t'avais rien prévu de romantique pour ce soir, fit Tony en se dirigeant vers la maison, les poings enfoncés dans ses poches. Je me suis plus ou moins invité. Ça fait un bon moment que Cayla a un évier qui fuit et je lui ai dit que je lui réparerais.

— Elle sait que tu viens, quand même ?

— Evidemment, répondit Tony, mais sa voix monta un peu trop dans les aigus pour que sa réponse soit sincère. T'es sorti du taf en avance ?

— Un poil, ouais.

Leur patron était à six mois de la retraite et entretenait une relation extraconjugale. Will s'apprêtait à ajouter un commentaire désobligeant sur les habitudes de Salemi, mais à cet instant la lumière de l'entrée éclaira le visage de Tony Dell et Will en resta bouche bée.

Le type s'était fait tabasser dans les règles. On ne pouvait pas mieux décrire son état. Il avait le nez en travers, les deux yeux au beurre noir et, sur la joue, une longue estafilade recousue avec des points de suture serrés.

Tony sourit, même si ça devait lui faire mal.

— Le flic m'a chopé.

— Vickery ? devina Will.

Il en avait plaisanté avec Faith mais, en voyant son travail, il n'avait plus envie de rire.

— Qu'est-ce qui s'est passé, bordel ?

— Y a pas de lézard, Bud, fit Tony en levant les mains pour se protéger. Je ne lui ai rien dit du tout. A mon avis, le type avait juste besoin de casser la gueule à quelqu'un. Ça aurait pu être toi. C'est tombé sur ma pomme.

Will ne parvenait pas à croire qu'il le prenne autant à la légère.

— Tu vas porter plainte contre lui ?

L'autre faillit éclater de rire.

— Putain, t'es marrant, Bud. Comme si les flics bossaient pour nous…

Puis, se préparant à frapper à la porte :

— Dis, tu fais comme si tu m'avais invité, d'accord ?

— Comme si…

Cayla ouvrit la porte avec un large sourire. Puis elle aperçut Tony Dell, et elle sembla sur le point de le tuer.

— Qu'est-ce que tu fous là ?

— Bud m'a invité, répondit-il en tapant dans le dos de Will. Pas vrai, Bud ?

— Ouais, grommela Will.

Le fait que Tony se soit fait tabasser ne parut pas tracasser Cayla.

— Espèce de petit fouineur de merde, lui lança-t-elle.

— Allez, quoi, sois pas comme ça, fit Tony en se glissant sous le bras de Cayla pour s'introduire dans la maison.

Pour la première fois depuis qu'il avait rencontré ce minus, Will fut heureux de la présence de Tony Dell. Cayla s'était visiblement préparée pour leur rendez-vous. Son maquillage était si épais qu'il lui faisait des paquets au coin des yeux. Son jean lui sciait l'entrejambe en deux et son chemisier en dentelle laissait nettement voir le soutien-gorge rouge sombre en dessous. Même depuis la terrasse, Will sentait son parfum. Il n'était pas assez au fait de ces choses pour juger à l'odeur s'il était bon marché ou non mais, vu ce qu'elle s'aspergeait, il espérait qu'on lui faisait un prix sur la quantité.

Tony huma ostensiblement l'air.

— Dis donc, beauté, tu sens super-bon…

— Ta gueule, Tony. Je t'ai déjà dit de ne pas me parler comme ça.

Elle adressa un sourire crispé à Will en lui faisant signe d'entrer.

— C'est mon frère.

— Demi-frère, corrigea Tony avec un clin d'œil à l'adresse de Will. On n'est pas du même sang.

Cayla referma la porte en râlant.

— Son père s'est marié avec ma mère quand on était au lycée. Depuis, il n'a pas arrêté de me coller aux basques comme une vieille merde.

Le rire de Tony montra qu'il prenait ça comme un compliment. Will émit un grognement, non pour utiliser une des réponses typiques de Bill Black, mais parce qu'il ne trouvait rien à répondre.

— T'es chic, dis donc, lui fit Cayla.

Pourtant, Will avait pris soin de s'habiller encore moins bien que d'habitude, avec un jean effrangé aux ourlets. Sa chemise oxford bleue avait été jolie deux ans plus tôt, mais le col s'effilochait, et le T-shirt noir qu'il portait par-dessous avait des trous aux aisselles.

— Tu veux une bière ? demanda Cayla.

— Non, ça va. Plus tard, peut-être.

Will ne buvait pas et ne fumait pas, ce qui constituait un sérieux handicap quand il s'agissait de se faire passer pour un ex-taulard.

— Moi, je dis pas non à une petite mousse, glissa Tony.

— Ben, t'as qu'à te bouger le cul et aller t'en chercher une avec ton camion, suggéra Cayla.

Tony grommela une réponse. Oui, ils se parlaient comme un frère et une sœur. En attendant qu'ils aient terminé de se disputer, Will observa la pièce autour de lui. La maison était propre à défaut d'être rangée. Cayla aimait les poupées — quasiment toutes les surfaces disponibles étaient occupées par sa collection de figurines aux tenues chamarrées. Il y en avait sous verre, comme dans des cloches à fromage, d'autres sur des chevalets qui leur permettaient de tenir des parapluies ou de pousser des landaus. Cayla avait tout décoré en tons pastel, surtout du rose et du bleu. Un immense écran plat trônait à la place d'honneur, en face d'un canapé d'angle bleu layette.

La dispute se termina — en tout cas, c'est ce que parut considérer Tony. Il enjamba le dossier du canapé pour se laisser tomber face à la télévision.

— On mange là ? Je crois que c'est l'heure du match.

— T'as qu'à manger là tout seul, fit Cayla.

D'un geste, elle invita Will à la suivre, ajoutant à son intention :

— Pour info, la prochaine fois, je préfère qu'on soit rien que toi et moi.

Avec un grognement, Will lui emboîta le pas vers la cuisine. La maison était pleine de recoins, ce qui semblait étrange pour une construction récente. Même le mur qui séparait la cuisine de la pièce à vivre semblait avoir été rajouté à la hâte — les portes vitrées au milieu n'étaient pas sur le même plan. Il y avait au moins deux centimètres entre les battants, comme les blocs dans un jeu de Tetris.

— On peut manger ici, proposa Cayla en lui tenant la porte du salon.

Will jeta un coup d'œil dans la cuisine, petite et surchargée, mais qui sentait si bon que son estomac se mit à crier famine. Même la fumée de la cigarette qui se consumait dans un cendrier ne parvenait pas à masquer la délicieuse odeur de poulet frit, de pain chaud et de tarte aux fruits.

— Tu as faim ?

Will hocha la tête. Il salivait trop pour répondre. Sara savait faire bien des choses, mais elle était absolument incapable de cuisiner.

— Je t'ai dit que je faisais un bon poulet, fit Cayla en saisissant un plat dans un placard.

Des casseroles étaient posées sur le feu. Elle prit une cuillère et entreprit de remplir le plat. Will s'installa à table.

— T'es au courant ? fit-elle. Le flic est pas en forme.

Il ne répondit rien.

— Il a chopé une infection ou un truc comme ça. Il a fait un choc septique.

— Ça veut dire quoi ? demanda Will, pour qu'elle continue à parler.

— Ça veut dire que son sang est empoisonné.

Elle prit sa cigarette dans le cendrier et posa le plat fumant devant Will. Poulet frit, haricots verts, pois à vache, purée de pommes de terre au jus et deux petits pains posés en équilibre par-dessus.

Cayla porta la cigarette à ses lèvres et prit une longue bouffée.

— Ça arrive souvent après les opérations. A cause de tous ces tubes qui leur rentrent dans le corps. Les bactéries passent dans le sang. Le cœur ne tient pas le coup. L'empoisonnement se répand dans l'organisme, et tout s'arrête.

Il remarqua que sa grammaire s'était améliorée. Apparemment, Cayla Martin avait une façon de s'exprimer pour chaque circonstance.

— Ça a l'air grave, lança-t-il.

Elle prit une nouvelle bouffée avant d'écraser son mégot.

— Ouais, ça peut le devenir. Tu veux une bière, maintenant ?

Il secoua la tête et demanda :

— Il va s'en tirer ?

— Le flic ?

Debout devant le réfrigérateur, elle le regarda par-dessus son épaule. Sous la couche de maquillage, Cayla Martin n'était pas laide. Elle semblait posséder cette étrange qualité qui pousse des hommes raisonnables à commettre des bêtises.

— Peut-être qu'il s'en sortira. Il est jeune. Plutôt costaud. Qu'est-ce que tu en as à foutre ?

— Rien, répondit Will avec un haussement d'épaules.

Il saisit sa fourchette. Au même moment, les portes du salon s'ouvrirent à la volée. Tony leur jeta un coup d'œil suspicieux — on aurait dit le faisceau d'un phare illuminant la pièce de sa jalousie. Cayla le fusilla du regard en retour.

— Je croyais que tu regardais le match ?

— Tu préférerais, hein ? rétorqua-t-il en entrant dans la cuisine, les poings serrés. Dis voir, Bud, on m'a dit que t'étais monté là-haut aujourd'hui ? Aux urgences ?

Sans répondre, Will enfourna une bonne dose de pois dans sa bouche. La graisse et le sel du bacon lui caressèrent les papilles.

— Elle t'a reconnu ? insista Tony.

Will jeta un coup d'œil méfiant en direction de Cayla.

— C'est bon, fit celle-ci en débouchant une bouteille de bière qu'elle posa devant lui. Il raconte tout devant moi, que j'aie envie ou non de l'entendre.

— Je te parle de la femme flic, continua Tony.

Il était aussi versatile que sa demi-sœur. Maintenant, il avait davantage l'air d'un criminel endurci que d'un simple emmerdeur. Will laissa s'écouler quelques secondes avant de répondre :

— Ben quoi, la flic ?

— Elle t'a reconnu ?

— Non.

Will engloutit une nouvelle fourchette de pois et, comme

il lui restait un peu de place dans la bouche, il y colla la moitié d'un petit pain pour éponger la graisse.

Tony tira une chaise et s'installa à l'écart de la table, bras croisés, jambes écartées. Ses ecchymoses étaient encore plus visibles à la lumière de l'abat-jour. La coupure sur son visage laisserait une vilaine cicatrice.

— Bien joué, Bud, fit Tony. Fallait que tu sois sûr qu'elle te reconnaîtrait pas. Qu'on n'ait pas de problèmes.

La bouche pleine, Will déglutit avec difficulté.

— Toi je sais pas, mais moi j'ai aucun problème.

Cayla se mit à rire, mais son expression s'assombrit d'un seul coup.

— Qu'est-ce que tu fiches ici ?

Will se retourna. Un petit garçon se tenait sur le seuil, les cheveux en désordre, dans un pyjama trop grand pour son corps maigrichon. Il serrait un livre illustré contre sa poitrine — il semblait trop grand pour ce genre d'albums, mais Will n'était pas un expert, loin de là.

— Merde, jura Cayla. Je ne t'avais pas demandé de rester en haut, peut-être ?

Le gamin ouvrit la bouche pour répondre, mais elle lui coupa la parole :

— Je t'avais dit que tu allais avoir faim !

Elle se leva pour préparer une autre assiette, présentant le gamin à Will :

— C'est Benji, le fils de ma sœur. Benji, voici M. Black.

— Sa *vraie* sœur, précisa Tony.

Il repoussa une chaise jusqu'au comptoir. Benji ne voulut pas s'approcher de lui. Il fit le tour de la table pour s'asseoir en face de Will, son livre sur les genoux.

— Voilà, dit Cayla en lui servant une portion bien moins généreuse qu'à Will.

Puis, à Tony :

— Je suppose qu'il faut que je te nourrisse toi aussi ?

— Je veux bien la tétée, répondit-il en tendant la main vers sa poitrine avec un rire amusé.

Elle lui tapa sur les doigts.

— Merde, Tony…

Puis elle se retourna vers la gazinière en murmurant quelque chose pour elle-même.

Will regarda Benji, qui avait les yeux baissés. Il tenta de ne pas le dévisager trop ouvertement, mais il percevait en lui quelque chose de familier, comme si le gamin craignait en permanence que quelque chose ne tourne mal. Il avait les épaules voûtées et gardait la tête basse. On pouvait presque voir ses oreilles tourner pour guetter le moindre changement de ton susceptible d'indiquer un danger. Will reconnaissait cette tactique de survie. Quand les adultes deviennent fous, c'est en général les enfants qui trinquent.

— Tu es de Macon ? demanda-t-il à Benji.

Au lieu de répondre, le gamin regarda sa tante.

— Baton Rouge, répondit celle-ci à sa place. Enfin, c'est là qu'ils étaient la dernière fois. Sa mère est accro au crack. Elle peut pas s'arrêter. Quand les schmitts les ont pris, ils vivaient dans sa voiture.

Elle posa la main sur l'épaule osseuse de Benji. S'il n'avait pas été attentif, Will ne l'aurait pas vu tressaillir.

— Je ne pouvais pas les laisser placer Benji encore un coup, continua Cayla. La fois d'avant, il avait failli se faire tuer. Se faire vraiment tuer, je veux dire, pas juste malmener.

Benji devait être au courant de tout ça, pensa Will ; n'empêche, il n'aimait pas que le gamin ait à l'entendre de nouveau.

— Quel âge as-tu ? lui demanda-t-il.

Cette fois, le gosse répondit en montrant neuf doigts à Will.

— C'est quoi, ce livre que tu lis ?

Benji le lui montra. Will n'arrivait pas à lire l'écriture cursive, mais le G majuscule et le petit singe souriant lui permirent de deviner qu'il s'agissait d'un album de Georges le petit curieux. Visiblement, il avait beaucoup servi. Les pages étaient cornées, la couverture fatiguée. Will se demanda si le gamin avait un problème de développement.

— A quelle école tu vas ?

Benji reposa le livre sur ses genoux, fixa ses mains. Cayla poussa un soupir excédé.

— Qu'est-ce qui te prend, petit ? Dis-lui où tu vas à l'école.

— Je suis en CM2 dans la classe de Mlle Ward à l'école élémentaire Barden, sur Anderson Drive, fit Benji d'une voix haut perchée.

Will siffla comme s'il était impressionné.

— Ça a l'air d'une chouette école. Tu te plais, là-bas ?

Le garçon haussa ses maigres épaules.

— C'est quoi, ta matière préférée ?

Benji jeta un coup d'œil à Cayla mais, avant qu'elle réponde à sa place, il lança :

— Les maths.

— J'aime bien les maths, moi aussi, fit Will.

Et c'était vrai. Les nombres lui avaient toujours offert une consolation, une sorte de preuve bizarre que, malgré son incapacité à lire comme les autres enfants, il y avait au moins une chose qu'il réussissait à faire.

— Les fractions, murmura Benji. Ma maman m'aide à les faire.

Il considéra Will avec des larmes dans les yeux. Les ampoules du plafonnier les faisaient scintiller. Il avait l'air si désespéré que Will ne parvint pas à soutenir son regard.

— Mange, mon chéri, fit Cayla en poussant l'assiette de Benji dans sa direction.

Elle lui avait donné une cuillère de pois, un petit pain et un pilon de poulet. Ça semblait trop peu, mais Benji ne se plaignit pas. Il ne commença pas à manger tout de suite, comme s'il attendait la permission.

Will saisit le gros morceau de poulet que Cayla avait recouvert de sauce. Elle n'avait pas tort sur ses talents de cuisinière — la peau était dorée à la perfection et fondait dans la bouche. Dommage qu'il n'ait plus d'appétit.

Au centre pour l'enfance d'Atlanta, il avait vu passer pas mal de gamins en état de choc, mais Benji était l'enfant le plus esseulé avec qui il se soit jamais retrouvé à table. Il semblait vibrer sur une fréquence différente. Ses gestes étaient empruntés et son expression restait soigneusement neutre, mais ses yeux... Aucun enfant de neuf ans au monde n'aurait pu masquer l'immense douleur que Will percevait dans le regard de Benji.

Sa mère lui manquait. Bien sûr, elle le négligeait et le brutalisait sans doute. N'empêche qu'il avait besoin d'elle, de sa maman qui l'aidait pour les fractions, et peut-être pour tous ses devoirs. Elle devait le faire déménager souvent, pour garder toujours un peu d'avance sur les services sociaux, parce que même les putes défoncées au crack refusent d'admettre qu'elles sont de mauvaises mères.

Ce qui trahissait Benji, c'était son absence d'accent. Sans doute parce qu'il n'était jamais resté assez longtemps au même endroit pour en attraper un. Mais il semblait mieux élevé que les trois adultes présents dans la maison. D'ailleurs, il se tenait mieux à table : il se servit de sa fourchette et de son couteau pour ôter la peau de son pilon.

— Où que t'as pris ces manières, gamin ? railla Tony.

— Fous-lui la paix, intervint Cayla.

Puis, à Will, d'une voix plus douce :

— Tu aimes ton boulot à l'hôpital ?

Will hocha la tête et, la bouche pleine, demanda à son tour :

— Et toi, ça fait combien de temps que tu y es ?

— A l'hôpital ? A peu près cinq ans, répondit-elle.

C'était un mensonge. Le dossier fiscal de Cayla montrait qu'elle avait travaillé à temps partiel pour plusieurs médecins avant de se dégoter un emploi à la pharmacie de l'hôpital, à peine six mois plus tôt. Même avec ça, elle continuait ses remplacements dans des cabinets privés pendant ses jours de repos, sans doute pour finir de payer sa condamnation pour conduite en état d'ivresse. Ainsi que pour payer sa maison, dont l'hypothèque était si élevée qu'elle devait apercevoir le sommet de l'Annapurna depuis sa terrasse.

— C'est cool, l'hôpital, poursuivit-elle. A la pharmacie, on a des horaires tranquilles. Avec Benji à la maison, il faut que je sois chez moi quand l'école est finie.

Benji se raidit, comme surpris d'entendre ça.

— Ça fait combien de temps qu'il vit avec toi ? demanda Will.

— Cette fois-ci ?

Elle haussa les épaules.

— Deux ou trois semaines, je crois. C'est ça, Benji ?

— Un mois, dit Benji à Will.

Il devait avoir dans la tête un calendrier où il cochait chaque jour. D'une voix plus calme, il répéta :

— Ça fait un mois qu'ils m'ont emmené.

— Moi, ça fait un an que je bosse à l'hosto, intervint Tony. En vrai, j'aime pas trop ça. Nettoyer la merde et le vomi tous les jours, et me faire traiter comme un larbin…

Cayla fronça les sourcils, visiblement fâchée.

— Alors, pourquoi tu retournes pas à Beaufort, chez tes copains les Geechee[1] ?

Will décida d'ignorer son mouvement d'humeur pour se concentrer sur ses paroles.

— Beaufort, c'est du côté des Sea Islands, non ? Là-bas, en Caroline ?

Tony lui lança un regard méfiant.

1. Descendants d'esclaves affranchis, les Geechee ou Gullah constituent la seule nation américaine non amérindienne, implantée dans la région des îles et des plaines côtières de Caroline du Sud et de Géorgie, en particulier dans le comté de Beaufort (Caroline du Sud). (NdT)

— Pourquoi que tu veux savoir ça ?

Will haussa les épaules.

— Je me suis baladé dans le coin, à une époque. Du côté de Charleston et de Hilton Head. Je suis descendu jusqu'à Savannah. La côte est jolie.

Cayla dégaina son briquet pour allumer une nouvelle cigarette.

— D'accord, mais Tony vient pas des jolis coins. Lui, il passait ses étés avec sa mère du mauvais côté de la Broad River.

Pour Will, il n'y avait rien de surprenant dans l'idée que Tony se trouve du mauvais côté de quoi que ce soit. En revanche, l'information aiguisait sa curiosité. Le GBI avait fouillé en long et en large dans le passé d'Anthony Dell. Il était né juste à côté de Macon, et tout indiquait qu'il avait passé sa vie dans la région ; mais évidemment, dans les dossiers, rien n'indiquait l'endroit où il passait ses vacances d'été.

— T'es déjà allé à Hilton Head ? demanda-t-il à Tony.

Au lieu de répondre, celui-ci le fixa en silence. Toute son attitude exprimait la suspicion.

Will soutint son regard tout en se demandant jusqu'où il pouvait pousser le bouchon. La piste de Big Whitey passait par Hilton Head et Savannah. Ça devait faire des années que Tony entendait parler du bonhomme. Voilà qui expliquait pourquoi il tenait tant à travailler pour lui — les demi-sel veulent toujours jouer dans la cour des grands.

— Tony a passé deux ou trois étés sur Hilton Head, expliqua Cayla. Sa mère était serveuse… quand elle n'écartait pas les cuisses pour payer son loyer.

Elle jeta un coup d'œil moqueur à Tony, qui se rembrunit, mais ne protesta pas. Elle tira une bouffée de sa cigarette avant de continuer :

— Elle écumait tous les rades. Elle y bossait jusqu'à ce qu'on la vire parce qu'elle piquait trop dans la caisse.

Tony a passé tous ses étés avec elle quand il avait, quoi, l'âge de Benji ? C'est ça, hein ? Tu avais huit ou neuf ans quand ils ont divorcé ?

Tony répondit par un haussement d'épaules boudeur, mais Will comprit pourquoi les recherches sur Tony Dell n'avaient pas mentionné ce fait précis. A part quand un gamin est arrêté ou placé en maison de correction, il n'existe pratiquement aucune trace administrative d'un individu avant qu'il soit en âge de s'acheter une voiture, de louer un appartement ou de payer des impôts.

— C'est chouette, par là-haut, fit Will.

— Par là-bas, tu veux dire, objecta Tony en lui décochant un regard perçant. C'est plus bas qu'ici.

— Sauf que c'est plus élevé qu'ici, crétin, coupa Cayla.

— Je sais lire une carte, figure-toi.

Will les laissa se prendre le bec. La géographie n'avait jamais été son fort, mais il savait que le bas de la Caroline du Sud faisait une pointe sur le littoral de la Géorgie. Il attendit que la chamaillerie entre frère et sœur se calme un peu pour lancer :

— N'empêche que je préfère cette côte-là que celles de la Floride.

— Qu'est-ce que tu y connais, à la Floride ? lui jeta Tony.

Il semblait anormalement agacé par la conversation, ce qui pour Will pouvait signifier qu'il était sur la bonne voie.

— C'est un Etat d'Amérique, répondit-il.

— Joue pas au con avec moi, mec.

— Putain, Tony ! s'écria Cayla en soufflant un nuage de fumée. Qu'est-ce qui te prend, merde ?

Tony se pencha, les poings sur la table, pour demander à Will :

— Quand est-ce que t'as foutu les pieds en Floride ?

— Il vient de Géorgie, intervint Cayla. Où est-ce que tu veux qu'il parte en vacances ?

Mais Tony ne se calma pas. Sa colère était palpable dans

la pièce. Benji se referma comme une huître, se glissant au fond de sa chaise, la tête rentrée dans les épaules, les yeux fixés sur son livre comme s'il le voyait pour la première fois.

Will mordit dans son poulet et se mit à mâcher lentement, pour gagner du temps. Tony était nerveux — ce n'était pas un homme patient. Enfin, Will déglutit et lâcha :

— J'étais à MacDill.

— Tu as été dans l'armée ? demanda Cayla.

— L'Air Force, répondit Will.

Il reprit une bouchée de poulet sans quitter Tony des yeux. Celui-ci avait de bonnes raisons de se montrer soupçonneux, parce que ça commençait à faire pas mal de coïncidences. La base militaire de MacDill se trouvait dans les quartiers sud de Tampa, non loin de Sarasota où Big Whitey était censé avoir tué son premier flic, du côté de la Tamiami Trail.

— T'étais officier ou un truc comme ça ? insista Cayla.

— Pas vraiment. J'étais plutôt la cible vivante pendant les manœuvres.

Will sauça le plat avec un petit pain qu'il enfourna dans sa bouche sans quitter Tony des yeux.

— Tu veux dire qu'ils t'ont viré ? demanda Cayla.

— Disons qu'on a décidé de se séparer d'un commun accord.

Elle rit comme s'il avait dit quelque chose de drôle.

— J'aurais bien aimé te voir en uniforme. T'as des photos ?

Will fit mine de ne pas avoir entendu la question, mais Tony n'eut pas cette intelligence.

— Pourquoi tu veux une photo de lui ? s'écria-t-il. A moi, jamais tu m'as demandé une photo !

Cayla leva les yeux au ciel avant de revenir à Will :

— T'es déjà allé à Miami ?

Il secoua la tête.

— Jamais eu trop envie. Un petit peu trop de bronzés

par là-bas à mon goût, ajouta-t-il, connaissant le côté raciste de Tony.

L'autre approuva, mais il semblait toujours à cran. Apparemment, il pensait avoir ses chances avec Cayla, ce qui était aussi inquiétant que dégoûtant. N'empêche, pensa Will, mieux valait susciter sa jalousie que sa méfiance. Quoi qu'il en soit, il ne baissa pas sa garde. Les plus petits étaient souvent les plus teigneux.

— Dis donc, Tony, intervint Cayla pour faire retomber la tension. Tu te souviens que j'ai fait la Tamiami Trail, dans le temps ? Moi et Chuck, on est allés à Naples, Venice et Sarasota sur sa Harley.

— Ce connard de Chuck…, grommela Tony.

Visiblement, ce nom évoquait pour lui de mauvais souvenirs. Will fit mine de se désintéresser de la conversation. Il ôta la peau du dernier morceau de poulet avant de l'enfourner dans sa bouche. Il y avait dans l'attitude de Tony une dureté qu'il n'avait jamais perçue jusqu'alors. Faith avait émis la théorie que Tony Dell pouvait être plus dangereux qu'ils ne le soupçonnaient. Will n'y avait pas cru ; pour lui, le type était juste agaçant, un emmerdeur et rien d'autre. Mais, à l'observer en ce moment, il se demandait si son équipière n'avait pas vu juste.

— Tu vas la boire ? demanda Tony.

Il parlait de la bière. Will haussa les épaules.

— Fais-toi plaisir, si ça te dit.

Tony empoigna la bouteille et la descendit d'un trait, sa pomme d'Adam jouant au yo-yo. Un filet de liquide lui coula sur le menton. Comme de juste, il rota un grand coup avant de reposer la bière bruyamment sur la table. Cayla ignora ses simagrées, faisant tournoyer la pointe de sa cigarette dans le cendrier pour en ôter la cendre.

— Pourquoi t'étais à l'ombre ? demanda-t-elle à Will.

Elle parlait de la prison, bien sûr. Il haussa les épaules. Elle le dévisagea un instant et reprit :

— T'as un sacré caractère, toi.

Dans sa bouche, c'était un compliment.

— C'est à cause de ça que t'as plongé ?

Il haussa de nouveau les épaules, mais cette fois pour suggérer qu'elle avait raison.

— Je crois que je vais me prendre une autre bière, lança Tony.

Il se leva pour se diriger vers le réfrigérateur. Au passage, il posa la main sur la tête de Benji. Quand il ouvrit la porte, on entendit les bouteilles s'entrechoquer. Cayla avait assez de bière en réserve pour tenir en cas d'apocalypse zombie. Et pratiquement rien à manger.

— Et pourquoi t'as quitté l'Air Force, alors ? demanda Tony à Will.

Celui-ci s'attaqua à l'os du poulet pour en sucer la moelle. Une nouvelle fois, Cayla tenta d'intervenir :

— Moi, j'aime bien les plages du Golfe, avec leur sable blanc. Tu trouves pas, Tony ? L'Atlantique, c'est vraiment trop froid.

Tony retrouva le sourire. Tout ce qu'il voulait, c'était un peu d'attention. Le petit dur avait disparu, l'emmerdeur était de retour.

— Putain, ma belle, t'y connais que dalle, lança-t-il sur le ton de la plaisanterie.

— Je sais ce que j'aime, c'est tout.

— Tu connais rien à rien.

Laissant Tony et Cayla comparer les mérites des plages de sable et des bars à touristes, Will observa Benji. Le gamin bougeait à la manière d'un petit oiseau, les bras plaqués contre son corps comme s'il craignait de faire tomber quelque chose. A l'orphelinat, Will et les autres bâfraient tels des animaux affamés, engloutissant la nourriture avec le bras autour de l'assiette pour éviter qu'on leur en pique. Ce gosse-là, de toute évidence, avait appris les bonnes manières. Il gardait sa serviette sur ses genoux, sauf pour s'essuyer la bouche et les mains. Et il mâchait consciencieusement chaque bouchée avant d'avaler.

Will avait dû attendre d'être adolescent pour comprendre que, s'il s'étouffait à chaque fois qu'il mangeait, c'était qu'il ne mâchait pratiquement pas sa nourriture.

Benji lui lança un regard en coin. Il savait qu'on l'observait. Will lui fit un clin d'œil, mais le gamin baissa la tête. Il devait être en train de penser à sa mère — en se demandant où elle était, si elle pensait à lui, et ce qu'il avait fait de mal pour qu'elle l'abandonne. Will connaissait bien cette expression.

— Hé-ho ! Y a quelqu'un ? lança Tony en claquant des doigts sous son nez.

Will réagit comme l'aurait fait Bill Black — il lui frappa sur la main.

— Putain, mec ! fit Tony en la ramenant sur sa poitrine. Je te demandais juste si tu pouvais m'aider pour ce truc ?

Du menton, il désigna le robinet de l'évier. Soudain, Will se rendit compte qu'il entendait de l'eau goutter depuis qu'il était entré dans la cuisine.

— Faut sans doute changer le joint, fit-il.

D'une voix plus aiguë, comme celle que prennent certaines femmes quand elles demandent à un homme de les aider, Cayla fit :

— Ça t'embêterait pas de l'arranger, Bud ? Je suis nulle en bricolage.

Will hésita. Bricoler, c'était quelque chose qu'il faisait pour Sara — remplacer une ampoule ou peindre le dessus des portes.

— J'ai pas les bons outils.

— J'en ai dans le pick-up, proposa Tony.

Sans réfléchir, Will lança :

— Tu m'avais pas dit qu'on te l'avait prêté ?

Tony sourit.

— On me l'a prêté. Avec tout ce qu'il y a dedans.

— T'as un joint ? demanda Will. C'est sans doute ça, le problème. Il va peut-être falloir une cartouche céramique, parce que c'est pas de la merde, comme robinet.

Cayla parut ravie de l'entendre.

— Je l'ai acheté chez Home Depot. Je me suis dit que pour une fois je pouvais me faire un cadeau.

— Home Depot, c'est encore ouvert à cette heure-ci, fit Tony en tripotant le robinet. Tu sais quoi ? On va aller acheter un joint, toi et moi, pour pouvoir réparer ça tous les deux.

Will se laissa aller contre son dossier, avec l'impression d'être pris en tenailles entre son boulot et Sara. Il n'avait pas oublié leur conversation au téléphone. Elle avait besoin de lui. Enfin, jusqu'au moment où il lui avouerait la vérité. D'un autre côté, Tony semblait détendu et d'humeur bavarde. Peut-être que, sans Cayla dans les parages, il serait plus disert sur son passé.

— Allez, Bud, on y va, insista Tony en refermant le robinet. Merde, c'est pas comme si je te demandais de sortir avec moi...

— En parlant de ça, intervint Cayla, pourquoi tu suivrais pas Tony en bécane, Bud ? Comme ça tu pourras revenir sans lui.

— Dis donc, protesta Tony. C'est pas cool, ça...

— Tu trouves ? rétorqua-t-elle. Allez, Bud, sois sympa. Cette fuite me rend dingue depuis des mois.

Will regarda Benji, qui soutint son regard.

— Qu'est-ce que tu en penses, petit ? demanda-t-il.

Le gamin se mordit les lèvres. Elles étaient gercées, et des cernes sombres soulignaient ses yeux. Peut-être passait-il ses nuits à guetter à la fenêtre pour attendre sa mère. Ou peut-être qu'il se sentait trop coupable pour dormir.

Will se leva. La proximité de ce gamin lui faisait un truc bizarre.

— D'accord, lança-t-il à Tony. On y va.

*
* *

Will était installé à l'avant du pick-up aux côtés de Tony, sa moto attachée à l'arrière avec des tendeurs dénichés dans le garage de Cayla. A chaque tournant, il entendait les gémissements de protestation de sa monture, mais la nuit se révélait fraîche et il était bien content de se trouver en cabine, au sec et au chaud.

Tony était censé le déposer devant le magasin de bricolage. Will n'arrivait toujours pas à décider : allait-il oui ou non retourner chez Cayla ? Elle semblait certaine qu'il reviendrait. Elle n'avait pas arrêté de le toucher — en lui frottant le dos ou en lui prenant le bras. Elle l'avait même embrassé sur la joue avant son départ. Will avait réussi à supporter le contact, mais l'idée de retourner dans cette maison étouffante, avec ses poupées de chiffon et son atmosphère de désespoir, lui retournait l'estomac.

En outre, Tony semblait une meilleure option pour infiltrer le milieu toujours changeant de la drogue à Macon. Sur la route, il s'était détendu un peu, évoquant Hilton Head, les étés de son enfance passés à dormir sur la plage et à voler les portefeuilles des touristes naïfs qui laissaient leurs affaires sur la plage quand ils partaient nager.

Comme la nuit précédente quand ils s'étaient rendus au domicile de Lena, Tony était très agité — il tripotait la radio, tambourinait sur le tableau de bord, tenant à peine le volant. Ses choix musicaux étaient surprenants. Le CD de Madonna qui se trouvait dans le lecteur datait des années 1980. Il appuya sur la touche « bis » au moment de *Like a Virgin*.

— Je l'ai vue à l'Omni d'Atlanta en 1987, fit-il en buvant une gorgée de bière.

Il avait ouvert une canette pour faire descendre une paire de pilules tirées d'un sac en plastique dans la boîte à gants.

— Elle est toute petite, tu sais, continua-t-il. Elle avait ce soutif bizarre, tu vois ? Celui qui lui faisait les nichons en forme d'obus.

Will regarda par la fenêtre sans répondre.

— Désolé pour tout à l'heure, fit Tony. Quand je me suis énervé pour la Floride.

Will haussa les épaules.

— Il m'est arrivé des trucs pas cool à Sarasota quand j'avais seize ans, poursuivit l'autre.

— Pas de problème, fit-il avec un nouveau haussement d'épaules — ça marchait mieux quand il ne posait pas de questions.

— J'me suis fait arrêter là-bas. J'ai failli terminer en taule. J'ai balancé le nom de mon frère aux flics. Mon demi-frère, en fait. C'est un petit con. Il s'est pris vingt ans pour un hold-up.

Tony lâcha un rot gras et rit avant de préciser :

— Il s'était fait une banque, ce con. Tu y crois ?

Will secoua la tête. Dans l'échelle du crime, attaquer une banque représentait le minimum de bénéfices pour un maximum de risques.

— Pas très malin.

— Je veux ! Ils sont venus le cueillir direct chez sa daronne.

Tony termina sa bière et la balança par la vitre de sa portière.

— Tu dis pas à Cayla que je l'ai donné aux flics, hein ?

— Aucune chance qu'elle l'entende de ma bouche.

— Super, fit Tony en s'ouvrant une autre canette. Cayla bloque total sur cette histoire qu'on est frère et sœur, mais sa mère et mon père ont été mariés moins de deux ans. C'est que dalle. Et, même si ça comptait, je m'en fous.

Will se retint de répondre.

— Je t'ai vu la regarder, Bud. Ça me gêne pas, ça. Je sais

qu'elle est mignonne. Y a plein de mecs qui la matent. Mais ne la touche pas, conclut-il en pointant un index sur Will.

Il y avait une vraie menace dans sa voix, mais Will était si loin de s'intéresser à Cayla Martin qu'il ne parvenait pas à le prendre au sérieux.

— Sa mère avait quatre autres gosses. Moi, ils m'ont collé au sous-sol, avec ses fils. Quand elle était bourrée, elle venait me voir pour m'apprendre des trucs.

La surprise dut se lire sur le visage de Will, car l'autre s'étrangla de rire, recrachant de la bière par le nez.

— Non, mec, pas la mère. Je te parle de Cayla. Genre, elle descendait avec sa petite culotte et sa jupe moulante, et le drap de mon lit se mettait à ressembler à une tente de camping. Je te raconte même pas toutes les conneries qu'on a pu faire ensemble là-bas, gloussa-t-il. Moi, j'adorais tout cramer.

Will espéra sincèrement que ça lui avait passé.

— Tu la connais depuis longtemps ?

Tony n'eut pas à réfléchir pour répondre :

— J'suis amoureux d'elle depuis nos quinze ans.

— Ça fait un bail.

— Je veux, ouais.

Will regarda par la fenêtre pendant que Tony s'enfilait le reste de sa bière d'un seul trait. C'était la troisième canette du pack de six. A en juger par la forme et la couleur des pilules dans le sac plastique, les bières étaient destinées à faire descendre des Oxy.

— Ralentis, lui dit-il.

Tony avait déjà le pied sur le frein. Il appuya sur la pédale, mais la vitesse ne changea quasiment pas.

— Je sais, Cayla me vanne un peu de temps en temps, mais c'est moi qu'elle appelle quand elle a besoin de quelque chose. C'est comme ça que tu sais qu'une femme te kiffe, assura-t-il en jetant un coup d'œil à son passager. Quand ça merde vraiment, c'est qui qu'elle appelle ? Dis-moi que t'es d'accord, mon pote.

Will hocha la tête. Il essayait de ne pas penser à Sara.

— J'suis sérieux, Bud. Je l'aime. Y a des matins, je te jure, c'est ma seule raison de me lever. J'ai qu'elle, tu sais ? termina-t-il en essuyant ses yeux du revers de la manche.

Will n'avait guère d'amis hommes, mais il éprouvait la nette impression que parler d'amour en écoutant du Madonna n'était pas un truc super-viril.

— A force que tu parles comme ça, il va te pousser un vagin, mec.

Tony éclata de rire.

— Putain, Bud, c'est juste l'effet qu'elle me fait. T'as jamais été amoureux, toi ?

Il l'était tellement que ça lui tournait la tête.

— Comment c'était à MacDill ? enchaîna Dell.

Will prit son temps pour répondre — pas parce qu'il avait oublié les détails, mais parce que Bill Black n'était pas du genre à raconter sa vie.

— Pourquoi tu veux savoir ?

— Je sais pas, mec. Ça m'intéresse, c'est tout. Je connaissais deux ou trois pilotes là-bas. Je leur vendais des amphètes pour leur éviter de s'endormir pendant les vols trop longs.

Bon. Voilà ce que Tony Dell avait fait à Sarasota.

— Alors, c'est comment ? insista-t-il.

— Il y fait chaud.

— La Floride, c'est comme ça.

Will regarda par la fenêtre. Ils étaient maintenant sur l'autoroute, où roulaient encore les autos des derniers banlieusards à la traîne.

— C'est quoi, l'histoire avec ton neveu ?

— Benji ? fit Tony avec une pointe de mépris que Will n'aima pas — elle donnait l'impression qu'il considérait le gosse comme un obstacle. Sa mère, c'est une droguée et une pute. Les flics l'ont prise à fumer du crack devant lui.

— Ça craint.

— C'est une petite merde. A l'école, il n'arrête pas de la ramener. Il s'est même fait virer pour deux jours. Cayla a dû prendre des congés pour s'occuper de lui.

Will n'imaginait pas Benji se montrant insolent envers qui que ce soit, même un chaton.

— Il est maigrichon, non ?

— Ben ouais. C'est ce qui arrive quand t'as un parent trop accro à la pipe pour te donner à bouffer.

Tony ralluma le poste radio et fit défiler la liste des chansons pour sélectionner Cyndi Lauper.

— T'es sérieux ? demanda Will.

— J'aime bien les femmes fortes, répliqua l'autre avant d'enclencher le clignotant et de ralentir.

— On va où ? demanda Will.

Le Home Depot se trouvait près de l'hôpital. Ils roulaient dans la mauvaise direction. Tony leva sa canette.

— Je me suis dit qu'on allait s'en jeter un. Quelque chose de plus raide.

— J'ai pas soif.

— C'est parce que tu conduis pas.

Il tourna. Sa voix avait changé. L'attitude du dur à cuire était de retour.

— T'as servi à l'étranger ?

— Pourquoi ?

— Je me demande juste, fit Tony avant de boire une nouvelle gorgée de bière. Ça fait quoi, deux semaines que t'es à Macon ?

— Presque.

— Avant, t'habitais à Atlanta ?

Will ne répondit pas.

— Comment t'as eu ce boulot à l'hosto ?

Will tenta de retourner la situation à son avantage.

— Tu poses des questions comme un flic.

— Merde, rigola Tony, tu me prends pour un keuf ?

— T'en es pas un ?

Par-dessus sa canette, Tony jeta un regard en biais sur Will.

— Et toi, t'en es un ?

— Putain non, répondit Will.

Contrairement à ce que prétendait la rumeur, les agents des forces de l'ordre avaient le droit de mentir en toute impunité.

— Sans quoi je t'aurais arrêté il y a dix jours, quand je t'ai surpris en train de piquer des médocs sur ce chariot.

Tony se mit à rire à cette évocation.

— J'ai failli me chier dessus quand j'ai vu que tu me regardais.

Ça, Will en doutait. De toute évidence, ce jour-là, Tony l'avait testé. Ce dernier baissa de nouveau la vitre du pick-up et jeta la canette par la fenêtre.

— Avant, c'était Cayla qui les vendait pour moi, sur Craigslist.

— C'est dangereux, pour une femme.

— Je m'occupais des livraisons, tempéra Tony en ouvrant une autre bière. C'était surtout des étudiants. On vendait pas de la merde.

Will ne demanda pas de détails, mais il considérait déjà Tony Dell d'un autre œil. Faith allait devoir passer quelques coups de fil à Hilton Head et Sarasota. Pour Will, Tony était exactement le genre de criminel capable de donner sa propre mère si ça lui épargnait la prison.

— Bref, continua Tony, le truc des petites annonces, on a arrêté. Big Whitey m'a aidé à passer au niveau supérieur. Depuis qu'il est là, j'ai tellement de thune que j'sais plus quoi en faire.

— Les petites annonces, c'est plus sûr.

— Ça rapporte que dalle.

— Peut-être, mais gros coups, grosses emmerdes.

— Quand les coups sont assez gros, tu te fais assez de ronds pour te sortir des emmerdes.

Tony braqua brutalement pour s'engager sur un parking bondé. Will reconnut les lieux. Ils étaient au Tipsie. Sur le toit, l'enseigne au néon représentait une femme qui glissait le long d'une barre de *pole dance*.

— T'es sûr que tu veux retourner là-dedans, avec ce qui s'est passé hier ?

— Y a pas de lézard, répondit Tony en arrêtant le véhicule. Je suis déjà passé avant d'aller chez Cayla.

Will sentit se hérisser les poils de sa nuque.

— Pourquoi t'as fait ça ?

— Pour la même raison que t'es allé voir ce flic aux urgences. Pour être sûr que personne m'avait reconnu.

Will ne le crut pas.

— Et ?

— Et c'est cool.

Soudain, Tony l'affable était de retour. Il ôta les clés du contact, ouvrit sa portière d'un coup d'épaule.

— Allez, Bud, j'ai encore soif.

Will sortit du pick-up même si chaque atome de son corps lui hurlait que les choses allaient se gâter. Il n'avait pas vraiment le choix. Jared Long se trouvait à l'hôpital. Lena Adams avait failli être tuée. Il y avait quelque part un dealer qui semblait prendre du plaisir à blesser les gens. Si Will ne faisait pas son boulot, bien d'autres termineraient à l'hôpital. Ou pire.

— Accélère, Bud.

Tony marchait comme un coq dressé sur ses ergots. Manifestement, il avait une idée derrière la tête, et il en était très fier.

Will ralentit le pas en tentant de deviner dans quoi il mettait les pieds. Encore une fois, il se demanda si Tony Dell pouvait être le vrai Big Whitey.

Faith avait évoqué cette possibilité quasiment au début

de l'enquête. En général, elle avait le nez fin, mais sur ce coup-là Will n'était pas d'accord avec elle. Il avait rencontré Tony Dell, passé du temps avec lui. Il ne lui faisait pas l'effet d'un maître de la stratégie.

C'était peut-être le but recherché…

Tony avait tout du petit délinquant : un job merdique, une voiture merdique, un appartement merdique à proximité d'un centre commercial. Côté casier judiciaire, il avait été arrêté deux fois pour ivresse sur la voie publique, un délit mineur. Il avait été accusé de détention de stupéfiants, mais les poursuites avaient été abandonnées quand il avait accepté une cure de désintox. Une autre accusation pour trafic s'était effondrée sur un détail juridique. Une amende pour vagabondage, une autre pour avoir traversé en dehors des clous. Un voyou, peut-être, mais pas un criminel.

Si Tony Dell était le vrai Big Whitey, c'était un génie.

L'iPhone de Will se trouvait dans la poche avant de son jean. Il se demanda si la puce de localisation fonctionnerait à travers le toit de métal du club. Sara avait un GPS dans sa voiture, et le système s'arrêtait dès qu'elle entrait dans un parking souterrain — à cause, supposait-il, du béton et de l'acier qui coupaient le signal. Ce qui arriverait certainement à son téléphone dès qu'il entrerait au Tipsie.

Ils se trouvaient à dix mètres de la porte, mais la musique cognait si fort qu'elle lui donnait l'impression de faire vibrer l'asphalte sous ses pieds. Ses tympans se mirent à bourdonner.

Tony lui jeta un coup d'œil avant d'ouvrir la porte. Il ne souriait pas, ce qui aurait dû alerter Will. Mais le deuxième signal d'alarme fut encore plus évident — à l'instant où la porte se referma sur lui, une main se posa sur son épaule.

Il se retourna. D'habitude, quand il entrait quelque part, il était le plus grand de l'assistance, mais le type derrière lui avait la taille d'un réfrigérateur — un modèle industriel, avec double porte et moteur sur le dessus.

Pas la peine de poser des questions.

Le réfrigérateur désigna le fond de la salle d'un hochement de tête. Will obtempéra sans résister, mais l'homme n'en garda pas moins une main sur son épaule pour le pousser à travers le bar bondé.

Tony ouvrait la marche. Il ne semblait pas surpris par ce qui se passait. Et pas le moins du monde inquiet. Il arborait un sourire mauvais — Will l'apercevait chaque fois qu'il se retournait pour voir si les autres le suivaient. Les spots et les boules à facettes soulignaient les coupures et les ecchymoses sur son visage et leur donnaient l'aspect d'un maquillage raté. Tony devait souffrir le martyre, mais son visage rayonnait de joie.

On ne pouvait lui retirer ça : il avait parfaitement joué son coup. Il s'était incrusté chez Cayla, et avait convaincu Will de repartir avec lui. C'était lui qui avait eu l'idée de réparer l'évier, lui qui avait proposé de hisser la moto de Will sur le plateau du pick-up. Il avait anticipé le moindre problème — il y avait justement un treuil et deux madriers pour servir de rampe. Quand ce serait terminé, il utiliserait sans doute les planches pour aller se débarrasser de la moto au fond du fleuve.

Will inspira aussi fort qu'il put. Les odeurs amères de l'alcool et de la sueur emplirent ses poumons. Il fourra la main dans sa poche. Son pouce trouva le bouton d'allumage du téléphone. Il appuya dessus trois fois, pour enclencher l'enregistrement. Amanda entendrait Will parler à des méchants, ou bien elle entendrait des méchants l'assassiner.

Le Réfrigérateur poussa Will de côté pour éviter un groupe de types bourrés. Le chemin était tortueux pour atteindre le fond de la salle, car la scène serpentait d'un bout à l'autre du club, jalonnée par des poteaux où des femmes adoptaient des postures obscènes. Les hommes se pressaient et se bousculaient contre l'estrade jusqu'au moment où un videur les repoussait. Dès qu'il tournait le dos, les autres recommençaient une deuxième, troisième ou centième fois, comme si ça allait marcher ce coup-là.

Tony s'arrêta devant une porte fermée qui portait un panneau. Il arborait toujours son sourire narquois, et attendit que Will et le Réfrigérateur le rejoignent. Son sourire s'élargit encore quand il ouvrit la porte sur une pièce sombre. La main sur l'épaule de Will le poussa en avant, et il découvrit qu'il ne s'agissait pas d'une pièce, mais d'un long couloir, seulement éclairé par les lumières du bar. La dernière chose qu'il vit, ce fut le Réfrigérateur qui refermait la porte sur lui.

— Bouge, lui murmura Tony à l'oreille avant de le pousser dans le couloir.

Will examina ses options. Il pouvait se faire Tony Dell, sans problème — plus tôt dans la journée, il l'avait soulevé sans le moindre effort, comme une poupée de chiffon. Sauf que c'était l'ancien Tony, pas le Tony qui pouvait être Big Whitey. Parfois, la taille d'un homme comptait moins que sa volonté de se battre.

Et Tony avait des amis.

Beaucoup d'amis.

Will posa la main sur le mur de parpaings pour se guider dans le couloir, soudain douloureusement conscient de sa vessie pleine. La transpiration ruisselait dans son dos. Il pensait à son Glock, à la sensation de la crosse dans sa main, au fait que la sécurité était constituée d'un système de double gâchette qui ne s'activait que lorsqu'on retirait le doigt. Sauf que rien de tout ça ne comptait. Son arme était enfermée dans un coffre caché dans son placard, chez lui, à Atlanta.

L'arrière du club devait être insonorisé, car ici la musique se faisait moins insupportable. Will sentit quelque chose devant lui et il paniqua un instant avant de se rendre compte qu'il touchait un rideau. Il l'écarta. Cette partie du couloir était un peu mieux éclairée grâce à un panneau Exit allumé au-dessus d'une porte — porte vers laquelle Will se serait rué sans hésitation si elle n'avait été bloquée par un deuxième réfrigérateur qui faisait ressembler le premier à un modèle pour kitchenette. Ses biceps gonflaient ses manches, et ses épaules étaient quasiment aussi larges que le chambranle. Il portait une oreillette Bluetooth, qu'il tapota en voyant approcher Will avant de marmonner quelque chose d'incompréhensible.

Réfrigérateur 2 tira un rideau sur le mur, découvrant une autre porte avec un panneau. Will parvenait à reconnaître des mots qu'il avait vus des millions de fois. Celui-ci disait PRIVÉ. Réfrigérateur 2 ouvrit la porte — sa main était si large qu'elle faisait disparaître toute la poignée.

Will dut se protéger les yeux de la lumière vive. Les coulisses du club ressemblaient étrangement aux arrière-salles qu'on voit dans les films de gangsters : plafond noir, murs rouge sombre. Publicités pour alcools avec des photos de femmes nues. Un tapis blanc épais. Un grand bureau en verre et métal. Un canapé de cuir noir avec trois gros ploucs vautrés dessus.

Ils mangeaient une pizza directement dans le carton posé sur la table basse devant eux. L'odeur de fromage et de saucisse retourna l'estomac de Will. Il sentit remonter dans sa bouche un goût de bile et quelques pois.

Les ploucs examinèrent Will et Tony avec une vague curiosité. Dans un film sur la mafia, ç'aurait été des Italiens bien habillés, mais la version de Macon était nettement moins classe. Leur T-shirt était tendu par leur bedaine, et si leur jean était taille basse, c'est qu'il leur aurait fallu acheter de bien plus grandes ceintures pour pouvoir les accrocher plus haut.

Réfrigérateur 2 referma la porte. De l'autre côté de la

pièce, derrière le canapé, Will découvrit quelque chose qu'il n'avait pas vu.

Il y avait un homme ligoté sur une chaise. Les cordes cisaillaient sa poitrine et ses bras nus. Sa tête pendait. Le cuir chevelu était entaillé au sommet de son crâne, mais le sang provenait aussi d'autres blessures. Ses mains et ses pieds avaient été proprement charcutés, et des dizaines d'incisions en X marquaient son torse et son ventre. Les blessures n'étaient pas assez profondes pour le tuer, mais elles devaient être atrocement douloureuses.

L'homme avait été torturé.

— Putain, fit Tony d'une voix qui trahissait de l'admiration plutôt que de l'horreur, je savais pas que vous aviez de la visite.

— Ta gueule, lança un des ploucs sans cesser de se curer les ongles avec un cran d'arrêt. T'as fait ce que je t'ai dit ?

— Comme toujours, non ? rétorqua Tony.

— Fais gaffe à comment tu me causes, mon gars.

— Oui, monsieur.

La voix de Tony avait pris un accent obséquieux. Adieu la théorie selon laquelle il était Big Whitey. Apparemment, le plouc était le chef — il avait l'air d'un type accablé par les responsabilités. Ses deux comparses mangeaient leur pizza comme s'ils attendaient simplement leur tour au bowling. L'un d'entre eux la faisait descendre avec une bouteille de bière, l'autre avec un Coca light.

Le plouc continuait à se curer les ongles. Personne ne manifestait la moindre intention de le houspiller.

Will ne bougeait pas. Ce n'était pas la première fois, ce soir, qu'il se demandait si Tony Dell le menait oui ou non à la mort, mais soudain il s'était mis à voir à quoi ça pourrait vraiment ressembler. Le type sur la chaise était toujours en vie. Le sang ne s'écoule pas aussi rapidement quand le cœur s'est arrêté. Sa respiration était superficielle. Ses muscles se contractaient involontairement — le bras, puis la jambe. Un murmure sourd émanait de sa gorge. Sans doute qu'il priait pour mourir rapidement. Ils l'avaient charcuté et tabassé, et ils prenaient maintenant une petite pause repas. Parce qu'ils n'avaient aucune intention de mettre rapidement un terme à ses souffrances.

Tony n'était pas aussi patient. Ou peut-être qu'il était juste idiot. Il tira de sa poche un sac transparent rempli de médicaments et le jeta sur le bureau.

— Où est le chef? demanda-t-il. Vous avez dit qu'on parlerait avec lui.

— Ta gueule, répéta le plouc.

Il acheva de se curer les ongles. La lame du couteau mesurait une dizaine de centimètres — pas longue, mais affûtée, avec une extrémité recourbée menaçante. Il la replia dans le manche sans quitter Will des yeux.

— T'as un problème, toi ?

Will secoua la tête.

— On va avoir un problème ?

Il répéta son geste.

Le plouc se leva avec un grognement d'effort. C'était un type massif, pas musclé comme les deux Réfrigérateurs, mais avec du bide. D'un pas lourd et lent, il se dirigea vers le bureau, où il saisit une chemise.

— Bill Joseph Black, annonça-t-il.

Will attendit. Le plouc saisit une paire de lunettes. Au lieu de les chausser, il s'en servit comme d'une loupe, les tenant au-dessus du dossier.

— Né à Midgeville, Géorgie, lut-il. Casier judiciaire pour délinquance juvénile, mais scellé. Engagé à vingt-deux ans, viré de l'armée à vingt-cinq. Voies de fait sur des femmes. Coups et blessures sur un vigile dans un centre commercial. Séjour à la prison d'Atlanta. S'est mis les fédéraux à dos dans le Kentucky. Interrogé dans une affaire de hold-up et deux ou trois cambriolages.

Le plouc laissa passer une seconde avant de conclure :

— C'est à peu près tout, non ?

Will ne répondit pas. L'autre jeta le dossier sur le bureau.

— Tu loues une chambre au motel Star-Gazer, près de l'autoroute. La 15. Tu gares ta Triumph bleu nuit sur un emplacement deux blocs plus bas. Tu manges au RaceTrac. Tu bosses à l'hôpital. Tu viens ici quand tu as envie de mater du cul. Ta mère est morte pendant que tu étais sous les drapeaux en Irak. Père inconnu. Ni frère ni sœur, et quasiment pas de famille.

Will entrouvrit les lèvres pour tenter de respirer un peu. La seule raison pour laquelle il avait choisi la moto, c'était pour s'assurer que personne ne pourrait le suivre jusqu'à Atlanta. Jusqu'à Sara. Son cœur battait la chamade tandis qu'il attendait que le péquenaud mentionne son adresse.

A la place, le gros demanda :

— Zebdeeks ?

S'il ne répondit pas, cette fois, c'est parce qu'il ignorait ce que voulait dire l'autre.

— Zeb-deeks ? répéta le plouc. Tu le connais ?

C'était un nom. Quelqu'un.

Le type attendait. Visiblement, sa patience était sans limites.

Will tâcha de se remémorer la vie de Bill Black. Pas de lycée, pas de fac, juste l'armée de l'air et la prison. Ça ressemblait à un nom étranger, mais on n'aurait pas trouvé un tel détail dans son dossier militaire. Zeb-deeks… sans doute un surnom, ce qui en temps normal n'aurait pas aidé Will. Mais, dans la vie de Bill Black, il n'y avait qu'un seul type dont le prénom commençait par Z.

Zebulon Deacon s'était fait poignarder à la prison d'Atlanta pour avoir balancé son gang. Bill Black était censé se trouver dans la même aile. Il devait connaître le type, et plus encore son surnom.

Plus important, Black devait savoir qu'on ne balance

jamais quelqu'un sans résister. Au lieu de répondre au péquenaud, Will haussa les épaules.

— Tu ne le connais pas ?

Nouveau haussement d'épaules.

— Junior ? fit le plouc.

Un des comparses s'extirpa du canapé. Junior était plus gros que son patron, mais plus jeune. Et sans aucun doute plus fort.

Il n'y eut pas de préambule. Il frappa au visage, si fort que Will vit des étoiles. Sa tête partit en arrière, sa nuque craqua. Il eut l'impression qu'il venait de se faire ouvrir le nez à coups de hachette.

— Zeb Deeks, répéta le plouc.

Will secoua la tête — pas pour dire non, juste pour recouvrer ses esprits. Il avait pris un nombre incalculable de coups dans le pif. Le pire, c'était quand on reniflait et que le sang remontait dans la gorge. Il dut retenir un haut-le-cœur quand il avala.

Pour la quatrième fois, le plouc prononça le nom.

— Zeb Deeks ?

Junior leva le poing.

— D'accord, fit Will. Ouais, je le connais. Une balance. Il a eu ce qu'il méritait.

— On lui a fait ça où ?

— Dans la cour.

— OK, mais où ?

— Dans les parties. Avec une brosse à dents préparée. Il a pissé tout son sang dehors.

— Ça doit faire mal, rigola Tony.

Le plouc respira longuement, étudiant Will du regard avant d'adresser un signe de tête au deuxième homme de main vautré sur le canapé. Celui-ci se leva aussi lentement que les autres avant lui. Il avait pas mal de bide et ses genoux craquèrent quand il fut debout, mais, contrairement à ce qu'aurait laissé supposer son physique, il bougeait très vite.

Junior et lui saisirent Will et l'immobilisèrent avant qu'il ait pu réagir.

Le chef des ploucs s'approcha de lui. Il sentait la pizza et l'alcool. C'était un fumeur, et il ahanait comme une locomotive. Il était grand, il était blanc, mais Tony avait clairement établi qu'il n'était pas Big Whitey. Will supposa qu'il ne rencontrerait jamais l'homme qui dirigeait ce gang de bouseux violents. En réalité, il se dit qu'il ne verrait rien d'autre que cette arrière-salle moisie pendant le peu de temps qu'il lui restait à vivre.

Le gros plouc leva les mains pour que Will suive bien ce qu'il était en train de faire. Le manche de son couteau était en nacre avec des clous en or. La lumière se refléta sur la lame quand il la déplia. Il y avait du sang séché sur la charnière et les rivets, sans doute à force de découper des croix sur le corps de l'homme ligoté. Le plouc avait l'air de manier le couteau à la perfection — il le tenait avec légèreté, comme un pouce ou un doigt supplémentaire.

Will tressaillit quand la lame en acier trempé affûtée se posa sur son cou. Remonta sur son visage. S'arrêta juste sous son œil. Le péquenaud appuya un peu et la peau céda. Will était si terrifié qu'il ne ressentit même pas la douleur. Seule la goutte de sang qui roula sur sa joue lui fit comprendre que l'autre l'avait coupé.

Il ferma les yeux. Il n'était pas ici. Pas dans cette pièce. C'était peut-être le fait d'avoir parlé de plage avec Cayla et Tony qui lui permit de s'évader. Il sentait l'air salé, la chaleur sur sa peau, la brise douce qui agitait les vagues de l'océan.

Trois mois plus tôt, Sara lui avait enseigné comment faire voler un cerf-volant. Ils étaient sur une plage de Floride. Le cerf-volant était jaune et bleu, avec une longue traîne. C'était la première fois que Will prenait des vacances à la mer. Tout ce qu'il connaissait de la Floride, il l'avait appris sur Wikipédia et dans *Deux flics à Miami*. Sara était un bon professeur. Patiente, douce. Et furieusement sexy dans son maillot de bain. Son père lui avait appris à utiliser un cerf-volant quand elle était petite, parce qu'il s'inquiétait qu'elle se sente mise à l'écart après la naissance de sa petite sœur. Il avait alors pris l'habitude de l'emmener en promenade, rien qu'elle et lui, pour la rassurer.

Will ouvrit les yeux d'un seul coup. Le couteau était logé dans son oreille — pas sur le lobe, mais à l'intérieur, à l'endroit où elle était reliée au crâne par un morceau de cartilage.

Le plouc souriait, profitant de son effet. Il avait des dents parfaites, si blanches que ses gencives semblaient presque bleues en comparaison.

Will ne bougea pas. Le couteau était aussi pointu qu'une seringue. L'extrémité perça la peau, découpa le cartilage. Une goutte de sang lui glissa dans l'oreille, pénétrant dans le conduit avec une lenteur insoutenable. Il sentit naître un spasme. Ça commença lentement, comme le grondement à l'approche d'un train. D'abord, ce ne fut qu'un léger tremblement, mais il s'amplifia encore et encore jusqu'à ce que la terre commence à trembler, jusqu'à ce que ses dents se mettent à grincer de façon incontrôlable et qu'il sente le sol se dérober sous ses pieds.

Le plouc retira son couteau juste à temps.

— Bordel ! hurla Will en secouant violemment la tête.

Les deux hommes de main resserrèrent leur prise sur ses bras. Il secoua de nouveau la tête. Le sang coulait toujours dans son conduit auditif.

Le plouc replia la lame en riant.

— Enlève tes fringues.

Junior et Numéro Trois le lâchèrent. Will fourra son petit doigt dans son oreille et l'agita furieusement.

— Enlève tes fringues, répéta le type.

— Va te faire mettre, lâcha Will en le fusillant du regard.

Il se dirigea vers la porte, mais Junior l'arrêta.

— Si tu préfères la manière forte…, fit le chef.

Junior repoussa Will vers son copain, qui à son tour le plaqua contre le mur.

— Alors, la manière forte ou non ? s'enquit le plouc.

Will n'arrivait plus à penser à la plage, ni à Sara, ni à quoi que ce soit d'autre. Seulement à rester vivant.

Bill Black savait gérer ce genre de trucs. Ce n'était pas la première fois qu'il se trouvait dans pareille situation. Toute sa vie, il avait fréquenté des ordures et des délinquants. Vu son casier, c'était lui-même une ordure et un délinquant.

Sur la vie en taule, Will n'en savait pas plus que ce qu'il avait vu dans les films, mais il était en revanche très au fait des procédures d'incarcération à la prison d'Atlanta. Bill Black était censé avoir fait partie d'un groupe d'une centaine de prisonniers arrivés le même jour. Les gardes l'auraient déshabillé, fouillé, rasé et épouillé avant de le jeter avec un autre homme dans une cellule de deux mètres sur trois avec un trou dans le béton en guise de toilettes. Les douches étaient communes, et les fouilles au corps étaient fréquentes. On ne pouvait se cacher.

Se désaper devant un groupe de durs à cuire n'avait rien qui puisse déstabiliser un gars comme Bill Black.

Il arracha sa chemise plus qu'il ne la déboutonna, se débarrassa de son T-shirt, puis de son jean. Il se servit de la pointe de sa chaussure pour déchausser l'autre avant d'écarter pantalon et botte d'un coup de pied.

La pièce resta silencieuse, à l'exception du rythme étouffé de la musique de danse.

Ils le mataient comme un animal de zoo.

Will ne regardait pas souvent son propre corps. Malgré toute la reconnaissance qu'il éprouvait pour Sara, il se demandait comment elle faisait pour le supporter. Chaque parcelle de son corps racontait une histoire de violence domestique — les brûlures de cigarettes autour de ses côtes, les chocs électriques qui avaient tatoué des nuages de poudre noirs sur sa peau. Les cicatrices sur son dos, laissées par les griffes d'une femme qui à force de renifler de la colle dès le matin avait cru, dans son délire, voir des insectes lui courir sous la peau.

Sans compter les blessures qu'il s'était infligées lui-même.

Ce fut Tony qui rompit le silence.

— Merde, Bud, qu'est-ce qui t'est arrivé ?

Will ne répondit rien.

Un instant, le chef des trois ploucs parut le considérer comme un être humain plutôt que comme un problème à gérer.

— L'Irak ? demanda-t-il.

Will réfléchit à ses options. Les cicatrices ne faisaient pas partie de sa couverture. Le plouc avait visiblement réussi à se procurer le casier judiciaire de Bill Black. Il avait fait son enquête dans le milieu. Avait-il le bras assez long pour dégoter un dossier militaire ? Le GBI était bon, mais le gouvernement des Etats-Unis s'en était tenu au strict minimum pour que le passage de Bill Black sous les drapeaux tienne la route.

— Tu t'es fait choper par un de ces enturbannés ? insista le plouc.

Au lieu de répondre, Will tourna la tête vers le mur, en se disant que Bill Black aurait réagi exactement comme lui. Quelqu'un lui avait fait beaucoup de mal, et il n'en était pas fier.

— Bon, on s'en fout, fit le plouc en se résignant visiblement à ne pas en savoir plus.

Mais la fouille n'était pas terminée pour autant. Il ordonna :

— Enlève aussi ton calbut.

Will soutint son regard.

— J'ai connu un mec qui s'est fait pincer parce qu'un

flic s'était scotché un micro sur les noix, expliqua le plouc avec presque l'air de s'excuser.

Will savait qu'il n'avait pas le choix. Soit il se désapait tout seul, soit les deux costauds s'en chargeraient. Il fit glisser son caleçon.

Le gros plouc jeta un coup d'œil, puis un autre, avant d'annoncer :

— Bon, ça va.

— Ben, mon pote…, fit Tony, l'air surpris.

Will remonta son boxer et se pencha pour ramasser son jean, mais Junior le lui arracha des mains pour fouiller les poches. Il trouva le portefeuille et le téléphone de Bill Black, ainsi que la liasse de billets extorquée le matin à Tony, qu'il jeta sur le bureau.

— Voyons voir, fit le plouc en tendant la main.

Il commença par ouvrir le velcro du portefeuille. L'adresse de Cayla, écrite à la main, se trouvait dans le rabat à photos. Il y jeta à peine un coup d'œil et se mit à vérifier les différentes poches, où il trouva quatre billets de vingt, deux cartes de crédit, et l'amende pour excès de vitesse qui tenait lieu de permis de conduire à Bill Black.

— Tss-tss. Quatre-vingt-dix à proximité d'une école…, fit le plouc sur un ton réprobateur.

Junior lui tendit ensuite le téléphone. Will reprit son jean.

— C'est quoi, le mot de passe ? demanda le péquenaud.

— Quatre, trois, deux, un, répondit Will en enfilant son pantalon pendant que l'autre tapait le code.

Le péquenaud fit défiler les différents écrans avec plus d'efficacité que Will. Ses lèvres bougeaient quand il lisait.

— C'est qui, cette gonzesse dans le Tennessee ?

Will remit son T-shirt. Le trou dans la manche s'était ouvert jusqu'à la couture latérale.

— Il l'a mise en cloque, expliqua Tony avant de se tourner vers lui. C'est pour elle que t'as fait ce jardinage, non ? Sur tes couilles, je veux dire.

Will remit sa chemise oxford. Il ne restait que trois boutons sur la boutonnière. Il s'efforça de les refermer malgré ses doigts qui ne répondaient pas.

Apparemment, le plouc étudiait chaque écran. Will avait lui-même testé le téléphone quand on le lui avait donné pour tenter de voir s'il existait un risque de découvrir accidentellement les applications cachées. Chaque fois, il avait échoué, mais tout système avait une faille. Il n'avait jamais testé le téléphone avec l'enregistreur allumé. Qui sait si un bug ne risquait pas de faire apparaître l'appli au premier plan ? Le plouc n'hésiterait pas à ressortir sa lame.

— C'est où, ça ? fit-il en montrant à Will une photo qu'il avait prise depuis l'autoroute.

— Sur l'autoroute 16, répondit-il. Je trouvais ça beau.

— Le géotag dit que c'est sur la 475, le contredit l'autre.

Will haussa les épaules, mais sa bouche se fit soudain terriblement sèche. Il avait oublié que l'iPhone fonctionnait avec des balises de géolocalisation, qui montraient la longitude et la latitude de l'endroit où les photos étaient prises. Il ignorait si le programme du GBI parvenait à les masquer ou les changer.

— Et ça, tu l'as trouvé sur Internet ? demanda l'homme en montrant une photo de femme à poil.

Le sentiment de sécurité de Will fondit aussi rapidement qu'il était venu. Il avait téléchargé les photos depuis son ordinateur, à Atlanta. Il ne savait pas ce que les géotags enregistraient : le lieu où il se trouvait au moment où il avait consulté la photo, ou bien l'endroit où elles avaient été prises ? Il attendit en silence.

— Moi, les Asiatiques, c'est pas mon truc, fit le plouc en continuant à promener ses doigts sur l'écran.

Will boutonna les manches de sa chemise en tâchant de ne pas montrer qu'il avait failli se pisser dessus de terreur. Un des boutons ne tenait plus que par un fil, et Will finit de l'arracher. Comme il ne savait pas quoi en faire, il le glissa dans sa poche.

Qui le trouverait là, s'il mourait ? Sans doute le médecin légiste. Pete Hanson avait pris sa retraite quelques mois plus tôt, mais Amanda avait embauché un jeune type ambitieux et vantard, très sûr de lui. Que conclurait-il de la présence du bouton ? Et Sara en entendrait-elle parler ? Peut-être qu'elle penserait à lui chaque fois qu'elle boutonnerait une chemise…

Il récupéra le bouton dans sa poche et le jeta par terre.

Tony clappa de la langue. Will le regarda et l'autre lui fit un clin d'œil, comme s'ils étaient dans la même galère. Comme s'il n'avait pas livré Will à ces types pour qu'ils le massacrent.

Qu'est-ce qui l'avait fait changer d'avis à son sujet ? Sans doute le dîner. Si Tony était au courant pour l'invitation, c'était forcément que Cayla le lui avait dit. Elle devait savoir que Tony se pointerait. Il avait vu le plaisir qu'elle prenait à les dresser l'un contre l'autre. Frère ou non, ça faisait sans doute des années qu'elle jouait avec Tony.

Ou peut-être que c'était encore plus grave. Que Tony soupçonnait toujours Will d'être un flic. Se précipiter dans la maison de Lena, la veille, n'avait pas été très malin de sa part. Aucun délinquant sensé ne se jette de lui-même dans la gueule du loup, même avec une centaine de petites copines enceintes aux trousses.

— C'est bon, lâcha enfin le plouc en tendant le téléphone à Will.

Will le prit, ne sachant pas quoi faire d'autre. L'étui était chaud. Il avait les mains si moites qu'il faillit le faire tomber en le remettant dans sa poche.

Le plouc se pencha sur le bureau pour appuyer sur une touche de son téléphone. Il y eut une sonnerie, puis il appuya de nouveau. C'était une sorte de signal. Ils attendirent.

Longtemps. Will comptait les secondes dans sa tête, mais il perdit le fil et dut recommencer à zéro.

Un portable se mit à sonner. Le plouc prit tout son temps pour le dénicher sous la pile de papiers où il était enfoui. Il décrocha à la sixième sonnerie. Il écouta, hochant la tête, avec un coup d'œil en biais en direction de Will.

— Ouais, je crois que vous avez raison, fit-il enfin avant de raccrocher.

— C'était Big Whitey ? demanda Tony avec l'enthousiasme d'un gosse. Alors, c'est bon ?

Puis, à Will, en lui tapant dans le dos :

— Je t'avais dit que j'allais arranger ça, mec !

Le péquenaud sortit une liasse de billets de cent de sa poche. Jetant un coup d'œil au sac plastique que Tony avait lancé sur le bureau, il compta dix billets, qu'il lui tendit.

— Tu les mérites pas vraiment. Qu'est-ce qui t'a pris de nous fourrer ce peigne-cul dans les pattes ? Débarrasse-nous de lui.

Un sentiment de panique envahit Will, puis il comprit : dans cette dernière phrase, le plouc parlait de l'homme ligoté sur la chaise. Il jeta un coup d'œil dans sa direction. Il avait oublié jusqu'à sa présence. D'une certaine façon, comprit-il, il le considérait comme déjà mort.

— Laisse-le quelque part où on le trouvera, ordonna le plouc.

— Pas de problème, fit Tony en se dirigeant vers la chaise pour gifler l'homme à pleine volée. Allez, mec, on y va.

L'homme grogna. Un filet de bave coulait au coin de sa bouche.

— Allez, merde, fit Tony en frappant de nouveau, plus fort. Lève-toi, connard. Faut qu'on y aille.

L'homme se débattit contre ses liens. Même s'il en avait eu la force, il lui était impossible de se lever.

— Non mais quel connard ! Vous y croyez ?

Les yeux de Tony semblaient lancer des flammes. De

toute évidence, il adorait faire souffrir. Il donna un coup de pied dans la chaise. Il n'avait plus rien d'une petite frappe, à présent — c'était juste un teigneux qui s'éclatait à cogner un type plus lourd et plus fort que lui.

Mais le plouc en avait assez vu.

— Arrête tes conneries et évacue-moi ça maintenant.

Tony tira un couteau de sa botte — pas un cran d'arrêt, mais un couteau de chasse avec une méchante lame crantée de vingt bons centimètres. Il coupa la corde autour du torse, et l'homme s'effondra en avant avec un gémissement de soulagement. Tony le rattrapa avant qu'il ne s'écroule par terre, et lança le couteau en l'air pour le rattraper par la lame.

— Occupe-toi des pieds, ordonna-t-il en le tendant à Will.

Will coupa la corde qui liait les jambes de l'homme à la chaise. Au moment où il terminait, il lui jeta un coup d'œil. L'homme avait les yeux si gonflés qu'on en distinguait à peine le blanc, mais Will vit qu'il était injecté de rouge. Du sang ruisselait de son front jusqu'à ses sourcils. Ses dents de devant étaient cassées, son nez défoncé. Il avait pourtant quelque chose de familier, mais Will n'avait pas le temps de réfléchir à ça.

— Réveille-toi, connard.

Cette fois, le poing de Tony frappa au menton, en uppercut, et la tête de l'homme partit en arrière dans un jet de sang.

— Je déconne pas, mec. Lève-toi tout de suite.

L'homme tenta d'obéir. Ses pieds nus griffèrent le tapis. Ses jambes tremblèrent. Il n'arrivait pas à se lever.

Will intervint, incapable de supporter le spectacle. Il se glissa sous le bras de l'homme et l'aida à se mettre debout, portant quasiment tout son poids.

— Pitié..., implora l'homme d'une voix presque inaudible.

Will jeta un coup d'œil autour de lui — personne dans la pièce ne sembla s'émouvoir de sa supplique. Au pire, elle les ennuyait.

— Foutez-moi ça dehors, ordonna le plouc avant de retourner s'asseoir sur le canapé, devant le carton de pizza.

Will tenta de traîner l'homme vers la porte. S'il parvenait à quitter cette pièce, à le sortir du club, il parviendrait peut-être à le sauver.

Le plouc se coupa une part de pizza.

— Je vous appellerai, Bud. M. Whitey pense qu'on a un boulot pile-poil dans vos cordes.

Will répondit par un grognement d'effort — il était obligé de porter l'homme, qui n'était plus en état de marcher. Il le prit sur son dos. Trois pas jusqu'à la porte. Peut-être deux de plus jusqu'à la sortie. Contourner le bâtiment, arriver sur le parking. Will prendrait le pick-up de Tony, quitte à assommer ce dernier en traître et à lui piquer ses clés. Il conduirait l'homme à l'hôpital. Il demanderait à Faith d'organiser sa protection en tant que témoin assisté. Puis il irait trouver Sara, tomberait à ses pieds, et la supplierait de lui pardonner.

— Ouvre la porte, lança-t-il à Tony.

— Et le tapis ? fit Junior. Il est foutu, on va pas aller le mettre au pressing.

— Merde, fit Tony, j'suis pas éboueur, moi !

— Emporte-le et brûle-le, ordonna le plouc en finissant sa pizza. Jette le corps devant chez lui. Ça devrait suffire pour marquer le coup.

Tony eut une grimace pour souligner à quel point il leur faisait une faveur puis, remontant son pantalon, il se mit à genoux et entreprit de rouler le tapis. Will se tourna — il n'y avait rien d'autre à faire que de le regarder et d'attendre.

C'est alors que l'homme se décida à passer à l'action. D'un bond soudain, il s'écarta de Will.

Il saisit la poignée de l'entrée, mais il avait perdu toute coordination et ses mains étaient couvertes de sang. Au lieu d'ouvrir la porte, il s'affala contre elle. Il se mit à hurler et à tambouriner dessus comme s'il y avait eu de l'autre côté quelqu'un qui puisse l'aider.

Will réagit d'instinct. De tous les types de la pièce, il était le moins dangereux. Il saisit l'homme par la taille et tenta de le faire taire en lui plaquant la main contre la bouche. L'homme le mordit et lui assena des coups de pied et de poing jusqu'à ce qu'il soit obligé de lâcher.

Il n'y avait aucune issue — pas de fenêtre, pas d'autre porte que celle par laquelle ils étaient entrés. L'homme tournait en rond, aveuglé par la terreur. Il se prit les pieds dans le tapis, renversa la table basse, se cogna contre le bureau. Alors, Tony le plaqua par-derrière, le faisant tomber face contre terre avant de se jucher sur lui, le couteau de chasse à la main.

Il le lui planta dans le dos, dans les épaules, dans le cou, levant et abattant la lame comme un piston, transperçant la peau avec des bruits étranges tandis que le sang jaillissait autour de lui en projections écarlates qui évoquaient les flocons d'une boule à neige de cauchemar.

Junior enfonça un revolver dans les côtes de Will, indiquant clairement qu'il ne devait pas s'en mêler. Il eut l'impression que le canon touchait directement l'os. Junior restait étrangement calme tandis que Tony se mettait à psalmodier au rythme de ses coups de poignard. Il se contenta de jeter un coup d'œil au plouc avec un petit haussement de sourcils qui signifiait : *Mais qu'est-ce qui lui prend, à ce type ?* Son acolyte n'avait pas bougé du canapé, observant le meurtre comme une partie de cartes anodine.

Les coups de couteau continuèrent à pleuvoir bien après la mort de l'homme. Tony ne s'arrêta que parce qu'il était à bout de forces. Il se redressa sur ses talons, hors de souffle et couvert de sueur. Il s'essuya le visage de la manche. Son front, sa bouche, ses joues — tout était maculé de sang.

Junior rengaina son arme dans un étui de ceinture. Will

était libre de ses mouvements, mais où aller ? Deux fois, en deux nuits, il avait regardé un être humain en agresser un autre.

Au moins, Lena avait riposté à une attaque. Tony Dell s'était comporté comme un chacal dépeçant sa proie, prenant plaisir à chaque seconde du meurtre. Il avait grogné et hurlé pendant que son couteau s'enfonçait dans le corps de l'autre. Les éclaboussures sur son visage ne semblaient qu'aiguiser sa soif de sang.

Et maintenant il riait, du sang sur les dents comme des traces de rouge à lèvres.

— Qu'est-ce que t'en dis, Buddy ? lança-t-il. T'as maté ce taré, comment il se faisait dessus ? Putain, c'est dingue, ce truc.

Le plouc, lui, n'avait pas l'air ravi.

— T'as vu le bordel que t'as foutu ?

— Ben quoi ? Vous vouliez jeter le tapis, non ?

— Sauf qu'il n'y en a pas que sur le tapis.

Tony jeta un regard presque surpris sur les dégâts qu'il avait causés. En secouant la tête, il essuya son couteau de chasse sur son pantalon avant de tenter de le glisser dans sa botte. Mais c'était impossible, car la lame était tordue, sans doute d'avoir ricoché contre l'os épais du crâne. Il dut appliquer la pointe par terre et faire levier pour la redresser avant de parvenir à ranger le couteau. C'est alors qu'il vit la blessure ouverte au creux de sa main.

— Merde, j'ai dû glisser sur le manche. Ça t'embête de m'emmener à l'hôpital, Bud ? Avec ce genre de truc, faut faire gaffe à l'infection.

Le plouc semblait plus surpris que dégoûté.

— Junior, va chercher une fille ou deux pour nettoyer ça.

Puis, à Tony :

— Sors ce cadavre de là. Jette-le sur sa pelouse, comme je t'ai dit.

— Vous êtes sûr ? demanda Tony.

— Ordre direct de Big Whitey. On le met quelque part où on le trouvera. Quand on envoie un message, il faut que tout le monde puisse le voir.

Enfin, il se tourna vers Will pour ordonner :

— Toi, garde un œil sur lui. Surveille-le pour qu'il ne fasse pas tout foirer.

— Je vais rien foirer du tout ! tempêta Tony. Dites à Big Whitey que c'est moi qui ai réglé son problème.

— Tu veux vraiment qu'on t'attribue ça ? demanda le plouc.

Il secoua la tête, et Junior l'imita.

— On va s'en occuper, fit Will en s'agenouillant, persuadé que c'était la manière la plus rapide pour se tirer de là. Allez, dépêche, Tony. On le roule dans le tapis.

— Ecoute ce que te dit ton pote, Tony. Un bon soldat, ça suit les ordres.

Le plouc se rassit sur le canapé et ressortit son couteau pour se curer les ongles.

— Comme je vous ai dit, monsieur Black, on reste en contact.

Will comptait filer sans demander son reste. Il fit signe à Tony de se mettre au boulot.

— Allez, vite. Le tapis.

Tony poussa le corps, mais les lois de la physique jouaient en sa défaveur. L'homme était un poids mort, et les bottes de Tony glissaient sur le sol de ciment. Il grimaça avec une détermination farouche et força jusqu'au moment où il parvint à faire basculer le cadavre, qui roula sur le dos, un bras sur le visage comme pour ne plus voir ce qui l'entourait. Tony lui prit les mains pour les croiser sur sa poitrine avant de se diriger vers l'extrémité du tapis.

— Non, dit Will. Il faut qu'on roule le corps.

Il prit celui-ci par les épaules, parce que c'était le plus lourd et qu'il n'avait pas envie de voir Tony malmener encore la dépouille.

— Prêt ? demanda Tony.

Will regarda la figure de l'homme. Il le reconnut enfin malgré le masque de souffrance qui lui tordait le visage par-delà la mort. Faith lui avait montré sa photo sur son téléphone à peine quelques heures plus tôt.

L'homme qui gisait sur le tapis était le détective Eric Haigh.

10

VENDREDI

Minuit venait de sonner, et Sara se retrouvait une nouvelle fois assise sur le canapé de la salle d'attente des urgences. Elle feuilletait distraitement un magazine en tâchant d'ignorer les conversations autour d'elle. De nouveaux patients avaient été admis dans l'après-midi, et la petite pièce était bondée. Les nouveaux venus, des proches et des familles réunis par hasard, avaient envie d'échanger leurs histoires, de comparer leurs tragédies. Ça n'avait pas plu à Nell. Elle n'aimait ni les questions ni les lieux surpeuplés. Sara n'avait pas eu beaucoup de mal à la convaincre d'aller se reposer dans sa chambre d'hôtel.

Il n'y avait de toute façon aucune raison pour qu'elle reste à l'hôpital en ce moment. L'état de Jared n'évoluait pas malgré les antibiotiques qu'on lui injectait. Sara avait déjà eu affaire à des infections nosocomiales. Elles étaient aussi virulentes que difficiles à cerner. Peu d'antibiotiques parvenaient à les vaincre.

Et c'est ainsi, comme elle s'en était fait la réflexion plusieurs fois au cours de la journée, qu'elle se retrouvait à son point de départ du matin. Le compte à rebours avait repris. Jared avait survécu à l'opération. Maintenant, il fallait attendre pour savoir s'il se tirerait de l'infection.

Sara reposa le magazine sur la table. Elle avait parcouru trois fois le même article, un tissu de ragots sur une célébrité quelconque, sans qu'aucun détail ne parvienne à l'accrocher. Elle se trouvait dans un état étrange, presque flottant. Ce qui ne l'empêchait pas de regretter le scotch qu'elle s'était offert un peu plus tôt. L'automédication était toujours un mauvais choix, mais le stress, l'alcool et trente heures de veille formaient un cocktail détonant. Sara souffrait de la gueule de bois sans avoir eu l'ivresse. Elle était fébrile, et le fait d'avoir très bien su qu'elle commettait une erreur en buvant ce whisky ne faisait qu'ajouter à son malaise. Sa seule consolation était de ne pas en avoir commandé un autre après sa conversation téléphonique avec Will.

Ils avaient eu une discussion qu'elle aurait voulu ne jamais tenir avec lui. Soit Sara était ivre dès le premier verre, soit leur relation prenait un chemin qui lui déplaisait. Il avait reçu ses avances sexuelles comme si ç'avait été une convocation du fisc. Heureusement qu'elle s'était retenue de lui dire qu'elle était amoureuse. Elle ne pouvait qu'imaginer son propre embarras s'il lui avait répondu par un long silence. De toute évidence, Will reculait. Elle avait dû dire ou faire quelque chose qui ne lui avait pas plu. D'ailleurs, ça l'avait certainement soulagé qu'elle ne lui demande pas de la rejoindre en voiture, où qu'il soit en ce moment. Elle n'avait pas la moindre idée de l'endroit où il se trouvait.

Elle était juste contente qu'il ne soit pas là.

Et comme elle aurait aimé ne pas s'y trouver elle-même…

N'en pouvant plus d'être assise, elle se leva et s'étira le dos. Elle avait l'impression que ses vertèbres s'étaient soudées les unes aux autres. Des sourires polis la saluèrent. Elle sortit dans le couloir pour être un peu seule.

Etant donné l'heure avancée, la plupart des lumières étaient éteintes. Possum se trouvait exactement à l'endroit où elle l'avait vu trente minutes plus tôt. Il lui tournait le dos, debout devant la porte des urgences, scrutant à travers la vitre. De là où il était, il ne pouvait pas voir à l'intérieur de la chambre de Jared, mais le flic de garde était dans sa ligne de mire — ce qui devait passablement agacer celui-ci, car il jetait sans cesse des coups d'œil inquiets vers Possum avant de tourner la tête vers l'accueil, comme si la pauvre infirmière de garde pouvait l'aider.

Possum parlait à peine à Sara — pas par manque de politesse, mais parce que chaque fois qu'il la voyait ses yeux se remplissaient de larmes. Elle ne savait pas s'il pleurait pour Jeffrey, à cause de la menace qui pesait sur Jared, ou à cause de l'insoutenable combinaison des deux. Ce qu'elle savait, en revanche, c'est qu'elle n'en pouvait plus d'être ici.

Elle se dirigea vers l'ascenseur avant de décider que les escaliers lui fourniraient au moins un peu d'exercice. Elle avait besoin d'air frais, d'un endroit qui ne soit pas saturé de peur et de tragédie. Et il était sans doute grand temps qu'elle ait une petite conversation avec elle-même à propos de Will. Peut-être n'avait-elle pas compris ce qui se cachait derrière ses silences. Sara n'avait jamais dit à Will qu'elle l'aimait, mais la réciproque était tout aussi vraie.

D'après son expérience, l'explication la plus simple était toujours la plus merdique.

Sara descendit deux étages avant de tomber sur un panneau bleu et rose. La maternité. Elle y fit un crochet avec un réel plaisir. Chaque fois qu'elle passait une journée particulièrement difficile au Grady, elle allait voir les bébés. Il y avait quelque chose de très rassurant à regarder des yeux tout neufs s'ouvrir sur le monde, des petites bouches sans dents sourire pour la première fois. Les nouveau-nés étaient la preuve que non seulement la vie continuait, mais qu'elle pouvait être belle.

Sara supposa qu'elle ne rencontrerait pas grand monde à la maternité à cette heure de la nuit, et elle ne se trompait pas. Les heures de visite étaient terminées depuis longtemps. Pas d'infirmière pour éloigner les curieux, et personne n'avait pensé à baisser les stores des grandes fenêtres de la pouponnière pour que les bébés puissent dormir en paix.

Les lumières diffuses du couloir lançaient un éclat doux sur les rangées de couveuses. Les bébés, tous coiffés de petits bonnets de laine bleus ou roses, étaient emmaillotés dans des couvertures assorties. Leurs mignonnes bouilles fripées évoquaient des raisins secs, et certains d'entre eux étaient si petits que leur tête dodelinait lentement de gauche à droite comme s'ils flottaient encore dans le ventre de leur mère.

Sara posa la tête contre la vitre. Le verre était froid. Un des bébés était réveillé, ses yeux perdus vers le plafond aux motifs colorés — arc-en-ciel, nuages dodus et lapins souriants, davantage destinés aux parents qu'aux enfants. La vision des nouveau-nés reste extrêmement limitée. La structure basique de l'œil est là, mais il leur faut des mois pour apprendre à s'en servir. Pour l'instant, les dessins du plafond demeuraient pour eux une espèce de flou agréable.

Derrière Sara, la porte s'ouvrit. Elle se retourna, s'attendant à découvrir une infirmière qui sortait des toilettes. A la place, elle se retrouva face à Lena Adams.

Celle-ci tenait un mouchoir en papier à la main. Quand leurs regards se croisèrent, Sara lut de la surprise, puis quelque chose qui ressemblait à de la résignation. Lena se dirigea vers l'ascenseur.

— Attendez, lui lança Sara.

Lena s'arrêta, mais ne se retourna pas.

Sara regretta immédiatement d'avoir parlé. Elle ne savait pas quoi dire. Qu'elle était désolée ? Elle était certainement triste que Lena et Jared aient perdu le bébé. Mais ça ne changeait rien à ce qui était arrivé avant. Tout ce qu'elle parvint à dire, ce fut :

— Vous n'êtes pas obligée de partir.

Lentement, Lena se retourna. On aurait dit qu'elle ne la voyait pas. A la place, elle se dirigea vers la fenêtre de la pouponnière, posa les doigts sur le cadre et le front contre la vitre, comme l'avait fait Sara. Elle donnait l'impression d'avoir construit une forteresse autour d'elle. Il y avait quelque chose de tragique dans le regard qu'elle posait sur les nouveau-nés, comme si ses regrets avaient été assez violents pour transpercer le verre.

Sara eut l'impression de ne pas être à sa place. Ce n'était pas la première fois. Elle ouvrit la bouche pour prendre congé, mais Lena ne lui en laissa pas le temps.

— C'est toujours pareil ?

— Pour Jared ? Oui.

Lena se contenta de hocher la tête, les yeux toujours fixés devant elle. Elle posa la main sur son ventre, paume à plat.

Une nouvelle fois, Sara lutta contre l'instinct qui la poussait à la réconforter, à tenter de lui faire voir le bon côté des choses. Mais elle ne parvint pas à en trouver la force. Quelque part, au fond de sa poitrine, elle possédait la capacité d'éprouver de la compassion pour cette femme ; elle la sentait remuer de temps à autre, comme le moteur d'une voiture par un jour froid. Ça démarrait presque, mais ça finissait toujours par caler et s'éteindre.

Une nouvelle fois, elle tenta de partir.

— Il faut que je…

— Je ne savais pas qu'ils étaient aussi petits, souffla Lena, son visage soudain radouci tandis qu'elle contemplait les nourrissons. Tellement fragiles… Ça fait presque peur.

Son souffle embuait la vitre. Elle semblait attendre une réponse.

— On apprend à les toucher, répondit Sara.

Elle avait grandi entourée de bébés et ne pouvait imaginer vivre sans eux.

— Je n'en ai jamais tenu, avoua Lena.

— Vous n'avez pas de cousins ?

— Non. Et je n'ai jamais été baby-sitter ni quoi que ce soit. Je n'étais pas le genre d'adolescentes à qui l'on confie ses enfants, ajouta-t-elle avec un rire triste.

Sara n'avait aucun mal à la croire.

— Je ne pensais pas qu'il était possible d'aimer quelque chose qui ait autant besoin de moi, soupira Lena.

— Je suis désolée, dit Sara. Si ça peut vous aider.

— Si ça peut m'aider, répéta Lena. Nell me déteste un peu moins, maintenant.

Sara avait elle aussi perçu ce changement, mais elle n'était pas certaine qu'il durerait.

— Je préférais quand elle me haïssait, continua Lena. Ça, je sais comment y faire face. Elle aussi.

Elle se tourna vers Sara.

— C'est comme si perdre le bébé avait fait de moi une meilleure personne.

Sara soupesa les mots, tentant de déchiffrer ses motivations. Lena voulait quelque chose. Elle voulait toujours quelque chose. Pourtant, elle se contenta de se retourner vers la vitre pour terminer :

— Merci, Sara. Je savais que je pouvais compter sur vous pour ne pas me plaindre.

Sara voulut partir. Elle le devait. Pour le moment, elle n'arrivait pas à retrouver sa vieille haine tenace, mais elle savait que ça reviendrait très vite.

— Je vais aller vérifier comment va Possum.

— Ça le tue de vous voir. A chaque fois.

Sara n'avait rien à objecter à ça.

— Je dois quand même…

— Vous avez reçu ma lettre ?

La lettre.

Quatre ans plus tôt, en relevant son courrier, Sara avait trouvé une lettre manuscrite de Lena. Déjà en retard pour son travail, elle avait fourré l'enveloppe dans son sac sans l'ouvrir. Elle n'avait aucune envie de la lire — pas plus, apparemment, que de la jeter. Pendant presque un an, la lettre avait suivi Sara dans tous ses déplacements. Au travail, dans les magasins, au restaurant, à la maison. Elle la transférait quand elle changeait de sac. Elle la voyait chaque fois qu'elle prenait son portefeuille ou cherchait ses clés.

— Vous l'avez lue, constata Lena, qui l'observait de près.

Sara aurait préféré nier, mais à quoi bon ?

— J'ai fini par le faire, oui.

— J'avais tort.

— Vraiment ?

La lettre tenait sur trois feuilles arrachées à un bloc. Trois pages pénibles et tachées de larmes, remplies d'excuses, de mensonges et de défilades.

— A quel sujet aviez-vous tort ?

— Sur tout, répondit Lena en s'appuyant contre la vitre. Je savais que Jeffrey viendrait me sauver. Et je savais que je mettais sa vie en danger.

Sara se sentit rougir. Son cœur était comme un oiseau en cage. Elle avait attendu si longtemps pour entendre cet aveu, cette confirmation, et voilà qu'à présent elle ne pensait qu'à une seule chose : Lena était en train de biaiser.

— On ne dit pas qu'on est surpris par le feu quand on a craqué l'allumette soi-même, continua celle-ci.

— Vous avez tenté de le prévenir, indiqua Sara en tâchant de garder une voix égale. Vous lui avez dit de rester à l'écart.

C'était en tout cas ce que Lena avait prétendu dans sa lettre. Sur quatre longs paragraphes, elle avait exprimé ses regrets qu'il n'ait pas écouté cet avertissement.

— Je savais qu'il n'écouterait pas, répliqua Lena en la fixant calmement. J'aurais dû mourir à sa place.

Sara ne se laissa pas prendre à cette conversion soudaine. Elle cita les mots que Jared avait dits à Nell :

— Il connaissait les risques quand il a accepté de porter l'uniforme.

— Vous pensez que c'est ce que ressent Will quand il va au travail ?

Sara ressentit une envie soudaine de la gifler à toute volée, pour lui apprendre à ne pas prononcer le nom de Will. Environ deux ans plus tôt, celui-ci avait mené une enquête sur Lena, parce qu'elle avait laissé mourir un suspect en détention et n'avait pas bougé quand un policier avait failli être poignardé à mort. Sara avait été plus déçue que lui en apprenant qu'il n'était pas parvenu à la faire condamner.

— Tout ce que vous savez de Will Trent, dit-elle à Lena, c'est qu'il a failli vous envoyer en prison.

— Il a failli, riposta l'autre.

L'amorce d'un sourire flottait sur ses lèvres. Le masque commençait à tomber.

— Vous savez ce que je retiens du temps que j'ai passé avec lui ? continua-t-elle avec une intonation étrange. C'est qu'il était déjà dingue de vous. Et vous êtes amoureuse de lui aussi, non ? Ça se voit sur votre visage. Vous avez toujours été douée pour être amoureuse.

Sara secoua la tête. A présent, elle comprenait où Lena voulait en venir.

— Ça n'excuse rien.

— Vous avez changé, reprit Lena. Nous avons changé toutes les deux.

Elle s'efforça de ravaler le venin qu'elle sentait dans sa voix pour répondre :

— Je n'avais pas le choix, Lena. J'ai dû changer parce qu'on a assassiné mon mari. Non, je n'ai pas eu le choix.

— Quoi que vous en pensiez, je ne suis pas une mauvaise personne. Même si j'ai accepté de croire ça pendant longtemps. Je vous ai laissée me convaincre que je n'étais pas assez bien. Que je ne méritais pas ce que j'avais.

— Vous m'en voyez navrée, rétorqua Sara, ironique. Dites-moi comment je peux me faire pardonner.

— Vous finirez par comprendre que j'ai changé.

— Vous n'avez pas changé, répliqua-t-elle en tentant encore de maîtriser son amertume. Vous et moi, nous ne serions pas ici si c'était le cas. Vous prenez tout comme un jeu. Même cette conversation, ce qui se passe entre nous. Vous ne baissez jamais les bras, vous ne laissez jamais l'autre l'emporter. Je pense que vous êtes un bon flic, mais vous vous fichez du boulot et de ceux qui le font. Tout ce qui compte pour vous, c'est de gagner, quoi qu'il en coûte.

— Si vous le dites, docteur, répondit Lena avec un petit sourire.

— Je n'ai pas envie de jouer à ça.

Sara fit mine de s'éloigner.

— Et dire que j'étais jalouse de vous, lança Lena dans son dos.

Sara se retourna, médusée.

— Votre famille, poursuivit Lena en haussant les épaules. Votre vie. Votre mariage. Tout le monde en ville vous respectait. Vous idolâtrait. Et puis, un jour, j'ai compris que je ne voulais pas être comme vous. Que je n'y arriverais pas même si je le voulais. C'est impossible. Vous êtes trop parfaite. Trop exigeante. Personne ne peut remplir vos attentes. Jeffrey n'y arrivait pas.

Elle secoua la tête, l'air sincèrement peinée, avant de conclure :

— Will n'a pas l'ombre d'une chance, lui non plus.

Un instant, Sara resta sans voix — pas à cause de ce que Lena venait de dire, mais parce qu'elle avait réussi à retourner entièrement la conversation.

— Vous voulez que je me sente coupable d'avoir continué à vivre ? résuma-t-elle.

Le sourire vengeur de Lena lui répondit. Elle répéta les mots que Sara avait prononcés plus tôt :

— Maintenant, vous savez ce que ça fait.

— Vous voulez vraiment jouer à ce petit jeu ? demanda Sara. Ici, maintenant ?

— Vous avez peur que je gagne, c'est ça ?

Sara croisa les bras sans un mot. Elle attendait.

— Toutes les années que j'ai perdues en pensant que

vous étiez meilleure que moi… La pauvre Sara, la veuve tragique. Et voilà que vous remontez en selle avec le premier flic que vous croisez.

Un sentiment de culpabilité envahit Sara. Lena avait toujours été comme un requin, capable de détecter la moindre goutte de sang dans l'océan.

— Ce n'est pas comme ça que c'est arrivé.

— C'est exactement ce qui est arrivé, rétorqua Lena. Vous n'êtes rien d'autre qu'une bouffeuse de flics, vous savez ?

Sara se mit à rire, soulagée qu'elle n'ait rien de plus grave à lui reprocher.

— Et alors ?

— Vous savez ce que vous aimiez, chez Jeffrey ? Le fait qu'il prenne des risques. Qu'il soit capable de casser la gueule à tous ceux qui osaient se mettre en travers de son chemin.

— Vous avez terminé ?

Lena s'approcha d'un pas.

— Vous ne l'auriez même pas calculé s'il n'avait été qu'un lâche qui laisse les autres se battre à sa place.

— Comme vous, vous voulez dire ?

Lena pinça les lèvres, seule chose qui indiquait qu'elle avait entendu.

— Je vous ai vue le regarder… votre héros. Votre grand flic solide. Je parie que c'est la même chose avec Will. C'est marrant que vous ayez juste remplacé un flic par un autre. Je me demande ce que Jeffrey en aurait pensé…

Sara secoua la tête, comme si les coups ne l'atteignaient pas.

— Vous voulez en venir quelque part en particulier ?

— Vous aimiez que Jeffrey se batte pour la justice. Vous aimiez qu'il roule des mécaniques, qu'il distribue les coups et les amendes. Je vais vous dire un truc, Sara, il prenait des risques parce que c'était ce que vous vouliez. Vous preniez votre pied à le pousser vers les limites. C'était moi qui le guidais, mais c'était vous, *vous*, qui le récompensiez pour ça.

— Taisez-vous, lança Sara, touchée en plein cœur. Taisez-vous.

— Ça ne fait pas plaisir, hein ? Qu'on vous reproche quelque chose que vous ne pouviez pas contrôler.

— Cette conversation est terminée, fit Sara.

Elle voulut s'écarter, mais Lena la retint par le bras.

— Lâchez-moi tout de suite ! cracha-t-elle en se dégageant brusquement.

— Je croyais que vous vouliez qu'on parle ? siffla Lena. Vous vous prenez toujours pour la plus maligne, mais vous ne voyez pas ce qui est juste sous votre nez.

Son rire surpris se répercuta dans le couloir vide.

— Finalement, vous faites des erreurs comme tout le monde !

— Parce que vous pensiez que ça ne m'arrive jamais ? rétorqua Sara d'une voix qui tremblait de fureur contenue. C'est moi qui ai conseillé à Jeffrey de vous embaucher. C'est moi qui lui ai dit de vous faire monter en grade. Moi qui ai cru que vous seriez capable de faire votre putain de boulot et de lui sauver la vie.

Elle avait repoussé Lena contre la vitre, et la dominait de toute sa hauteur. Elle ne se souvenait pas d'avoir bougé, ne comprenait pas comment, à présent, son index s'enfonçait dans la poitrine de Lena, comment son autre main était devenue un poing.

Lentement, Lena tourna la tête pour lui présenter sa joue.

— Allez-y, dit-elle d'une voix douce comme du velours. Donnez tout ce que vous avez.

Un étrange picotement naquit sous les pieds de Sara, comme si elle se tenait au bord d'un gouffre sans fond. Elle se força à regarder par-dessus l'épaule de Lena, à fixer les rangées de nourrissons enveloppés dans leur couverture. Le joyeux arc-en-ciel et les nuages peints au plafond.

Elle ne pouvait laisser Lena l'emporter. Pas cette fois-ci. Pas comme ça. Elle s'éloigna de l'abîme. Laissa retomber sa main. Se redressa, tourna les talons et s'éloigna la tête haute.

— C'est tout ? demanda Lena.

Il lui fallait juste arriver à l'escalier. Une fois dehors, avec de l'air frais dans les poumons, elle trouverait le moyen de dépasser tout ça. Les cinq dernières minutes ne parviendraient pas à effacer les cinq dernières années. Lena n'imaginait pas ce que Sara avait souffert. Combien elle avait lutté. Comment elle avait dû se forger une nouvelle vie. Lena Adams ne connaissait pas Jeffrey, et certainement pas Will.

Un bruit d'applaudissements lents s'éleva dans le couloir. Elle se força à ne pas ciller, même si chaque battement de mains résonnait comme une détonation.

— Bravo, docteur, lança Lena en applaudissant plus fort. Remontez sur vos grands chevaux et fichez le camp.

Sara ne se retourna pas. Si elle l'avait fait, elle aurait offert à Lena la bagarre dont elle rêvait.

A la place, elle poussa la porte de sortie, incapable de desserrer les poings. Elle dévala les escaliers, sa colère croissant à chaque marche.

Bien sûr qu'elle avait aimé Jeffrey parce qu'il était dur, solide. Quelle femme au monde ne rêvait pas d'un homme fort ? Mais ça ne la rendait pas responsable de son assassinat. Elle l'avait supplié de ne pas faire confiance à Lena, de la laisser pour une fois œuvrer seule à sa propre chute. Et l'idée que Will pouvait servir à remplacer Jeffrey dans la vie de Sara était parfaitement ridicule. Les deux hommes n'avaient rien en commun, à part qu'ils auraient tous les deux chassé Lena Adams de l'hôpital à coups de pied s'ils l'avaient entendue parler à Sara sur ce ton.

Elle faillit se mettre à pleurer de soulagement quand elle arriva au palier du rez-de-chaussée. Elle se retrouva dans un nouveau couloir chichement éclairé. Pas de visiteurs ni de traînards à cette heure. Elle suivit la ligne verte au sol, sachant qu'elle menait aux ascenseurs et à la sortie.

Trop exigeante.

Trop parfaite.

Si seulement.

Sara ne pouvait pas s'empêcher de commettre des erreurs. Systématiquement. Des petites, des grosses, certaines qui avaient changé sa vie, d'autres qui avaient engendré des catastrophes et qui la poursuivaient depuis cinq ans pour culminer au moment où elle avait pris sa voiture pour rejoindre ce misérable hôpital.

Son portable sonna. Elle ne décrocha pas. Elle passa devant les boutiques de cadeaux fermées, avec leurs ballons gonflés à l'hélium qui se pressaient contre le plafond. Le distributeur de boissons fraîches était verrouillé par un cadenas. La sonnerie de son téléphone s'arrêta pour reprendre presque immédiatement. Elle la laissa retentir le temps que la messagerie prenne le relais. Il y eut quelques secondes de silence, puis la sonnerie reprit.

Elle vérifia l'origine du coup de fil. JASPER, GÉORGIE.

Will.

Quelques heures plus tôt, le téléphone avait indiqué qu'il se trouvait sur la côte. Maintenant, c'était dans les montagnes.

Elle décrocha, luttant pour garder une voix neutre.

— Je ne peux pas te parler maintenant.

— Où es-tu ?

— A l'hôpital.

— En haut ?

— Non, répondit-elle en essuyant une larme. Je m'en vais.

L'entrée principale se trouvait en face d'elle. Les néons du parking jetaient une lueur éthérée à l'intérieur.

— Tu rentres à l'hôtel ?

— Je rentre chez moi.

Sara se rendit compte que sa décision était prise au moment où elle prononçait ces mots. Son sac à main était dans le coffre de sa voiture, les clés dans sa poche. Le reste de ses affaires se trouvait à l'hôtel — elle avait emporté des vêtements de rechange et une trousse de toilette qu'elle gardait dans son casier au Grady. Rien qui mérite de retarder son départ. Le personnel de l'hôtel pourrait tout prendre ou tout jeter, elle s'en moquait. Elle appellerait la réception en route.

— Sara ? demanda Will.

— Je ne peux pas parler.

Ses poings se serraient convulsivement, et sa mâchoire était douloureuse à force de serrer les dents.

— Je t'appelle plus tard.

— Ne raccroche pas.

Elle secoua la tête.

— Je ne suis pas en état de…

— Je veux que tu t'arrêtes. Maintenant.

— Will, je…

— Sara, arrête de marcher. J'ai besoin de te parler.

Elle s'immobilisa et baissa les yeux vers son téléphone. Les releva. Comment savait-il qu'elle marchait ? Elle scruta le hall désert.

— Où es-tu, Will ?

— Il faut que je te raconte ce qui s'est passé, fit-il d'une voix désespérée. Tout. Cette nuit. La nuit dernière.

C'est alors qu'elle le vit. Il se tenait devant les portes vitrées de l'entrée, vêtu d'un pantalon sombre et d'une chemise grise. Sara avait déjà vu cet uniforme — c'était celui des équipes de nettoyage de l'hôpital.

Il leva la main.

Elle lui offrit une issue de secours. C'était idiot, mais elle ne put s'en empêcher.

— Tu es là avec Faith, c'est ça ?

Il ne répondit pas, et elle comprit enfin. Les appels aux

provenances changeantes. Le travail d'infiltration dont il refusait de parler. Son air coupable ce matin. Son refus de lui révéler quoi que ce soit. Il ne pouvait avoir qu'une raison pour lui mentir.

— Tu enquêtes de nouveau sur Lena ? fit-elle.

— Non, mais elle sait que je suis ici, répondit Will. Je suis désolé, bébé. Vraiment désolé.

Sara sentit des larmes brûlantes lui envahir les yeux. Non seulement Lena savait qu'il était sur les lieux, mais elle ne lui en avait pas soufflé mot.

« Vous vous prenez toujours pour la plus maligne, mais vous ne voyez pas ce qui est juste sous votre nez. »

— Espèce de connard, siffla Sara dans son téléphone, le rire de Lena résonnant dans ses oreilles. Tu l'as laissée me ridiculiser.

— Je suis désolé, répéta-t-il en posant sa paume sur la vitre. Je n'ai pas anticipé là-dessus. Je n'ai pas… Il faut que tu me pardonnes, Sara. Je t'en supplie.

— Tu m'as menti. Tu m'as menti, les yeux dans les yeux.

Sa voix tremblait de nouveau. Son corps entier tremblait. Elle s'était reproché de le maintenir à distance alors que c'était lui qui la repoussait.

— Je ne te l'ai pas dit parce que j'ai pensé que tu voudrais me quitter.

Elle sentit quelque chose céder en elle.

— Tu avais raison.

— Sara…

La douleur était trop forte. Elle écrasa le téléphone dans sa main, rêvant de le briser en mille morceaux. Puis elle se rendit compte qu'elle le pouvait — elle le lança contre le mur, à toute volée. Des éclats de plastique et de verre lui rebondirent dessus. Elle ramassa les débris pour les jeter encore contre le mur.

— Sara ! cria Will. Sara !

Il était toujours dehors, poussant les portes closes.

Quelle idiote. Elle lui avait ouvert son cœur. Son lit. Elle lui avait dit des choses qu'elle n'avait jamais révélées à son mari.

Et il avait offert à Lena Adams un couteau pour la poignarder dans le dos.

— Sara !

La serrure des portes vitrées tremblait sous ses coups d'épaule. Elle lui tourna le dos pour repartir vers l'escalier.

— Attends !

Elle ne s'arrêta pas. Elle refusait de l'attendre. Plus jamais. Il fallait qu'elle sorte d'ici. Qu'elle quitte la ville. Qu'elle s'éloigne de Lena, de Will et de ses mensonges. La seule possibilité qu'il lui restait, c'était de s'enfuir. Elle s'était montrée aveugle, stupide. Il l'avait trahie. Elle avait tout donné à Will, et il l'avait trahie.

— Sara !

Sa voix était plus forte — il était entré. Elle hâta le pas. Elle l'entendit s'élancer dans le hall. Il la poursuivait.

Elle se mit à courir. Elle ne supportait pas l'idée de revoir son visage. Coudes au corps, elle fonça. Les pas de Will se rapprochaient. La porte de l'escalier claqua bruyamment contre le mur quand elle l'ouvrit d'un coup d'épaule. Au lieu de monter, elle descendit. Les vestiaires des équipes d'entretien devaient se trouver au sous-sol, avec les outils et les réserves. Et la morgue. Il devait y avoir un espace de chargement ou une sortie qu'elle pouvait emprunter pour quitter cet endroit à tout jamais.

— Sara !

Elle avait atteint le demi-palier du sous-sol quand elle entendit la porte du rez-de-chaussée s'ouvrir au-dessus d'elle.

— Attends ! hurla Will.

Elle trébucha et dut se raccrocher à la rampe pour dévaler la dernière volée de marches. Elle ouvrit la porte.

Un autre couloir. Des lumières vives, comme des aiguilles dans ses yeux.

— Arrête !

Will avait déjà atteint le palier. Il était plus rapide qu'elle. Il allait la rattraper avant qu'elle trouve la sortie. Elle obliqua vers une porte ouverte, dérapa.

— Laisse-moi t'expliquer ! Sara !

Elle claqua la porte derrière elle, cherchant désespérément un moyen de la bloquer.

La porte se rouvrit. Elle partit en arrière, mais Will la rattrapa par le bras et la tira vers lui. Elle le gifla de toutes ses forces. Il lui bloqua une main. Elle le frappa avec l'autre. Elle le détestait. Elle voulait lui arracher les yeux. Et le cœur, pour le déchirer en morceaux, comme il l'avait fait pour elle.

— Sara, s'il te plaît…

Elle le frappa de nouveau. Elle ne pouvait plus s'arrêter. Le battre lui faisait trop de bien. Elle le gifla, le griffa jusqu'au sang. Il lui immobilisa les deux mains dans une des siennes. Elle ne parvint pas à se dégager. Il la repoussa en arrière, et sa tête cogna contre le mur de parpaings. Elle tenta un coup de genou, mais Will était trop près pour que ce soit efficace.

Il l'embrassa. Leurs dents s'entrechoquèrent. Il lui tenait le menton pour l'obliger à ouvrir la bouche. Sa langue l'envahit. Elle tambourina contre sa poitrine. D'un geste brusque, il baissa son jean. Elle ne l'arrêta pas — au contraire, elle l'aida, avec l'impression de ne plus rien ressentir. Toutes ses émotions l'avaient abandonnée à l'exception d'une seule. Elle n'en pouvait plus de prendre soin des gens. Elle en avait marre d'être la meilleure copine, de faire ce qui était bien, d'accepter ce qui venait.

Will cracha dans sa main. Ça ne suffit pas — elle gémit de douleur quand il la pénétra. Il s'enfonça en elle, loin, trop loin, à lui couper le souffle. Pourtant, elle agrippa ses épaules, accrochée à lui, répondant à chaque coup de reins jusqu'à ce que son corps l'emporte et qu'elle s'abandonne.

Elle trouva sa bouche. Avala sa langue. Mordit ses lèvres. Ses talons se plantèrent dans ses cuisses. Will tressaillit quand ses mains se glissèrent sous sa chemise. Elle s'en fichait. Elle griffa les cicatrices de son dos. Des mots lui échappèrent — des mots crus, qui lui disaient exactement quoi faire. Encore et encore, elle répondit à ses assauts jusqu'au moment où elle dut se mordre la langue pour ne pas hurler.

Il n'y eut pas de lente montée, juste un flot incontrôlable qui l'envahit d'un seul coup. Une extase insoutenable. Elle planta les dents dans l'épaule de Will, sentant sa sueur salée. Chaque molécule de son corps semblait battre à la même intensité. Elle cria son nom. Elle ne pouvait plus se retenir, arrêter le délicieux torrent de jouissance qui l'emportait.

Will s'effondra contre elle. Incapables de tenir debout, ils glissèrent ensemble jusqu'au sol, à bout de souffle, aussi choqués l'un que l'autre par ce qui leur était arrivé.

— Sara…

Elle cacha son visage dans ses mains. Elle ne pouvait pas le regarder, accepter ce qui venait de se produire.

— Sara…

La bouche de Will était tout contre son oreille, et ses lèvres firent naître un frisson.

— Mon Dieu, murmura-t-il. Sara, je t'en prie…

Elle le repoussa. Elle sentait encore son sexe pulser entre ses jambes. Elle se sentait veule, perverse.

— Sara…

Elle secoua la tête, rêvant de disparaître.

— Va-t'en, dit-elle. Je t'en prie. Laisse-moi.

— Sara…

— Va-t'en ! hurla-t-elle.

Il se leva avec difficulté. Elle l'entendit remonter sa

braguette, rentrer sa chemise dans la ceinture. Un claquement métallique retentit quand la porte s'ouvrit, puis se referma.

Elle releva la tête.

Il était parti.

11

QUATRE JOURS AVANT LE RAID

Les poings dans les poches de son blouson, Lena était assise dans le fourgon de surveillance. Elle observait les trois écrans devant elle. Sous le plan de travail, les ordinateurs soufflaient de l'air chaud. DeShawn et Paul portaient des chemisettes. Tous deux transpiraient, mais Lena était aussi transie de froid que si elle s'était trouvée dans un igloo. Elle était enceinte de seulement six semaines et son corps perdait déjà les pédales. Voilà pourquoi les femmes enceintes sont toujours de mauvaise humeur. Leur thermomètre intérieur joue sans cesse au yo-yo.

DeShawn scrutait les caméras de sécurité.

— Où êtes-vous, monsieur Mouchard ?

— Monsieur Mouchard ! répéta Paul avec les inflexions d'un présentateur télé.

Tous les informateurs confidentiels avaient des noms de code — ça faisait partie du pacte avec le diable. C'était ce nom qu'on utilisait sur tous les papiers administratifs et sur le terrain, où une seule erreur de langage pouvait leur coûter la vie. Le sobriquet de « M. Mouchard » n'était guère inventif, mais il convenait très bien au toxico qu'ils avaient retourné quelques jours plus tôt : il avait quelque chose de glissant et visqueux, comme un insecte. Peut-être, pensait Lena, à cause de sa peau sèche et de ses petits yeux fureteurs.

— Allez, Mouchard, murmura DeShawn en jouant avec les touches du clavier pour passer d'une caméra de surveillance à l'autre. Au pied, m'sieur Mouchard...

— C'est pas pour rien qu'on a prévu une heure de rab, lui rappela Paul.

Lena regarda la façade du Chick-Fil-A défiler sous plusieurs angles. Elle avait toujours détesté les toxicos — sans doute parce que son oncle en était un. Hank avait décroché, maintenant, mais ça ne changeait pas sa personnalité fondamentale, celle d'un drogué. Quoi qu'il fasse, son attitude criait toujours : *Et moi, j'en tire quoi ?*

— C'est parti, fit Paul en montrant un écran.

Une Kia blanche se gara près de l'entrée. Les vitres se refermèrent.

— Son micro est allumé ? demanda Lena.

DeShawn monta le bouton de volume qui correspondait à l'émetteur de Mouchard. Ils l'entendirent tirer le frein à main tandis que le poste de radio passait une pub pour une pizzéria avant de s'éteindre brusquement. Tintement de clés, puis la porte s'ouvrit.

Petit et sec, Mouchard avait besoin de se raser. La visière de sa casquette était baissée sur son visage, dissimulé par de grosses lunettes noires. Il portait un jean et un T-shirt noirs et jetait des coups d'œil à droite et à gauche tandis qu'il approchait du restaurant.

— Quel crétin, grogna Paul. Il ne lui manque qu'une enseigne au néon...

Sans cesser de regarder autour de lui, Mouchard entra dans le restaurant. Il prit place dans la queue devant la caisse. Une femme qui se dirigeait vers la sortie latérale fit un crochet pour s'écarter de lui. Lena avait planifié la rencontre juste après l'heure de pointe, mais quelques retardataires traînaient encore dans les parages, finissant leur café. Elle entendait le murmure des conversations par-dessus le froissement des vêtements de son informateur contre l'émetteur. Arrivant à la caisse, il commanda un thé glacé. Il ne cessait de se gratter et de se dandiner d'un pied sur l'autre.

— Le junkie a besoin de ses pilules, lança DeShawn.

— Le junkie fait ce qu'on lui a dit, sinon j'annule son immunité.

M. Mouchard attendait au comptoir, agité de tics nerveux. Lena avait envie de tendre la main vers l'écran, de l'obliger à s'arrêter.

Toute l'opération dépendait de cette crevure de drogué. Pendant près de deux semaines, sur la foi d'un témoignage anonyme, l'équipe de Lena avait surveillé une maison de shoot clandestine. Leur but n'était pas seulement de la fermer. Ils voulaient mettre un terme aux opérations de Sid Waller — projet qui s'était vite révélé très compliqué. En règle générale, il y avait toujours un pauvre type prêt à balancer en échange d'argent ou d'une récompense. Cette fois, c'était différent. Personne ne voulait donner Sid Waller. Personne n'acceptait de porter un micro pendant un deal. Personne ne souhaitait témoigner officiellement sur la drogue et les armes.

Personne, en tout cas, jusqu'à M. Mouchard.

Paul dut lire dans ses pensées.

— Tu crois toujours que Mouchard joue sur les deux tableaux ? lui demanda-t-il.

— Je ne sais pas, avoua-t-elle.

M. Mouchard l'avait demandée en personne. Elle avait pris l'appel au moment où elle quittait le cabinet du médecin. Le dîner de fête prévu avec Jared s'était transformé en un sandwich à emporter de la station-service.

— C'est bizarre qu'il se soit pointé juste au moment où notre enquête se cassait la gueule.

— Comment aurait-il pu le savoir ? objecta Paul.

Lena haussa les épaules.

— Ça faisait à peine deux heures qu'il était coffré quand il a demandé au flic en faction de m'appeler. Comment connaissait-il mon nom, déjà ?

Paul et DeShawn s'esclaffèrent. Là-dessus, Lena charriait. Tous les drogués de la ville la connaissaient.

— D'accord, d'accord, concéda-t-elle. N'empêche, on fait tous ce boulot depuis assez longtemps pour savoir que personne ne vous rend service gratuitement.

— Sais pas, fit Paul. Un cave comme ça, arrêté pour la première fois… Deux heures pour craquer, ça me paraît dans les clous.

— Pas facile de trouver son Oxy en taule, ajouta DeShawn.

— Sauf si tu suces assez de bites, répondit Paul en levant la main.

DeShawn ne se fit pas prier pour taper dedans.

— Il est passé où ? demanda Lena en se penchant sur les moniteurs.

DeShawn recommença à jouer avec les caméras pour faire défiler les angles de vue.

— Le voilà.

Lena aperçut le haut d'une porte qui se refermait. Mouchard venait de passer dans l'aire de jeux — des toboggans de plastique aux couleurs vives et des balançoires autour d'un bac à sable. Deux gamins, un garçon et une fille, s'amusaient avec une corde à grimper. Il y avait davantage de caméras dans la zone de jeux que dans le reste du restaurant. Elles couvraient le moindre recoin.

Mouchard s'assit sur un banc, face au soleil, et s'accouda au dossier comme s'il avait tout le temps du monde. Dans le petit micro scotché à sa poitrine, ils l'entendirent chantonner.

— Ils vont le virer, fit Paul. On ne laisse pas un adulte seul avec des gamins dans l'aire de jeux.

— Ça va aller, répondit Lena en scrutant les mouvements léthargiques de l'équipe au comptoir, le contrecoup de l'heure de pointe.

Un des gamins était en train de jongler avec une tasse. Les autres le regardaient avec un mélange d'ennui et de fatigue.

— Et maman ne dira rien non plus, ajouta DeShawn en pointant du doigt une femme assise seule à une table, en train de taper sur son iPad tout en parlant au téléphone, des papiers répandus devant elle — de toute évidence en plein travail.

— Je parie qu'elle dit à son mari qu'elle passe du temps avec les enfants, dit Paul.

Lena se retint de lui répondre. A présent qu'elle allait devenir mère, elle se découvrait bien moins prompte à juger les autres.

— On a quarante-cinq minutes, c'est ça ?

— A la louche, répondit DeShawn. Waller a la réputation d'être toujours en retard.

Paul ne pouvait s'empêcher de le contredire :

— A moins qu'il ne se pointe en avance, histoire de tâter le terrain.

— S'il fait ça, appelez-moi sur mon portable, dit Lena en ouvrant la portière. Je reviens tout de suite.

Elle traversa le parking, tête baissée, même s'il y avait peu de risques qu'on la repère. Ils s'étaient installés devant le Target, à cinquante mètres du Chick-Fil-A. Se connecter au système de surveillance sans fil du restaurant n'avait absolument rien de légal, mais le directeur n'avait qu'à mieux crypter son réseau wi-fi. De toute façon, ils n'utiliseraient pas la vidéo. DeShawn n'enregistrait pas. Ils se contentaient de surveiller les moindres faits et gestes de M. Mouchard. Lena, en tout cas. Parce que l'enregistrement audio ne lui suffisait pas. Elle voulait le voir de ses propres yeux.

Quelque chose n'allait pas avec ce type. Elle ne l'avait rencontré que quelques jours plus tôt mais, dans ses tripes, Lena sentait un truc pas net. Elle l'avait perçu dès qu'elle s'était assise en face de lui, en prison. Et tout particulièrement quand il avait annoncé tout de go qu'il pouvait lui donner Sid Waller.

Sidney Michael Waller.

Le nom était plus que familier à Lena, ainsi qu'à tout le poste de police. Waller n'était pas seulement un dealer. Pas seulement un proxénète et un trafiquant d'armes. L'année précédente, ils s'étaient donnés à fond pour le faire condamner pour le viol de sa nièce et le meurtre de sa sœur. Puis la nièce s'était rétractée. Des témoins avaient disparu. D'autres avaient changé de version. Le dossier s'était effondré trois jours avant le procès et les flics, Lena la première, en gardaient un sale goût dans la bouche.

Et voilà que M. Mouchard s'était pointé avec tout ce qu'il fallait. Elle n'aurait pas pu rêver mieux que ce qu'il lui avait raconté. Il avait confirmé l'existence de la maison de shoot près de l'autoroute. Des armes. Des putes. Des quantités impressionnantes de drogue qui circulaient en ville tandis que Sid Waller comptait paisiblement son blé. Un dossier tout fait, ou presque. Waller passerait des années derrière les barreaux — à cause des armes, bien plus qu'il n'en aurait tiré pour le viol.

Mais, pour cela, il fallait que Lena ignore son instinct. Elle ne cessait de museler la petite voix intérieure qui lui murmurait que c'était trop facile. Un an qu'elle courait après Waller, et voilà qu'il lui tombait du ciel tout ficelé ? Qu'en retirait M. Mouchard ? Une bonne immunité, d'accord, mais éviter huit mois de prison valait-il vraiment la peine de risquer sa vie ?

Lena ne pouvait se permettre de trop tergiverser. Hors de question qu'elle rate cette opération.

La vérité, c'est que Sid Waller lui pourrissait la vie, et qu'elle était bien décidée à lui rendre la pareille. Elle l'embarquait pour l'interroger à la moindre occasion valable. Elle n'avait pas réussi à le faire enfermer — pas encore —, mais elle avait toujours la possibilité de faire grimper en flèche ses frais juridiques. La semaine dernière, Waller l'avait traitée de connasse en plein interrogatoire. Deux semaines plus tôt, il lui avait énuméré toutes les façons dont il pourrait la baiser. Apparemment, le fait que tout cela soit enregistré et gardé pour la postérité ne le perturbait pas. Waller avait un bon avocat, le genre d'avocats qui connaît la loi mieux que la plupart des flics.

Peut-être était-ce pour ça que le juge se montrait si réticent. Lena avait tenté d'obtenir un mandat de perquisition pour la maison de shoot au motif des allées et venues suspectes tout au long de la journée. Le juge avait dit non. Denise Branson avait transmis des preuves de la localisation de l'endroit fournies par M. Mouchard, un indicateur fiable. Le juge avait dit non. C'est seulement grâce à une insistance opiniâtre qu'elles avaient fini par le convaincre de les laisser capter la rencontre d'aujourd'hui — et encore, seulement en audio.

C'était leur dernière chance. Plus moyen que le juge dise non si on lui apportait des preuves enregistrées. Tout ce que M. Mouchard avait à faire, c'était d'amener Waller à parler de la maison, à mentionner les armes, la drogue ou l'argent. Alors, ils pourraient lancer une descente et arrêter quelques méchants.

En tout cas, Lena priait pour ça. Sid Waller serait sa dernière grosse affaire pendant un bout de temps. Pendant plusieurs mois, sa vie entière serait accaparée par sa grossesse, sans compter les deux ou trois semaines, peut-être plus, qu'elle passerait à la maison avec le bébé avant de reprendre le travail.

La seule idée de ne pas pouvoir travailler la rendait nerveuse. Lena avait toujours été flic. Elle ne pouvait pas perdre cette partie de son identité. Pourtant, elle commençait à se dire qu'elle n'avait pas le choix. Elle était trop fatiguée pour dormir et trop somnolente pour se concentrer.

Elle avait sans cesse besoin d'aller aux toilettes. Elle avait froid. Puis chaud. Puis de nouveau froid. Si c'était ça, la grossesse, Lena n'était pas sûre de pouvoir le supporter. Et les nausées ne la lâchaient pas. Pourquoi disait-on qu'elles étaient « du matin » alors qu'elles duraient toute la journée ?

Elle s'assit sur un banc en face du Target et dut ouvrir son blouson car, le temps de traverser le parking, elle s'était mise à transpirer. Elle dénicha un Kleenex dans sa poche et se moucha. Allez savoir pourquoi, elle avait tout le temps le nez qui coulait en ce moment. Jared disait que c'était parce qu'elle fabriquait de la morve pour deux.

Lena vérifia l'heure sur son portable. Sid Waller n'arriverait pas avant quarante minutes. Elle pouvait donc se reposer un peu avant de retourner dans le fourgon. A condition qu'elle ne s'endorme pas sur place. Ses paupières étaient lourdes à seulement surveiller le parking.

Une pensée lui vint : y avait-il toujours eu autant de gamins dans le monde, ou bien était-ce elle qui les remarquait depuis qu'elle était enceinte ? Un bambin hurlait tandis que sa mère l'entraînait vers un magasin. Un gosse plus grand cavalait autour d'un monospace, pourchassé par sa maman épuisée. Juste devant l'entrée du magasin, une autre malheureuse berçait sur sa hanche un bébé en pleurs.

Et, pour couronner le tout, une femme vraiment très enceinte était en train de charger des sacs dans son coffre. Elle avait un ventre comme un ballon, et la sueur collait ses cheveux sur ses tempes. Sa voiture était garée sur un de ces emplacements réservés aux femmes enceintes qui avaient toujours irrité Lena, mais dont elle comprenait enfin tout l'intérêt. Cette femme avait le droit de se garer le plus près possible de l'entrée. Elle avait l'air d'en baver. Elle porta la main à ses reins au moment où elle chargeait le dernier sac de provisions. Sa robe la moulait beaucoup trop. Même à cette distance, Lena distinguait la ficelle de son string qui lui rentrait dans les fesses comme du fil dentaire.

— Seigneur…, murmura-t-elle, avec l'impression d'être une vache qui vient d'apercevoir ce qui se passe derrière le comptoir d'une boucherie.

Elle frissonna. Ses mains étaient glacées. Voilà comment ça commençait, en général. Les changements de température partaient de ses extrémités. Elle fourra les poings dans les poches de son blouson, et ses doigts trouvèrent la photo. On pouvait appeler comme ça le cliché de l'échographie, non ? En tout cas, c'était un instantané de ce qui se passait en elle.

Dans son métier, Lena avait examiné plus que sa part de radios et d'images médicales. Elle avait vu des échographies scotchées sur des frigos ou à la télé, parfois même présentées dans un tribunal quand une femme enceinte avait été assassinée.

Elle n'avait jamais été particulièrement émue par ces images. Pour elle, ce n'était qu'un fouillis de points noirs et blancs. Elle se disait qu'elle n'était tout simplement pas équipée pour s'extasier sur les petites bulles et les replis bizarres qui arrachaient des « aah » et des « ooh » à tout le monde. Lena était peut-être prude, mais elle ne pouvait être la seule à penser qu'exhiber une échographie revenait à clamer haut et fort à la face du monde qu'on avait couché avec quelqu'un.

Mais ça, c'était avant qu'on lui montre l'échographie de son propre bébé. La veille, tout avait changé. Elle ne comprenait pas pourquoi. Comment ce minuscule haricot qui pulsait en rythme avait-il pu ouvrir un espace aussi vaste dans son cœur ?

Et comment avait-il pu la faire aimer Jared aussi fort ? Elle ne s'expliquait pas ce changement. Elle l'aimait depuis longtemps, évidemment, mais ce sentiment avait désormais une profondeur terrifiante. Elle n'avait jamais ressenti ça pour un homme. Elle était totalement hors de contrôle, incapable de dissimuler sa vulnérabilité. La nuit, elle s'accrochait à lui.

Le jour, elle ne pouvait s'empêcher de le toucher. Au début, il s'était montré un peu gêné. En général, il n'était pas fan des contacts physiques qui ne débouchaient sur rien, mais en quelques semaines il était devenu plus réceptif. C'était sans doute une hormone qu'elle produisait. Même les gars du boulot la regardaient différemment.

Le boulot.

Lena n'arrivait pas à imaginer ce qui se passerait quand sa grossesse deviendrait visible. Bien qu'elle soit déjà enceinte. Ils devaient penser qu'elle avait juste pris du poids — et c'était le cas. Ses pantalons devenaient trop étroits à la taille. Elle débordait de ses soutiens-gorge. Jared était ravi de ce changement-là. Lena, elle, pensait juste que ça allait devenir sacrément compliqué de courir derrière un malfrat avec des seins qui ballottent dans tous les sens. Dans quelques mois, elle se retrouverait très certainement coincée derrière un bureau, à se taper la paperasse et à enregistrer des témoignages pendant que les autres feraient les trucs marrants.

Est-ce que ça en valait la peine ?

Lena jeta un coup d'œil à l'échographie. Du bout du doigt, elle suivit les contours du minuscule haricot dans son cocon blanc.

Bien sûr que ça en valait la peine.

Dans sa poche, son téléphone se mit à vibrer. Denise Branson. Elle devait faire les cent pas au poste, attendant les nouvelles.

— Quoi de neuf, D. ? lança-t-elle.

— Vous avez du nouveau ?

Lena regarda l'heure. Il était temps de retourner au fourgon.

— On l'attend d'ici trente minutes, mais il est toujours en retard.

— J'ai déjà dû décaler une réunion, fit remarquer Denise.

Vous savez qu'on est toutes les deux dans la ligne de mire, maintenant.

— Je sais, répondit Lena en se levant à contrecœur. Je vous remercie de votre soutien.

— Ecoutez, fit Denise sans s'attarder là-dessus, j'ai une autre pièce dans le puzzle Big Whitey.

— Denise…

— Je vous ai écoutée, alors écoutez-moi, d'accord ?

Elle lui devait bien ça.

— D'accord.

— J'ai trouvé un article dans le *Savannah Tribune*. Il y a dix-huit mois, on a retrouvé deux filles blanches mortes derrière une église. Des fugueuses venues de bonnes familles. Overdose d'héroïne l'une et l'autre. Passées de meilleures élèves de leur classe à junkies en moins d'un mois. On les a retrouvées avec une aiguille dans le bras. Ça vous semble familier ?

— Des bons élèves qui font des overdoses d'héro, ça arrive tout le temps, répondit Lena. Je pourrais vous trouver des centaines de cas semblables le même jour. Peut-être des milliers.

— Ça ressemble à ce qui s'est passé ici.

Pas la peine de discuter.

— Denise, je vous le dis en toute amitié. Cette affaire vous obsède. Vous êtes trop impliquée.

— Et alors ?

Lena secoua la tête tandis qu'elle retraversait le parking. Il n'y avait que les gens des forces de l'ordre pour considérer l'obsession comme une qualité.

— Vous êtes bien obsédée par Sid Waller, reprit Denise.

— Et je vais le coincer, répliqua Lena. J'ai un bon dossier. J'ai un témoin. J'ai des dépositions, des photos, un emploi du temps. Tout ce que vous avez, vous, c'est un fantôme.

— Et quand vous avez commencé, vous aviez tout ça ? Ou bien vous l'avez trouvé au fur et à mesure ?

Denise Branson n'avait pas tort, mais Lena refusait de l'admettre. Avant l'apparition magique de M. Mouchard, son chef aurait pu lui faire les mêmes remarques au sujet de Waller. Mais elle ne l'avait pas fait. Elle lui avait donné le temps et le soutien nécessaires.

— Vous avez remonté la piste de ce cabinet d'avocats ?

— J'y travaille. Je sais qu'il y a un lien.

— Si vous avez raison, on doit pouvoir s'entraider, vous et moi. Sid Waller est un gros bonnet. Une fois qu'on le tiendra, il peut nous donner Big Whitey.

Denise eut un rire ironique.

— Vous croyez que Sid Waller va se mettre à table ? Il a autant de pouvoir en cabane qu'au-dehors.

Elle avait raison. Les prisons étaient tenues par les gangs, et Waller était un caïd.

— Ça se peut, répondit néanmoins Lena.

— Pas question que je propose le moindre deal à Waller. Qu'il pourrisse en taule, ce salaud. Big Whitey, je peux me le faire sans lui.

Lena se rendit compte qu'elle avait fiché son poing dans ses reins comme la femme enceinte de tout à l'heure. Elle laissa retomber son bras.

— D'accord, fit-elle. Si vous pensez pouvoir monter un dossier, il va vous falloir de l'aide. C'est trop gros pour une personne seule. Même pour deux, en me comptant. Parce que je suis avec vous, bien sûr.

— Sauf que je fais ça officieusement, vous le savez, répliqua Denise avec amertume. Comment pourrais-je aller demander de l'aide à Lonnie alors qu'il m'a dit de laisser tomber l'affaire il y a plusieurs mois ? Il ne va pas lâcher le moindre dollar du service sur Big Whitey. Pas avant qu'il ne soit trop tard.

Encore une fois, elle avait raison. A cause des restrictions budgétaires, les forces de police n'avaient pas les moyens de se montrer proactives. Elles pouvaient simplement réagir.

Lena eut une idée.

— Je connais quelqu'un qui bosse pour la police d'Etat. Il peut nous donner un coup de main.

— Je ne peux pas court-circuiter Lonnie.

— Je sais.

Lonnie Gray était arrivé relativement récemment à Macon, mais il avait passé les quinze dernières années à la tête de plusieurs polices locales à travers tout l'Etat. Toutes deux le respectaient trop pour le poignarder dans le dos. Sans parler du fait que, si ça arrivait, il était de taille à retourner le couteau contre elles.

— Vous pourriez en parler de façon informelle. Je connais un agent discret, reprit Lena, sans mentionner que ledit agent avait enquêté sur elle moins deux ans plus tôt. C'est un flic, mais plutôt atypique. Il vous fournira le soutien dont vous avez besoin, ou en tout cas il pourra vous aider à mettre certaines pièces du puzzle en place.

— Vous croyez que je vais laisser le GBI piétiner mes plates-bandes et ramasser les lauriers à ma place ? répondit Denise avec un rire sec. Vous savez combien d'heures j'ai investies là-dedans ? Combien de kilomètres je me suis tapés en voiture ? Combien de nuits blanches ? J'ai trop donné pour ce truc, Lee. Je ne vais pas lâcher maintenant.

Lena perçut dans sa voix les accents d'une juste indignation. Cinq ans plus tôt, elle-même aurait eu les mêmes mots, les mêmes accents. Elle était si sûre d'elle-même avant la mort de Jeffrey. Elle avait toujours raison. Elle n'avait pas besoin d'aide. Pas besoin qu'un trou du cul quelconque récolte les honneurs à sa place. A l'époque, Lena se levait chaque matin prête à se battre seule contre le monde entier — jusqu'à ce que le monde l'envoie mordre la poussière.

— Si vous aviez parlé à cette fille, si vous aviez entendu sa mère, vous seriez comme moi, ajouta Denise.

Lena était contente que ce ne soit pas le cas, sans quoi

elle se serait sans doute retrouvée aspirée dans cette affaire, comme sa supérieure hiérarchique.

— Je sais, dit-elle. Mais c'est vous qui menez l'enquête, pas le contraire.

— Qu'est-ce que ça veut dire ? lança Denise.

— Vous chassez un fantôme… et ça affecte votre vie.

— De quelle manière ?

Lena ne répondit pas. Denise attendait qu'elle lui fournisse des arguments pour le plaisir de les démonter. Ce boulot, elle le savait par expérience, n'était pas tendre pour les femmes seules. Il vous rendait trop tranchante. Trop dure. Ça pouvait faire fuir les gens.

La présence de Jared dans sa vie avait changé ça pour Lena. Il prenait une partie du fardeau en charge. Il lui montrait qu'on avait le droit de lâcher prise.

Et puis, il y avait le bébé. Lena porta la main à son ventre. Elle avait chaud aux joues, et un sourire idiot lui fendait le visage. C'étaient les hormones. Heureusement qu'elle ne se trouvait pas dans le fourgon avec Paul et DeShawn. Elle devait purement et simplement rayonner de bonheur.

— Allez, Adams, la relança Denise Branson. Lâchez-vous, dites-moi tout.

Elle haussa les épaules devant le défi.

— Vous savez que DeShawn va divorcer de nouveau ?

— Et vous pensez que, parce qu'il est noir et moi aussi, c'est une histoire d'amour qui roule ?

— Pitié, il ne vous mérite pas, répondit Lena, non sans une certaine dose d'hypocrisie. Je dis juste qu'on ne peut pas faire les deux — être marié à son travail et à quelqu'un en même temps. Et pour quelle raison travaille-t-on quand on n'a personne à retrouver le soir ?

— Un bon petit mari, vous voulez dire ? demanda Denise avec ironie.

Il y eut un silence pesant au téléphone. Denise Branson allait à l'église tous les dimanches. Elle émettait les bruits appréciateurs d'usage quand un beau mec passait dans les parages. Mais Sybil, la sœur de Lena, avait eu ces comportements, et elle était homo à cent pour cent.

— Appelez-moi dès que la rencontre sera terminée, reprit Denise, revenant aux affaires. Si vous n'arrivez pas à choper la voix de Waller, Lonnie va nous passer le savon de l'année. Et je ne dirai rien, parce qu'il aura raison.

— C'est bon, Denise, j'assure.

— Vous assurez, ma fille ? Et financièrement, aussi ? Vous savez combien cette histoire coûte au département ? Surveillance vingt-quatre heures sur vingt-quatre pendant dix jours. Heures sup à gogo. On a dépassé le demi-million le week-end dernier, et je suis incapable de calculer à combien on en est maintenant. J'attends les résultats de votre opé d'aujourd'hui pour aller voir Lonnie, sans quoi il va me virer de son bureau à coups de pied au cul.

— Je sais que vous vous exposez pour moi.

— Merde, grommela Denise, un peu que je m'expose. Je suis carrément à poil, vous voulez dire.

Lena avait presque regagné le fourgon. Elle regarda autour d'elle pour s'assurer qu'on ne l'épiait pas.

— Je vais coincer Waller. Je vous le promets.

— Si vous n'y arrivez pas, achetez-vous un journal — on va devoir consulter la rubrique des offres d'emploi, vous et moi.

Là-dessus, elle raccrocha au nez de Lena.

Celle-ci replongea la main dans sa poche, caressant les arêtes de l'échographie en se dirigeant vers le van blanc qui portait le logo de l'AT&T. Pour autant qu'elle le sache, personne n'avait pris la peine de demander l'autorisation à la compagnie de téléphone. Dans son esprit, ils avaient au mieux le droit de la fermer et de profiter de la publicité gratuite.

— Coucou, chef, lança DeShawn en apparaissant sur le côté du véhicule.

Il était si costaud qu'il lui masquait complètement le soleil. Elle porta la main à sa gorge.

— Tu bouges vite, pour un semi-remorque.

— C'est ce qu'elles disent toutes, répondit-il avec un clin d'œil. Tu es en forme ?

— Pourquoi ? rétorqua Lena, soudain sur la défensive.

Il haussa les épaules et secoua la tête.

— Juste comme ça.

— Tu as laissé les écrans et tu m'attends dehors « juste comme ça » ?

Elle l'avait démasqué, il eut la décence de l'admettre.

— Je sais que tout ce truc avec Waller te pèse salement.

— Pourquoi ? Lonnie a dit quelque chose ? Quoi ?

DeShawn était les yeux et les oreilles de Gray dans le service, elle était au courant. Pour autant, elle ne le considérait pas comme un cafteur.

— Rien, et je ne lui ai rien dit, répliqua DeShawn en la regardant comme si elle nageait en pleine paranoïa. Allez, quoi. Tu sais que je suis avec toi.

— Qu'est-ce qui se passe ? insista Lena, qui avait pris note de son air tendu, comme s'il y avait autre chose. Pourquoi tu es tout bizarre ?

DeShawn poussa un soupir.

— J'ai seulement remarqué que tu avais l'air crevée ces derniers temps.

— Et alors ? On est tous crevés. On est les uns sur les autres depuis des semaines.

Le même soupir.

— Je voulais juste te dire que ce n'est pas un problème si tu décides de lever le pied sur…

— Va te faire foutre, le coupa Lena. Je n'ai jamais levé le pied sur quoi que ce soit, de toute ma vie.

— D'accord, fit l'autre en levant une main apaisante. Je m'inquiète juste pour toi.

— Tu t'inquiètes ? Pourquoi ?

Il fit la grimace, comme s'il se demandait s'il devait ou non lui dire quelque chose. Elle savait que la sœur de DeShawn avait eu deux filles. Peut-être qu'il s'était rendu compte qu'elle était enceinte. Dans ce cas, il allait falloir mettre le holà rapidement.

— Remets ta petite culotte, Shawn. Merci de te préoccuper de moi mais, le mieux pour toi et moi en ce moment, c'est que tu fasses ton boulot et moi le mien, d'accord ?

Il leva de nouveau la main, cette fois pour montrer qu'il capitulait.

— C'est toi le chef.

Elle cogna contre la carrosserie du fourgon.

— C'est moi.

Eric Haigh ouvrit la porte. Tout le monde était à l'intérieur.

— On a eu un appel de la filature de Waller, lui annonça-t-il. Il arrive dans cinq minutes.

Paul ne put s'empêcher de la ramener :

— J'avais raison. Il vient en avance pour reconnaître les lieux.

Lena n'avait aucune envie de distribuer les bons points. Elle faillit tendre la main pour qu'on l'aide à monter à l'intérieur mais, décida-t-elle, mieux valait montrer à DeShawn qu'elle était capable de se débrouiller toute seule. N'empêche que le simple fait de hisser son poids lui arracha un petit grognement d'effort.

DeShawn la suivit d'un seul bond, sans doute pour lui prouver quelque chose. Il referma la porte derrière lui.

— Seigneur ! s'écria Lena en plaquant les deux mains sur son nez face à la puanteur. Qu'est-ce que vous avez foutu là-dedans ?

— Désolé, dit Eric. J'ai mangé mexicain à midi.

— Bien joué, connard ! lança Paul en lui assenant un coup de poing dans l'épaule.

Eric répliqua par le pet le plus gras que Lena ait jamais entendu.

— Seigneur…

Elle se pinça les narines et respira par la bouche pour ajouter :

— Par pitié, dites-moi que M. Mouchard est encore là.

— Notre mouche est toujours sur son banc à mater les gamins qui s'amusent, répondit Paul.

— Il les mate comment ? demanda Lena en se penchant sur les moniteurs pour s'en assurer elle-même.

Mouchard avait toujours ses lunettes de soleil, les bras en croix sur le dossier du banc.

— Tu es sûr qu'il ne s'est pas endormi ?

— Regarde son pied.

Paul avait raison. Le talon de Mouchard montait et descendait si vite que la caméra parvenait à peine à enregistrer le mouvement.

— Où est la maman ? demanda Lena.

DeShawn s'était rassis sur sa chaise. Il fit apparaître l'image de la caméra concernée. La mère était toujours au téléphone, affalée sur sa banquette dans une position qui indiquait qu'elle ne comptait pas bouger de sitôt.

— Heureusement que ce n'est pas un pédophile, murmura Lena.

Elle fit signe à Eric de lui laisser sa chaise.

— Elle est encore chaude, lança celui-ci.

Paul éclata de rire, et elle lui assena une tape sur la nuque.

— Qui m'a foutu une bande de connards pareils ? se lamenta-t-elle.

— Ça va, chef? demanda Paul.

Elle lui répondit par une grimace.

— Parce que maintenant c'est moi le chef?

— C'est toi qui mènes cette opération, non ? fit-il en lui désignant la chaise vide. Qu'est-ce qui t'arrive ? Tu es toute rouge.

Elle porta la main à sa joue. La peau était chaude.

— Sans doute un empoisonnement au gaz.

— Tu es sûre ?

Il lui décocha un regard interrogateur, mais n'insista pas.

— Bonne nouvelle, mesdemoiselles — et toi aussi, Lena, fit DeShawn en se frottant les mains. M. Waller vient d'arriver.

Une Corvette rouge apparut, roulant au pas, fenêtres baissées. Sid Waller fit deux fois le tour du parking avant de se garer sur un emplacement près de la route. Il avait amené du renfort avec lui : Diego Nuñez, installé sur le siège passager, le bras à la fenêtre, une cigarette conique au bout des doigts.

Eric se pencha sur le moniteur.

— C'est un joint ?

— On dirait bien, répondit DeShawn en se rapprochant à son tour.

— Merde, fit Paul. Au Chick-Fil-A, c'est pas « venez comme vous êtes ». Je me demande s'ils vont apprécier de voir débarquer un métèque qui fume un pétard…

— La ferme, lança Lena.

Elle tenta d'ignorer leurs voix pour observer Sid Waller qui descendait de voiture. La chaîne métallique de son portefeuille se balançait tandis qu'il traversait le parking. Ses longs cheveux sales étaient noués en queue-de-cheval. Il portait un jean troué et une chemise à carreaux aux manches déchirées. Ses bras étaient couverts de tatouages. Comme Paul, il semblait incapable d'ouvrir une porte autrement qu'à la volée, pour annoncer sa présence.

Tous quatre tournèrent la tête à l'unisson vers l'écran qui retransmettait les images de la caméra de l'entrée. L'arrivée de Waller lui valut quelques sourcils froncés, mais on était à Macon, et comment distinguer un plouc violent d'un plouc inoffensif ? Pourtant, les filles au comptoir parurent y parvenir très vite. Lena pensait depuis toujours que les femmes repèrent plus vite le danger que les hommes. Voilà pourquoi elle ne parvenait pas à se débarrasser du mauvais pressentiment dans ses tripes au sujet de M. Mouchard.

Ledit Mouchard avait remarqué l'arrivée de Waller. Il se redressa sur son banc et lui adressa un salut de la main — il dut garder le bras levé, car l'autre ne regardait pas dans sa direction. Finalement, le junkie se leva pour se diriger vers la porte. Au lieu d'entrer, il fit signe à Waller de le rejoindre dans l'aire de jeux.

Lena jeta un coup d'œil vers la femme attablée. Elle contemplait Sid Waller d'un air médusé.

— Allez, maman, murmura DeShawn. C'est le moment d'aller récupérer les gosses.

Waller ouvrit la porte à la volée. Lena sursauta en entendant sa voix tonner dans les haut-parleurs du fourgon.

— C'est quoi, ce bordel, ducon ?

Mouchard eut un regard nerveux en direction des enfants. Par bonheur, leur mère venait de débarquer précipitamment dans l'aire de jeux par l'autre porte. Lena et ses hommes entendirent sa voix stridente dans le micro caché de Mouchard.

— Britney, Randall, on s'en va ! Maintenant !

Il ne fallut pas le leur dire deux fois. Sid Waller savait faire place nette autour de lui.

— Bouge de là, lança-t-il.

Mouchard s'écarta pour le laisser s'asseoir sur le banc.

— Qu'est-ce que tu fous ici ? Je croyais qu'ils ne laissaient pas entrer les pédés, dans ce restau.

Mouchard rit comme s'il s'agissait d'une blague.

— Ta gueule, petite bite, cracha Waller en tirant un paquet de cigarettes de sa chemise.

Il le secoua pour en sortir une, fouilla ses poches à la recherche d'un briquet. Mouchard jetait des coups d'œil anxieux autour de lui.

— Y a un truc qui t'inquiète ? demanda Waller, la flamme du briquet à quelques centimètres de sa clope.

Mouchard secoua la tête.

— Enlève-moi ces putains de lunettes.

Mouchard ôta ses lunettes de soleil. Waller alluma la cigarette, inhala longuement avant de rejeter un épais nuage de fumée.

— Qu'est-ce qu'on fout ici ?

— J'ai d'autres bonbons pour toi, répondit Mouchard en portant la main à sa poche.

Waller l'arrêta d'un seul regard.

— J'ai l'air d'un dealer ou quoi ?

Mouchard se figea, la main suspendue à mi-course. Ils lui avaient demandé de donner les pilules pour s'assurer, au minimum, de pouvoir coincer Waller pour trafic de médicaments volés.

A l'intérieur du van, une tension palpable s'installa. Eric lança :

— Regardez-le. Ça y est, il flippe.

Il avait raison. L'indic paniquait. Waller se leva, prêt à partir.

— Allez, quoi, fit Mouchard. Sois pas comme ça.

Au lieu d'ouvrir la porte, Waller s'y appuya, bras croisés sur sa poitrine large. La cigarette pendait au coin de ses lèvres.

Retenant son souffle, Lena observa les deux hommes qui se livraient à une sorte de concours de regards.

De façon inattendue, ce fut Mouchard qui gagna. Waller baissa les yeux pour tapoter la cendre de sa cigarette.

— J'veux monter en grade, fit Mouchard. Je peux choper plus de produits.

Waller porta de nouveau la clope à ses lèvres, puis :

— Qu'est-ce qui te fait croire que j'en ai besoin ?

Mouchard se leva. Il ôta sa casquette et passa la main dans ses cheveux.

— C'était un signal, ça ? demanda Lena.

— Je crois qu'il transpire, c'est tout, répondit Paul. Regarde comment il se décolle le futal des bijoux de famille.

Il avait raison. Mouchard ne pouvait pas s'empêcher de se tripoter l'entrejambe.

— Alors ? le relança Waller. T'as des arguments, ou quoi ?

De façon remarquable, Mouchard se souvint de son texte.

— J'ai une source à l'hôpital. Je peux avoir de la bonne came. Des vraies marques, pas cette merde chinoise.

La fumée de la cigarette passa devant les yeux de Waller. Il y réfléchissait. Il y réfléchissait, Lena en était sûre.

— Allez, supplia-t-elle.

Dans le fourgon, toutes les têtes se rapprochèrent des écrans. C'était le moment de vérité — peut-être leur seule chance de le coincer.

Waller se détourna et ouvrit la porte du restaurant.

— Putain ! s'écria DeShawn en écrasant son poing sur la table, faisant trembler les moniteurs. Je peux pas le croire, il a foiré son coup !

Apparemment, Mouchard était du même avis. De nouveau, il ôta sa casquette.

— T'es un crétin.

Waller s'arrêta net.

— Putain de merde…, murmura Eric.

— Ta gueule, lui ordonna Lena.

Lentement, Waller s'était tourné. Il ne parla pas avant que la porte se soit refermée.

— Tu m'as traité de quoi, là ?

— De crétin.

Lena sentit son cœur s'arrêter. Waller se ramassa sur lui-même comme un serpent prêt à frapper. Ils allaient devoir intervenir et protéger Mouchard avant qu'il ne le tue.

— Tu trouves que je suis un crétin ? demanda Waller comme s'il voulait en avoir le cœur absolument net.

Au lieu de lâcher du lest, Mouchard insista :

— Je te propose de doubler mes livraisons avec de la super came et tu te barres ?

Il avança d'un pas vers Waller, apparemment inconscient de jouer avec sa vie.

— Je veux monter en grade, Sid. J'ai été un bon soldat, mais un jour je veux être général.

Waller parut amusé.

— Vraiment ?

— Oui, vraiment, rétorqua Mouchard en se redressant. Je crois que je mérite un peu de respect.

Waller ressortit son paquet de cigarettes, en alluma une nouvelle au mégot de la précédente.

— Et moi, j'en tire quoi ?

— Tu sais que mon truc est rentable, dit Mouchard. Et tu sais que j'ai pas peur de me salir les mains.

— Je crois même que tu aimes ça, le sale boulot.

— T'en as un à me proposer ?

Waller ne répondit pas, mais Lena secoua la tête. Mouchard allait trop loin. Il venait de demander si Waller voulait qu'il tue quelqu'un pour lui.

D'une pichenette, celui-ci envoya son mégot dans le bac à sable.

— On va s'en tenir à ce que tu sais faire. Donc, double livraison. Tu l'apportes à la baraque de Redding. On a des junkies qui cognent à la porte en permanence.

DeShawn leva la main pour que les autres tapent dedans en silence. La baraque de Redding, c'était la maison de shoot. Ils avaient décroché un motif suffisant pour intervenir.

Mouchard ne put s'empêcher de pousser le bouchon un peu plus loin.

— Tu la veux quand ?

— Dès que tu peux. On a du retard sur notre livraison de la semaine, répondit Sid en tirant sur sa cigarette. Un de nos camions s'est fait pirater à Miami. Des Cubains nous ont piqué pour deux cent mille d'Oxy.

Le junkie qui sommeillait en M. Mouchard prit le dessus.

— J'veux être payé à la livraison. C'est comme ça.

Waller se mit à rire.

— Tiens donc, le caïd qui donne des ordres !

Il lui assena une claque dans le dos, si fort que l'indicateur faillit tomber sur les balançoires.

— Je suis là-bas tous les jours vers 3 heures du mat'. Si t'es pas con, tu seras à l'heure.

Lena éclata d'un rire joyeux tandis que Sid Waller quittait l'aire de jeux.

— Oh, putain de Dieu ! Oh, puuuuutain !

Paul riait comme elle.

— Penche-toi un peu plus, Waller. On a un gros truc pour toi !

Eric lâcha un pet tonitruant qui fit redoubler l'hilarité des gars. Lena se fraya un passage vers l'avant du camion en grommelant qu'ils étaient dégueulasses.

Ils riaient trop fort pour l'entendre.

Elle se laissa tomber sur le siège du conducteur et baissa la fenêtre pour remplir ses poumons d'air frais. En silence, elle pria pour ne pas être enceinte d'un garçon. Ou, pire, de deux — il y avait des jumeaux dans leurs deux familles. Le Dr Benedict lui avait dit qu'on ne serait pas certain avant la prochaine échographie.

Lena prit son téléphone et fit apparaître le numéro de Denise Branson. Par le pare-brise, elle voyait le Chick-Fil-A. Il était trop loin pour qu'elle distingue les détails, mais Mouchard se trouvait toujours dans l'aire de jeux. Il était retourné sur le banc, bras et jambes écartés, les lunettes de soleil de nouveau sur le nez. Elle ne pouvait lire son expression, mais il donnait l'impression d'être plutôt satisfait de lui-même. Il savait qu'il était désormais en sécurité : à la minute où il avait réussi à faire parler Waller de la maison, il avait définitivement gagné son immunité.

Lena tomba sur la messagerie de Denise Branson. Elle

coupa la communication. Denise devait être en réunion. Elle préféra taper un bref SMS :

Crâne-d'œuf aura son cadeau dans une heure.

Crâne-d'œuf, c'était leur surnom pour ce juge qui refusait de leur donner son accord. Lena était sans doute paranoïaque, mais elle ne voulait pas courir le risque que son téléphone soit piraté.

Elle jeta un coup d'œil par-dessus son épaule. Les gars étaient toujours en train de célébrer la victoire en tentant de se surpasser les uns les autres par des blagues lourdes sur les viols en prison.

Lena leva les yeux au ciel avant de se retourner. M. Mouchard était toujours assis sur son banc de l'aire de jeux, le visage au soleil. Des gamins jouaient aux balançoires devant lui. C'était l'homme le plus heureux au monde.

Elle détestait cette partie du boulot. Ce drogué s'était fait coincer en train de vendre des médocs à des gosses, et il recommencerait parce que la police allait le laisser filer. Dorénavant, elle n'aurait pas d'autre choix que d'attendre sa prochaine connerie, qui arriverait tôt ou tard. Aucun criminel n'accepterait de passer un marché avec elle s'ils apprenaient qu'on ne pouvait pas lui faire confiance. Donc, elle devrait ronger son frein.

Ou peut-être pas.

Elle ouvrit sa messagerie mail et sélectionna le compte Google qu'elle utilisait pour ses achats en ligne. Sans doute qu'on pouvait remonter jusqu'à elle par cette adresse, mais ça n'avait guère d'importance à ses yeux. Elle venait de décider de suivre le conseil qu'elle avait elle-même donné à Denise Branson. Aucun flic ne peut bosser tout seul. Il n'y avait pas de honte à demander de l'aide. Qui plus est, M. Mouchard avait un accord d'immunité avec la police de Macon, pas avec celle de l'Etat de Géorgie.

Lena ne pouvait pas s'en prendre à Anthony Dell, mais Will Trent si.

12

VENDREDI

Will sortit de l'hôpital d'un pas hésitant. Même loin d'elle, il entendait encore Sara pleurer dans son oreille. Sentait les marques qu'elle avait laissées sur sa peau. Son odeur. Son goût.

Il traversa le parking, parvint à sa moto, mais ne s'arrêta pas. Il continua tout droit, en direction du bosquet d'arbres derrière le bâtiment. Son pied heurta le rebord du trottoir, puis il sentit le sol de terre sous ses pieds. Il n'alla pas loin : il tomba à genoux et ouvrit la bouche comme pour vomir l'acide qui le rongeait de l'intérieur.

Qu'avait-il fait ?

Il posa le front sur le sol froid. Son esprit revenait sans cesse aux événements des vingt-quatre dernières heures. Toute cette violence. Toute cette douleur. Ce qu'il avait vu. Ce qu'il avait causé. Lena avec son marteau. Tony avec son couteau. Et puis, il y avait Sara.

Qu'avait-il fait à Sara ?

Il l'avait perdue. Par cet instant de sauvagerie, il l'avait perdue à jamais.

— Dis donc, trouduc !

Will leva les yeux. Paul Vickery fonçait sur lui. Avant qu'il ait pu réagir, l'homme le cueillit d'un coup de pied en pleine tête. Il s'effondra lourdement, des étoiles devant les yeux, le souffle coupé.

Vickery lui sauta dessus et entreprit de le rouer de coups de poing, méthodiquement. Will se cabra pour tenter de le désarçonner, mais l'autre le saisit par le cou et l'étrangla de toutes ses forces, lui broyant la trachée. Bouche grande ouverte, Will tenta de le faire lâcher prise, mais Vickery tint bon. Il sentit sa langue se mettre à gonfler, ses yeux à brûler. Un voile noir obscurcit sa vision. Alors, c'était comme ça que ça allait arriver ? Après tout ce à quoi il avait survécu, voilà comment il allait y passer ?

Soudain, la pression disparut. L'afflux d'air brutal le fit s'étrangler. Paul Vickery bascula et tomba sur le macadam comme une masse. Sa tête heurta le rebord du trottoir.

Une toux incontrôlable secoua Will des pieds à la tête.

— Vous allez bien ?

C'était Faith, cinquante centimètres d'acier d'une matraque de police à la main.

— Vous allez bien ? répéta-t-elle, regardant tour à tour Will et Vickery. Vous me voyez ?

Il la voyait — en double exemplaire. Puis en triple. Vickery tenta de se relever. Faith lui abattit sa matraque dans les reins. Deux coups sévères, méthodiques.

— Salope ! hurla le flic en se tordant de douleur. Putain de merde !

Faith lui colla l'extrémité du bâton sur le visage.

— Ne bougez pas.

— Il a assassiné un flic !

Sans déplacer sa matraque, elle sortit son Glock pour le pointer sur Will.

— Levez-vous.

Will écarquilla les yeux. Elle avait le doigt sur la sécurité. Il n'était pas certain de pouvoir bouger. Il avait mal, tellement mal.

— Black, lança Faith, je vous ai demandé de vous lever, bordel.

Black. Il ne comprenait pas ce qu'elle disait. Etait-ce une sorte de code ? Et pourquoi le vouvoyait-elle ?

— Debout, répéta Faith.

Elle utilisait sa voix de flic, celle qui disait qu'elle avait déjà tiré sur un suspect et qu'elle était prête à recommencer.

— J'ai dit debout, putain.

Enfin, le cerveau de Will parvint à contacter ses bras et ses jambes. Il parvint à se rasseoir, au prix d'un effort surhumain.

— Ne bougez plus, lança Faith, comme s'il avait le choix. Bill Black, je vous arrête pour violation des termes de votre liberté conditionnelle.

— Sa conditionnelle ? cria Vickery. Il a buté un flic, putain !

— Vous avez des preuves ?

Comme il ne répondait rien, elle se tourna vers Will.

— Vous avez le droit de garder le silence.

— Connasse, murmura Vickery.

Elle éleva la voix pour couvrir ses mots.

— Tout ce que vous direz ou ferez pourra être retenu contre vous devant un tribunal.

Will se plia en deux et vomit. Des pois à vache. Quelque chose de blanc. Des haricots. Il ne se souvenait pas d'avoir mangé quoi que ce soit.

— Vous avez le droit de consulter un avocat…

Il renifla. La sensation faillit le faire vomir de nouveau.

— Si vous n'avez pas les moyens de vous en payer un, il vous en sera commis un d'office.

Il leva une main pour la faire taire. Le son de la voix de Faith était comme un pic à glace dans son cerveau.

— D'accord. Je renonce à mes droits.

Faith rengaina le Glock, mais garda la matraque brandie. Elle lui jeta des menottes.

— Enfilez-les.

Vickery voulut profiter de l'occasion pour se lever. Faith fit tournoyer le bâton et l'abattit sur sa cheville. Il y eut un craquement sinistre, comme du bois sec.

— Salope ! hurla Vickery, fou de douleur. Sale pute !

Elle saisit Will par le bras, mais ne parvint pas à le relever.

— Allez, levez-vous. Je t'en prie, termina-t-elle en lui murmurant à l'oreille.

Il avait l'impression que sa voix lui parvenait à travers de l'eau. Pourtant, il puisa au fond de lui-même la force de se lever, vacillant sur ses jambes comme un poulain nouveau-né. Faith le prit par le coude pour l'entraîner vers le parking. Une deuxième fois, il trébucha sur le trottoir. Elle parvint à grand-peine à l'empêcher de basculer.

— Avance. Continue comme ça, l'encouragea-t-elle, toujours à mi-voix.

Il tenta de faire comme elle disait. Ses pieds étaient tout mous, comme si les tendons avaient cédé. Le sol avait un aspect étrange. Tout était trop petit ou trop gros. Il marchait dans une sorte de galerie des glaces. Si Faith ne l'avait pas retenu, il serait tombé tête la première.

Paul Vickery n'abandonnait pas la partie. Il se releva pour boitiller derrière eux, à distance prudente.

— J'ai un témoin qui l'a vu dans l'arrière-salle du Tipsie ce soir, lança-t-il. Le lieu de ralliement des tireurs qui s'en sont pris à Lena.

Faith ne répondit pas, tirant Will par le bras pour qu'il accélère.

— Demandez-lui où il est allé ensuite, cria Vickery. Demandez-lui où il était quand toute mon équipe s'est fait attaquer, putain !

Elle brandit sa matraque, menaçante. Vickery ralentit.

— Je le choperai au poste.

— Il ne va pas au poste, répliqua Faith en poussant Will

contre un Suburban noir. Je l'emmène à mon bureau. Il est sous la responsabilité de l'Etat.

— Vous ne pourrez pas le garder là-bas.

Faith ouvrit la portière arrière. Elle resta face à Vickery tout en essayant d'aider Will à grimper dans la voiture, mais il était trop lourd pour qu'elle y parvienne. Au final, il s'écroula sur la banquette.

— Il vous faudra le remettre dans le circuit à un moment ou à un autre, continua Vickery. Vous allez devoir l'envoyer en taule, que ce soit celle du comté ou Fulton. Et là, je l'aurai.

Les poignets de Will étaient toujours menottés. Il contracta les abdominaux pour tenter de se redresser sur la banquette, au prix d'une douleur intense. Sa bouche s'ouvrit — il allait encore vomir.

— Bas les pattes, Vickery. Je suis sérieuse, dit Faith en verrouillant les portières avec la télécommande.

Elle contourna le Suburban, la matraque toujours en évidence. Vickery se précipita sur le 4x4, tambourinant des deux poings contre la portière et la vitre.

— T'es mort, Black ! Tu m'entends ? Je vais te niquer !

Will ferma les yeux. Tout tournait autour de lui. La voiture tremblait sous les coups d'épaule de Vickery, qui semblait persuadé de pouvoir renverser seul un véhicule de deux tonnes.

— Reculez, putain ! hurla Faith, devant le capot.

Elle ajouta quelque chose d'autre, mais des bourdonnements d'oreille soudains empêchèrent Will de saisir quoi. Il entendit Vickery la traiter de tous les noms possibles, et Faith répliquer sur le même ton sans se démonter.

La portière côté conducteur s'ouvrit.

— Compte là-dessus, tête de nœud, cria Faith en grimpant à l'intérieur.

Elle claqua la portière avec un bruit de canon. Le moteur

vrombit. La voiture fit un bond quand elle enclencha la vitesse, s'arrachant à l'asphalte dans un crissement de pneus.

Will se plia en deux, tête sur les genoux, mains croisées entre sa poitrine et ses jambes. De la salive et du sang mêlés dégoulinaient de ses lèvres ouvertes. Il attendait que Faith lui dise quelque chose. Qu'elle lui crie dessus. Qu'elle lui demande ce qu'il avait foutu.

Elle entrouvrit sa fenêtre, et il sentit l'air froid de la nuit l'envelopper. Il ferma les yeux, respira par la bouche. La lumière se fit moins vive. Les pneus chuintaient sur la route.

Faith conduisit en silence, sans même se retourner. Peu à peu, le souffle de Will redevint régulier, et les nausées se dissipèrent. Malheureusement, ce fut aussi le cas de l'engourdissement qui atténuait sa souffrance. Très vite, celle-ci envahit tout son corps. Son nez devait être cassé, il avait la lèvre fendue et l'impression qu'on lui avait écorché le cou avec un rasoir. Dans sa tête, dans ses paupières, les pulsations faisaient naître une douleur lancinante.

Faith accéléra. Au ronronnement régulier du moteur, il devina qu'ils roulaient sur l'autoroute. Il ignorait combien de temps s'était écoulé quand elle ralentit enfin et changea de direction. Les pneus du Suburban quittèrent l'asphalte pour faire crisser des graviers. Dans un grincement de frein, Faith arrêta la voiture et enclencha le mode parking. Quand elle appuya sur la pédale, un cliquètement indiqua que le frein à main automatique venait de s'enclencher.

Elle ouvrit la portière et Will l'entendit faire le tour de la voiture.

Il se redressa — lentement, il n'avait pas le choix. Sa tête lui faisait horriblement mal, sa gorge lui semblait ravagée. Il ne parvenait pas à se débarrasser du goût de sang dans sa bouche.

La portière arrière s'ouvrit. Faith ne parlait toujours pas. Elle alluma le plafonnier. Will cilla. Elle défit les menottes. Il se frotta les poignets pour tenter de rétablir la circulation.

De sous le siège, elle tira une trousse de premiers secours et l'ouvrit pour en tirer une bande Velpeau, plusieurs compresses, une pommade antibiotique et des pansements. Will entendit des voitures défiler de part et d'autre de la leur. Faith s'était garée sur un îlot d'arrêt d'urgence entouré d'arbres, entre les deux voies de l'autoroute. Le sol était jonché de bouteilles de bière et de capotes usagées.

— Regarde-moi, dit-elle.

Il tourna la tête dans sa direction, fermant les yeux. Il l'entendit déchirer des emballages — lingettes antiseptiques, désinfectant. Il garda les paupières closes tandis qu'elle s'occupait de ses diverses écorchures. Elle était efficace à défaut d'être tendre. Will lui en fut reconnaissant. Sara l'avait soigné plusieurs fois. Ses mains étaient si douces. Elle le caressait, déposait des baisers sur les endroits qui, disait-elle, en avaient besoin pour guérir.

Faith nettoya ses paupières avec un morceau de coton. Il ouvrit la bouche pour tenter d'aspirer davantage d'air. Il voulait la remercier, lui dire à quel point son silence comptait pour lui. Dans la vie de Will, Faith s'était toujours comportée comme un éléphant dans un magasin de porcelaine. En cet instant, il était trop brisé pour lui raconter ce qui s'était passé avec Sara cette nuit.

Elle gratta les ailes de son nez pour décoller le sang séché.

— Eric Haigh est mort, annonça-t-elle.

— Je sais.

Il parvenait à peine à parler, avec l'impression qu'un paquet de coton restait coincé dans son œsophage.

— On a retrouvé son corps il y a une heure, précisa Faith.

— Devant chez lui, murmura-t-il. J'ai aidé Tony Dell à le déposer.

Les mains de Faith se figèrent. Will ouvrit les yeux.

— Je l'ai regardé le tuer. Tony Dell tuer Eric.

Il toussa, et le paquet de coton se changea en lames de rasoir. Il voulut déglutir, mais sa gorge n'obéit pas.

— Au Tipsie. Au couteau de chasse. Dell le garde dans sa botte. Le gardait. On a jeté le couteau dans une rivière. Je ne sais pas laquelle. Un pont en béton. Pas de maisons autour.

— On trouvera.

— C'est Tony qu'on doit trouver.

— Il a disparu, répondit Faith en ouvrant une boîte d'antibiotiques. Sa maison est vide. Sa voiture est toujours chez les flics. Il s'est servi de sa carte bleue pour vider son compte en banque. On a lancé un mandat d'arrêt contre lui.

Elle plongea un coton-tige dans un tube de pommade. Will ne parvenait toujours pas à avaler sa salive. Ses efforts ne produisaient qu'un bruit étrange, comme un cliquètement.

— Il y avait trois types. Des ploucs. Costauds. Gros.

Pas moyen de se souvenir s'il lui avait mentionné l'endroit où ça s'était passé.

— Au Tipsie. C'est là que Tony a tué Eric Haigh.

Elle leva le coton-tige vers son front.

— Je vais mettre quelqu'un sur le club.

— Ils étaient dans l'arrière-salle. Dell m'a emmené pour les rencontrer. Je ne savais pas du tout ce qu'il avait en tête avant de me retrouver là-bas.

Faith remit de la pommade sur le coton-tige.

— Ils connaissent ma couverture. Ils savent tout sur Bill Black. Ils me surveillaient. Pas quand je rentrais à Atlanta — ils ne pouvaient pas me suivre avec la moto —, mais ils étaient au courant pour l'hôtel, pour mes habitudes.

Il porta la main à sa poche pour chercher son téléphone et regarda l'écran fissuré.

Sara avait jeté son téléphone contre le mur. Il l'avait vu éclater en morceaux. Jamais il n'avait été témoin d'un tel comportement de sa part.

— Will ? le relança Faith.

Il tint son portable à la main. La façade était cassée. Il

le rangea dans sa poche. Enfin, il parvint à déglutir. Il crut s'évanouir de douleur.

— Il y en avait un qui s'appelait Junior. Il m'a braqué un flingue sur la poitrine. Smith & Wesson, poignée en nacre. Comme le couteau. Celui du plouc, pas celui de Tony. Celui de Tony, on l'a jeté d'un pont.

Faith passa le coton-tige sur sa paupière inférieure. C'était là que le plouc l'avait coupé, se rappela-t-il — la première blessure de la nuit.

— Mes fringues sont dans un sac-poubelle dans mon casier, fit-il. J'ai dû me changer au boulot, prendre une douche. Tony est passé aux urgences. Il s'est blessé à la main en poignardant Haigh. Ils ont été obligés de lui faire des points de suture. Je ne sais pas combien.

Pourquoi s'était-il senti le besoin d'ajouter ça ?

— C'est sa femme qui l'a trouvé, dit Faith.

— Tony ? Il est marié ?

— Eric Haigh. Sa femme a retrouvé le corps devant la maison. Ç'a été un sacré bordel au début. Elle ne l'avait pas reconnu.

La mémoire revenait à Will.

— Ils nous ont dit de le laisser sur la pelouse, devant chez lui. C'était un ordre de Big Whitey.

Lisant la question dans les yeux de Faith, il ajouta :

— Par téléphone. Je ne l'ai pas rencontré. Le plouc a répondu au téléphone, puis il a dit à Dell où laisser le corps. Que c'était un ordre direct de Big Whitey.

— On verra si on trouve trace d'un appel au club.

— Ça venait d'un portable, sans doute un jetable.

— On vérifiera quand même.

Faith jeta le coton-tige dans la trousse de premiers secours. Il était imbibé de sang.

— Haigh avait disparu depuis deux jours, dit-elle à Will. Sa femme n'a prévenu personne parce qu'il se comportait bizarrement depuis la descente. Elle savait que les Affaires internes s'en étaient mêlées. Elle ne voulait pas lui attirer d'ennuis.

— La descente, répéta Will.

Faith lui en avait déjà parlé, mais il ne se rappelait plus leur conversation.

— Ils l'ont torturé, conclut-il simplement.

— Je sais.

— Le plouc a dit à Dell…

Mais il perdit le fil de ses pensées, et dut demander à Faith :

— Qu'est-ce que je disais ?

— « Le plouc a dit à Dell » ? répéta-t-elle. On parlait d'Eric Haigh.

Ça ne l'aida pas vraiment. Il reprit :

— Il a dit qu'il me contacterait. Qu'il avait un boulot pour moi.

— Tu étais au club à quelle heure ?

— Quelle heure ?

Il ne comprenait pas la question. Il sortit le téléphone de sa poche. La façade était fissurée, mais l'écran s'alluma quand il appuya sur le bouton.

— Il est 1 h 31, annonça-t-il à Faith.

Elle pencha la tête pour mieux l'observer.

— Est-ce que je dois t'emmener à l'hôpital ? Un autre hôpital, je veux dire.

Il secoua la tête. Hors de question qu'il mette les pieds dans un hôpital.

— Je pense que tu as un traumatisme crânien.

— Pourquoi ?

— Paul Vickery t'a frappé à la tête.

— Quand ? demanda Will, mais il se rendit compte que ce n'était pas la bonne question — il se souvenait du coup de pied de Paul. Je veux dire, pourquoi Paul était-il à l'hôpital ?

— Quelqu'un lui a tiré dessus. Paul Vickery, précisa-t-elle, était à l'hôpital parce que quelqu'un a tenté de le tuer cette nuit.

— Je suis désolé, je n'arrête pas d'oublier des trucs.

— Ça va aller, lui assura Faith, parlant plus lentement qu'il n'était nécessaire. Vickery était chez lui. Quelqu'un a tiré un coup de fusil par sa fenêtre. C'est pour ça qu'il avait un bandage au bras.

Will ne se souvenait pas d'avoir vu un bandage.

— Il va bien ?

— Assez pour t'agresser, répondit-elle.

Sourcils froncés, elle lui fit tourner la tête pour l'observer.

— Il se bat vraiment comme une gonzesse. Il y a des marques de griffes sur ton cou. Il ne t'a pas mordu, des fois ?

Will détourna le regard. Ce n'était pas Paul Vickery qui avait laissé ces marques. C'était Sara. Elle l'avait frappé et mordu, et il ne s'était pas arrêté parce que tout ce qu'elle faisait lui donnait encore plus envie de la baiser.

Renonçant à utiliser les cotons-tiges, Faith se mit à appliquer la pommade antiseptique du bout des doigts.

— Ils s'en sont aussi pris à DeShawn Franklin. Il s'est fait agresser devant un cinéma ce soir. Sa petite amie s'est mise à hurler, elle a appelé le 911.

— Ils l'ont emmené à l'hôpital ?

— Regarde-moi, Will, ordonna Faith pour s'assurer qu'elle avait son attention. Quelqu'un s'en est pris à Franklin et à Vickery le soir où le corps d'Eric Haigh a été balancé devant chez lui.

Will connaissait déjà tous ces détails, mais la façon dont elle les présentait finit par créer le déclic.

— C'était coordonné…

— Exactement. Quelqu'un nous envoie un message.

Elle ouvrit un emballage de pansement adhésif.

— C'est ce qu'a dit le plouc — quand on envoie un message, c'est pour qu'on puisse le voir.

— Eh bien, si jamais tu le recroises, tu peux lui dire qu'on a bien reçu le sien. Tourne la tête.

Il obéit, et elle colla le pansement sur les griffures.

— C'est pour ça que tu étais à l'hôpital ? demanda-t-il. Parce qu'ils ont tous été agressés ?

— Je te cherchais.

— A cause de DeShawn Franklin ? Non, attends, fit-il en secouant la tête. Tu t'es rendue à l'hôpital à cause d'Eric Haigh. Tu l'as vu et tu as cru qu'ils m'avaient fait la même chose.

— J'ai cru que c'était *toi*, répondit Faith. Sa propre femme ne l'a pas reconnu. Je suis arrivée à l'hôpital en me disant que j'allais devoir identifier ton corps.

— Je suis désolé.

— Heureusement que Sara ne répondait pas à son téléphone.

Elle lui fit signe de tourner de nouveau la tête. Les marques de griffes étaient trop larges pour un seul pansement.

— Après ça, reprit-elle, ç'a été la pagaille. Paul Vickery et DeShawn Franklin sont arrivés en ambulance au moment où je quittais la morgue. J'étais au téléphone avec Amanda.

— Tu as dû leur annoncer que Haigh était mort ?

— Oui, répondit Faith d'une voix fatiguée. Et à ce moment-là, ils ont vu Tony Dell en train de se faire recoudre la main et ils ont décidé de se venger sur lui.

Avant qu'il ait eu le temps de lui poser la question, elle précisa :

— Il a fallu six flics pour leur faire lâcher prise.

— Pourquoi s'en prendre à lui ?

— Parce que la Kia de Dell était garée devant chez Lena la nuit de l'agression, je pense. Quel que soit le témoin de Vickery, celui qui t'a reconnu au club, il a aussi vu Tony. De là à vous rattacher tous les deux au meurtre de Haigh…

Effectivement. Et ils avaient vu juste.

— Qu'en dit Tony ?

— Qu'est-ce que j'en sais ? répondit Faith sur un ton exaspéré. Je t'ai dit il y a trois secondes qu'il avait fallu six flics pour séparer DeShawn et Vickery de Tony Dell. Le temps que ça se calme un peu, Dell avait disparu. On a passé les lieux au peigne fin, mais il a réussi à s'enfuir.

— Il devait avoir planifié une douzaine de façons de s'échapper de l'hôpital.

Soudain, quelque chose lui revint. Il sortit son portefeuille. Le petit mot de Cayla Martin se trouvait toujours dans le rabat à photos.

— C'est la sœur de Tony. Allez voir chez elle.

Faith prit le morceau de papier sans masquer son scepticisme.

— On n'a pas trouvé de frère ni de sœur quand on a enquêté sur le passé de Dell.

— C'est juste sa demi-sœur, et ils n'ont vécu ensemble que quelques années, répondit Will. Il est amoureux d'elle.

A en juger par la façon dont Faith le regardait, elle était en train de se demander de nouveau si elle ne devait pas l'emmener se faire examiner.

— Je sais, ça paraît bizarre, mais c'est vrai. Elle est infirmière à l'hôpital.

— J'enverrai une voiture de patrouille.

Will toussa dans sa main, puis inspecta sa paume, persuadé d'y trouver du sang.

— Vickery a dit que j'avais tué un flic, fit-il remarquer. Comme s'il était certain.

Faith secoua la tête. Apparemment, elle ne comprenait pas ça non plus.

— Peut-être qu'il t'a vu quitter la maison d'Eric Haigh ? Non, objecta-t-elle immédiatement. Sinon, il t'aurait tué sur place. Tu te souviens d'avoir vu Vickery ou un des deux autres cette nuit ?

Will réfléchit à la question. Elle roulait dans sa tête comme une bille qui aurait refusé de s'arrêter.

— J'appelle Sara, annonça Faith.

— Non.

— Elle a le droit de…

Will la retint par le bras, mais la lâcha immédiatement.

— Elle sait tout, souffla-t-il.

Faith scruta son visage. Qu'y voyait-elle ? Les bleus n'apparaîtraient que dans plusieurs heures. Il y avait certainement l'empreinte de la chaussure de Vickery sur le côté de son crâne, une marque rouge sur l'arête de son nez, du sang sur sa lèvre fendue. Et les griffures, les morsures. Que pensait-elle de tout ça ?

— Il faut qu'on rentre au bureau, dit-elle.

Will, lui, voulait rentrer à Atlanta. Il devait aller chercher son chien à l'appartement de Sara. Sa brosse à dents, les vêtements laissés dans le tiroir qu'elle avait libéré pour lui. Il ne devait rester aucune trace de son passage chez elle. C'était le moins qu'il puisse faire.

— C'est terminé, dit-il à Faith. Avec Sara. C'est fini.

— Tu es sûr ?

— Oui, répondit-il.

De toute sa vie, il n'avait jamais été plus certain de quelque chose.

Faith referma la trousse de premiers secours en faisant jouer le fermoir en plastique.

— Eh bien, tant pis pour elle.

— Elle a de bonnes raisons.

— Non, insista Faith. Quoi que tu aies fait, si Sara ne peut pas te pardonner, c'est qu'elle n'est pas aussi bien que je croyais.

Will retint sa langue. Elle découvrirait la vérité bien assez tôt.

— Monte à l'avant, lança Faith. On va être en retard.

— En retard pour quoi ?

— Branson, répondit-elle d'une voix qui suggérait qu'elle avait déjà dit ça. Je l'ai vue à l'hôpital. Elle est prête à parler.

— Pourquoi maintenant ?

— Quelqu'un a tenté de descendre deux de ses flics — trois si tu comptes Lena. Eric Haigh a été torturé et poignardé à mort. Jared Long a failli être assassiné. Alors oui, putain, elle va nous parler. Elle est allée chercher ses dossiers. On est censés se retrouver au bureau… depuis dix minutes, conclut-elle en regardant sa montre.

— Quels dossiers ?

— Ceux de la maison de shoot, précisa-t-elle en lui faisant signe de bouger. Denise Branson nous ment depuis le début. Elle va enfin tout nous dire sur leur putain de coup de filet.

Will évalua l'état de son visage dans le miroir des toilettes du bureau de campagne du GBI. La vie avait fait de lui un expert en matière de blessures. Il connaissait la différence entre les coupures qui laissent des cicatrices et celles qui ne laissent qu'un mauvais souvenir. Selon ses estimations, le seul souvenir durable de cette nuit proviendrait du couteau du bouseux. La mince estafilade sous son œil aurait nécessité au moins un point de suture. Mais, pour ça, il fallait aller dans un hôpital, et Will était déterminé à ne plus jamais mettre les pieds dans un tel endroit.

Au moins, les nausées s'étaient arrêtées. Sa tête lui faisait un peu moins mal. Les tremblements avaient cessé, ce qu'il prenait pour un signe positif — il n'avait pas d'attaque cardiaque ni de commotion cérébrale. En revanche, déglutir lui restait très difficile. Il l'avait appris à ses dépens, quand Faith l'avait obligé à boire deux canettes de Coca. Elle était restée près de lui le temps de lui faire ingurgiter un paquet de biscuits au fromage. Il avait fini par s'irriter de son attitude autoritaire, ce qui signifiait sans doute qu'elle s'y prenait comme il fallait.

Il observa son cou, toucha délicatement les ecchymoses rouges qui commençaient à apparaître. Si Will avait un talent, c'était celui de survivre. Il avait réussi à s'en tirer cette nuit. Le bouseux ne l'avait pas trop amoché. Tony Dell ne l'avait pas tué, même s'il en était visiblement capable. Paul Vickery lui avait collé une sacrée raclée, mais Faith lui avait probablement fracturé la cheville, ce qui constituait une vengeance suffisamment moche.

Donc, Will avait survécu. Il pouvait s'en réjouir.

Sauf qu'il y avait Sara.

Enfant, Will avait pris l'habitude de se dire que toutes les vicissitudes de la vie étaient faciles à gérer. Pas besoin de les garder en lui. Il les mettait dans des boîtes. Au bout d'un moment, ça faisait un paquet de boîtes. Il ne savait plus où les ranger. Elles flottaient autour de son lit à l'orphelinat. Elles le suivaient à l'école. Dans la rue, elles le pourchassaient comme des petites brutes décidées à le coincer.

Plus il grandissait, plus la question du stockage se posait. Ou peut-être était-ce la métaphore qui changeait. Les cartons flottants s'étaient transformés en feuilles, qu'il rangeait dans un dossier. Les dossiers allaient dans des classeurs verticaux — des meubles fermés à clé pour qu'il n'ait plus jamais à voir ce qu'ils contenaient.

Quand Sara était arrivée dans sa vie, Will avait oublié la pièce aux classeurs. Fini les piles de feuilles, les cadenas rouillés qu'il ne parvenait plus à ouvrir.

Et maintenant c'était terminé. Seul dans les toilettes, Will rangea Sara Linton dans un dossier et referma le tiroir.

— Will ? lança Faith en frappant doucement à la porte. Tu vas bien ?

Il ouvrit le robinet pour lui montrer qu'il était encore en vie. Le jet était glacial. Il pensa s'asperger le visage, mais Faith l'avait tartiné d'une telle couche de pommade antiseptique que ça ne servirait sans doute à rien — les gouttes rouleraient dessus.

Will ouvrit la porte. Faith l'attendait, une bouteille d'eau dans chaque main.

— Tu as eu peur que je claque sur les toilettes ?

Sa voix ressemblait à celle d'un vieillard.

— C'est pas drôle.

— Ça peut arriver, croassa-t-il. J'ai lu ça dans le journal.

— Tu n'as pas vomi de nouveau ? demanda-t-elle en lui tendant les bouteilles.

— Non. Je vais bien, merci.

Il aurait préféré qu'elle reste silencieuse, comme dans la voiture, mais il n'aurait pas la cruauté de le lui dire.

— Il faut que tu boives tout, lui indiqua-t-elle en le prenant par le bras pour le guider dans le couloir. J'ai envoyé une patrouille mener une enquête de voisinage chez Cayla Martin. Ça leur a pris des plombes pour trouver l'endroit. Sa maison n'est pas sur Mappy ni sur Google.

Will acquiesça. Sans l'aide de Tony, il n'y serait pas parvenu non plus.

— Bref, ils ont fini par débarquer là-bas. Martin était chez elle. Elle a dit que, si ça ne tenait qu'à elle, Tony Dell pouvait bien aller au diable. Puis elle a demandé s'il y avait une récompense au cas où elle nous aiderait à le retrouver.

Will acquiesça de nouveau. Du Cayla tout craché.

— Les deux patrouilleurs repasseront une fois ou deux dans le coin avant la fin de leur service, pour s'assurer que Dell ne débarque pas. En attendant, j'ai mis Amanda au courant de tout ce qui s'est passé cette nuit. On est en train d'essayer de monter une rencontre par Skype en salle de conférences, mais il y a des problèmes techniques.

Il devina que lesdits problèmes ne venaient pas de leur côté.

— Lonnie Gray est ici. C'est le chef de la police de Macon.

— Amanda l'a appelé ?

— Non, c'est Denise Branson. Je lui tire mon chapeau,

elle est allée le trouver sans se dégonfler. Ils sont dehors, ils discutent pendant qu'on tente de faire fonctionner le réseau. Et quand je dis qu'ils discutent… en fait, Denise se fait engueuler. Il lui remonte tellement les bretelles qu'elle doit avoir le cul au niveau des omoplates.

Will prit une gorgée d'eau.

— Elle va perdre son boulot ?

— Elle aura de la chance si c'est tout ce qu'elle perd. Gray ignorait complètement que Branson nous avait menti. Elle risque d'être accusée d'entrave à la justice, voire pire.

Faith jeta un coup d'œil nerveux par-dessus son épaule avant d'ajouter :

— Je n'ai pas encore dit à Gray ce que Vickery t'a fait.

Il secoua la tête.

— Ne lui en parle pas. J'arrangerai le coup moi-même avec Vickery.

— Il va falloir que tu sois plus rapide qu'Amanda. Elle était prête à le scalper.

— J'aurais préféré que tu ne lui en parles pas, soupira Will.

— Ouais, et moi j'aurais préféré ne pas perdre ma virginité dans un drive-in devant *Piège de cristal*, figure-toi. Va falloir t'y faire.

Elle poussa la porte. La salle de conférences ressemblait trait pour trait à toutes les salles de conférences de tous les PC de campagne qu'occupait le GBI à travers l'Etat. Entre les murs en lambris imitation chêne, une longue table occupait la pièce, entourée de fauteuils en skaï élimés tellement serrés les uns contre les autres que deux hommes un peu corpulents ne pouvaient pas s'asseoir côte à côte. Un petit écran plasma trônait sur une desserte roulante en acier, avec un enchevêtrement de fils qui pendaient vers les différents équipements électroniques en dessous. L'écran affichait une photo d'Amanda, visiblement celle de son compte Skype personnel — elle datait des années 1980, et montrait une Amanda en tenue de tennis, une raquette en bois sur l'épaule, un serre-tête à la Jane Fonda faisant bouffer ses cheveux. Le plus surprenant, c'était qu'elle souriait.

Sa voix jaillit, nasillarde, du haut-parleur posé sur la table.

— Vous me voyez ? Je bouge la main.

— Non, madame.

L'agent Nick Shelton, chef du bureau local, ne toucha pas le portable qui était devant lui. A la place, il se frotta douloureusement les yeux en secouant la tête.

— J'ai essayé tout ce que je pouvais. Vous êtes sûre qu'il n'y a pas de problème de votre côté ?

— Parfaitement sûre, rétorqua Amanda. Tout ce que je vois, c'est le logo du GBI. Pas la moindre vidéo.

Avec un regard dépité en direction de Faith, Nick tendit la main à Will.

— Bonjour, agent Trent.

— Will est là ? demanda Amanda. Je ne vois rien !

— Oui, madame, répondit Will avec autant de force qu'il put.

— Pourquoi chuchotez-vous ?

— Parce qu'il a failli mourir étranglé, répondit Faith.

Comme à son habitude, Amanda fit preuve d'une grande compréhension.

— Alors, asseyez-vous plus près du micro. Je n'ai pas envie d'avoir à vous demander de répéter toutes les deux minutes.

— Oui, madame.

— Je vais dire deux mots au crétin qui répare mon ordinateur, se plaignit-elle. Ça fait trois fois qu'il vient chez moi, et tout tombe en carafe dès qu'il s'en va.

— Vous savez qu'on n'attrape pas les mouches avec du vinaigre ? ne put s'empêcher de lancer Faith.

— Merci beaucoup, Faith. Des mouches en plus, exactement ce qu'il me faut.

Will se laissa tomber dans un fauteuil pendant que les deux femmes poursuivaient leur échange. La table était préparée pour une réunion formelle — cinq bouteilles d'eau devant cinq chaises, avec à côté des blocs-notes et des stylos. Will avait assisté à un certain nombre de réunions où des flics avaient perdu leur boulot, mais il était sincèrement désolé pour ce flic-là. Denise Branson avait commis une erreur, de celles qui brisent une carrière, mais c'était certainement pour des raisons qu'elle jugeait justes.

Comme ça arriverait à Lena Adams un jour ou l'autre. Ce n'était qu'une question de temps.

Il regarda la pendule digitale suspendue au mur, qui indiquait 03 : 01. Il aurait dû être épuisé. C'était peut-être la caféine des Coca qui le maintenait éveillé. A moins que son corps ne soit simplement en train de se faire à l'idée qu'il allait survivre.

Il regarda les bouteilles d'eau que Faith lui avait fourrées dans les mains. La première était encore aux trois quarts pleine. Sa bouche était horriblement sèche, mais la seule idée d'avaler une autre gorgée lui faisait mal à la gorge. Il avait l'impression de se noyer dans l'océan.

La porte s'ouvrit. Nick se leva.

— Madame ? Le chef Gray et le major Branson viennent d'arriver.

Denise Branson avait troqué son uniforme impeccable contre un jean et un chemisier ample. Elle avait aussi perdu toute sa superbe. Désormais, elle avait l'allure d'une vaincue. L'attaché-case de cuir était le seul indice qui permette de la relier à la femme avec qui ils avaient parlé la veille à Atlanta.

Pour sa part, Lonnie Gray était venu en grand uniforme. Ses épaulettes dorées scintillaient sous la lumière des plafonniers. Il gardait sa casquette sous son bras. Il portait bien son âge et donnait l'impression de faire sa centaine de pompes chaque matin avant le lever du soleil. Surtout, il avait l'air furieux au-delà des mots. Sa bouche était une ligne pâle à peine visible sous sa moustache, et des rides de colère creusaient son front comme les sillons d'un champ de patates.

Ils se serrèrent la main. Will ne se leva pas de son fauteuil, espérant qu'ils comprendraient pourquoi.

— Chef Gray, dit Amanda. Désolée pour les problèmes techniques. J'utilise le logiciel Skype depuis chez moi.

Will ne savait pas ce qui était le pire : la photo d'Amanda en joueuse de tennis ou l'idée qu'elle leur parlait dans sa robe de chambre.

— Pas de problème, répondit Lonnie Gray en s'asseyant en face de Will.

Son regard glissa sur lui avant d'y revenir avec une expression de surprise. Quand elle s'assit aux côtés du chef, Denise Branson eut la même réaction. Will se dit qu'il allait devoir s'habituer aux regards ébahis pendant un certain temps.

— Tout le monde est installé, madame, annonça Nick.

— Merci, répondit Amanda. Lonnie, mes condoléances pour votre fils. J'ignorais qu'il nous avait quittés.

— Merci.

Apparemment, Gray n'avait aucune envie de parler de sa vie personnelle, car il enchaîna très vite :

— Mandy, je tiens à vous présenter mes excuses, ainsi qu'à vos hommes et à votre agence, pour les agissements répréhensibles d'un de mes officiers. Je peux vous assurer que je vais faire le ménage chez moi, et tout de suite.

Il ponctua cette dernière phrase d'un coup d'œil assassin.

— J'apprécie vos excuses, Lonnie, dit Amanda d'une voix qui semblait affirmer le contraire. Major Branson, je dois vous informer que, comme vous êtes officiellement l'objet d'une enquête, cette conversation est enregistrée. Tout ce que vous direz pourra être retenu contre vous. Vous avez le droit de consulter un avocat et…

— Je n'ai pas besoin d'un avocat, répondit Branson alors

que tous dans cette pièce étaient persuadés du contraire. Donnez-moi le formulaire.

Nick était prêt. Il tendit à Branson un formulaire de décharge indiquant qu'elle avait pris connaissance de ses droits.

Elle ne prit pas la peine de le lire. Elle devait l'avoir vu des centaines de fois. Elle fit cliqueter le stylo pour signer sur la ligne réservée à cet effet avant de rendre la feuille à Nick. D'un signe de tête, Lonnie Gray lui ordonna de commencer.

Elle prit son temps — pas par calcul, comme la fois précédente, mais parce qu'elle devait comprendre que c'était le dernier exposé de sa carrière. Elle inspira longuement avant de se lancer :

— Il y a environ trois semaines et demie, la détective Adams est venue me trouver au sujet d'une maison censée servir de lieu de vente et de consommation de drogue, non loin de Redding Street. Je lui ai donné l'autorisation d'ouvrir une enquête. Elle a surveillé la maison pendant quelques jours et déterminé que ses renseignements étaient fondés.

Branson s'interrompit et se mit à jouer avec le stylo-bille en le faisant tourner entre ses doigts.

— Au cours de cette surveillance, la détective Adams a établi que cette maison de shoot était tenue par un dénommé Sidney Waller.

Gray intervint pour préciser :

— Waller est un gros bonnet du trafic de drogue, avec un profil extrêmement violent. Quand je suis arrivé ici il y a deux ans, ma priorité absolue a été de le coincer et de le poursuivre en justice. Mais, même avec l'appui de tout le service, nous n'avons jamais réussi à faire tenir les charges contre lui.

Will trouva très honnête de sa part de mentionner son échec. Branson parut l'apprécier également, car elle lui adressa un hochement de tête avant de reprendre :

— Nous pouvions faire fermer la salle de shoot très rapidement mais, sachant que Waller était dans le coup, nous avons vu une opportunité de le coincer. J'ai discuté avec la détective Adams et nous avons décidé de donner de l'ampleur à l'opération dans le but de capturer et de faire condamner Waller.

— C'est là que je suis intervenu, précisa Gray. Nous avons obtenu l'accord du procureur et monté une équipe d'intervention spéciale. C'était une tâche complexe, et Denise et moi étions chargés de la coordination.

Will vit Branson ciller en l'entendant utiliser son prénom au lieu de son grade. Pourtant, elle reprit :

— L'opération avait commencé depuis une dizaine de jours quand nous nous sommes rendu compte que nous avions peu de chances de coincer vraiment Waller. Nous ne parvenions à retourner aucun de ses hommes. Il terrifiait les gens. Même les drogués faisaient profil bas. Personne n'acceptait de l'approcher en portant un micro. Notre seule solution, apparemment, c'était de faire une descente et d'arrêter tous ceux qu'on trouverait sur les lieux. On pouvait se débrouiller pour que Waller en fasse partie, mais ce n'était qu'une maigre consolation.

D'une voix impatiente, Amanda coupa :

— D'accord. Tant que vous ne pouviez pas prouver qu'il était à la tête de l'opération, Waller serait libéré en même temps que les autres drogués. Mais, de toute évidence, quelque chose a changé ?

— La détective Adams a été contactée par un informateur, répondit Branson. Il était en garde à vue pour avoir vendu des médicaments de contrebande à des étudiants de Mercer. Pas sur le campus, mais dans un café.

C'était une distinction importante. La vente ou la distribution de substances illicites dans un périmètre scolaire multipliait les peines de prison de façon exponentielle.

— Etait-ce un des indicateurs habituels d'Adams ? demanda Amanda.

— Non, c'était la première fois qu'elle le rencontrait. Il n'était au trou que depuis deux heures, et il l'a demandée personnellement. Mais comme Adams a une sacrée réputation auprès des junkies de la ville, ça ne nous a pas forcément mis la puce à l'oreille.

Le cerveau d'Amanda fonctionnait plus vite que celui de Will, car elle fit la déduction :

— Cet informateur, c'était Tony Dell ?

Branson hésita, puis :

— Oui, madame. Il lui a annoncé qu'il acceptait d'aider à piéger Sid Waller en échange de l'immunité pour son histoire de drogue.

Will jeta un coup d'œil à Faith. A présent, ils savaient pourquoi Lena lui avait envoyé ce mail. Elle ne voulait pas que Dell s'en tire si facilement.

— Donc, vous avez obtenu un enregistrement de Waller, et du coup un motif pour un mandat d'arrêt ? reprit Amanda, s'adressant à Branson.

— Oui, approuva celle-ci. Nous avons lancé le coup de filet quatre jours plus tard. L'indicateur a dit qu'ils attendaient une grosse livraison. La détective Adams et son équipe ont mené l'assaut sur la maison. Voici ce qu'ils ont trouvé.

Elle adressa un signe de tête à Nick. Il pianota sur le clavier de son portable, et la photo d'Amanda en tenniswoman fut remplacée par un cliché de scène de crime.

Will fixa l'écran, comme hypnotisé. Deux morts. Hommes, hispaniques. Torse nu. Ils étaient assis sur un canapé abîmé, la gorge béante.

— Vous voyez la photo, madame ? demanda Nick à Amanda.

— Oui.

— Celui de droite, reprit Branson, c'est Elian Ramirez,

un consommateur d'Oxy qui s'est trouvé au mauvais endroit au mauvais moment. Le type à gauche, c'est Diego Nuñez, le bras droit de Waller. Une brute endurcie. De ses vingt ans à ses trente ans, il est resté derrière les barreaux pour meurtre, avec prolongation de peine pour mauvaise conduite.

D'un signe de tête, Branson demanda la photo suivante, et Nick fit glisser le portable dans sa direction pour qu'elle le fasse elle-même. Elle commenta le nouveau cliché, qui montrait un homme dont le haut du crâne avait été découpé.

— Thomas Holland. Un petit nouveau dans le monde de la drogue, tombé dans le crack pendant son année de terminale. On ne sait pas pourquoi il était là, à part pour se défoncer. C'est une hache qui lui a fait ça.

Une nouvelle image apparut — le crâne vu de dessus, puis son visage, sous un autre angle. Il était jeune, dix-sept ans à peine. Cheveux blonds, les yeux d'un bleu perçant. A part le morceau de tête qui lui manquait, il aurait pu figurer au générique d'un film de Disney.

Branson fit défiler d'autres photos moins sanglantes, qui montraient les chambres, la salle de bains, la salle à manger. Will était déjà entré dans ce genre de salles de shoot, et le décor lui était familier : le sol jonché de pipes à crack et de seringues, les matelas dans chaque pièce. Il se demandait toujours d'où provenaient ces derniers, et pourquoi quelqu'un qui s'injectait du poison dans les veines avait absolument besoin d'un endroit confortable pour s'effondrer.

— Voilà, fit Branson en s'arrêtant sur une photo qui montrait une porte ouverte.

Elle donnait sur un escalier s'enfonçant vers une cave. Deux sabots d'acier étaient fixés au chambranle, et un madrier gisait au sol.

— Le sous-sol, expliqua Denise. C'est là que Sid Waller se cachait.

Will se demanda s'il avait bien entendu, et s'il était le

seul à voir le problème. Quand quelqu'un vous enferme dans un sous-sol, vous ne vous cachez pas — vous êtes pris au piège.

— Deux détectives ont inspecté le sous-sol. Mitch Cabello et Keith McVale.

Faith se raidit. Tous deux avaient reconnu ces noms. McVale était en ITT, et Cabello avait été admis à l'hôpital le jour même de la descente.

— Les détectives Adams et Vickery sont restés dans la cuisine, continua Branson. Cabello et McVale ont indiqué que le sous-sol était sécurisé. Ils ont annoncé à la détective Adams qu'ils avaient trouvé une forte somme d'argent. On pense que c'est juste après ça que Sid Waller a jailli hors de sa cachette.

Elle sélectionna la photo suivante, qui montrait un panneau de lambris arraché pour laisser apparaître un trou sombre et humide, creusé à même la terre. La photo était d'une piètre qualité, mais Will put se rendre compte que l'excavation était assez grande pour dissimuler un homme adulte.

— Waller a neutralisé Cabello d'un coup à la tête. Ensuite, il a pris McVale en otage — sans bruit. Peu de temps après, la détective Adams est descendue pour les aider à manipuler l'argent. Elle a découvert la prise d'otage. Elle a braqué son arme sur Sid Waller, qui avait la sienne sur la tête de McVale. L'impasse classique. Waller a préféré se tirer une balle plutôt que de se faire coincer par Lena Adams.

C'était tellement inattendu que Will dut se répéter intérieurement ce qu'il venait d'entendre.

— Sid Waller s'est suicidé ? parvint-il à lâcher.

— Les trois détectives donnent exactement la même version, répondit Branson en levant les mains pour couper court aux questions. Les techniciens de la police scientifique corroborent leur témoignage point par point. L'autopsie confirme qu'il s'est porté lui-même le coup fatal. Les analyses chimiques montrent que Waller avait avalé assez de médocs pour faire disjoncter un moine bouddhiste. Il n'existe absolument aucun élément divergent. Tout indique que Waller s'est donné la mort lui-même.

Amanda ne pouvait se contenter de sa parole.

— Qu'en dites-vous, Lonnie ?

Gray se redressa dans son fauteuil.

— Sur l'enregistrement de notre indicateur, Waller fait allusion à un problème d'approvisionnement. Un de ses camions a été détourné par des Cubains à Miami. J'ai appelé quelques contacts que j'ai gardés en Floride. En fait, Waller était sur le point d'entrer en guerre contre le cartel cubain.

— Sid savait qu'il ne ferait pas long feu en prison, compléta Branson. Il a préféré bouffer son flingue plutôt que de se faire suriner par un Cubain dans la cour du pénitencier.

— Et Big Whitey, alors ? interrogea Amanda. Qu'est-ce qu'il a à voir là-dedans ?

Gray jeta à Branson un regard presque triste, comme s'il s'agissait d'un enfant qui l'avait déçu.

— J'ai mené cette partie de l'enquête en dehors des clous, avoua celle-ci. Le chef Gray m'a dit d'arrêter, même si c'était sur mon temps personnel, mais coincer Big Whitey était devenu une obsession pour moi.

— Une enquête liée à Waller ? insista Amanda.

— Par la bande, admit Branson.

— Pourquoi ne pas nous expliquer ce que vous entendez exactement par « par la bande » ?

De nouveau, Branson fouilla dans son attaché-case pour en tirer un dossier épais de plusieurs centimètres. Puis un autre. Puis encore un autre, formant sur la table une pile que Faith n'hésita pas à tirer tout entière vers elle.

— Big Whitey est apparu sur mon radar il y a dix-huit mois, expliqua Branson. J'aime les statistiques. J'aime compiler les chiffres des crimes et délits pour comprendre comment répartir nos forces pour coincer les méchants.

Elle s'interrompit, et Will comprit qu'elle venait juste de se rendre compte qu'elle ne le ferait plus, désormais.

— Quoi qu'il en soit, reprit-elle en s'adressant à Amanda, c'est ce que vous avez dit hier. La même chose qui s'est produite à Savannah et Hilton Head. L'impression qu'il y avait quelque chose de plus important, un facteur d'organisation. Nos petits clients habituels devenaient plus gros. Par chez nous, ils ont toujours recours aux mêmes avocats — les pas chers, pas regardants, les spécialistes des plaintes à l'assurance. Et voilà que, d'un seul coup, ils se mettent à faire appel à une firme huppée de Floride.

— Vanhorn et Gresham, fit Faith en levant les yeux du dossier qu'elle lisait. Ceux qui représentent l'homme qui a tiré sur Jared Long.

— Exactement, dit Branson. Nous avons commencé à voir des petits délinquants comme ce Fred Zachary se faire blanchir d'accusations sérieuses grâce à ces types. J'en ai parlé autour de moi, à mes détectives, et j'ai compris qu'un nouveau protagoniste venait de débarquer.

— Big Whitey, proposa Faith.

— Exactement, répéta Branson. Whitey aurait commencé de façon plus ou moins légale, à travers des centres antidouleur[1]. C'est la combine classique : on envoie des junkies récupérer les ordonnances pour les revendre ensuite. Des ploucs de la campagne, surtout. Comme c'est aussi eux qui contrôlent le marché de la méth, il s'infiltre tout naturellement dans le milieu existant.

Gray se sentit obligé de s'expliquer :

1. Il s'agit de cliniques ou d'officines habilitées à délivrer sur ordonnance des traitements contre la douleur, dont certains cannabinoïdes ou des médicaments puissamment addictifs comme l'OxyContin, et qui peuvent servir de paravent à un trafic de plus en plus important aux Etats-Unis, comparable à celui des drogues « classiques ». (NdT)

— Je suis resté sceptique quant à l'existence de ce Big Whitey. On avait quelques vagues détails en provenance de Floride, mais pas de nom, pas de description, pas de casier. Un vrai fantôme.

Il haussa les épaules et poursuivit :

— Qui plus est, nous avions d'autres chats à fouetter à ce moment-là. Une épidémie d'overdoses à l'héroïne dans un de nos lycées privés. Des jeunes filles de bonne famille. Pas celles que l'on voit d'habitude dans ce genre de situations.

— Des petites Blanches riches, traduisit Faith, qui se fichait du politiquement correct. Mortes, ou juste à l'hosto ?

— Trois d'entre elles sont décédées, répondit Branson. Six autres ont fini aux urgences avant d'être transférées dans une prison spéciale pour les Blanches.

C'était sa façon de désigner une clinique de désintoxication.

— Elles venaient de familles très en vue. C'était compliqué de procéder à des arrestations. Comme je l'ai dit, Big Whitey faisait vendre ses médocs par des ploucs. La plupart des dealers de drogue dure sont plutôt noirs ou hispaniques. Du coup, facile de savoir qui bosse pour qui.

Faith reformula encore plus brièvement, sarcastique :

— Donc, les Blancs ont flippé et demandé justice. Vous avez arrêté des Blacks et des Latinos. Ouais, ça a dû bien se passer…

Visiblement, sa franchise mettait Gray mal à l'aise — ou peut-être était-il juste conscient du fait que la conversation était enregistrée.

— Nous avons arrêté des dealers d'héroïne notoires. Mon département n'a jamais fonctionné sur du profilage racial, et ne le fera jamais.

Au ton de sa voix, Will devina qu'il avait déjà été confronté à de telles accusations. La ville d'Atlanta comptait assez de scandales politiques à son actif pour remplir les colonnes des journaux locaux, mais il gardait toutefois vaguement le souvenir d'avoir lu quelques comptes rendus de troubles graves à Macon. Lonnie Gray devait se rendre chaque matin au bureau en se demandant s'il allait garder son travail.

A contrecœur, Branson poursuivit :

— La répression s'est donc abattue au premier chef sur les concurrents de Big Whitey. Du point de vue racial, nous avons déclenché une tempête qui a divisé la ville et poussé tous les hommes politiques à monter au créneau.

— C'est à ce moment-là que j'ai demandé à Denise d'arrêter son enquête, reconnut Gray. Nous avions trop de pain sur la planche pour gaspiller des moyens sur un homme dont nous n'étions même pas certains de l'existence.

— Alors..., commença Will, avant d'être obligé de s'interrompre pour s'éclaircir la voix. Alors c'était ça, le but de Big Whitey ? S'emparer du marché de l'héroïne ?

— S'emparer de tout, répondit Branson. Il ne vise pas quelques pions, il veut tout l'échiquier. Il débarque quelque part, se fait des amis, graisse des pattes dans la hiérarchie du milieu local — des gens comme Sid Waller — pour que tout le monde soit content. Il a des fonds pour ça. Il monte ses centres antidouleur, se fait une petite clientèle, et commence à embaucher des junkies pour dealer dans les quartiers. Puis il passe aux centres commerciaux et aux banlieues chics. Il accroche des gosses friqués avec ses pilules et, quand ils en veulent plus, il les passe à l'héro.

Elle secoua la tête, impressionnée malgré elle.

— Une fois que son business plan est en route, il commence à éliminer la compétition.

— Comment avez-vous réussi à repérer ce schéma ? demanda Amanda.

— En prenant ma voiture pour me rendre à Savannah, où j'ai parlé à des flics retraités qui avaient trop peur pour en discuter au téléphone.

Gray serra les poings — il devait apprendre cela en même

temps qu'eux. Il fusilla Branson du regard. Mais quelque chose tourmentait Will.

— Chef Gray, demanda-t-il, vous ne croyiez pas à l'existence de Big Whitey ?

A contrecœur, l'autre détacha les yeux de Denise Branson.

— Nous ne sommes pas habitués à ce niveau de sophistication dans le milieu local. Mandy, vous savez que j'ai travaillé dans tout l'Etat ; n'empêche, c'est quelque chose que l'on s'attend à voir plutôt à Miami ou à New York.

Effectivement, l'idée que Whitey puisse s'en prendre aux petites villes était étrange — un gros poisson dans une petite mare. Qui plus est, il avait déjà réussi à s'emparer de deux zones de la Géorgie où la population était majoritairement afro-américaine. C'était un peu comme s'il avait cherché à développer une stratégie de franchise commerciale.

— Major, demanda Will à Branson, pourquoi étiez-vous tellement convaincue de l'existence de Big Whitey ?

— Vous permettez ? lança-t-elle à Faith en désignant un des dossiers.

— Je vous en prie, répondit celle-ci en repoussant la pile dans sa direction.

Branson feuilleta une des chemises pour y piocher une photographie qu'elle posa sur la table. Une jeune fille, blonde et jolie, avec cet air aguichant dont les adolescentes ignorent les dangers.

— Marie Sorensen, indiqua Branson. Seize ans. Elle travaillait chez un fromager de River Crossing, un centre commercial dans une banlieue huppée. Pas mal de gamins désœuvrés traînent dans ce coin. Sorensen était la plus mignonne, de loin. Elle a tapé dans l'œil de Big Whitey.

— Je vais scanner la photo pour vous, dit Nick à l'intention d'Amanda.

— Pas la peine. Big Whitey a fait plonger Sorensen dans l'héro ? devina-t-elle.

— Il l'a fait monter dans sa voiture.

Branson sortit une autre photo. Elle montrait une Marie Sorensen qui semblait avoir pris dix ans et perdu autant de kilos. Des cernes sous les yeux, des cratères à vif sur le visage. Sa chevelure présentait des trous.

— Encore une méthode de Big Whitey, expliqua Branson en posant la photo sur la table, juste à côté de l'autre. Sauf que, là, il s'en charge lui-même, parce qu'il aime ça. Il leur dit qu'il travaille pour une agence de mannequins. Elles le croient, parce qu'on leur a toujours répété qu'elles étaient jolies. Il les fait monter dans sa voiture puis les enferme dans le coffre. Il les amène dans un hôtel de la côte — le Tybee, le Fort King George, le Jekyll. Il les viole. Ses amis les violent à leur tour. Il les pique à l'héro jusqu'à ce qu'elles deviennent accros. Puis il les met sur le trottoir.

Branson s'arrêta, détourna le regard des clichés.

— Au début, Sorensen s'est montrée rétive. Il l'a enfermée dans une cage à chien pour la dompter. Ça a pris une semaine, puis il l'a mise aux enchères sur Internet. Cent soixante pour la pause déjeuner, deux cent cinquante pour une heure. Quatre cents pour deux. Elle se tapait dix à quinze clients par jour. Sa drogue lui coûtait environ deux cents. Une affaire qui roule, faites le calcul.

Faith regardait droit devant, elle aussi incapable de soutenir la vue des clichés. Peut-être parce qu'elle aussi avait une fille, songea Will.

— Que lui est-il arrivé ? demanda-t-il.

— Elle a vieilli d'un seul coup, répondit Branson. C'est le problème avec ces gamines. Elles ne restent pas jeunes longtemps. Au bout de deux mois, on l'a expédiée ailleurs. C'est ce que font ces types — ils les déplacent pour ne pas les laisser s'installer quelque part.

Elle s'interrompit de nouveau, visiblement émue.

— Pour finir, ils les envoient en Californie, tapiner directement dans la rue. Sorensen a fini à L.A. Elle a réussi à appeler sa mère une fois ou deux pour lui raconter ce qui lui était arrivé. Celle-ci a engagé un détective privé pour la retrouver.

— Elle n'a pas porté plainte à Macon ? demanda Faith. La gamine avait seize ans !

La grimace de Branson en disait long : c'était là qu'elle avait fait une boulette. Voilà pourquoi l'affaire l'obsédait autant.

— Nous avons ouvert un dossier lors de sa disparition. Quand la mère m'a parlé des appels téléphoniques, j'ai contacté L.A. Ils m'ont dit que c'était perdu d'avance. Il y a tellement de filles sur les trottoirs qu'ils ont dû fermer la station de bus de Hollywood.

Faith plissa les lèvres comme pour refaire son maquillage. Branson tira une autre photo du dossier. Will reconnut la petite règle derrière la tête de Marie Sorensen : c'était une de celles qu'utilisaient les médecins légistes pour les autopsies.

— Le privé de Los Angeles a dégoté une adresse. La police a fouillé l'appartement trois fois avant de la trouver. Elle était enfermée dans une valise, sous le lit. En vie. En vie, répéta Denise Branson en laissant échapper un long soupir.

Elle baissa les yeux sur le cliché. Personne ne se permit de la presser. Elle inspira profondément avant de reprendre :

— La mère a pris le premier avion pour la Californie. Marie est restée trois semaines à l'hôpital. Ils l'ont retapée tant bien que mal, l'ont aidée à reprendre du poids et à arrêter l'héro. Mais ils n'ont rien pu faire pour ce qui se passait dans sa tête. Sa mère l'a ramenée chez elle. Deux semaines plus tard, elle a fait le mur et s'est foutue en l'air. Héroïne. Les flics l'ont trouvée derrière l'église. Il s'était écoulé six mois depuis le jour où elle avait quitté le centre commercial avec Big Whitey.

Après ça, ils restèrent tous silencieux. Will observa les trois clichés. Branson n'exagérait pas. Sorensen avait été réellement belle. Il imaginait sans peine qu'une fille pareille ait pu croire que son physique intéressait une agence de mannequins. La photo d'autopsie présentait un contraste brutal, qui rappelait sombrement que désormais seule une mère en deuil réclamait son corps.

Enfin, Amanda demanda :

— Vous avez parlé à Marie Sorensen à son retour à Macon ?

— Oui, répondit Branson, les yeux baissés sur ses mains. Il ne lui a jamais révélé son nom. Dès le début, il lui a demandé de l'appeler Big Whitey. Elle ne connaissait pas sa véritable identité et n'a pas pu nous fournir le moindre renseignement exploitable. Elle avait les yeux bandés la plupart du temps et, quand il ne la faisait pas tapiner, il l'enfermait dans un placard ou dans une malle. Elle a donné une description très vague de lui — cheveux sombres, yeux foncés. Pas de traits particuliers.

— Vous pensez qu'elle a menti ? demanda Faith.

— Oui, reconnut Branson. Il la terrifiait. Elle n'arrivait plus à dormir dans son propre lit. Tout le temps qu'elle a passé chez elle, elle est restée enfermée dans un placard, dos contre le mur, certaine qu'il viendrait la chercher.

— Elle a été enlevée au centre commercial, dit Faith. Que dit la vidéosurveillance ?

— Les caméras étaient hors circuit. On ne sait pas s'il tient quelqu'un de la sécurité ou s'il a juste eu de la chance. Il a toujours beaucoup de chance, ajouta Branson.

— Personne ne l'a vu dans le centre ni sur le parking ? Des clients, des amis ?

— Non. Et aucune trace sur son portable ni dans ses mails. Il l'obligeait au secret, c'est évident. Il est très bon pour ça : ne jamais se faire voir.

Quand Amanda parla enfin, Will se rendit compte que, si elle était restée silencieuse jusque-là, ce n'était pas par respect : elle fulminait.

— Je me demande bien, madame Branson, comment

il se peut que vous ayez dans votre ville un cas d'enlèvement et de trafic d'enfant sans que le Georgia Bureau of Investigation soit au courant…

Branson rougit violemment.

— Vous avez raison. Tout est ma faute. J'avais honte d'avoir échoué à l'aider, et j'étais en colère parce qu'on m'avait dit de laisser tomber Big Whitey.

Elle se tourna vers le chef Gray pour continuer :

— J'aurais dû vous en parler, Lonnie. J'ai fait n'importe quoi pour vous démontrer que vous aviez tort. Au lieu d'agir dans votre dos, j'aurais dû vous demander votre aide.

— Vous avez parfaitement raison là-dessus, répondit Gray sans une once de sympathie.

— Je suis désolée.

— Ça suffit, fit-il. Dites-leur ce que vous avez trouvé dans le sous-sol.

— Vous parlez de la maison de shoot ? s'enquit Faith, surprise.

Elle pensait visiblement qu'ils en avaient fini avec ça.

Branson revint à l'ordinateur portable. Elle ralluma l'écran et fit défiler l'image suivante.

Un jeune garçon apparut. C'était une photo à gros grain, visiblement prise avec un portable. Les yeux du gamin n'étaient que des fentes sombres. Comme pour Marie Sorensen, son visage était émacié, ses lèvres gercées et sa peau couverte de dartres. Ce fut son regard qui obligea Will à détourner les yeux. Il ne pouvait pas supporter le vide qu'il y lisait.

Amanda rompit le silence :

— La cause de la mort, c'est quoi ? Déshydratation ? Malnutrition ?

Branson parut surprise.

— Non, il est vivant.

Pour la première fois depuis le début de la rencontre, Will se sentit réellement choqué.

— Nous n'avons pas la moindre idée de qui c'est. Il peut parler, mais il ne dit rien.

Faith donnait l'impression d'être prête à bondir sur Branson malgré la table qui les séparait.

— Il n'a rien dit depuis une semaine ?

Denise Branson ne répondit pas. Elle avait gardé toute l'affaire pour elle si longtemps que ça avait complètement faussé ses perspectives. En avouant, elle s'était de toute évidence rendu compte de ses erreurs catastrophiques.

— Je n'ai rien lu à son sujet dans les journaux, ajouta Faith.

— J'ai lancé une recherche sur lui dans les bases de données du FBI, mais je n'en ai pas parlé à la police de Macon, expliqua Branson avec un coup d'œil en direction du chef Gray.

Celui-ci serrait ses mains si fort l'une contre l'autre qu'on aurait dit qu'il cherchait à se broyer les os.

— Si les télés locales avaient eu vent de l'info, Whitey aurait su que le gamin était en vie. La seule chose dont on soit certain à son sujet, c'est qu'il tue quiconque se trouve en travers de sa route. Il descendrait ce gamin sans hésiter, aussi sûr que deux et deux font quatre.

— Dans quel hôpital se trouve-t-il ? demanda Faith.

— Il est sous haute surveillance médicale, répondit Branson sans fournir davantage d'informations.

Puis, à l'intention de son chef :

— Il y a de fortes chances qu'il ait été enlevé dans un autre Etat. Où que ce soit, la police du coin a dû en être informée. En espérant que ça suffise.

Will le savait : tous ceux qui se trouvaient dans cette pièce avaient dû recevoir l'information sur leur ordinateur. Sauf qu'il était impossible de les lire toutes. Chaque année, près de huit cent mille disparitions d'enfants étaient signalées, soit plus de deux mille avis par jour.

— Le gamin ne présente aucun signe distinctif, dit Branson. On ignore de quelle région il vient et quand il a été kidnappé. On passe les rapports de disparition au peigne fin, mais...

Elle se tut, comme si elle s'apercevait de la faiblesse de ses excuses. Ce fut d'une petite voix qu'elle reprit :

— C'est le seul témoin vivant à même d'identifier Big Whitey.

— Comment le savez-vous, s'il ne parle pas ? demanda Faith.

— A cause de sa réaction quand j'ai mentionné ce nom. A cause des marques... particulières sur son corps — les mêmes que celles de Marie Sorensen.

— Attendez une minute, dit Faith. Revenez en arrière. Qui d'autre est au courant ?

— Je peux les compter sur les doigts d'une main, répondit Branson en les énumérant. La détective Adams est restée dans le sous-sol pendant que je faisais évacuer tout le monde. Nous n'avons autorisé que deux infirmières à y pénétrer ensuite — des filles que je connais depuis le lycée. Ce sont elles qui se relaient pour surveiller le gamin nuit et jour. Nous ne pouvions pas l'emmener à l'hôpital. Nous le gardons dans un lieu secret. C'est le Dr Thomas qui s'occupe de lui. Je connais Dean depuis toute petite. Enfin, il y a l'officier de police qui le garde quand je ne suis pas disponible. Seules des personnes qui ont toute ma confiance savent où se trouve le gamin.

Observant Lonnie Gray, Will n'eut aucun mal à comprendre qu'il n'était au courant de cette cabale que depuis quelques minutes. Il était cramoisi, et sa moustache évoquait un trait de craie au-dessus de sa bouche.

— Et qui est précisément cet autre officier qui surveille l'enfant en ce moment ? demanda-t-il.

— Elle travaille pour le shérif. C'est une de mes amies. J'ai toute confiance en elle.

Branson n'osait plus regarder Gray. Elle rougit de plus

belle, et Will comprit que l'officier du shérif en question était plus qu'une amie.

— Plus confiance qu'en moi, apparemment, lâcha le chef avec amertume.

— Je suis désolée, monsieur. Je savais que, si je vous mettais au courant, vous seriez obligé de tout révéler à la police d'Etat. D'autres personnes l'apprendraient. Nous ne serions plus en mesure d'assurer sa sécurité. Big Whitey est trop puissant. Le garçon aurait été assassiné dans les heures suivantes.

— Vous remettez ça !

Gray s'adressa au haut-parleur au milieu de la table pour expliquer à Amanda :

— La théorie de Denise, c'est que Big Whitey a une taupe chez nous.

Will repensa au dossier sur le bureau du plouc. Il détenait le fichier de police complet de Bill Black, ses antécédents militaires. Il n'était donc pas exagéré de penser que Whitey avait un flic ou deux dans sa manche. A vrai dire, il en avait sans doute beaucoup plus que ça. Mais Faith analysait différemment la situation.

— Vous pensez que quelqu'un a prévenu Big Whitey de la descente ?

Avec un haussement d'épaules, Branson répondit :

— Le groupe d'assaut a pénétré dans la maison pour trouver trois cadavres, plus Sid Waller enfermé dans le sous-sol avec un gamin enlevé. Il ne manquait plus qu'un emballage cadeau.

Gray se tourna vers Branson.

— Et qui serait cette taupe, d'après vous ? Vickery et Franklin ont failli être tués cette nuit. Adams a été attaquée chez elle. Eric Haigh a été torturé, puis assassiné. Pourquoi ça, Denise ? Pourquoi pensez-vous qu'on l'a torturé ?

Il répondit lui-même à sa question :

— Ils cherchaient le garçon. S'ils avaient quelqu'un chez

nous, ils n'auraient pas eu besoin de torturer un flic pour trouver les informations.

Branson baissa les yeux. La pièce redevint silencieuse. Will repensa à Lena Adams, aux urgences. Elle lui avait assuré qu'elle avait une bonne raison d'agir, qu'il comprendrait plus tard. Elle lui avait dit ça comme si ses actes pouvaient racheter tout le mal qui était arrivé. Sauver le garçon était-il une forme de compensation pour avoir perdu son enfant ? Ou bien Lena, comme toujours, était-elle certaine d'agir pour le bien de tous ?

— Lena sait-elle où se trouve le gamin ? demanda-t-il.

— Moi pas, en tout cas ! coupa Gray.

— Alors ? insista Will.

Branson secoua la tête.

— Lena n'en a pas la moindre idée. Je lui ai laissé croire que l'Etat était déjà au courant, et que nous devions seulement garder le silence pour la sécurité du gamin. Je pense qu'elle n'en a même pas parlé à Jared.

— Elle a menti aux Affaires internes ! s'exclama Gray, scandalisé. Au cours de ses interrogatoires, elle n'a rien mentionné de tout ça. Seigneur, Denise, vous l'avez contrainte à mentir sous serment !

— Lena protégeait le garçon, se défendit Branson. Elle savait ce que ferait Big Whitey s'il apprenait qu'il restait un témoin.

— Et je suppose que vous lui avez laissé croire que j'étais au courant de tout ça ?

Il leva la main pour couper court à toute réponse.

— Pour l'amour du ciel. Je n'en reviens pas de vous avoir fait confiance.

— Apparemment, quelqu'un a compris que le garçon est en vie, intervint Faith. Autrement, pourquoi attaquer Lena au milieu de la nuit ? Pourquoi s'en prendre au reste du groupe d'assaut ? Merci de m'avoir fait perdre mon temps, lança-t-elle en direction de Denise. Et d'avoir failli faire tuer mon équipier.

— Où se trouve cet enfant, maintenant ? intervint Amanda.

Gray se tourna vers son ancien bras droit, guettant ostensiblement sa réponse. Mais Branson choisit de biaiser.

— Je préfère ne pas le dire sur une ligne ouverte, madame, mais je livrerai cette information à vos agents dès que cette réunion sera terminée.

De façon surprenante, Amanda n'insista pas.

— Denise, dites à vos infirmières de se tenir prêtes à un transfert. On restera discrets, mais on doit faire venir ce gosse à Atlanta.

— L'organisation peut demander un peu de temps, répondit Branson, redevenant l'officier de police efficace qu'elle était. Nous aurons besoin d'une ambulance. Mes infirmières se relaient. Il faudra que le Dr Thomas prépare l'enfant.

Amanda réagit un quart de seconde avant Will :

— Sara Linton est toujours par chez vous, non ?

Faith jeta un coup d'œil à Will avant de répondre par l'affirmative.

— Will, ordonna Amanda, faites tout ce qui est nécessaire pour que Sara se trouve dans cette ambulance pour Atlanta. S'il y a vraiment une taupe à Macon, il nous faut utiliser le plus possible les gens de chez nous.

De nouveau, il se retrouva avec la bouche sèche, incapable de déglutir. Prenant son silence pour un consentement, Amanda poursuivit :

— La chasse à l'homme est toujours en cours pour Tony Dell. Nous avons une chance de le retourner au cas où le gamin refuserait de parler. Will, rappelez-moi à quelle heure vous prenez votre service ?

Il avait complètement oublié le travail de Bill Black.

— Euh… 8 heures.

— N'arrivez pas en avance. Pensez à votre couverture. Vous êtes un délinquant. Dell est en fuite. La police sera là. Ce serait logique que vous commenciez à poser des questions.

— J'ai commencé à travailler une infirmière, dit-il. La demi-sœur de Dell. Elle sait que je me suis fait coincer pour voies de fait. En la jouant bien, je peux lui faire peur et l'obliger à me parler.

— Terrorisez-la s'il le faut, conclut Amanda, prête à passer à l'action. Lonnie, je vous recontacterai.

— Merci, dit Gray. J'apprécie votre…

— Désolé, monsieur, intervint Nick. Elle s'est déjà déconnectée.

Peu soucieux des convenances, le chef Gray s'en prit violemment à Branson devant tout le monde :

— Vous ne manquez pas d'air, ma petite dame. Vous m'avez fait venir ici en plein milieu de la nuit pour me retrouver comme un collégien dans le bureau du principal. Je passe pour un guignol aux yeux d'un des meilleurs officiers de l'Etat. Et, pour couronner le tout, vous refusez toujours de me révéler où se trouve le gamin ?

Il attendit la réponse quelques secondes. Quand il fut clair qu'elle ne viendrait pas, il gronda :

— Vous n'êtes qu'une petite merde. J'ai honte de penser que vous avez pu porter l'uniforme.

Les larmes aux yeux, Branson tenta de se défendre :

— Monsieur, avec tout le respect que je vous dois…

— Le respect ? Vous ne savez même pas ce que ça veut dire, coupa-t-il en ramassant sa casquette sur la table. Les ressources humaines vous contacteront. N'essayez pas de me joindre, ni moi ni aucun de mes officiers. En ce qui me concerne, vous n'avez plus rien à voir avec ma personne ni avec mon service.

Il sortit en claquant la porte. Branson déglutit à plusieurs reprises, les yeux baissés, les mains à plat sur la table, comme si elle tentait de se ressaisir. Mais Faith ne lui en laissa pas le temps.

— Alors, vous êtes gay ?

Son franc-parler surprit Will. Branson détourna la tête, l'air honteux.

— Jared Long a reçu un appel de vous sur son portable quelques minutes avant d'être agressé, continua Faith.

L'autre parut comprendre. Elle s'essuya les yeux.

— Vous avez cru que je couchais avec lui…

— Pour quelle autre raison téléphoner au mari de Lena en plein milieu de la nuit ?

— Je m'inquiétais pour elle. Quelque chose n'allait pas.

— A cause de l'assaut ?

— Non, avant. Elle était…

Branson chercha le mot juste.

— Nous sommes amis, tous les trois. Rien d'autre. Mais Lena avait un problème depuis quelque temps. Au début, elle était tout heureuse à l'idée de coincer Waller. Mais, quand tout s'est précipité, elle a changé. Elle est devenue triste. Elle refusait de m'en parler. J'ai pensé que Jared pourrait me dire ce qui se passait.

Will comprit que Lena avait caché à Denise Branson qu'elle était enceinte.

— Où gardez-vous le garçon ? poursuivit Faith.

Branson inspira un grand coup, et retint sa respiration quelques instants. Son trouble se lisait sur son visage. Depuis huit jours, elle avait consacré chaque seconde de sa vie à la sécurité de l'enfant, quitte à perdre travail et amis et à se mettre son chef à dos. Aucun flic n'aimait lâcher une affaire, surtout quand elle lui tenait à cœur.

— D'accord, fit-elle enfin. Nous le gardons dans la ferme de mon amie.

— Votre petite amie ? L'assistante du shérif ?

— Oui. Elle habite dans un autre comté. Nous sommes ensemble depuis près d'un an. Personne n'est au courant.

— Très bien, approuva Faith. A quelle distance se trouve cette ferme ?

— Pas très loin, mais il va falloir un peu de temps pour nous organiser. Nous ne communiquons pas par téléphone. Vous le savez aussi bien que moi, on peut remonter tous les appels, même les numéros bloqués. Je ne voulais pas que leurs identifiants apparaissent sur ma ligne. Nous utilisons la messagerie d'un site de secouristes gays.

Elle consulta sa montre avant de poursuivre :

— Le Dr Thomas doit passer là-bas à 6 heures ce matin. Mon ex est déjà sur place — c'est une des deux infirmières. Sa petite amie arrivera elle aussi à 6 heures, pour prendre la relève. La mienne me remplace en ce moment. J'étais censée assurer la garde de nuit, mais c'est là que tout s'est mis à merder.

A son tour, Faith consulta sa montre.

— Donc, tout le monde sera là-bas dans un peu plus de deux heures ?

— A moins qu'ils ne vérifient leur messagerie à 4 heures du matin. Je peux utiliser votre portable ? demanda-t-elle à Nick.

— Celui de mon bureau est plus sûr, proposa celui-ci.

Ramassant les dossiers sur Big Whitey, il annonça à Faith qu'il allait commencer à les éplucher. Branson le suivit jusqu'à la porte, mais resta un instant sur le seuil.

— Désolée de vous avoir fait perdre votre temps, les gars. J'ai toujours essayé de faire ce qu'il fallait, ni plus ni moins.

Will hocha la tête. Pas Faith. Elle attendit que Branson soit sortie avant de lâcher un soupir excédé.

— Qu'est-ce que tu en penses ? lui demanda-t-il.

— J'en pense que Tony Dell est plus proche de Big Whitey qu'on croyait.

Il hocha la tête, mais ils savaient tous les deux que ce n'était pas le sens de sa question.

— Ce Big Whitey, qui que ce soit… c'est un génie,

reprit Faith sans pouvoir masquer l'admiration dans sa voix. Il les manipule comme des marionnettes.

— Les deux types dans la maison, commença Will avant de tousser à plusieurs reprises pour s'éclaircir la gorge. Bon, je vois bien Tony les égorger tous les deux, puis s'en prendre au troisième avec une hache. C'est un tueur-né. Il adore se servir de ses mains. Il les bousille tous les trois, il barricade la porte du sous-sol pour enfermer Sid Waller, puis il se tire tranquillement.

— C'est lui qui fournissait les infos à Lena. Il savait quand l'assaut aurait lieu…

Faith attendit la fin d'une nouvelle quinte de toux pour conclure :

— Tu crois toujours que Tony n'est pas Big Whitey ?

Will avala tant bien que mal quelques gorgées d'eau, toussa de nouveau.

— Je ne sais plus ce que je crois. Mais il me fait davantage l'effet d'une arme dans les mains de quelqu'un d'autre. Et je sais qu'il se passe un truc pas net avec sa sœur. Demi-sœur. Mais je ne le vois pas se taper des petits garçons. C'est à peine s'il supportait de se trouver dans la même pièce que son propre neveu.

— On ne sait jamais de quoi les gens sont capables, répondit Faith. La sœur, tu crois qu'elle sait quelque chose ?

Will haussa les épaules pour économiser sa voix. Il allait devoir trouver un moyen pour obliger Cayla Martin à parler. C'était sa seule solution.

Faith regarda de nouveau la photo floue sur l'écran.

— Pauvre petit bonhomme. Il n'a pas plus de sept ans, je pense.

Will n'avait aucune envie de revoir l'écran, mais il le fit tout de même et ne parvint plus à en détacher les yeux. Il paraissait impossible que ce gamin soit toujours en vie.

Comment avait-il survécu dans ce trou sombre et humide ? Et que lui avait-on fait pendant qu'il se trouvait là-bas ?

— J'appelle Sara, annonça Faith en sortant son téléphone.

Will ouvrit la bouche pour lui dire que ça ne servirait à rien, mais aucun mot ne sortit. Et pas à cause de sa gorge. Soudain, il pensa que le gamin se taisait parce qu'il n'avait rien à dire.

Son expression sur le cliché l'indiquait clairement. Cet enfant ne serait plus jamais le même. Il ne dormirait ni ne jouerait plus jamais avec la même confiance. Taper dans un ballon, jouer au cerf-volant, aider sa mère à mettre le couvert — tout cela, il ne pourrait désormais plus le faire sans guetter le danger autour de lui. Il ne voulait pas rentrer chez ses parents, parce qu'ils ne le reconnaîtraient pas. Dès le premier coup d'œil, ils demanderaient qui était cette créature abîmée et ce qu'on avait fait de leur vrai fils. La photo sur l'écran capturait tout — la peur, le sentiment de solitude, la honte accablante.

Marie Sorensen avait la même expression. Elle avait été enlevée. Violée. Séquestrée, jetée à la rue. Même de retour chez elle, il lui était impossible de se sentir en sécurité. Elle avait opté pour le seul choix qui lui appartenait vraiment.

Will ne pouvait le lui reprocher.

Aucune boîte au monde n'était assez grande pour contenir ces horreurs. Tout ce à quoi elle avait survécu lui avait donné envie de mourir. Qui aurait pu en vouloir au garçon de ressentir la même chose ?

— Sara ne répond pas, annonça Faith en coupant son téléphone. Tu crois qu'elle est à l'hôpital ?

Il ne répondit pas.

Sara en avait terminé avec Will. Ça, au moins, c'était certain. Pourtant, pendant le peu de temps qu'ils avaient passé ensemble, elle avait réussi à le transformer. Elle avait dompté ses démons. Elle l'avait fait se sentir en sécurité. Entier, pour la première fois. Sara n'avait pas réussi à refermer la salle des classeurs, mais elle lui avait donné l'impression que celle-ci se trouvait plus loin — comme les souvenirs ou la vie de quelqu'un d'autre.

Will devait le lui dire, lui expliquer pourquoi il avait si désespérément besoin d'elle.

— Je vais la trouver, dit-il à Faith.

Si quelqu'un pouvait convaincre le gamin de parler, c'était Sara Linton.

13

— Sara ?

Sara se retourna dans son lit, tentant d'échapper au bruit. Cette nuit, elle était tombée d'épuisement plus qu'elle ne s'était endormie.

— Sara ? répéta Nell. Sara ?

Elle s'éveilla lentement, s'extirpant d'un sommeil profond et sans rêves, et posa une main sur ses yeux.

— Quelle heure est-il ?

— Quatre heures et demie à peine.

Elle laissa retomber sa main pour regarder Nell. Elles se trouvaient dans leur chambre d'hôtel. Après ce qui s'était passé dans la nuit avec Will, Sara n'avait pas trouvé la force de rentrer à Atlanta.

— C'est Jared ? Il va bien ?

— Possum vient d'appeler, fit Nell avec un sourire retenu. Il dit qu'ils vont le réveiller. J'allais partir pour l'hôpital.

Sara se força à s'asseoir sur le lit. Tout son corps lui faisait mal, et tout particulièrement les endroits les plus gênants.

— Je viens avec vous.

— Il faut que vous alliez ouvrir. Il y a un homme qui veut vous parler.

Il lui fallut quelques secondes pour que ses idées se mettent en place. En ce moment, un seul homme à Macon pouvait vouloir lui parler. Mais elle n'était pas sûre de le vouloir, elle. Pourtant, elle se leva et se dirigea vers la porte en passant une main dans ses cheveux.

En découvrant Will, elle resta bouche bée. Un instant,

elle s'imagina qu'elle était responsable des dégâts subis par son visage. Puis elle comprit qu'il avait été tabassé.

— Que s'est-il passé ?

Elle tendit la main vers lui, mais n'osa pas le toucher — il n'y avait pas la moindre parcelle de peau intacte. Même les vaisseaux sanguins de ses yeux avaient éclaté.

— Quelqu'un t'a étranglé ?

Il avala sa salive, et grimaça de douleur.

— C'est Amanda qui m'envoie, fit-il, d'une voix si éraillée qu'elle eut du mal à comprendre.

— Entre.

Il ne bougea pas. Elle le prit par le bras pour le tirer à l'intérieur.

— C'est un ami, Nell. Il vit à Atlanta.

Sara préféra se dire qu'elle cachait certains détails à cause de la couverture de Will.

— Ravie de vous rencontrer, fit Nell.

Elle fouillait dans son sac à main sans les quitter des yeux. Sara s'aperçut que sa main était toujours posée sur le bras de Will et elle s'empressa de le lâcher.

— Tout va bien, Sara. Je suis contente pour vous. Je serai à l'hôpital, acheva-t-elle en brandissant un passe magnétique.

Elle sortit en saluant Will d'un signe de tête. La porte se referma automatiquement derrière elle, cognant contre le pêne métallique. Sara savait qu'il serait inutile de tenter de la retenir.

— Alors, que s'est-il passé ? répéta-t-elle à Will.

Il porta les doigts à son larynx, comme pour monter le volume de sa voix.

— Nous avons une heure.

— Pardon ? le coupa-t-elle, incrédule.

— Je sais que tu ne veux pas de moi ici.

Il se mit à tousser. Visiblement, parler lui demandait des efforts surhumains. Il tenta de reprendre :

— Amanda m'a demandé de…

Une nouvelle quinte de toux, puis une autre. Son visage virait au rouge brique.

— Assieds-toi, lui ordonna Sara.

Si furieuse qu'elle soit, elle ne pouvait pas le laisser s'évanouir devant elle. Elle alla chercher une petite bouteille de whisky du Tennessee dans le minibar.

— Bois la moitié de ça.

Will s'assit, mais refusa de prendre la bouteille. Il détestait l'alcool.

— Ça ne va pas te soûler, insista-t-elle.

Comme il ne réagissait pas, elle lui fourra la bouteille sous le nez.

— Vois ça comme un médicament. Ça va anesthésier ta gorge.

A contrecœur, Will prit le whisky. Il dévissa le bouchon. Au lieu de boire, il renifla l'alcool avec une grimace de dégoût, puis regarda l'étiquette, même si, Sara le savait, il ne pouvait pas déchiffrer l'écriture cursive.

— Will, bois ce foutu whisky !

Son ton était plus agressif qu'elle ne l'aurait souhaité, mais ça fonctionna. Il parvint à avaler une gorgée avant de s'étrangler.

— Seigneur !

Une toux caverneuse lui secoua la poitrine et ses yeux se mirent à larmoyer. Il secoua la tête comme un chien qui s'ébroue.

Sara garda les bras croisés pour se retenir de le prendre contre lui. Hier soir, elle était trop épuisée pour réfléchir, mais tout lui revenait maintenant, et sa colère menaçait sans cesse d'étouffer son inquiétude, pourtant réelle.

Will toussa encore avant de revisser le bouchon et de jeter la bouteille dans la corbeille à papier.

— Allons-nous parler de ce qui s'est passé ? demanda Sara.

Il battit des paupières comme s'il avait du mal à accommoder.

— Amanda…, commença-t-il.

— Chéri, si tu prononces son nom encore une fois, un de nous deux devra quitter cette pièce, et ce ne sera pas moi.

Il se raidit, mais elle ne céderait pas.

— Je suis sérieuse, Will. Tu débarques ici avec la tête dans un état épouvantable. Il te faut des points de suture pour cette entaille. Tu as du sang dans l'oreille. Tu devrais sans doute passer un scanner. Et moi, je suis censée me comporter comme si de rien n'était, exactement comme je fais semblant de croire que tu n'as pas eu d'enfance, que tu n'as pas des cicatrice sur tout le corps, et…

Elle ne put continuer. La liste était sans fin.

— Parle-moi, Will. J'aime ta force, mais pas ton silence. Je n'en peux plus.

Comme on pouvait s'y attendre, il fit le contraire. Il croisa les jambes, cheville sur la cuisse. Elle vit la semelle de sa chaussure, ornée d'un logo Cat's Paw.

Elle dut fermer les yeux un instant pour ne pas perdre le contrôle. Elle compta jusqu'à dix, puis vingt, avant de trouver la force de le regarder de nouveau.

— Will, c'est le fait que tu ne me parles pas qui nous a mis dans cette situation.

Il déglutit. L'alcool avait fait son effet, car cette fois il ne cilla pas.

— Je suis désolé.

Même si elle se sentait comme une maîtresse d'école, Sara ne put s'empêcher d'insister :

— Désolé pour quoi ?

Il se mit à jouer avec les coutures de sa botte.

— Pour t'avoir couru après. Pour t'avoir… pour ce que j'ai fait quand je t'ai rattrapée. Je ne me contrôlais plus.

Le souvenir la fit rougir. Pourtant, elle ne pouvait pas le laisser tout prendre sur lui.

— Nous ne nous contrôlions plus. Ni l'un ni l'autre.

— Je t'ai blessée.

— Je ne suis pas une amish, Will. J'ai déjà pratiqué le sexe brutal.

A son regard stupéfait, elle comprit qu'il ne voyait pas les choses comme ça. Mais comment pouvait-il se tromper à ce point, quand c'était tellement évident ?

— Je ne t'ai pas dit d'arrêter ! Je n'ai pas eu peur de toi. J'étais furieuse, je voulais te faire mal, mais je n'avais pas peur.

Les yeux de Will étincelèrent — était-ce encore à cause de l'alcool ?

— Will, j'étais en colère contre toi — et je le suis toujours — parce que tu m'as menti. Pas juste une fois, mais de façon répétée. Apparemment, quelque chose t'est arrivé hier soir. Nous avons déchargé notre agressivité l'un sur l'autre. Ça existe, entre adultes consentants. Mais il faut que tu saches une chose : ce n'est pas en me baisant un bon coup que tu vas tout arranger.

Il restait sur la défensive, la voix pleine d'amertume.

— Je n'ai jamais voulu te faire ça.

— Mon amour…

Le mot était sorti tout naturellement, et Sara vit l'effet qu'il produisait sur Will. Elle comprit qu'il avait souffert plus encore qu'elle de ce qui s'était passé la veille.

Elle s'assit au bord du lit.

— Je t'en prie, parle-moi.

Penché en avant, la tête entre les mains, il ne la regardait pas. Elle voyait sa mâchoire se contracter. Sa tempe était zébrée d'une ecchymose rouge sombre qui évoquait la surface d'une gaufre, comme si on lui avait assené un coup de pied phénoménal.

— Je suis venu pour quelqu'un d'autre, dit-il.

— Qui ?

Mains jointes, il fixa le sol. Quand il parla enfin, ce fut d'une voix si basse qu'elle l'entendait à peine.

— J'ai l'impression de disparaître.

Sara s'attendait à tout, sauf à ça. Elle ne trouva pas de réponse, mais apparemment il n'en attendait pas. Sa mâchoire se contracta encore, et elle comprit que tout son être lui hurlait de se taire. Pourtant, il continua :

— Toute ma vie, j'ai été invisible. A l'école. Au foyer. Au travail. Je fais mon boulot, je rentre chez moi, et le lendemain je me lève et je recommence.

Il serra ses mains plus fort. Quelques secondes passèrent avant qu'il puisse reprendre :

— Tu as changé ça. Tu m'as donné envie de me lever le matin. De rentrer chez moi pour te retrouver. Tu es la première personne de ma vie qui me voit vraiment, conclut-il en la regardant enfin dans les yeux.

Sara resta silencieuse, mais cette fois c'était d'émotion. La tristesse des mots de Will la brisait.

— Je ne peux pas revenir en arrière, souffla-t-il d'une voix rauque. Je ne peux pas.

Et elle ne le laisserait pas partir. Sa colère se dissipa d'un seul coup, comme une poignée de sable entre ses doigts. D'un geste délicat, elle lui prit le visage entre ses mains. Elle connaissait cet homme, elle savait que son cœur était pur. Il ne l'avait pas blessée intentionnellement. Il avait agi par bêtise et entêtement, certainement pas par malice. Et elle refusait d'être la femme qu'avait décrite Lena Adams. Elle ne cherchait pas la perfection, n'imposait pas des exigences impossibles à atteindre. Elle avait perdu le premier amour de sa vie. Elle ne perdrait pas le second.

— Ça ira, murmura-t-elle en posant les mains sur sa nuque. Tout ira bien.

Il scruta son visage, cherchant une confirmation.

— Tu es sûre ?

Elle hocha la tête. Il fit de même, comme s'il avait encore besoin de se convaincre.

— Je suis désolé. J'avais tort. Je t'ai fait du mal.

— Ne recommence jamais, je t'en prie, dit-elle en se rapprochant de lui pour enrouler ses bras autour de ses épaules. Nous sommes ensemble, désormais. Le problème, ce n'est pas que tu me caches des choses. Le problème, c'est la confiance. Je ne comprendrai pas toujours, et je ne serai pas toujours d'accord, mais il va falloir que tu me fasses suffisamment confiance pour me dire la vérité.

Il la serra contre lui pour caresser ses cheveux, ses lèvres posées sur son front.

— Tu as raison. Et toi, il faut que tu me promettes quelque chose.

Elle le repoussa légèrement pour le regarder.

— D'accord.

— Promets-moi qu'on ne rompra plus jamais.

Elle faillit éclater de rire, mais la sincérité de Will la retint.

— Moi, je te le promets, poursuivit-il avec une certitude qu'elle n'avait jamais entendue dans sa voix. Je ne te quitterai jamais. Même si tu me dis de m'en aller, je resterai avec toi. Je dormirai dans ma voiture devant chez toi. Je te suivrai au travail. A la salle de gym. Si tu vas au restaurant, je serai à la table d'à côté. Si tu vas au ciné, je serai derrière toi.

Elle fronça les sourcils.

— Tu veux dire que tu vas me traquer ?

Il haussa les épaules comme si la réponse allait de soi.

— Je t'aime.

Elle se mit à rire.

— Comme façon de le dire, ça craint…

— Je t'aime.

La réponse lui vint, aussi naturelle qu'une grande bouffée d'air avant de se jeter à l'eau :

— Je t'aime aussi.

Il se pencha vers elle, mais ne l'embrassa pas. Malgré ce qu'il venait de dire, il attendait la permission. Elle effleura ses lèvres avec une douceur infinie. Un baiser chaste, mais qui voulait tout dire.

— C'est fini, dit-il.

Elle hocha la tête.

— C'est fini.

Il lui prit les mains entre les siennes, embrassa ses doigts. Puis il lui fit pivoter le poignet pour regarder sa montre.

— Il faut qu'on y aille.

— Où ?

Il se leva brusquement.

— Je te dirai tout en chemin. Lena a trouvé quelque chose.

— Un ticket gagnant de la loterie ? lança-t-elle.

— Non, répondit-il en l'aidant à se lever. Elle a trouvé un petit garçon.

Sara arrêta sa BMW dans un garage au portail ouvert. Il y avait déjà deux voitures dans l'abri métallique qui se dressait à quelques mètres d'une vaste maison de plain-pied. Ils se trouvaient dans un élevage de chevaux. Elle voyait des juments et un poulain près d'une grange aux murs rouges. Le soleil pointait tout juste à l'horizon. Les chevaux mâchonnaient paisiblement de l'herbe tandis que le portail du garage se refermait.

Sara comprit que le Suburban noir à côté de sa voiture était un des 4x4 de fonction du GBI. Donc, Faith ou Amanda devait se trouver ici. Le véhicule de patrouille orné d'un écusson de shérif appartenait sans doute à la propriétaire de la ferme. S'occuper de chevaux était aussi coûteux que risqué, et la plupart des éleveurs qui se lançaient préféraient garder un travail à côté. Deux fois dans sa vie, Sara était tombée de cheval, et elle en retirait l'impression que le métier d'éleveur était à peine moins dangereux que celui d'assistant du shérif.

Will sortit de sa voiture et ouvrit la portière pour saisir la trousse médicale de Sara sur la banquette arrière. Il ne la lui tendit pas, préférant la porter lui-même.

— Par ici, dit-il en se dirigeant vers la maison.

Elle le suivit à travers le bric-à-brac de pièces mécaniques qui encombrait le quart restant du garage. Elle dut prendre sa main pour enjamber une remorque de tracteur qui ressemblait à un énorme râteau. Il la retint plus longtemps que nécessaire et elle lui caressa les doigts. Si seulement elle avait pu effacer les dernières vingt-quatre heures... ou peut-être que non. De façon étrange, elle se sentait plus proche de Will qu'elle ne l'avait jamais été.

Au moment où ils arrivaient devant la porte latérale du garage, Faith ouvrit celle-ci. Elle évita le regard de Sara.

— Vous avez trouvé facilement ? demanda-t-elle.

— Sans problème. Nous avions le GPS, répondit Sara.

Faith hocha la tête et tira une poignée de bonbons Jolly Rancher de son sac.

— Parfait, dit-elle. Le gamin dort toujours. Nous n'avons pas voulu le réveiller tant que nous n'étions pas obligées. Denise et son amie sont à l'intérieur, avec une des infirmières. Le médecin a lu la messagerie, il sait qu'il ne doit pas venir.

— Ça paraît très bien, déclara Will en prenant les bonbons et en les fourrant dans sa poche. J'ai environ deux heures avant de retourner travailler. Quel est le plan ?

A la pensée qu'il reprenne sa mission d'infiltration à l'hôpital, Sara sentit son estomac se contracter, mais elle ne dit rien.

— L'autre infirmière arrive en bus, expliqua Faith. Moi, je comptais me rendre au central radio. Je veux être aux commandes quand elles vont disparaître des écrans, pour que personne ne panique. On ne sait pas jusqu'où s'étend cette affaire. Donc, je resterai là-bas jusqu'à ce que je sois certaine que le gamin est arrivé à Atlanta.

— Qui va suivre l'ambulance ? demanda Will. Sara ne va nulle part sans protection.

— Denise sera derrière eux d'un bout à l'autre du trajet, avec son flingue et un fusil d'assaut. Amanda pense qu'une escorte plus importante risque d'attirer l'attention de Big Whitey.

Will tendit son téléphone à Sara.

— Toutes les demi-heures, tu feras le point avec Faith en utilisant ça.

Elle n'aimait pas qu'on lui donne des ordres, mais tenta de ne pas le montrer.

— J'ai mon BlackBerry, celui de l'hôpital.

— Le numéro en 689 ?

Elle hocha la tête et il rempocha son portable.

— Je suis sérieux, insista-t-il. Ces gens n'ont pas peur des dommages collatéraux. Je veux que tu appelles Faith toutes les demi-heures jusqu'à ce que vous soyez en sécurité à l'hôpital.

Sara n'était pas convaincue de la nécessité de ces précautions, mais Will ne lui laissa pas le temps de discuter. Il se dirigea vers la maison. Elle le vit tirer un bonbon de sa poche et déchirer l'emballage avec les dents au lieu de le déplier.

Une nouvelle fois, elle le suivit. Il était de nouveau lui-même — aux commandes. Même dans son atroce uniforme d'employé de maintenance, il avait repris son allure habituelle. Elle observa sa démarche athlétique et souple, sa carrure, les muscles de ses épaules. Son grand flic costaud. Elle était peut-être mince, mais pas du genre à se laisser faire.

A ses côtés, Faith garda le silence pendant qu'ils traversaient la cour. Entre elles deux, la tension crépitait comme de l'électricité statique.

— Vous êtes une excellente menteuse, lança Sara.

— C'est vrai, admit Faith en souriant.

Elle ne put s'empêcher de sourire à son tour.

— Will vous a mise au courant ? reprit Faith.

— Il m'a tout dit. Tout ce qui s'est passé à Macon, précisa-t-elle en la voyant hausser un sourcil inquiet.

Will s'était mis à parler au moment où ils avaient quitté sa chambre d'hôtel. Elle ne l'avait jamais entendu s'exprimer aussi longtemps tout d'une traite. Il lui avait raconté l'e-mail que Lena lui avait envoyé pour le mettre au courant, les ploucs, le gamin trouvé au sous-sol et le rôle qu'avait joué Denise Branson dans sa protection. Le seul détail que Sara aurait préféré qu'il passe sous silence, c'était le fait qu'il roulait à moto, mais même son exclamation de surprise épouvantée n'avait pas arrêté le flot des révélations. En conduisant, elle avait même ralenti l'allure. Elle aimait cette honnêteté nouvelle et elle aurait voulu qu'il l'étende au reste de sa vie — son enfance, sa famille, son mariage raté. Malheureusement, la route n'était pas infinie.

— Vous vous rappelez ce que vous m'avez dit il y a quelque temps ? demanda Faith. Que vous devez être du côté de Will ?

Sara se souvint de leur conversation : Faith lui avait demandé des informations sur le passé de Will, mais elle avait préféré garder pour elle le peu qu'elle savait.

— Je comprends. Vous aussi, vous devez être de son côté.

Faith sourit, visiblement soulagée.

— Le médecin vous a-t-il détaillé ce qu'il a fait ? reprit Sara.

— Les premiers jours, il a réhydraté l'enfant et lui a donné des antibiotiques, mais rien de plus. Il passait surtout pour lui donner une impression de routine et s'assurer qu'aucune complication ne surgissait.

— Ça l'a aidé sans doute plus que tout le reste. Les enfants ont toujours besoin de structures.

— Celui-ci est encore en mode survie. Denise pense que ceux qui le séquestraient ont pu droguer sa nourriture. Il ne boit pas de Coca, mais il accepte l'eau en bouteille. Il dépèce tout ce qu'on lui donne à manger, comme s'il cherchait une pilule cachée à l'intérieur. Il avale une bouchée puis il s'arrête pour voir si ça le rend malade ou si ça le fait dormir. Ensuite seulement il mange. On a essayé de lui donner des aliments difficiles à trafiquer, comme des rouleaux de fruits ou des tranches de charcuterie, mais il continue à les mettre en morceaux avant de manger.

Sara hocha la tête — il n'y avait rien à dire. Elle se sentait dépassée par les horreurs qu'avait dû subir l'enfant, et Faith devait éprouver les mêmes sentiments, car elle resta silencieuse jusqu'au moment où elles arrivèrent devant la maison.

La porte d'entrée s'ouvrit et une jeune femme afro-américaine apparut. Elle semblait plutôt menue dans son jean et son T-shirt, mais elle portait à la hanche un revolver dont elle semblait capable de se servir. Ses bras musclés indiquaient qu'elle devait être familière des travaux de la ferme, mais sa voix était d'une douceur surprenante.

— Vous êtes le médecin ? demanda-t-elle.

— Oui, répondit Sara.

La main sur la crosse de son arme, la femme s'écarta pour les laisser entrer.

La cuisine était chaleureuse et agréable. De toute évidence, la propriétaire des lieux n'était pas une spécialiste de la décoration, mais elle avait tout de même réussi à créer un espace accueillant grâce à des tonalités de bois chaudes. Une femme était assise à table, et Sara devina qu'il s'agissait de Denise Branson — elle avait l'air de quelqu'un qui a tout perdu. Accoudée devant une tasse de thé, elle jouait machinalement avec le sachet au lieu de boire.

— Denise ? lança Faith.

La femme leva les yeux pour leur offrir un sourire forcé.

— Docteur Linton ?

— Appelez-moi Sara, fit-elle en lui tendant la main. On m'a dit que vous vous occupiez très bien de mon patient.

Denise lui lança un regard prudent, comme si elle craignait qu'il ne s'agisse d'un sarcasme. Faith dissipa le sentiment de malaise en se dirigeant vers la porte de la cuisine.

— Je pars au standard. Appelez-moi quand vous serez prêts. Will, garde ton téléphone sur toi en permanence.

Ils échangèrent un regard qui inquiéta Sara, puis il hocha la tête et Faith ressortit par la porte de la cuisine. L'adjointe du shérif la verrouilla derrière elle avant de ranger la clé dans sa poche.

— Au fait, je m'appelle Lila, annonça-t-elle. Notre amie Jasmine est dans la chambre, avec le garçon. Vous êtes Will ?

— Oui, répondit celui-ci.

Posant la trousse de médecin de Sara sur le comptoir, il serra la main de Lila. Elle dut se dévisser le cou pour le regarder dans les yeux.

— Je l'ai déjà dit à votre coéquipière, mais merci de faire ça. On a dû travailler seules un bout de temps.

— Vous n'êtes plus seules, déclara Will.

Ses yeux s'allumèrent quand il vit un paquet de biscuits Pop-Tarts près de la gazinière.

— Je peux ?

— Je vous en prie, répondit-elle en lui tendant la boîte.

Will avala son bonbon et toussa plusieurs fois, mais ça ne l'empêcha pas de déchiqueter l'emballage plastique.

— L'enfant dort encore, dit Lila à Sara. Je ne lui ai pas encore donné à manger. Je vais faire des crêpes. Hier, il a refusé des pancakes. Je pense qu'ils étaient trop épais.

— Vous avez mangé avec lui, ou vous l'avez juste servi ?

Debout devant la porte du réfrigérateur, Lila prit une expression contrariée.

— Merde. S'il nous voit manger, il sait qu'il ne risque rien, fit-elle pour elle-même. Au contraire, je l'ai servi sur un plateau, comme devaient le faire ses ravisseurs. J'aurais dû y penser !

Elle secoua la tête, puis sortit une boîte d'œufs et une brique de lait du frigo. Sara tenta de dédramatiser :

— Vous êtes là depuis le début. C'est plus facile pour moi, qui arrive avec un œil neuf.

— Il ne quitte pas sa chambre, reprit Lila. Je lui ai installé une télévision. Il met les sous-titres pour la regarder sans le son. Denise lui a apporté des livres, mais il ne les touche pas. Il a l'âge de savoir lire, non ?

— Oui, répondit Sara. Mais sans doute a-t-il l'habitude de lire à voix haute.

— Avec sa mère, fit Denise, comme pour elle-même.

Will avait terminé un paquet de Pop-Tarts et il en ouvrit un autre.

— Vous avez essayé les jeux vidéo ? lança-t-il.

De nouveau, le visage de Lila se décomposa.

— Les jeux vidéo ! Comment n'y ai-je pas pensé ? J'aurais dû prendre la Xbox de mon frère. De toute façon, il est trop vieux pour y jouer...

— Nous aurions dû le confier à des spécialistes depuis le début, intervint Denise.

— Vous l'avez gardé en sécurité, répliqua Sara. C'est tout ce qui compte.

Denise Branson se replongea dans la contemplation de sa tasse de thé tandis que Lila cassait des œufs dans un bol avant de mettre la poêle à chauffer.

Sara se demanda ce qu'il allait leur arriver. Denise Branson encourait des sanctions disciplinaires et peut-être même un procès, mais ça relevait du bon vouloir de Lonnie Gray. Pour ce qu'elle en savait, c'était un homme juste, et toutefois partisan d'une justice exemplaire. Elle espérait que Lila ne risquait rien. Tant que personne n'en parlait au shérif, le rôle de l'adjointe dans cette affaire pourrait rester anonyme.

— Il est réveillé.

La femme qui venait d'apparaître à la porte était vêtue d'un uniforme d'infirmière et Sara comprit qu'il s'agissait de Jasmine. Comme ses amies, elle était plutôt menue, mais quelque chose en elle donnait l'impression qu'il valait mieux la laisser tranquille. Faith avait cet aspect elle aussi — peut-être, songea Sara, que se savoir capable de neutraliser un ex-marine de quatre-vingt-dix kilos comme Paul Vickery vous conférait une assurance indiscutable.

— Je voudrais aller le voir, maintenant, dit-elle.

— On vient avec vous, répondit Lila en ôtant la poêle du feu.

— Peut-être pas toutes les trois, suggéra Sara en prenant soin de choisir ses mots. Vous avez été très bonnes pour lui, vous avez pris soin de lui. Denise, c'est vous qui lui avez sauvé la vie, littéralement… et il peut s'imaginer que vous l'aimerez moins s'il vous dit ce qui s'est passé.

Une nouvelle fois, Lila comprit très vite où elle avait péché.

— En marchant sur des œufs, nous l'avons poussé à rester silencieux.

— Vous lui avez fourni un environnement sécurisé pour guérir, la corrigea Sara.

Lila se remit à la cuisine sans paraître apaisée.

— Tu vas venir avec moi, toi aussi, dit Sara à Will.

Cette idée parut inquiéter tout le monde.

— Je sais que ça paraît aller contre la réaction spontanée, argua-t-elle, mais parfois les victimes se sentent plus en sécurité en présence d'hommes. Comme si la force physique pouvait mieux les protéger.

— J'ai vu des victimes de viol demander à voir des policiers hommes, reconnut Lila. Ça arrive. Pas toujours.

C'était Will qui semblait le plus réticent.

— Tu es sûre ?

— Quand tu seras dans la chambre, contente-toi de

t'asseoir, lui conseilla Sara. Laisse-le s'habituer à toi. Les enfants de sept ans s'adaptent très vite. Ils sont aussi très curieux. Il va vouloir savoir ce qui se passe, et ce qui arrivera ensuite.

— Nous ne lui avons rien dit, expliqua Lila. Seulement qu'il était en sécurité.

— C'est ce dont il avait besoin, Lila, lui assura Jasmine. Tu as entendu le médecin. Il lui fallait un sentiment de sécurité, et c'est ce que nous lui avons donné.

Se tournant vers Will, elle continua :

— Mais pour vous... je ne suis pas sûre. Désolée, mais ce n'est qu'un gamin, et les gens qui lui ont fait du mal vous ressemblaient pas mal.

Sara n'avait pas l'intention de s'imposer, mais elle insista tout de même :

— J'aimerais vraiment qu'il soit présent dans la chambre. Je pense que ça nous aiderait.

Une tension palpable s'installa dans la cuisine. Ce fut Lila qui rompit le silence :

— Elle avait raison sur d'autres trucs. Je suis d'avis qu'on tente le coup. Si le gamin panique, Will peut toujours sortir, non ?

— Exactement, acquiesça Will, pas plus rassuré qu'elle.

Denise et Jasmine échangèrent un regard. Sara devina qu'elles fonctionnaient beaucoup sur le consensus.

— Dee, insista Lila, quand quelque chose ne marche pas, on arrête et on essaie autre chose.

— Le gosse est déjà brisé, protesta Denise Branson.

— Peut-être qu'on devrait laisser les professionnels le réparer, alors, répliqua Lila en pointant sa spatule sur elle.

Denise prit la tasse entre ses mains, plongea de nouveau son regard dans le liquide sombre. Enfin, elle soupira :

— D'accord. Mais, s'il ne donne ne serait-ce que l'impression de paniquer, promettez-moi de partir.

— C'est promis, dit Will, qui semblait toujours la personne la moins convaincue de la pièce.

Denise se leva.

— Je resterai devant la chambre, pour qu'il sache que je suis là.

— Merci, répondit Sara en saisissant sa trousse sur le comptoir.

Denise les précéda dans le couloir. Sara sentait qu'elle avait envie d'arrêter les frais, de les mettre dehors, Will et elle, et de continuer à agir comme elle le faisait depuis le moment où elle avait secouru l'enfant dans le sous-sol obscur. Voilà plus d'une semaine qu'elles l'abritaient. Elles l'avaient soigné, nourri et protégé comme des anges gardiens. Laisser un homme d'un mètre quatre-vingt-dix pénétrer dans sa chambre pouvait effectivement leur sembler une très mauvaise idée.

Au début, le comportement de l'enfant sembla confirmer cela : quand il aperçut Will, il écarquilla les yeux et se recroquevilla contre la tête de son lit.

— Tout va bien, mon cœur, fit Denise d'une voix douce. Ces gens sont nos amis. Ils sont là pour t'aider.

Le gamin ramena la couverture sur sa poitrine. Elles lui avaient donné un pyjama Spiderman et avaient mis des draps de coton au lit. Il y avait des jouets sur toutes les surfaces disponibles — des petites voitures, un Transformer géant, assez de Lego pour construire une petite ville. Des albums étaient empilés sur la commode. Rien ne semblait avoir été touché. Visiblement, quelqu'un s'était rendu au magasin de jouets du coin et avait demandé au vendeur ce qui plairait à un petit garçon de sept ans, mais ce garçon-là n'était pas intéressé.

Sara entra dans la pièce. Elle avait toujours mis un point d'honneur à ne pas utiliser un ton bêtifiant avec les enfants, et ce fut d'une voix douce qu'elle commença :

— Bonjour, je suis le Dr Linton, et voici l'agent Trent.

C'est un policier, mais il travaille pour l'Etat, c'est pour ça qu'on l'appelle « agent » et pas « détective ».

Elle fit signe à Will d'entrer avant de poursuivre :

— Le Dr Thomas ne viendra pas ce matin. Il m'a dit de te passer le bonjour. C'est moi qui vais m'occuper de toi si tu es d'accord.

Le garçon ne bougea pas, mais il ne protesta pas non plus.

D'un coup d'œil, Sara procéda à un examen rapide. Le Dr Thomas avait bien travaillé. En tout état de cause, le garçon avait l'aspect de n'importe quel gamin de sept ans, le teint frais, sans le moindre signe de déshydratation ou de mauvais traitement. Les marques sur son visage étaient en cours de guérison. Sans son comportement craintif, elle n'aurait pas deviné qu'il avait été enlevé.

Sara fit signe à Will de s'asseoir sur une chaise dans un coin de la chambre.

— L'agent Trent s'est battu avec un homme très méchant. C'est pour ça qu'il a des bleus sur le visage. On dit des bleus, mais tu vois que les traces sur son cou sont rouges. Elles guériront d'ici quelques semaines. Toi, tu as déjà eu des bleus ?

Le gamin fixait Will. Il remonta ses couvertures jusqu'à son cou.

— Dans deux jours environ, continua Sara en ouvrant sa trousse, les bleus de l'agent Trent seront rouge foncé, peut-être noirs. D'ici une dizaine de jours, ils deviendront verts, puis marron. Au bout de deux semaines et demie à peu près, ils disparaîtront. Et toi, tu en as déjà eu ?

Le gamin ne répondit pas, mais il avait détaché les yeux de Will pour la regarder.

— Je vais mettre mes doigts sur ton poignet, d'accord ?

Le garçon ne broncha pas quand elle lui prit le pouls. A sept ans, il avait déjà dû consulter un médecin un certain nombre de fois. Il avait l'habitude des examens de routine.

— Tu sais ce qui cause les bleus ? demanda-t-elle.

Il ne répondit pas, mais elle vit qu'il l'écoutait.

— C'est du sang coincé sous la peau. Plutôt beurk, non ?

Il la fixait sans un mot.

— Moi, je trouve que c'est beurk, et je suis docteur.

Le garçon reporta son attention sur Will, mais désormais il l'observait avec moins de crainte. Sara sortit son stéthoscope. C'était un ancien modèle, qu'elle gardait en double. Ses parents le lui avaient offert pour son entrée en médecine. Elle porta l'embout plat à ses lèvres et le réchauffa en soufflant dessus. Sans qu'elle ait besoin de le lui dire, le garçon se pencha en avant pour qu'elle l'ausculte.

Elle releva le haut du pyjama. Il y avait des marques de brûlures sur son dos. Elle fit mine de ne pas les voir.

— Respire à fond, dit-elle, avant d'écouter plus longtemps que nécessaire.

Le Dr Thomas avait traité les brûlures, mais ne les avait pas recouvertes, pour éviter l'infection. L'enfant garderait des cicatrices — des cicatrices semblables à celles qu'elle avait vues sur Will.

— Dis donc, fit-elle enfin, tu as des poumons super costauds !

Le garçon se pencha en arrière pour qu'elle écoute son cœur. Il avait redescendu les draps jusqu'à sa taille, mais continuait à épier les adultes présents dans la pièce. Son regard passait de Denise, sur le seuil, à Will puis à Sara. Il surveillait en permanence ce qui l'entourait, jouant nerveusement avec le rebord des draps comme s'il voulait être prêt à se cacher dessous à la moindre alerte.

— Tu sais que nous sommes en Géorgie, n'est-ce pas ? demanda Sara. C'est l'Etat juste au-dessus de la Floride.

Le gamin ne répondit pas, mais quelque chose dans son expression indiquait à Sara qu'il était au courant.

— Dans quelques minutes, poursuivit-elle, on va monter dans une ambulance, comme celle que tu as déjà prise. Sauf que cette fois on t'emmène à Atlanta.

Elle s'interrompit. Désormais, elle avait toute l'attention du garçon.

— Le voyage durera à peu près une heure et demie. Quand nous arriverons, tu iras dans un hôpital. Je resterai avec toi tout le temps.

Le garçon regarda Denise.

— Jasmine et Vivica conduiront, annonça celle-ci. Je serai en voiture juste derrière l'ambulance. Lila nous rejoindra plus tard pour voir si tout va bien.

Souriant au gamin comme s'ils partageaient un secret, elle ajouta :

— Je t'ai dit qu'on ne te lâcherait pas.

Sara devina que Vivica était le nom de l'autre infirmière.

— On n'allumera pas la sirène, dit-elle au garçon, parce que ce n'est pas une urgence. Tu n'es pas malade. Je crois que tu es juste très fatigué et que tu as très peur. Et tu ne parles pas, donc je dois regarder à l'intérieur de ta bouche pour être sûre qu'il n'y a pas quelque chose qui t'en empêche, d'accord ?

Il tourna vivement la tête vers elle. Il savait qu'elle ne trouverait aucune explication médicale à son silence.

— Donne-moi juste une seconde…

Elle fouilla dans sa trousse en adoptant l'expression de Nell quand elle voulait paraître très occupée.

— Zut, je n'ai pas mon abaisse-langue, mentit-elle. Denise, vous auriez une glace ?

— Une glace ? répéta celle-ci sans comprendre.

— Un esquimau. Je peux utiliser le bâtonnet comme abaisse-langue. Vous en avez peut-être au congélateur ? Ce serait gentil d'aller voir.

Elle souligna ses propos d'un regard éloquent. Denise se redressa, visiblement à contrecœur.

— Je vais dans la cuisine, d'accord ? fit-elle au garçon.

Il ne bougea pas, mais ces deux-là communiquaient de toute évidence autrement que par des mots ou des signes, et Sara comprit qu'il donnait à Denise la permission de le laisser.

— J'aime beaucoup Denise, déclara-t-elle en se remettant à fouiller dans sa trousse. Pas vous, agent Trent ?

Celui-ci dut s'éclaircir la gorge avant de répondre :

— Si. Ce sont toutes des dames très bien.

— L'agent Trent a une drôle de voix parce qu'il a mal à la gorge, expliqua Sara.

Le garçonnet considéra de nouveau Will, observant sans doute les bleus autour de son cou.

— L'agent Trent ne s'en vante pas, mais il connaît plein de blagues, n'est-ce pas ?

L'expression de Will passa de la surprise à la panique. Elle tenta de ne pas s'adresser à lui sur le même ton qu'au garçon :

— Pourquoi ne pas en raconter une ?

Will semblait désespérément muet. Pourtant, il adorait lui raconter des blagues idiotes. Pourquoi n'en trouvait-il aucune maintenant ?

— Celle de Bob l'éponge ? l'encouragea-t-elle. Je crois qu'il a eu des problèmes avec la police, non ?

Will tira un bonbon de sa poche et défit maladroitement l'emballage. Sara allait renoncer quand il lança :

— Les papillons goûtent avec leurs pattes.

Le garçon le regarda fixement. Sara aussi. Elle ignorait complètement de quoi il parlait. Will fourra le bonbon dans sa bouche.

— Les papillons n'ont pas de bouche pour mordre ou mâcher, mais ils ont cette sorte de paille qui leur permet de boire du nectar. C'est leur façon de manger.

Il se racla la gorge avant de continuer :

— Mais comment ils savent quoi manger ? Ils atterrissent sur des feuilles et sur d'autres trucs, et ils goûtent avec leurs pattes. C'est là que se trouvent leurs papilles gustatives.

Le garçon plissa les yeux. Il était sceptique mais intrigué.

Will s'en aperçut certainement, car il rapprocha sa chaise du lit de quelques centimètres.

— Tu savais que presque toutes les tortues respirent par leurs fesses ?

Le garçon jeta un regard excité à Sara, sans doute parce que Will avait dit « fesses ».

— C'est vrai, poursuivit Will en tirant sa chaise un peu plus. Elles ont des petites poches d'air dans leur popotin. Elles gardent la tête sous l'eau et elles sortent juste les fesses quand elles veulent respirer.

Le gamin avait cessé de s'accrocher au drap, et dévorait maintenant Will du regard.

— En fait, j'ai entendu dire qu'il y avait eu une grande bataille dans la forêt, il n'y a pas longtemps. Les insectes contre les animaux, vous étiez au courant ?

Il dut s'éclaircir la gorge de nouveau, et Sara espéra qu'il n'allait pas être interrompu par une autre quinte de toux. Le gamin ne répondait toujours pas, mais il s'était penché en avant.

— Je crois que j'ai lu quelque chose là-dessus dans les journaux, dit-elle.

— C'est sûr, tout le monde en a parlé. Et toi, enchaîna Will en s'adressant au garçon, tu ne l'as pas vu à la télé ?

De façon presque imperceptible, le garçon secoua la tête.

— Ils ont fini par décider de régler leur problème en organisant un grand match de foot, les animaux contre les insectes. Les gagnants deviendraient rois de la forêt pour toujours. Et même plus longtemps que ça.

Les coudes sur les genoux, Will demanda au garçon :

— Tu es sûr de ne pas en avoir entendu parler ? C'était un gros truc.

Cette fois, le mouvement de tête fut plus perceptible.

— C'était un match de dingue, reprit Will. Inoubliable. Les insectes et les animaux en parleront à leurs enfants pendant des années.

Le gamin se pencha encore un peu plus en avant, à l'écoute.

— Pendant les deux premiers quarts-temps, ça jouait à sens unique, continua Will en mimant un lancer. Les animaux battaient les insectes à plate couture. Evidemment — physiquement, ils sont supérieurs. C'était essai sur essai. Les animaux gagnaient haut la main. Les insectes ne pouvaient rien faire. Jusqu'au milieu du match.

Il leva les mains, comme pour tout arrêter.

— Dans le vestiaire, les insectes pleuraient comme des gosses. Ils allaient perdre, ils le savaient. Ils le sentaient du bout de leurs antennes. Ils seraient humiliés pendant tout le reste de leur vie. N'empêche, ils sont retournés sur le terrain. Ils ne pouvaient pas déclarer forfait, n'est-ce pas ? C'est pas parce qu'on est un invertébré qu'on n'a rien dans le ventre. J'ai raison, non ?

Le garçon acquiesça, suspendu aux lèvres de Will.

— Au moment où le match reprend, le mille-pattes entre en jeu. Et il assure comme une bête. Il joue receveur éloigné, tu sais ce que c'est ? Long comme il est, il est super-fort à ce poste. Alors, le criquet lance la balle, et là…

Les mains de Will s'agitèrent en l'air et il émit un sifflement.

— Le mille-pattes fait son numéro. Il monopolise la balle, il court dans tous les sens. Il enchaîne les essais. Il gagne le match en explosant le score. A la fin, les animaux ont 34, les insectes 212.

Le chiffre fit sourire le gamin.

— Les insectes sont fous de joie, continua Will. Ils envahissent le terrain, ils portent le mille-pattes en triomphe. Ils n'arrivent pas à y croire : désormais, ils sont les rois de la forêt pour toujours-toujours. Et puis, quelqu'un dit au mille-pattes : « On aurait pu gagner les deux premiers quarts-temps, non ? Où t'étais, à ce moment ? »

Will fit une pause pour ménager son effet :

— « Mais, euh, je faisais mes laaaaacets ! »

Le gosse resta silencieux une fraction de seconde avant d'éclater de rire, plié en deux, ses petits poings serrés. Il jeta un coup d'œil à Sara, comme pour dire : *Elle est super, non ?* Sara rit avec lui. Elle ne faisait pas semblant — la joie manifeste de l'enfant était le plus doux des sons à son oreille.

Il bascula sur le côté, oubliant de remonter les draps. L'espace d'un instant, il redevint un gamin comme les autres. Puis, comme un rideau qui tombe, le rire s'arrêta net et les souvenirs parurent lui revenir en force. Lentement, le garçon se rassit contre la tête de lit, les draps remontés sur sa taille.

Will tira une poignée de bonbons Jolly Rancher de sa poche.

— Tu en veux un ?

L'enfant en choisit un, goût melon, et défit l'emballage avec dextérité. Sara tendit la main pour le lui prendre et le jeter dans la corbeille à papier. Le garçon se mit à sucer le bonbon, la mine concentrée. Quelque chose avait changé. Il était toujours sur ses gardes, elle le savait, mais on distinguait maintenant une lumière nouvelle sous son visage fermé.

Will croisa les genoux.

— Tu sais, reprit-il d'un ton calme, le type qui m'a amoché comme ça… Quand on l'attrapera, il va avoir de gros problèmes. On le mettra en prison pour toute sa vie. Peut-être que ce sera Denise ou Lila qui l'arrêtera. Ou peut-être quelqu'un d'autre. Il y a beaucoup de policiers qui sont des gens bien. Ils veulent enfermer les méchants pour qu'ils ne puissent plus faire de mal à personne.

Le garçon continuait à faire rouler le bonbon sur sa langue. Sara l'entendait cliqueter contre ses dents.

— Les méchants se font toujours attraper, précisa Will. Tu le savais ?

Le gamin parut réfléchir à la question avant de secouer la tête négativement.

— Tu ne le savais pas, ou tu crois que ce n'est pas vrai ?

Le gamin secoua de nouveau la tête avant de lever deux doigts, sans prononcer un mot.

— Tu penses que ce n'est pas vrai ? interpréta Will.

L'enfant acquiesça.

— Je sais que tu es un petit garçon très intelligent, dit Will, mais là tu te trompes. C'est mon travail à moi. Je pourchasse les méchants et je les mets en prison.

Le garçon baissa les yeux sur le drap et se remit à jouer avec la couture.

— Il y a quelques mois, j'ai arrêté des gens très méchants. Ils avaient dit à un petit garçon qu'ils s'en prendraient à son papa et à sa maman s'il parlait à la police.

Le petit releva les yeux, l'air choqué.

— Les méchants mentaient, dit Will. Ils voulaient juste lui faire peur. En vrai, ses parents étaient en sécurité. Et, quand il m'a raconté ce qui s'était passé, j'ai arrêté les méchants et j'ai ramené le garçon chez lui.

Il se pencha pour ajouter d'une voix douce :

— Tu comprends ce que je te dis ?

Le gamin semblait le suivre, mais il ne bougea pas d'un pouce.

— Plus vite tu me diras ce qui s'est passé, plus vite je pourrai te ramener chez toi. Et, crois-moi, ta famille n'attend que ça. Ils pensent à toi tout le temps. Quoi que les méchants t'aient fait, tes parents veulent te retrouver pour s'occuper de toi et te protéger.

L'enfant baissa de nouveau les yeux. Des larmes roulèrent sur ses joues.

— Tu as le droit de me parler, mon grand. Ce qui est arrivé, ce n'est pas ta faute. Tu n'es qu'un petit garçon. Et ton papa et ta maman t'aiment beaucoup. Ils veulent que tu rentres chez toi. C'est tout ce qui compte pour eux. Quoi que les méchants t'aient fait, ils t'aimeront toujours.

Sans relever les yeux, le garçon se mit à bouger les lèvres, comme s'il devait réfléchir pour pouvoir former des mots. Puis il murmura :

— Et Benjamin, alors ?

Will jeta un regard vers Sara.

— C'est ton frère ? demanda-t-elle.

Le garçon acquiesça.

— Je suis sûr que lui aussi il veut que tu rentres, dit Will. Même si tu t'es disputé avec lui ou si vous ne vous entendez pas bien. Ça ne compte pas. Benjamin veut que tu reviennes à la maison, lui aussi.

Le gamin le fixa droit dans les yeux.

— Il n'est pas à la maison, murmura-t-il. Il était dans la cave.

Sara crut que son cœur s'arrêtait. Elle était trop paralysée pour parler. Un autre enfant, le frère de celui-ci, manquait encore à l'appel, victime de terribles sévices. Ou, pire, il gisait quelque part dans une tombe improvisée.

De toute évidence, Will pensait à la même chose, car il luttait pour garder son calme.

— Benjamin était dans la cave avec toi ? demanda-t-il.

Le gamin hocha la tête.

— Le méchant monsieur l'a emporté avec lui.

Le calme apparent de Will se fissura encore un peu plus.

— Tu peux me dire comment tu t'appelles ? demanda-t-il d'une voix tendue.

L'enfant ne répondit pas.

— J'ai rencontré un autre petit garçon hier, insista Will. Il connaissait le nom de son école. Toi, tu connais le nom de la tienne ?

Le gamin demeura coi, de nouveau effrayé à l'idée d'en avoir trop dit. Il s'enfonça dans le lit et tira les draps sur sa tête. Will ouvrit la bouche pour ajouter quelque chose, mais aucun son n'en sortit. Il refusait d'abandonner, mais il ignorait comment poursuivre.

Sara posa la main sur le bras de l'enfant. Il tremblait. Sous les draps, on l'entendait sangloter.

— Tout va bien, mon grand, fit-elle. Pas besoin d'en dire plus pour l'instant. Tu es très courageux d'avoir parlé à l'agent Trent. Et tu es en sécurité. Plus rien ne peut t'arriver, maintenant.

Sur le seuil, Denise Branson toussota pour attirer leur attention.

— Nous allons te laisser un moment, reprit Sara à l'intention du garçon, mais nous sommes là si tu as besoin de nous.

Elle se leva et fit signe à Will de la suivre.

— Je suis dans la cuisine, d'accord ? Tu n'es pas obligé de parler tant que tu ne te sens pas prêt.

Elle quitta la pièce avec l'impression que son cœur restait auprès de l'enfant. Ainsi, son frère aussi avait été enlevé. Pourquoi les policiers ne l'avaient-ils pas trouvé au cours de leur descente ? Où avait-il été emmené ?

— Je réessaierai dans quelques minutes, dit-elle à Will.

Celui-ci sortit son téléphone. L'écran était fissuré, mais il semblait fonctionner tout de même. Sara crut qu'il appelait Faith jusqu'à ce qu'elle l'entende dire :

— Ici, l'agent William Trent, sous l'autorité du commandant Amanda Wagner. Je veux qu'on lance immédiatement une alerte enlèvement au niveau national. Deux frères, disparus le même jour, sans doute dans le courant du mois dernier. Pas de nom pour le premier, mais il a environ sept ans, cheveux bruns et yeux marron. Le deuxième s'appelle Benjamin.

— Ou Ben. Ou Benji, précisa Sara.

Une expression abasourdie se peignit sur le visage de Will. Il faillit laisser tomber son téléphone.

— Qu'est-ce que tu as dit ?

— Ben ou Benji, répéta-t-elle d'une voix hésitante. Ce sont les diminutifs habituels de Benjamin, non ?

— Benji ?

Will s'appuya contre le mur. On aurait dit que la foudre venait de le frapper.

— Que se passe-t-il ? demanda-t-elle.

— Donne-moi tes clés.

14

Will poussa l'aiguille du compteur de la BMW au-delà de 160. La ferme de Lila n'était qu'à quelques kilomètres de l'autoroute ; quand il y parvint, il emprunta la bretelle d'accès pratiquement sans ralentir. Les pneus hurlèrent, mais la BM resta en ligne et il se mit immédiatement sur la file rapide. Il roulait très vite, mais pas encore assez à son goût. Il dépassa en trombe la sortie vers l'hôpital de Macon, le pied sur l'accélérateur. Le moteur grondait.

Il approchait de la sortie qui menait à la maison de Cayla Martin quand son téléphone sonna enfin. Il décrocha d'une main, gardant l'autre sur le volant.

— Vous l'avez trouvé ?

— Ils cherchent toujours le lotissement où habite Cayla, répondit Faith.

Il étouffa un juron.

— Et les flics qui sont passés la voir cette nuit ?

— Ils ont terminé leur service, et ils ne répondent pas au téléphone. Sans doute parce qu'ils sont rentrés chez eux pour dormir.

— Envoie quelqu'un les réveiller.

— Tu crois que je n'y ai pas pensé ?

— Il faut qu'ils trouvent cette baraque, Faith, fit-il en tentant de juguler sa frustration. Dis-leur d'envoyer un hélico.

— Il y a cinquante kilomètres d'autoroute à surveiller dans ce secteur, Will. On a appelé les cantonniers pour localiser le lotissement. Et aussi les gardes forestiers, les éboueurs, la poste et l'école élémentaire. On a déjà trois véhicules en route. On fait de notre mieux.

— C'est une route de terre. Il y a un camp de mobile homes et…

— On va trouver.

— Dis-leur de se repérer à ma voiture. Je viens de dépasser le Macon General. Je prends la sortie 12.

Il l'entendit répéter l'information, la main sur le micro, avant de reprendre la ligne.

— Cayla Martin a été vue à l'hôpital il y a une demi-heure. Elle venait chercher sa paie. Sa voiture est toujours sur le parking mais, elle, on ne la trouve pas.

— Est-ce qu'ils sont allés vérifier du côté de l'entrée des employés ? C'est là qu'elle va pour fumer.

— Une seconde.

Une nouvelle fois, Faith plaqua la main sur le téléphone pour parler au dispatcheur, avant de lancer :

— Ils vont aller voir.

— Est-ce que tu as retrouvé une alerte enlèvement pour deux frères ?

— On n'a rien du tout.

— C'est impossible ! protesta Will. Deux frères qui disparaissent le même jour, on devrait être au courant !

— Peut-être que la police a cru que c'était un enlèvement par un parent ? Dans ce cas, et en l'absence de cadavre, il n'y aurait pas eu de mention dans la presse. Tu es sûr que le gamin n'a pas tout inventé ? A cet âge, ils mentent sur n'importe quoi. Peut-être que l'autre garçon était un cousin, un ami ou…

— Il ne mentait pas, coupa Will. Et tu ne crois pas aux coïncidences. Benjamin n'est pas un prénom très courant par ici.

— Tu as raison, admit Faith. Amanda est en train de parler avec les tuniques rouges.

Elle parlait de la police fédérale canadienne.

— Ils ne communiquent pas vraiment leurs infos, sauf aux Etats limitrophes. Elle a pensé que les gamins pouvaient venir du Canada.

— Du Canada francophone, peut-être ? suggéra Will. Ça ne fait pas partie de la zone de responsabilité de la police montée.

— Pourquoi ? Les enfants avaient un accent français ?

— Je ne sais pas, Faith. Ils peuvent être bilingues. Dis-lui juste d'appeler tout le monde.

— Je lui envoie un SMS à l'instant, répondit Faith.

Il se tut pour la laisser faire. La tête lui tournait. Comment avait-il pu rater ça ? Benjamin était là depuis le début, juste sous son nez. Il l'avait presque supplié de lui venir en aide. Lui avait dit qu'il avait été emmené un mois plus tôt. Mais Will avait pensé qu'il parlait de la police qui aurait retiré la garde à sa mère — pas d'un sadique qui l'avait kidnappé.

Big Whitey.

Will savait ce qui était arrivé à Marie Sorensen. Il avait vu les brûlures de cigarettes sur le dos du gamin un peu plus tôt. Denise Branson l'avait sauvé de la cave. Qu'est-ce qui arrivait aux enfants que personne ne sauvait ? Quels odieux sévices infligeait-on à Benjamin en ce moment même ?

— C'est bon, annonça Faith. J'ai envoyé le SMS à Amanda. Pour ce qui est de Cayla à l'entrée des employés, c'est négatif. Idem pour le toit et les escaliers. Tu es encore loin de la maison ?

Will écrasa la pédale de frein. La voiture fit une embardée. Il passa la marche arrière. Il avait failli rater l'embranchement.

— Le chemin part à angle droit de la route principale, à environ quinze kilomètres de la sortie de l'autoroute.

Silencieusement, il se maudit de ne pas avoir pensé à remettre le compteur de distance à zéro en quittant l'autoroute.

— Il est caché par les arbres, mais il y a une pancarte.

Il reconnut le logo.

— C'est celle du camping. Avec des palmiers dessus.

— J'informe les patrouilleurs.

Will enfonça de nouveau la pédale de l'accélérateur, faisant naître un nuage de poussière rouge derrière lui. Sur le tableau de bord, l'écran se mit à clignoter — le GPS ne reconnaissait pas le chemin de terre. Une nouvelle fois, il maudit sa propre stupidité. Il venait à peine de s'apercevoir de la présence du système de guidage.

— Essaie de repérer mon téléphone, dit-il à Faith. Peut-être que la route sera visible sur les cartes militaires.

— Je m'en occupe, dit-elle. Appelle-moi quand tu arrives.

Will coupa la communication et jeta son téléphone sur le siège avant de se raviser et de l'enfoncer dans la poche arrière de son jean. La nuit précédente, le trajet jusque chez Cayla lui avait paru long ; à présent, il semblait interminable. Le chemin se déroulait devant lui, et il eut l'impression de rouler une demi-heure avant d'apercevoir le camping. Des gamins jouaient à l'extérieur, et il ralentit pour les observer, cherchant Benjamin. Ils le regardèrent passer, et certains rentrèrent chez eux. On avait dû leur apprendre à se mettre à l'abri quand un type bizarre passait dans le secteur.

La BMW roula sur un gros nid-de-poule et fit une embardée. Will s'accrocha au volant pour corriger la trajectoire — un peu trop, car la voiture passa de nouveau dans un trou. Puis les pneus rebondirent sur de l'asphalte. Il était arrivé dans le lotissement. Les parcelles désertes et les constructions inachevées étaient encore plus minables à la lumière du jour. Par chance, il repéra très vite le seul îlot de maisons terminées, et s'arrêta dans un crissement de pneus devant celle de Cayla. Pas de voiture dans l'allée. Il sauta de la BMW et jeta un coup d'œil par la fenêtre du garage. Celui-ci était désert.

Il se dirigea vers la maison au pas de course tout en rappelant Faith au téléphone.

— Je suis sur place, annonça-t-il. Il n'y a pas de voiture. La maison a l'air vide.

— Les flics d'hier soir sont en route, avec deux voitures de patrouille en renfort. Je sais que tu n'as pas ton arme. Attends-les.

— Hors de question.

Il coupa la communication et ouvrit la porte d'entrée d'un coup de pied.

— Benjamin ? lança-t-il.

L'écho de sa voix se répercuta dans la maison vide.

— Benjamin ?

Il ouvrit le placard de l'entrée, vérifia qu'il n'y avait pas de double fond. Puis il pénétra dans le garage. C'était une construction de moellons bruts, inachevée, sans la moindre cachette possible.

La cuisine avait le même aspect que la veille — l'assiette vide de Will se trouvait encore sur la table, les poêles et les casseroles sur la cuisinière, les bouteilles de bière de Tony Dell sur le comptoir.

— Benjamin ? appela-t-il encore.

Il monta l'escalier quatre à quatre, s'arrêta devant la salle de bains sans y entrer. Sur la porte d'une des chambres était posé un verrou extérieur, fermé par un cadenas imposant.

— Benjamin ? fit-il en tambourinant sur la porte. C'est M. Black, celui d'hier soir. Je suis de la police. Je suis là pour t'aider.

Le verrou était boulonné au lieu d'être vissé. Pas moyen de l'arracher.

— Benjamin, je veux que tu recules. Je vais enfoncer la porte.

Il attendit quelques secondes, puis lança un coup de pied dans la porte, faisant tinter le cadenas contre le montant. Il frappa de nouveau, et le bois de la porte commença à se disloquer. Un autre coup de pied, puis un autre, jusqu'à ce qu'à force de répétition il parvienne à faire céder le bois. La porte s'ouvrit à la volée, si fort que la poignée s'enfonça dans la cloison de placoplatre.

Benjamin était enchaîné au sol. Assis dans le coin, contre le mur, il était visiblement terrifié.

— Tout va bien, lui dit Will. Je suis de la police. Je suis venu t'aider.

Benjamin ne réagit pas. Will évalua rapidement la situation. La cheville du garçon s'ornait d'une paire de menottes qui le reliait à un crochet vissé dans le parquet. Pour bloquer celui-ci, quelqu'un avait arrosé le pas de vis de frein filet. Sans doute Tony — c'était le genre de travail bâclé dont il semblait le spécialiste. Il aurait dû penser au fait que Benjamin n'avait nulle part où faire ses besoins ; l'urine avait ramolli le parquet. Will parvint sans peine à arracher le crochet.

C'est alors qu'il entendit une portière claquer.

Il se précipita vers la fenêtre de la chambre. Paul Vickery sortait d'une Honda blanche, une arme à la main.

— Merde, murmura Will.

Il aurait dû se douter que Vickery était impliqué dans cette affaire. Sortant son iPhone, il se tourna vers Benjamin.

— Tu sais envoyer un SMS ?

L'enfant hocha la tête, les yeux toujours écarquillés de terreur.

— Tu vas écrire un message à mon équipière.

Il balaya l'écran pour faire apparaître la bonne application et composer le numéro de Faith avant de tendre l'appareil à Benjamin.

— Tape ton nom. Dis-lui que tu es caché dans la maison de Cayla. Et qu'elle fasse vite.

Il souleva Benjamin de sa main libre avant de quitter la pièce. Dans le couloir de l'étage se trouvait une trappe qui menait à un grenier — il l'avait vue en montant. Il hissa

Benjamin qui, sans se faire prier, ouvrit le panneau et se faufila dans le grenier.

— Ne fais pas de bruit, lui enjoignit Will. S'ils te trouvent, ne laisse pas le téléphone derrière toi. Tu comprends ? Il est équipé d'un traceur. Si tu le gardes, on peut te trouver. Mets-le dans ta poche. Ne le perds pas.

Benjamin remonta la chaîne qui pendait de sa cheville, et la trappe du grenier se referma à l'instant même où la porte d'entrée s'ouvrait à la volée.

Will dévala l'escalier à toute vitesse. Paul Vickery l'avait déjà agressé à deux reprises, mais toujours avec l'avantage de la surprise. Cette fois, l'avantage était de son côté. Mais il savait également que, pourri ou non, Vickery était un officier de police entraîné, et qu'il allait faire exactement ce que Will avait fait avant lui : vérifier le placard, le garage, puis la cuisine.

Vickery sortait juste de celle-ci quand Will se catapulta sur lui depuis l'escalier. L'homme ouvrit la bouche, mais n'eut pas le temps de crier — Will le plaqua au sol avec toute la force de son élan. L'arme de Vickery lui échappa des mains, et Will lui envoya son poing en pleine figure. Si grave que soit la situation, il ne put s'empêcher de ressentir une joie triomphale quand le nez de Vickery explosa comme un pneu qui éclate.

Il amorça un nouveau coup de poing, mais Vickery ne bougeait plus. Comme souvent chez les grands costauds, c'était un colosse aux pieds d'argile — un seul coup suffisait à le mettre K-O. Will se rassit sur ses talons, extrêmement déçu.

— Putain, Bud..., lança Cayla Martin.

Debout sur le seuil de la porte d'entrée défoncée, elle pointait un Taser sur la poitrine de Will.

Le M26C comportait une cartouche d'air comprimé capable de projeter à sept mètres de distance deux petites électrodes attachées à des filins électriques isolés, eux-mêmes reliés à huit piles AA qui délivraient cinquante mille volts — suffisamment d'électricité pour paralyser le système nerveux.

Will plongea vers l'arme de Vickery, mais il ne fut pas assez rapide pour prendre l'air comprimé de vitesse. Les flèches se plantèrent dans sa nuque.

Il perdit connaissance avant de toucher le sol.

15

CINQ JOURS AVANT L'ASSAUT

Lena était installée sur la table d'examen dans le cabinet du Dr Benedict, le buste relevé, mais les jambes pendant de façon inconfortable. Elle tentait vainement d'empêcher la blouse en papier de remonter. Elle était en train de se rendre compte qu'il fallait choisir entre être enceinte et rester digne. C'était le premier de nombreux compromis qu'elle voyait se profiler. Elle avait l'impression que son corps ne lui répondait plus. Elle urinait plus souvent, elle dormait plus — merde, elle respirait même davantage que d'habitude. Le plus bizarre, c'était qu'au lieu de se sentir envahie elle se sentait plus heureuse que jamais.

— Tu es visible ? lança Jared en jetant un coup d'œil par la porte.

Quand il vit Lena, il siffla doucement et se dirigea vers la table.

— Dis donc, ça me donne des idées…

Elle leva les yeux au ciel, même si elle sentait une pointe d'excitation à l'entendre parler comme ça — ce qui se produisait souvent ces derniers temps.

— Qu'est-ce que tu as donné comme prétexte pour quitter le boulot ? demanda-t-elle.

— Que j'avais besoin de temps pour moi. Ils croient que j'ai une liaison.

— Ce n'est pas drôle, répliqua-t-elle en lui donnant une tape sur le bras.

Il rit de bon cœur, observant la pièce autour de lui.

— C'est quoi, tout ce merdier ?

— Va savoir, répondit-elle.

Néanmoins, elle reconnaissait l'échographe. Le simple fait de le regarder la rendait nerveuse. Que se passerait-il si quelque chose tournait mal ? Pas de pouls. Le cerveau qui poussait à l'extérieur du crâne du bébé. On trouvait ce genre d'horreurs partout sur Internet. La veille, elle avait dû éteindre son ordinateur avant d'aller vomir dans la salle de bains du couloir.

Jared souleva un des étriers.

— Tu penses qu'ils vendent ce genre de table chez Costco ?

— Tu vas arrêter d'être dégoûtant ? répondit-elle en remettant l'étrier en place avec son talon. C'est déjà assez pénible de devoir me faire sonder et tripoter pendant huit mois.

— Sept mois et demi.

Machinalement, il souleva la maquette d'un utérus, mais les pièces se défirent et lui échappèrent.

— Merde, le bébé est sous la table !

Lena le regarda se mettre à quatre pattes pour récupérer le fœtus en plastique. Son uniforme lui moulait les fesses d'une façon pas du tout désagréable. Ils s'exerçaient ensemble au gymnase quasiment chaque matin. Parfois, Lena le regardait faire ses squats pendant qu'elle courait sur le tapis.

— Trouvé ! lança Jared en se relevant, le fœtus au bout des doigts comme un cure-dents. Tu vas bien ? Tu es toute rouge.

Lena posa la main sur sa joue avant de changer de sujet :

— J'ai vu une femme enceinte à la supérette, hier. La caissière lui a caressé le ventre comme si c'était un petit chien. Puis elle a dit : « Bien joué, maman. » Comme s'il fallait un talent particulier pour tomber enceinte.

Jared sourit.

— Tu penses que les gens vont vouloir me tâter les bijoux de famille en me félicitant ?

— Pas s'ils veulent éviter de finir avec mon Glock dans le cul.

Il se mit à rire, puis réinséra le fœtus et les autres morceaux en place.

— Tu sais, ma mère voudra être là quand ça arrivera.

Lena préférait ne pas en parler. C'était censé être une belle journée.

— Je te préviens, c'est tout, continua Jared. Et je voudrais qu'elle soit là, moi aussi.

— J'ai le choix ?

— Ta crapule d'oncle viendra sans doute lui aussi.

— Au moins, Hank aura la décence de prendre une chambre dans un motel et de repartir le lendemain.

Jared ne trouva rien à répliquer. Hank était venu leur rendre visite à deux ou trois reprises depuis leur mariage. Il faisait très attention à ne pas abuser de leur hospitalité.

— Ça porte malheur d'en parler maintenant, de toute façon. Comme peindre la chambre du bébé, ajouta-t-elle sans pouvoir se retenir. Ou regarder les prix des berceaux. On devrait attendre encore deux ou trois semaines.

Il reposa l'utérus sur le comptoir sans répondre, mais elle insista :

— En plus, tant qu'à te lancer dans des travaux pour la maison, tu devrais plutôt finir la cuisine.

— Elle sera terminée avant la naissance du bébé.

— Il vaudrait mieux.

Sentant qu'une dispute s'annonçait, Lena préféra mettre la pédale douce. Elle ne voulait pas gâcher la journée. Toute la semaine, Jared avait parlé du moment où ils verraient le bébé pour la première fois. Elle n'allait pas transformer cette occasion en un mauvais souvenir.

— Tu étais en retard, fit-elle pour changer de sujet. Pourquoi ? Ça ne t'arrive jamais.

— Ils ont posé la pierre tombale pour le fils de Lonnie ce matin. Nous y sommes passés à moto, pour lui présenter nos condoléances.

— C'est gentil.

Lena sentit une bouffée de compassion pour le chef. Son fils était mort des suites d'une longue maladie. Lonnie n'avait jamais baissé les bras, même quand il était devenu évident qu'on ne pouvait plus rien faire pour lui. Il avait fini sous assistance complète aux urgences.

— S'il m'arrive un truc de ce genre, lança Jared, promets-moi que tu feras débrancher les machines.

— Je le fais tout de suite, si tu veux.

— Je suis sérieux, dit-il. Ne me laisse pas finir comme ça, à pisser dans un sac avec des gens qui me tripotent comme si j'étais un bébé. D'ailleurs, à quoi ça sert de toucher quelqu'un qui est dans le coma ? Imagine qu'il n'en ait pas envie. Il ne peut pas t'en empêcher. Il est prisonnier. Ça craint, non ?

Avec un frisson, il ajouta :

— Oh ! et ne laisse pas ma mère me mettre un pyjama. Elle est capable de ce genre de truc, tu sais.

Les lèvres de Lena se mirent à trembler. Jared la regarda, surpris.

— Tu pleures ?

— Evidemment que je pleure, ducon ! répondit-elle en s'essuyant les yeux du revers de la main. Pourquoi tu parles de mourir à l'hôpital alors que je porte ton bébé, merde ?

— Seigneur, murmura-t-il.

Il prit l'unique mouchoir en papier restant dans le distributeur sur le comptoir pour le tendre à Lena.

— Il vaudrait mieux que tu ne pleures pas comme une fontaine quand le médecin arrivera. Il va croire que je te bats ou un truc dans le genre.

— Parle-moi d'autre chose, fit Lena en se mouchant.

Il changea sans peine de sujet :

— Et ce coup de filet, comment ça s'annonce ?

C'était lui qui, au départ, lui avait fourni l'information sur la maison de shoot de Redding Street. Depuis, il suivait l'affaire comme un parieur surveillant sa mise.

— Ça s'annonce merdique, voilà, répondit-elle en se séchant les yeux avec le même mouchoir. Je veux un autre Kleenex.

Il ouvrit la porte et lança à une infirmière :

— Pardon, on pourrait avoir d'autres mouchoirs ?

En attendant qu'elle lui en apporte, depuis le seuil de la porte, il demanda à Lena :

— Tu as trouvé quelqu'un pour balancer Sid ?

— Qu'est-ce que tu crois ? rétorqua-t-elle en s'essuyant de nouveau le nez. Denise va en faire une attaque. Elle est convaincue que c'est comme ça qu'on va choper Big Whitey.

Jared leva les yeux au ciel. Il appréciait Denise, mais des filles comme Marie Sorensen disparaissaient tout le temps. Big Whitey, c'était une figure de croquemitaine sur laquelle il était facile de se décharger de sa propre responsabilité. Mais Lena se sentit obligée de défendre son amie :

— Il existe peut-être. Denise a eu un tuyau par quelqu'un qui venait de Floride.

Jared secoua la tête avec une expression hautaine qui lui donna l'envie de le frapper.

— Pour le coup, je suis d'accord avec Lonnie. C'est une impasse.

— La clé, c'est Sid Waller, insista Lena, bien qu'elle ait fini par accepter que Waller serait toujours libre quand leur bébé à naître passerait son bac. Une fois derrière les barreaux, il se mettra à table.

— Mais le grand méchant Big Whitey le tuera avant ça, non ?

Lena lui décocha un regard venimeux. Il se moquait d'elle, encore une fois.

— Fais-moi confiance, poursuivit-il, dès que vous aurez eu la peau de Sid Waller, le chef Gray décidera de lâcher l'affaire pour Big Whitey. Parce que c'est trop dangereux pour lui en ce moment. Sans compter qu'on sait toi et moi qu'il a perdu la main depuis que son fils est mort.

— C'est ça, répondit Lena du tac au tac. Lonnie Gray va baisser les bras. Pour la première fois de sa vie.

Une infirmière entra et tendit à Jared une boîte de mouchoirs neuve. Il la remercia avant de se retourner vers Lena.

— Peut-être que Lonnie est en fait Big Whitey. Tu as déjà pensé à ça ?

La porte se referma dans son dos. Il arborait un sourire malin.

— Ce serait dingue, non ? Imagine : le chef Gray en proxo de mineures et dealer…

— Arrête tes conneries, lança Lena.

Elle prit un mouchoir et se moucha aussi fort qu'elle put. Le pire, c'était que cette idée idiote avait un côté logique. Gray avait commencé en Floride. Il avait travaillé dans pas mal de villes de la côte, dont Savannah. A Macon, les problèmes avaient débuté à peu près à l'époque où il avait pris les rênes de la police. Si Denise avait raison, s'il y avait une taupe dans le département, cette taupe devait tout savoir. Quelle meilleure couverture que le poste de chef ?

Et quelle plus grosse débile que la femme qui croyait aux théories fumeuses qui sortaient de la bouche de son mari ? A peine cinq minutes avant, Jared affirmait que Big Whitey n'existait pas. La semaine précédente, il avait répété ce qu'un type lui avait dit — que tout l'or du pays avait été volé de Fort Knox. Pourquoi diable l'écoutait-elle ?

Elle secoua la tête, priant pour que ce soit à cause des hormones et pas parce qu'elle perdait le ciboulot.

— Pourquoi tu secoues la tête ? demanda Jared.

Elle ne répondit rien — ça n'en valait pas la peine.

— J'ai peur que le raid tourne mal. Denise et moi, on a vraiment tout misé là-dessus, et tu sais que Lonnie n'est pas du genre à pardonner ni à oublier.

Jared se radoucit :

— Ecoute, vous allez trouver quelque chose. On trouve toujours quelque chose.

Il attendit qu'elle se mouche de nouveau avant d'enchaîner :

— Tu es un bon flic, mon amour. Tu es maligne, tu en veux et tu ne baisses jamais les bras. Tu vas réussir.

Lena ne put se retenir — quelque chose dans sa façon de la regarder lui donnait envie de se remettre à pleurer. Elle glissa sa main dans la sienne. Le bras de Jared se contracta, mais il ne retira pas sa main. Il n'était pas habitué aux marques d'affection. Sa mère était quelqu'un de glacial — Lena ne l'avait jamais vue toucher un de ses enfants. Bien entendu, elle-même n'était pas du genre crampon, loin de là. Pourtant, sans qu'elle sache pourquoi, toucher Jared était la seule chose qui lui détende les nerfs en ce moment. Ce n'était pas le genre de questions qu'elle pouvait poser au Dr Benedict. Elle avait regardé sur Internet mais, à en croire les forums, la plupart des femmes enceintes avaient l'air de haïr leur mari. Et difficile de formuler les termes de sa recherche Google sans être inondée de porno particulièrement crade.

— Ça va ? demanda Jared.

Elle se mordilla la lèvre inférieure, luttant pour ne pas se remettre à pleurer.

— Tu sais que je t'aime, n'est-ce pas ? demanda-t-il, penaud.

— C'est ça, ouais, parvint-elle à rétorquer. On en reparlera quand j'aurai l'air d'un épaulard de SeaWorld.

— Bébé, tant que tu as tout qui grossit, ça me va très bien.

Lena leva les yeux au ciel. Soudain, la porte s'ouvrit et elle retira sa main de celle de Jared.

— Désolé de vous avoir fait attendre, lança le Dr Benedict en se dirigeant vers le lavabo pour se laver les mains.

Jared fit un clin d'œil à Lena. Il sortait la même phrase chaque fois qu'il entrait dans la salle d'examen. Ils avaient ri en pensant que c'était sûrement ce qu'il disait à sa femme quand il arrivait au lit.

— Allongez-vous, je vous prie, fit-il en relevant le bas de la table.

Lena posa la tête sur le dossier et tendit les jambes. Elle regarda Jared, qui lui posa une main sur le front dans un mouvement gauche, un peu comme s'il lui prenait la température. N'empêche, elle ne se plaignit pas.

Benedict alluma la machine à échographie et souleva la blouse en papier sans cérémonie. Lena vit ce qu'elle avait tenté de nier toute la semaine : sa culotte la boudinait. Bientôt, son ventre dépasserait. Elle regarda Jared dans l'attente d'une blague. Mais il ne riait pas. Il fixait l'écran, même si celui-ci restait noir pour l'instant.

Benedict secoua la bouteille de gel au-dessus du ventre de Lena.

— Ça va être un peu froid, prévint-il d'une voix professionnelle.

Mais, quand il appuya sur le flacon, rien n'en sortit.

— Un instant, je vous prie, lança-t-il à Lena avant de faire rouler son fauteuil vers la porte. Infirmière, vous pouvez m'apporter du gel, s'il vous plaît ?

Il revint vers la table d'examen et posa ses mains froides sur l'abdomen de Lena, sans se donner la peine d'expliquer ce qu'il faisait. Une nouvelle fois, elle se demanda si elle n'aurait pas mieux fait de consulter une femme. Néanmoins, son médecin traitant en était une, et elle avait des manières de rustre.

La porte s'ouvrit de nouveau. Heureusement qu'elle n'avait pas encore les pieds dans les étriers : le couloir était bondé.

— Voilà, fit l'infirmière — la même que celle qui avait apporté les mouchoirs — en tendant une bouteille de gel au médecin. Je l'ai réchauffée un peu ?

Lena ne savait pas ce qui l'énervait le plus : la façon dont la voix de la femme montait à la fin de sa phrase, comme si elle posait une question, ou bien le fait que personne n'ait pensé à réchauffer la première bouteille. Benedict, lui, ne parut pas remarquer la différence. Il secoua la bouteille et répéta automatiquement :

— Ça va être un peu froid.

Lena leva les yeux vers Jared au moment où le gel tiède touchait sa peau. Il lui adressa un nouveau clin d'œil. Puis elle sentit la sonde sur son ventre, et la façon dont la graisse bougeait — elle n'était pas prête à regarder ça. A la place, elle se tourna vers l'écran où défilaient des replis en noir et blanc.

C'était le truc le plus idiot qu'elle ait fait. D'accord, le médecin avait besoin de voir cette image, mais il n'y avait aucune raison pour que Jared soit là pendant qu'on lui trifouillait les boyaux. Au poste de police, il y avait une secrétaire enceinte qui encadrait toutes ses échographies. Chaque fois qu'elle traversait son bureau, Lena était obligée de suivre la progression de cet étrange blob extraterrestre. La discrétion, ça n'existait plus, ou quoi ?

Benedict fronçait les sourcils, scrutant l'écran tandis qu'il appuyait plus fort sur la sonde. Lena lui posa la question qu'elle redoutait tant :

— Il y a un problème ?

Le médecin ne répondit pas, ce qui empira carrément les choses. Mais l'infirmière tourna un bouton sur la machine et lança :

— Ecoutez.

Il y eut d'abord une sorte de *wah-wah* qui évoquait un film de sous-marin. Lena pensa qu'elle avait dû rater ce qu'elle était censée entendre… jusqu'au moment où un battement rapide emplit la pièce.

Jared en resta bouche bée.

— C'est… c'est le cœur !

Il regarda Lena, posa la main sur sa poitrine, cherchant son pouls.

— Ce n'est pas le tien.

Il avait raison. Le rythme cardiaque de Lena était calme et tranquille, comme d'habitude, tandis que le cœur du bébé palpitait comme les ailes d'un oiseau-mouche contre un volet.

— Vous voyez votre bébé ? demanda l'infirmière.

Lena regarda l'écran. Niché entre les plis, elle distingua un petit point noir. Le Dr Benedict déplaça sa main et le point devint un haricot. Elle vit le cœur palpiter.

— Putain de merde, murmura Jared. Oh, Seigneur…

Lena pensait exactement comme lui. Comment avaient-ils fait ça ? Comment avaient-ils pu créer une chose aussi parfaite ? Elle ne pouvait détacher son regard du petit haricot. Les bords arrondis, la courbe au centre qui deviendrait un ventre. Bientôt, il pousserait des bras et des jambes au haricot, puis une tête avec de jolis petits yeux et une bouche adorable.

Mais, pour l'instant, ce n'était qu'un minuscule haricot palpitant. Son haricot à elle.

De toute sa vie, Lena n'avait jamais rien vu d'aussi beau.

— Tout a l'air en ordre, dit le Dr Benedict. Vous en êtes à six semaines. Revenez la semaine prochaine à la même heure.

Il appuya sur un bouton de l'échographe, et le ronronnement d'une imprimante se déclencha. Le médecin se leva et alla se laver les mains.

— Je vais vous graver les images sur un CD. Il devrait être prêt dans quelques minutes.

Jared baissa les yeux pour rencontrer le regard de Lena.

— Ça y est, bébé. Toi, et moi, et le commencement de tout.

Dans sa tête, Lena trouva ça un peu mélo, mais son cœur… son cœur vit les larmes dans ses yeux, son sourire extatique, leurs mains entrelacées — et elle craqua.

— Rien ne sera plus comme avant, dit Jared. Un jour, on sera tous les deux avec nos couches dans une maison de vieux, et on racontera à tout le monde ce moment qui a tout changé.

Lena lui caressa la joue, suivant la ligne de ses lèvres, avant de le repousser délicatement. Elle n'allait pas se mettre à pleurer de nouveau devant des étrangers. Jared comprit. Avec un clin d'œil, il se tourna vers Benedict pour lui lancer :

— Merci, docteur. Et beau boulot !

— De rien.

Benedict ne semblait guère apprécier quand on changeait sa routine. Tout en se séchant les mains, il observa l'infirmière qui essuyait le gel du ventre de Lena.

— Vous êtes la suppléante de Margery, c'est ça ?

— Oui, docteur, répondit la femme avec un sourire chaleureux. J'ai déjà travaillé pour vous ? Je m'appelle Cayla Martin ?

16

VENDREDI

Will avait l'impression que son cerveau brûlait dans son crâne. Ses muscles vibraient encore de la décharge de Taser, mais au moins son corps avait cessé d'être contracté comme un poing. Ses mains et ses pieds s'étaient un peu relâchés, il parvenait à déverrouiller les coudes et les genoux. Pourtant, malgré ces progrès, il lui semblait impossible de s'asseoir. Il resta étendu sur le dos. A l'étage, il entendait Cayla Martin faire les cent pas dans une chambre. En tout cas, il supposait que c'était elle : Paul Vickery était bâillonné et ligoté à ses côtés, et la personne qui marchait là-haut portait des talons.

Quel sens de la déduction…

La douleur qui lui cognait dans la tête ne devait pas provenir du seul Taser. Will avait déjà reçu une décharge de pistolet à impulsion électrique. Amanda avait prétendu qu'il s'agissait d'un accident, mais sa façon de ricaner lui avait laissé supposer le contraire. Il tenta de bouger la tête, et sentit un point douloureux dans sa nuque. Il battit des paupières en se demandant combien de fois sa vision s'était troublée ces dernières vingt-quatre heures. Mais pas le temps de songer à ça. En fait, pas le temps de songer à quoi que ce soit, car son esprit, encore une fois, ne parvenait pas à se raccrocher à la moindre pensée.

Benjamin.

C'était la seule idée qui ne lui échappait pas. Benjamin se trouvait dans le grenier, les menottes toujours accrochées à la cheville. Il lui avait demandé de passer un SMS à Faith. Où diable était-elle ? Elle lui avait assuré que les véhicules de patrouille étaient en route.

Will devait sortir d'ici. Trouver les policiers avant que Cayla ne s'enfuie. Paul Vickery était dans les vapes, et pas seulement parce qu'il l'avait frappé. Une profonde entaille ornait son crâne. Il aurait besoin d'un médecin. De toute évidence, malgré ce qu'avait cru Will, Vickery n'était pas du côté des méchants. En tout cas, il ne l'était plus — restait à savoir depuis quand.

Will tenta de s'asseoir, mais ses muscles ne répondaient pas. Il parvint seulement à basculer sur le côté. C'est alors qu'il vit ses poignets. Ils étaient attachés par une cordelette, avec des nœuds très serrés, si bien que la ficelle lui mordait la peau. Il essaya de bouger les jambes, mais ses chevilles étaient ligotées de la même manière. Voilà pourquoi il ne sentait plus ses pieds.

Il lutta pour s'asseoir. Ses chaussures glissaient sur le sol et il n'arrivait pas à trouver d'appui pour ses mains. Enfin, il parvint à se redresser en se pliant en deux. Il ferma les yeux quelques secondes pour dissiper la nausée qui montait. Mais, quand il les rouvrit, elle le saisit de nouveau.

Il y avait un homme assis sur le canapé. Il pointait un Glock sur sa tête.

Will n'avait jamais rencontré le détective DeShawn Franklin en personne, mais il le reconnut d'après sa photo sur le téléphone de Faith. L'homme était bâti comme un joueur de football américain, les épaules larges et des jambes comme des troncs d'arbres. Il occupait deux places sur le divan de Cayla. Dans sa main, le Glock standard des forces de police avait l'air d'un jouet — mais Will savait qu'il était capable d'arrêter net un homme.

Il jeta un nouveau coup d'œil en direction de Paul Vickery. Il était lui aussi ligoté — saucissonné était le mot juste. Ce qui n'expliquait toujours pas pourquoi DeShawn Franklin braquait son arme sur Will.

De fait, il la baissa pour la poser sur ses genoux.

— Paul était venu te tirer de là, dit-il.

Will ne lui offrit pas la satisfaction de jurer à haute voix.

— C'est mon équipière qui l'a envoyé ? demanda-t-il.

— Ton équipière a envoyé tous les gens branchés sur la fréquence des flics, répliqua DeShawn dans un sourire. Merci d'avoir éliminé Paul avant que j'arrive. D'accord, il a le coup de poing facile, mais ce n'est pas un ripou. J'aurais eu du mal à lui expliquer pourquoi je t'avais ligoté.

Will ne répondit pas. En toute logique, le traceur de son GPS avait dû fonctionner. Faith savait qu'il se trouvait chez Cayla. Elle avait envoyé des patrouilleurs. Donc, ce n'était qu'une question de minutes avant qu'une vingtaine de flics ne débarquent en fanfare.

Franklin devait lire dans ses pensées, car il moucha ses illusions l'une après l'autre.

— J'ai dit aux autorités qu'on avait sécurisé la baraque, Paul et moi, et qu'on t'avait vu partir à pied dans les bois. Tous les flics du coin te cherchent, mon gars. Ils sont en train de prendre position sur une zone de l'autre côté de l'autoroute.

Will se massa le visage. Ses doigts étaient froids, sans doute à cause de la cordelette qui lui coupait la circulation.

— Vous êtes en cheville avec Cayla ? demanda-t-il.

— Je rends juste service à un vieux copain.

Il donnait l'impression de ne pas en être ravi.

— Où est le gosse ?

— A toi de me le dire. Il n'est pas dans la maison, ni dans ta BM. Chouette caisse, d'ailleurs, ajouta-t-il avec un grand sourire. Les fédéraux, ça doit payer vachement mieux que la police de Macon.

— Big Whitey, c'est vous ? demanda Will.

L'autre rit franchement.

— T'es daltonien, mon pote ? Moi, ce serait plutôt Big Blackie !

— Alors, qui est Big Whitey ? insista Will.

Franklin ne répondit pas tout de suite. Il se mit à jouer avec le Glock posé sur ses genoux.

— J'étais pote avec son fils. Chuck et moi, on a grandi ensemble. On est sortis de l'école de police en même temps, et on a fait nos classes tous les deux. Il a eu ses galons de lieutenant avant moi, mais c'est le genre de truc qui arrive.

Will secoua la tête, tentant de mettre le doigt sur un souvenir qui lui échappait.

— Y a huit, neuf mois, on était en train de courir lui et moi, et sa jambe s'est cassée. Net, comme ça. Sans la moindre raison.

Will avait déjà entendu parler de cas analogues. Il hasarda :

— Leucémie ?

— Tu commences à piger, hein ?

— Pas vraiment, avoua-t-il.

— Chuck était censé reprendre l'affaire familiale. Maintenant qu'il est parti, qui sait ce qui va se passer ?

— Chuck..., répéta Will.

Le nom lui semblait terriblement familier.

— Je vous croyais un peu plus malins que ça, chez les fédéraux.

— J'ai un peu morflé, ces derniers temps.

— Je te crois, mon pote. Et ça risque de pas s'améliorer.

Will entendit quelque chose de lourd tomber sur le plancher de l'étage, au moment même où son cerveau recommençait à faire des connexions.

— Cayla Martin m'a dit qu'elle avait fait la Tamiami Trail avec un type nommé Chuck.

Franklin sourit.

— On dirait que t'es pas si con que ça, finalement.

Will se rendit compte qu'il y avait un mur derrière lui. Il glissa sur les fesses pour s'y appuyer. Ça lui fit du bien. Se souvenant de ce que Faith lui avait raconté la veille, il reprit :

— Le fils du chef Gray est mort récemment. Et Gray vous avait demandé de le suivre quand il a pris la direction de la police de Macon.

Franklin attendit tandis que Will finissait d'additionner deux et deux.

— Le chef Gray est Big Whitey.

L'autre ne confirma pas directement.

— Lonnie travaillait à Jacksonville, dit-il, mais il habitait à Folkston. Moi, ma petite sœur et ma mère, on vivait aussi du côté de l'Entonnoir[1]. Pas beaucoup de Noirs dans ce coin, mais Lonnie n'a jamais fait la moindre remarque quand son fils m'invitait à dîner.

— Vous devriez être heureux qu'il ne vous ait pas violé.

De nouveau, Franklin pointa le pistolet sur la tête de Will.

— Vous ne saviez pas qu'il aimait les enfants, c'est ça ? insista pourtant celui-ci.

Franklin lui lança un regard haineux avant de reposer l'arme sur ses genoux. Une expression de dégoût se peignit sur son visage.

— C'est lui qui m'a élevé, plus que mon propre père. Je ne l'ai jamais entendu dire quoi que ce soit sur les gosses, ni vu les regarder bizarrement ou leur parler. Rien. Faut croire que Lonnie était très fort non seulement pour cacher

1. La ville de Folkston, en Géorgie, est un point de passage de l'ensemble du réseau ferroviaire vers la Floride, d'où le surnom de *Funnel* (« entonnoir ») qui lui est attribué. (NdT)

des trucs aux étrangers, mais encore plus pour en cacher d'autres à ses amis.

— Et ça vous a fait quoi de le découvrir ? questionna Will.

A lui seul, le silence de Franklin constituait une réponse éloquente.

— Etre un gros dealer de drogue et même un meurtrier, c'est une chose, insista Will. Mais un violeur d'enfants, c'est carrément une autre catégorie.

Sentant que Franklin était d'accord avec lui, il insista :

— C'est franchir la ligne, non ? Quand tu butes un junkie, c'est toujours plus ou moins qu'il l'a cherché. Mais les gosses, non. Ils sont innocents. Ils n'ont rien à voir là-dedans.

— Je t'ai déjà dit que je n'étais pas au courant.

— Mais Denise Branson, si.

— Qui l'écoute, cette conne de gouine ?

Will ne lui fit pas remarquer que la conne de gouine en question avait raison depuis le début.

— Lonnie, c'était comme un dieu pour moi. Pour nous tous. Je pouvais pas savoir qu'il était…

Franklin ne parvint même pas à prononcer les mots. Il reprit :

— Je suis content que Chuck soit mort avant de l'apprendre. Ça l'aurait tué une deuxième fois.

— Comment l'avez-vous découvert ?

— La baraque, répondit Franklin — il parlait de la maison de shoot. J'ai envoyé mon gars avant le raid pour dégommer Waller et son équipe.

Le gars en question, devina Will, devait être Tony Dell — dans cette affaire, c'était lui le plus assoiffé de sang.

— Et qu'est-ce qu'il a trouvé ? demanda-t-il.

— Ce qu'on pensait. Il y en avait trois qui regardaient la télé dans le salon. Pas de problème, mon gars leur a réglé leur compte en douceur. Puis il est descendu à la cave pour chercher Waller, mais à la place il a trouvé ces deux gamins.

Franklin secoua la tête, et Will comprit qu'il était réellement perturbé.

— Un des gamins était déjà mort. Allongé raide, m'a dit mon gars.

Will repensa au gamin qu'il avait vu à la ferme de Lila. Feindre d'être mort lui avait épargné d'innombrables autres tourments.

— Le deuxième respirait à peine, continua Franklin. Mon gars l'a ramené ici pour que Cayla s'en occupe.

Will se demanda si DeShawn savait vraiment comment elle avait interprété cet ordre.

— Le gamin a identifié Big Whitey ?

Franklin hocha la tête, et Will s'efforça de ne pas penser que Benjamin avait dû être rassuré en voyant son badge de policier.

— Et votre gars a dit que Waller n'était pas dans la cave ?

— Exactement. Sauf qu'au moment où il sortait par-derrière avec le gosse, il a entendu Waller entrer par la porte principale.

Franklin haussa les épaules avant de poursuivre :

— Waller a foncé à la cave pour récupérer son fric. Mon gars l'a enfermé là-dedans, il a barricadé la porte et il s'est tiré.

— Pourquoi vouliez-vous éliminer les hommes de Waller avant l'assaut ?

Presque à contrecœur, Franklin répondit :

— J'avais peur que Lena soit blessée.

Will resta dubitatif. Cela devait se lire sur son visage, car l'autre insista :

— Je suis pas un animal, mon pote. J'ai deux nièces. J'ai élevé ma petite sœur après la mort de mon père. Tu comprends, je savais que Lee était enceinte. Parce que Cayla fait des remplacements chez des médecins. Elle a entendu Jared dire à Lena qu'il pensait que Lonnie était Big Whitey.

Will dut se repasser les mots dans sa tête pour s'assurer de bien comprendre.

— Cayla les espionnait ?

— Pas du tout. Jared était plus ou moins dans un couloir. La moitié du cabinet l'a entendu accuser Lonnie.

— Et Cayla a cru qu'il était sérieux parce qu'il balançait une théorie en plein milieu d'une visite chez le médecin ?

— C'est ce qu'elle a dit.

— Qu'est-ce que vous en pensez ?

— Qu'il déconnait juste, répondit Franklin avec un haussement d'épaules. Jared, c'est une grande gueule, comme tous les motards. Ils se prennent pour des cadors, mais ils pigent rien à rien.

De nouveau, Will eut besoin d'un instant pour digérer l'information. Si DeShawn disait la vérité, Lena avait raison. Elle n'était pas responsable de ce qui leur était arrivé. C'était Jared Long.

— Et Lena a cru Jared ?

— Je ne pense pas. En tout cas, elle ne m'en a rien dit, pas plus qu'aux autres. Mais elle est maligne, quand elle tient un truc. A partir du moment où Jared lui avait mis ça dans la tête, qui sait ce qui allait se passer ? Elle pouvait commencer à remarquer des détails auxquels elle n'avait pas fait gaffe jusque-là. Il fallait que je l'occupe. Elle était à fond sur Waller, et je savais qu'elle sauterait sur l'occasion de se le faire.

Enfin, Will sentit que tous les morceaux du puzzle se mettaient en place.

— Donc, Cayla vous parle de cette conversation dans le cabinet du médecin. Vous contactez un petit dealer nommé Tony Dell. Tony trouve le moyen de se faire pincer. Au bout de deux heures, il balance Waller et il propose à Lena les preuves dont elle a besoin pour lancer un coup de filet sur la maison de shoot.

— Je sais que tu crois que je n'ai pas de cœur, mais

j'essayais juste de la protéger, expliqua Franklin. A partir du moment où Lena pinçait Waller, elle en avait pour six mois de paperasse. Ensuite, elle partait en congé maternité. Je me suis dit qu'une fois qu'elle aurait le bébé, elle déciderait peut-être de rester chez elle et de ne pas reprendre le taf.

Will en resta un instant médusé. Y avait-il un seul homme dans la vie de Lena Adams qui n'ait pas pris de risques pour elle ?

— Sauf que Lena a perdu le bébé.

— Je sais, dit Franklin, comme à regret. Cayla l'a appelée, a insisté pour qu'elle prenne un arrêt maladie. Mais elle n'a pas écouté. Elle n'écoute rien, cette fille.

Là-dessus, il avait raison.

— Et Jared ? demanda Will.

— Quoi, Jared ? Il colle des P-V et il balaie le verre brisé sur la route. C'est pas lui qui lancerait une enquête.

— Sauf que Lonnie Gray n'est pas du genre à laisser quoi que ce soit au hasard, devina Will, qui avait vu l'homme à l'œuvre. Ce n'est pas vous qui lui avez parlé de la conversation chez le médecin, n'est-ce pas ? C'est Cayla. Et Gray l'a crue, beaucoup plus que vous.

Franklin ne répondit pas, mais tous deux savaient à quel point Cayla était vicieuse. Le flic marron tenta de le formuler un peu mieux en arguant :

— Cay est sortie avec Chuck pendant six ans. Elle est restée à ses côtés quand il était mourant. A la fin, elle s'est rapprochée de Lonnie. Elle l'aime bien.

Ça, Will en était persuadé. Cayla était attirée par le drame comme la marée par la lune.

— C'est pour ça que vous êtes ici, conclut-il. Pour rendre service à un vieil ami.

— Je ne peux pas la laisser finir en prison. Je dois ça à Chuck.

Will savait que même les pires criminels ont un code

de l'honneur, mais il ne voyait pas en quoi Cayla Martin en valait la peine.

— Lonnie a lâché des ploucs sur Lena et Jared. Puis il a demandé à ses hommes de torturer Eric Haigh à mort.

Franklin hocha la tête, la mine sombre.

— Ouais. Il l'a balancé comme une ordure.

— Lonnie veut nettoyer derrière lui, continua Will. Hier soir, on vous a agressé devant un cinéma. Quelqu'un a tiré sur Vickery. Tony Dell est toujours quelque part, en liberté. Big Whitey ne s'arrêtera pas avant de vous avoir tous éliminés.

— Lonnie ne me touchera pas. Il cherchait les gamins. Il savait qu'on les avait retrouvés dans la cave. Ils avaient tous les deux vu son visage, ils savaient qui il était. Je dis pas que c'est bien ; juste, ça risquait de lui revenir en pleine gueule.

— Et ça aurait été grave ? Il aurait plongé, mais ça l'aurait empêché de s'en prendre à d'autres gamins.

De nouveau, Franklin haussa les épaules comme s'il s'en fichait. Pourtant, quelque chose le poussait à parler.

— Pour les gosses… Vous n'étiez pas au courant avant le raid, reprit Will.

— Et alors ?

— Et alors, vous avez quand même mis un contrat sur Sid Waller et ses hommes.

Finalement, comprit Will, la méthode de Big Whitey faisait bel et bien des émules.

— Les choses ont changé après la mort de Chuck, se justifia Franklin. Lonnie et moi, on ne s'entendait pas très bien. Au début, j'ai cru que c'était à cause du deuil, mais j'ai compris qu'il y avait autre chose.

— Waller et Lonnie étaient tous les deux des pédophiles. Ils ne faisaient pas ça pour l'argent. Les seules fois où Lonnie prenait des risques, c'était quand il se cherchait une nouvelle victime.

— C'est vrai, admit Franklin. Sauf que c'est après la mort de Waller que j'ai pigé qu'ils le faisaient ensemble.

— Quoi ? Pister les gamins à enlever ?

— Ça, et tout le reste, fit DeShawn avec une grimace, comme s'il avait un mauvais goût dans la bouche. Lonnie disait que c'était le truc qui l'éclatait le plus au monde.

Will comprit que les deux hommes avaient eu récemment de longues conversations, qui n'avaient pas plu du tout à DeShawn Franklin.

— Les choses ont commencé à se gâter avant le raid. Vous saviez que quelque chose n'allait pas, et que Lonnie et Waller se rapprochaient l'un de l'autre. Vous redoutiez que Lonnie confie les rênes à Waller.

Franklin émit un rire amer.

— Que dalle. Je savais que c'était ce qui allait arriver. Lonnie me l'a annoncé avant l'assaut. Avant que Cayla ait entendu Jared parler. Avant toute cette merde. Il m'a carrément dit que, d'après lui, Waller s'en tirait mieux que moi. Il m'a demandé de bosser pour cet enfoiré de plouc. Et il m'a présenté ça comme s'il me faisait une faveur ! Finalement, il ne m'aimait pas comme un fils, hein ?

— Qui ne t'aimait pas ? demanda Cayla Martin en descendant l'escalier.

Elle portait une valise si lourde qu'elle lui échappa, dévala les marches et finit par se cogner à la porte d'entrée.

Visiblement, Cayla s'en fichait. Elle finit de descendre sur ses talons hauts en prenant soin de ne pas trébucher. Elle s'était mise sur son trente et un, pensa Will. Sa minijupe en cuir moulante avait l'air toute neuve, et le chemisier de soie qui l'accompagnait était si échancré qu'il découvrait son soutien-gorge rose.

— Va m'attendre dans la voiture, lui lança Franklin.

— Pas moyen, répondit-elle en tirant un paquet de cigarettes de son sac à main. Dis voir, Bud, tu m'as vraiment niquée en laissant filer Benji comme ça.

Will jeta un coup d'œil à Franklin, mais l'autre resta impassible.

— J'avais une famille en Allemagne qui était prête à m'en donner trente mille.

— Une famille ? répéta Will en se demandant si elle était naïve ou carrément folle.

— Heureusement que j'ai gardé ce putain de billet d'avion, continua-t-elle en portant une cigarette à ses lèvres sans l'allumer. Si Shawn n'était pas venu me chercher à l'hosto, je serais sans doute en taule en ce moment. J'ai pas raison, mon chou ?

Franklin ne répondit rien, assis sur le canapé comme s'il ne devait jamais s'en relever. Il devait rester du flic en lui. Il avait tenté de protéger Lena. Paul Vickery était ligoté, pas mort. Il avait fait de son mieux pour ne pas citer le nom de Tony Dell. Et, dernier point, le plus important : Will respirait encore.

DeShawn Franklin en avait terminé avec tout ça. Peut-être à cause des gamins, peut-être à cause de la trahison de Lonnie Gray. En tout cas, c'était fini pour lui. Sa détermination avait fondu. Cayla dut le sentir, car elle se dirigea vers lui, oscillant sur ses talons hauts.

— Merde, Shawn, tu sais que tu dois le faire.

Pour toute réponse, Franklin tira ses clés de voiture de sa poche.

— Tu la laisseras sur le parking.

— Putain, non, lâcha Cayla en secouant la tête. Hors de question.

— Tu te tires d'ici, répondit Franklin. Ce qui m'arrive, ça ne regarde que moi. Rien à voir avec toi. Je vais me débrouiller pour que ton nom n'apparaisse nulle part. Je dois ça à Chuck.

— Ben merde alors, Shawn, t'es bon à rien ! Pas moyen que je passe le reste de ma vie à bouffer de la choucroute et des *Schnitzel.*

Elle alluma son briquet et l'approcha de la cigarette avant d'ajouter :

— Allez, finissons-en. On n'a pas le temps de se payer une crise de conscience.

— Je ne vais pas…

Cayla empoigna le Glock et tira sur Paul Vickery à quatre reprises. Les détonations retentirent dans la petite pièce, si fort que l'air parut se mettre à vibrer. Le corps de Vickery fut secoué de violents tressaillements tandis que les balles s'enfonçaient dans son dos.

Instinctivement, Will leva les mains devant son visage et remonta les genoux, comme si une partie de son cerveau imaginait qu'il lui suffisait de se rouler en boule pour arrêter les balles. Il attendit que Cayla lui tire dessus à son tour. Attendit encore.

Rien ne se passa.

Il ouvrit les yeux, pensant découvrir le canon du Glock face à lui.

A la place, il vit que Franklin avait repris l'arme à Cayla. Il respirait fort, même si apparemment il n'y avait pas eu de lutte.

— Putain, Cayla ! hurla-t-il. Qu'est-ce qui t'a pris, merde ?

Il s'agenouilla près de Vickery et porta la main à son cou.

— Tu l'as tué…

— Ne me remercie pas, ducon, lança Cayla, la cigarette au bec. Je t'ai entendu depuis l'étage, Shawn. Tu leur as tout balancé. Ça m'étonne pas que Lonnie ait pas voulu te laisser reprendre le bizness.

— Ta gueule ! cria Franklin en pointant le Glock sur Cayla. Ferme-la, putain !

La cigarette lui tomba des lèvres.

— Braque ça ailleurs que sur ma tronche.

— Ta gueule, j'ai dit ! répéta Franklin en appuyant le pistolet sur la poitrine de Cayla. Je t'ai demandé de me laisser m'occuper de ça. Je t'ai demandé de la fermer pour une fois dans ta putain de vie et de me laisser faire ce que j'ai à faire.

— Et qu'est-ce que tu vas faire, Shawn ? demanda Cayla. Demander la protection des fédéraux ? Aller trouver les flics et leur dire que tu es désolé ?

— Arrête de parler.

— Tu vas me tirer dessus, Shawn ? C'est ça que t'as promis à Chuck — me flinguer ?

En dépit de l'assurance dans sa voix, elle recula d'un pas.

— Tu sais qu'il faut qu'on se débarrasse de lui, ou il ira tout raconter aux flics.

— Il ne va pas aller chez les flics ! vociféra Franklin. Il est en liberté conditionnelle !

Will baissa les yeux pour ne pas se trahir. Il ne savait pas pourquoi Franklin cherchait encore à maintenir sa couverture.

Et il ne le saurait jamais.

Tony Dell jaillit de derrière les portes qui séparaient le salon de la cuisine. Depuis combien de temps il était là, impossible de le savoir, mais Will comprit qu'il en avait entendu assez. Tony traversa le salon en trois enjambées et planta son couteau dans la gorge de Franklin.

Celui-ci ouvrit la bouche et laissa tomber le pistolet. Il porta une main à son cou et tenta de retenir le manche du couteau de l'autre.

C'est alors que Tony retira la lame de la plaie.

Un jet de sang fusa, comme un tir de pistolet à eau. Franklin tomba sur un genou, cherchant l'air. Will entendit sa respiration siffler par le trou béant dans sa gorge.

— Seigneur, Tony, achève-le, dit simplement Cayla.

Mais Tony n'en avait aucune envie. Il se délectait du spectacle de l'agonie de Franklin, du sang qui bouillonnait, des mains qui tremblaient et se tendaient, quêtant de l'aide. Pour finir, ses genoux flanchèrent et il s'effondra, épaules en avant sur le sol. Une mare de sang se forma autour de sa tête. Ses doigts tressaillaient encore. Une odeur âcre emplit la pièce. Le large poitrail de DeShawn se gonfla d'un dernier souffle qu'il ne relâcherait jamais.

C'était fini.

— Merde, murmura Tony, je crois qu'il s'est chié dessus.

Cayla lui administra une claque sur la nuque.

— Faut que je t'appelle combien de fois avant que t'arrives ? Je te jure, j'ai cru que Shawn était venu à l'hôpital pour m'arrêter. Je t'avais dit qu'il était pas réglo sur ce coup.

Tony prit le temps d'essuyer son couteau sur son jean avant de le rengainer dans sa botte et de répondre :

— Tu vas arrêter de jacasser et me remercier d'avoir risqué ma peau pour toi, oui ? Y a vingt bagnoles de flics postées de l'autre côté de l'autoroute. J'ai dû passer par-derrière.

— Pauvre chou, fit Cayla en ramassant sur le parquet sa cigarette toujours allumée, puis le Glock de Franklin, qu'elle jeta dans la cuisine. Occupe-toi de Bud, puis apporte-moi ma valise. S'il faut se taper les petites routes, je risque d'être en retard à l'aéroport.

— Merde, t'as pas besoin d'être là-bas quatre heures à l'avance. C'est eux que ça arrange, toi tu t'en fous.

— Parce que t'as déjà pris un vol international, peut-être ? rétorqua-t-elle.

L'expression de Tony le trahit.

— Fais vite, c'est tout, et n'oublie pas ma valise.

Elle ouvrit la porte mais, au lieu de sortir, elle fit demi-tour, se dirigea vers Will et plongea la main dans la poche avant de son jean. Il s'efforça de ne pas bouger tandis qu'elle en retirait les clés de la BMW de Sara.

— Tant qu'à faire, autant rouler dans une caisse qui en jette.

— T'as raison, bébé, répondit Tony en lui assenant une claque sur les fesses.

Cayla jeta un regard mauvais à Will. Sa voix, d'habitude

chantante et aiguë, se transforma en un grondement de sorcière quand elle lança :

— Et fais-le souffrir, bébé. Ce connard m'a coûté trente mille dollars.

Elle sortit en claquant la porte.

Dans le silence qui suivit, Will entendit une sorte de cliquètement. Il se rendit compte que c'était son propre souffle qui sortait de sa gorge terriblement sèche.

Tony secoua la tête.

— Moi, j'te dis que cette fille, c'est un sacré numéro.

Will ne répondit pas. Par deux fois, il avait vu de quoi Tony Dell était capable. En le regardant poignarder Eric Haigh, tout ce qu'il s'était dit, c'est qu'il ne voulait pas mourir de cette façon. Maintenant qu'il avait vu l'autre option, il n'en était plus si sûr.

Tony laissa échapper un soupir résigné.

— Lève-toi, Bud. Je vais pas te tuer quand t'es à terre.

Will s'efforça de se mettre à genoux. Au final, Tony dut le prendre par le bras pour l'aider à se redresser. Il tenta de se rebiffer, mais c'était impossible. Il était littéralement pieds et poings liés, piégé. Il allait mourir dans cette maison, sur ce parquet, aux côtés de Paul Vickery et DeShawn Franklin.

Sa seule consolation, c'était de savoir que Benjamin était en sécurité dans le grenier. Il avait le téléphone de Will. Ils le retrouveraient. Ils le ramèneraient auprès de son frère. Les deux garçons seraient bientôt chez eux.

Mais Sara n'aurait rien. Légalement, Will était toujours marié à Angie Polaski. Les tribunaux ne retiendraient pas que Will ne l'avait pas vue depuis des mois, ni qu'il avait fait appel à un avocat spécialisé dans les divorces pour la retrouver. Tout ce qui lui appartenait reviendrait à sa femme — non seulement son corps, mais aussi ses souvenirs. Angie et Will avaient grandi ensemble, et cette proximité faisait qu'elle en savait plus que quiconque à son sujet, comme une boîte de Pandore qui ne s'ouvrait que pour répandre la souffrance.

Sara ne garderait que le chien de Will, sa brosse à dents et les quelques fringues qu'il laissait chez elle.

— OK. Il est temps d'en finir, non ? fit Tony en tirant son couteau de sa botte.

Il le brandit sous les yeux de Will — un coup qu'il avait certainement piqué au plouc de la veille. Et, comme la veille, ça marcha très bien : Will sentit ses boyaux se contracter. Ça fit sourire Tony.

— T'as peur, Bud ?

Will tenta de retrouver Bill Black en lui. Il n'allait pas mourir en lâche.

— Vas-y, mec, fais ce que tu as à faire. Mais traîne pas, d'accord ?

Tony avait toujours été contrariant. Il baissa le couteau.

— J'ai l'impression que t'as foutu quelqu'un sacrément en colère, dit-il en désignant son visage. Deux coquards, le nez pété… C'est pas Junior qui t'a fait ça.

Will déglutit péniblement. Sa gorge restait douloureuse. Il pensait au whisky que Sara l'avait forcé à boire. Elle avait raison, ça lui avait fait du bien. Comme tout ce qu'elle lui faisait.

— Qui t'a amoché comme ça, Bud ? demanda Tony.

Will comprit qu'il voulait vraiment une réponse — ça n'entrait pas dans son petit jeu en attendant de le tuer.

— Le flic, répondit-il en désignant Paul Vickery de la tête. Il m'a retrouvé hier soir. Il m'a pris par surprise. Visiblement, il ne le fera plus.

Tony se mit à rire.

— Elle est bonne, celle-là ! T'as raison, ça m'étonnerait qu'il recommence.

Il se mit à se curer les ongles de la pointe de son couteau. La lame dérapa et se planta sous l'ongle de son pouce, mais Tony regarda la goutte de sang se former sans même ciller.

— Et, dis-moi, où tu as trouvé cette jolie caisse ?

La BMW de Sara. Son permis de conduire était dans la boîte à gants.

— Je l'ai volée à une meuf à la cafétéria.

— Ah ouais ?

— Elle avait laissé ses clés sur la table. Je suis sorti sur le parking et j'ai appuyé sur le bouton jusqu'à ce que je trouve la voiture.

— Bien joué. Faudra que je m'en souvienne.

Tony soupesa son poignard avant de se mettre à le jeter en l'air pour le faire tourner sur lui-même.

— Dis voir, Bud, je me demandais quelque chose, reprit-il avec un coup d'œil derrière lui, comme pour s'assurer qu'ils étaient seuls. C'est pas que je sois pédé ou quoi, mais j'ai vu que t'avais un peu taillé le buisson, non ?

Comme Will le regardait d'un air interloqué, il précisa :

— L'autre soir au club, quand Denny t'a demandé de baisser ton calbut ?

— Pardon ?

— D'après moi, tu vois, quand un mec se fait les bordures comme ça, c'est pour une meuf. Je me trompe ?

Will déglutit de nouveau. Il n'allait tout de même pas mourir en parlant de ses parties intimes ?

Tony continuait à faire sauter le couteau dans sa main.

— Une fois, Cayla m'a dit de me raser les couilles. Putain, ça m'a tellement gratté que j'ai failli me les arracher. J'ai l'impression que c'est mieux comme t'as fait.

Il haussa les épaules. Will n'arrivait pas à savoir si c'était une vraie question ou une simple observation.

Puis Tony rattrapa le couteau par le manche et sourit, comme s'il venait de comprendre quelque chose.

— T'as toujours le béguin pour la gonzesse du Tennessee, c'est ça ?

Will tenta d'imaginer ce que répondrait Bill Black,

avant de se rendre compte que c'était exactement le genre de mort que pourrait connaître un type comme lui.

— Ouais, fit-il. Je l'ai dans la peau. C'est là que j'allais — dans le Tennessee. J'veux pas que mon gosse grandisse sans père.

— C'est ce que je pensais, dit Tony. En gros, t'essayais juste de la rendre jalouse, hein ? Je veux dire, quand tu branchais Cayla ?

Will hocha la tête.

— Exactement.

— Et t'étais venu dire ça à Cayla, non ? Qu'il se passerait jamais rien entre vous ?

C'était une opportunité d'expliquer sa présence.

— Je sais que c'est ta meuf, Tony. A l'hosto, j'ai entendu dire qu'elle était recherchée, alors j'ai rappliqué ici. Je voulais la prévenir de se planquer quelque temps. Pour la protéger, parce que je savais pas où tu étais et si tu pouvais le faire.

Tony se mordit les lèvres pensivement, comme s'il pesait son excuse.

— T'es un vrai gentleman, déclara-t-il enfin. C'est chouette d'avoir pensé à elle. J'ai toujours su que t'étais un mec bien.

Après un temps, il reprit :

— Alors, comme ça, tu voulais te barrer ?

Will tenta de ne pas ciller.

— Ouais. Je voulais voir si Cayla allait bien, comme tu l'aurais fait, puis direction le Tennessee. Y a plus rien pour moi à Macon.

— Sans déconner ? demanda Tony. T'allais te tirer, malgré la conditionnelle ?

— Ça craint trop par ici. Trop de flics morts. Ils allaient pas tarder à me coller ça sur le dos, c'est sûr.

— Tu pouvais toujours te mettre à table.

— Je balance pas mes copains. Et je veux pas…

Will s'interrompit, craignant de se mettre à supplier. Tony détestait ça.

— Je veux voir grandir mon gosse. J'ai aucune raison de remettre les pieds ici.

— C'est trop mignon, Bud. Je suis sûr que t'aurais fait un bon père.

— Y a que ça qui compte pour moi, mentit Will.

Trop de choses horribles pouvaient arriver à un enfant pour que Will désire jamais en avoir un. Pourtant, il continua :

— Mon père s'est barré quand j'étais môme. Je veux pas faire ça au mien.

Tony l'observa attentivement avant de lâcher :

— Moi aussi, mon père s'est barré.

Will s'efforça de détendre les muscles de sa gorge pour poursuivre la conversation. Créer un joli conte de fées avec la « meuf du Tennessee », leur petit couple parfait.

Sauf que c'était trop tard. Tony n'était plus d'humeur à écouter. Il était en train de prendre une décision — ça se devinait à la façon dont ses yeux allaient d'un côté à l'autre, comme s'il tentait de lire dans les pensées de Will.

Enfin, il rangea le couteau dans sa botte.

— Fais gaffe à toi sur les petites routes de montagne.

Will en resta bouche bée. En un clin d'œil, Tony-le-bon-gars était revenu.

— On m'a dit que c'est vachement beau, le Tennessee, lança-t-il en se dirigeant vers la porte.

Au dernier moment, il se souvint de la valise de Cayla. Il dut s'y prendre à deux mains pour la soulever.

— Bordel, elle emporte toute la maison ou quoi ?

Will resta muet.

— Je t'aime bien, Bud. Dommage qu'on ne puisse jamais se revoir. N'est-ce pas ? interrogea-t-il, le visage dur.

Will secoua frénétiquement la tête.

— Oh que non. Jamais.

Tony sortit sans se donner la peine de refermer la porte

derrière lui, portant la valise de Cayla. Will entendit les roulettes glisser sur la terrasse, rebondir sur les marches en ciment pour crisser dans l'allée. Il se rendit compte qu'il chancelait.

L'ouverture à distance de la BMW leur donna du fil à retordre : l'alarme se déclencha, mais ils parvinrent à l'éteindre avant qu'elle ne résonne de façon stridente. Une portière claqua, puis une autre — sans doute celle du coffre, puisqu'un troisième claquement retentit avant que le moteur ne s'allume. Les pneus crissèrent quand Tony enfonça l'accélérateur.

Lentement, le corps de Will s'habituait à l'idée qu'il n'allait pas mourir poignardé. Il dut ramper sur les genoux pour se diriger vers la porte d'entrée. Les feux stop de la BMW de Sara s'allumèrent juste avant que Tony quitte le lotissement en faisant hurler le moteur.

Will s'assit sur ses talons, ferma les yeux et s'efforça de respirer lentement. Son cœur battait si fort qu'il semblait tambouriner contre ses côtes.

Benjamin.

Le garçon était toujours dans le grenier.

Will ne l'appela pas, au cas où Tony changerait d'avis. En outre, il était toujours ligoté. Difficile de monter l'escalier et d'aider le gamin à descendre par la trappe.

Et il y avait deux cadavres dans le salon. Benjamin avait vu assez d'horreurs pour toute une vie.

Paul Vickery gisait sur le flanc. La blessure de son crâne avait cessé de saigner. Ses poignets étaient rouge vif à l'endroit où la cordelette avait cisaillé la chair.

Will reposa les mains sur le sol pour se traîner sur les genoux. Il pensa qu'il se déplaçait comme une chenille et se souvint de la blague du mille-pattes qui joue au foot. Difficile de croire qu'il l'avait racontée à peine quelques heures plus tôt à un enfant. A l'heure actuelle, le garçon devait se trouver au Grady Memorial. Comme Sara. Elle était en sécurité. Au fond, c'était tout ce qui comptait.

Il s'arrêta près du corps de Vickery et fouilla ses poches à la recherche d'un portable. Il trouva un portefeuille, un jeu de clés de voiture et quelques pièces, mais pas de téléphone. En palpant son torse, il sentit une surface dure sous la chemise.

A cet instant, Vickery grogna et Will se rejeta en arrière comme s'il avait été mordu par un serpent.

— 'ordel…

Vickery fit glisser le bâillon de son visage et jura plus distinctement tout en déboutonnant son col. Will aperçut le gilet noir en kevlar sous sa chemise.

— Il s'est passé quoi, là ?

— On vous a tiré dessus, répondit Will en examinant son dos.

Quatre balles aplaties s'étaient logées dans le gilet.

— C'est vous ? demanda Vickery.

— Non, répondit Will en se remettant à genoux. Je vous ai vu parler avec Tony Dell hier soir, sur la route.

Vickery battit des paupières, comme s'il ne comprenait pas.

— Ça m'étonnerait.

— Une Honda blanche. Garée à côté du pick-up de Tony.

— Vous savez combien il y a de Honda blanches en circulation ? lança Vickery en tentant de rouler sur le dos. Pourquoi ne m'avez-vous pas dit que vous étiez flic ?

— Parce que vous étiez trop occupé à me casser la gueule pour m'écouter.

Vickery étouffa un rire, comme si c'était un bon souvenir. Puis ses yeux se posèrent sur DeShawn Franklin, et son visage se décomposa.

— Dire que je faisais totalement confiance à ce salopard…

Will ne répondit pas qu'il n'avait sans doute pas eu entièrement tort.

— Où est votre téléphone ? demanda-t-il.

— Dans ma poche, répondit le flic en tentant d'y plonger la main.

Ses liens l'en empêchèrent, mais Will savait de toute façon qu'il se trompait. A contrecœur, il se traîna jusqu'au cadavre de Franklin. La circulation sanguine s'était arrêtée en même temps que le cœur, et la blessure de son cou ne laissait plus échapper qu'un filet de sang. Il fit de son mieux pour ne pas flancher pendant qu'il fouillait le corps. Le fait que ses poignets soient collés l'un contre l'autre ne lui facilitait pas la tâche. Il lui fallut une éternité pour trouver le téléphone dans la poche de chemise de Franklin.

Il s'écarta du mort avant de jeter un coup d'œil sur le portable, qu'il était contraint de tenir à deux mains. Il balaya l'écran du pouce. Au lieu de trouver un clavier, il découvrit l'icône du micro, avec en dessous un bouton rouge allumé et une horloge qui égrenait les secondes au-dessus d'une ligne plate, semblable à celle d'un moniteur cardiaque.

La ligne se gonfla quand Will se tourna vers Vickery pour annoncer :

— Je crois qu'il nous a enregistrés.

Vickery secoua la tête sans répondre.

Douze minutes et vingt-trois secondes. Voilà depuis combien de temps tournait l'enregistreur. Franklin avait dû l'allumer au moment où Will était sorti de son petit intermède dû au Taser.

— Alors quoi, vous comptez appeler quelqu'un ou non ? lança Vickery.

Will appuya sur le bouton rouge, et le chronomètre s'arrêta. Il n'était pas habitué à ce portable, mais ils se ressemblaient tous plus ou moins. Du pouce, il appuya sur l'icône qui représentait une maison, puis sur le symbole qui représentait un téléphone. Le clavier apparut. Il composa le numéro de Faith, puis attendit la connexion, les mains posées devant le visage.

Elle répondit à la première sonnerie.

— Monsieur Franklin ? Qu'y a-t-il ?

— C'est moi, répondit Will. Je suis chez Cayla.

— Will ? s'écria-t-elle d'une voix soudain plus aiguë. Il y a soixante flics qui passent les bois au peigne fin pour te retrouver. On n'arrive pas à tracer exactement ton téléphone.

— Il faut que tu lances un avis de recherche sur la voiture de Sara. Tony Dell et Cayla Martin l'ont volée. Ils se dirigent vers l'aéroport d'Atlanta par les petites routes. Le terminal des vols internationaux. Elle part pour l'Allemagne.

Faith ne prit pas la peine de couvrir le téléphone pour crier ses ordres à son équipe. Dès qu'elle eut terminé, elle demanda à Will :

— Et Benjamin ?

— Il est en sécurité, répondit-il.

Puis, jetant un coup d'œil à Paul Vickery — il ne parvenait toujours pas à lui faire confiance —, il ajouta :

— Et l'autre… chose ?

— Ils sont au Grady. Sara a appelé il y a un peu plus d'une heure. Ils vont bien, l'un et l'autre.

Une vague de soulagement l'envahit.

— Le gamin a commencé à parler dans l'ambulance, poursuivit Faith. Il s'appelle Aaron Winser. Amanda avait raison. Ses parents vivent à Terre-Neuve. Ils sont en pleine séparation, ils se disputent la garde des enfants. Le père était parti en mer. La mère a cru qu'il les avait enlevés. La police allait l'arrêter dès son retour.

Faith dut s'apercevoir qu'elle parlait trop vite, car elle ralentit pour continuer :

— Les parents sont en route pour Atlanta en ce moment. Seigneur, Will, tu m'as filé la peur de ma vie.

— Attends un peu.

Il ne tenait plus sur ses genoux. Comme il ne voulait pas s'asseoir, il dut s'aider du mur pour se redresser. Vickery suivait tous ses mouvements du regard. Ils entendirent les sirènes au même moment.

— Les patrouilleurs sont bientôt là ? demanda Will.

— Cinq minutes, max. Appelle Sara.

— Elle est sans doute occupée.

— Ne sois pas idiot.

Un déclic lui apprit qu'elle avait raccroché. Il jeta un coup d'œil à Paul Vickery. L'homme était toujours sur le dos, ses genoux et ses coudes tordus selon un angle inconfortable.

— Vous allez m'aider, ou quoi ? lança-t-il. Ça fait un mal de chien.

— Ça a l'air, oui, répondit simplement Will.

Il sentit un peu de mou dans la cordelette qui lui cisaillait les chevilles ; après quelques tentatives maladroites, il parvint à se diriger en sautillant vers la cuisine.

— Où vous allez ? cria Vickery. Revenez !

Mais Will ne s'arrêta que quand les portes du salon se refermèrent derrière lui. Il s'appuya au comptoir le temps de reprendre son souffle — et aussi pour rester debout, parce que sautiller à pieds joints n'est pas aussi facile qu'on le croit généralement.

Le téléphone de DeShawn Franklin était repassé en mode veille. Une photo montrait deux fillettes arborant des oreilles de Mickey. Will préféra ne pas penser à celui qui devrait s'acquitter de la tâche d'annoncer aux nièces du flic ce qui lui était arrivé. Il balaya l'écran et composa le numéro de Sara.

Elle devait avoir l'habitude de recevoir des appels bizarres sur le téléphone de l'hôpital. Pourtant, ce fut d'un ton tendu qu'elle répondit :

— Ici le Dr Linton.

— Je vais bien, souffla Will d'une voix qui disait tout le contraire.

— C'est sûr ?

— Oui.

En entendant sa voix, il réalisa tout ce qu'il lui devait. Elle lui avait littéralement sauvé la vie.

— Will ?

Il prit une voix plus assurée pour répondre :

— Tout va bien. C'est juste que… je n'ai pas les mains libres pour te parler.

Il se retint de rire à sa propre blague, principalement parce qu'il était certain qu'elle n'amuserait pas Sara.

— Par contre, pour ta voiture…

— Chéri, si tu savais comme je m'en fiche…

Il espéra qu'elle ne changerait pas d'avis en voyant au journal du soir sa BMW poursuivie par la police sur l'I-75.

— Tu es à l'hôpital ? demanda-t-il.

— Je suis chez moi. Denise m'a ramenée pendant qu'Amanda interrogeait le garçon. Elle retourne au Grady pour surveiller Aaron jusqu'à l'arrivée des parents. Est-ce que Faith t'a mis au courant ?

— Oui, répondit Will en fermant les yeux, heureux de la savoir chez elle. Qu'est-ce que tu fais ?

— Je suis sur mon canapé. Je voulais prendre une douche, mais j'ai l'impression qu'un camion m'a renversée. J'ai mal partout, pas la force de bouger.

Il repensa à la nuit précédente.

— C'est… à cause de moi ?

— En partie, oui, admit-elle. Tu penses rentrer quand à Atlanta ?

— Ce soir, en voiture. Je t'appelle quand je suis à dix minutes de chez toi.

Il sut qu'il le ferait, même si ça signifiait démissionner de la police. Il mit ses mains en coupe autour du récepteur — une tâche facile vu qu'il ne pouvait pas écarter les poignets — et murmura plus bas, bien que personne ne puisse l'entendre :

— Et quand j'appellerai je veux que tu fasses couler un bain.

— D'accord, répondit-elle d'une voix surprise.

— Quand j'arriverai, on s'y mettra ensemble.

Elle répéta « D'accord », mais son ton avait changé.

— Ensuite, on parlera.

— On ne fera que parler ?

— Je veux répondre à toutes les questions que tu me poseras.

— Toutes les questions ? répéta-t-elle. Le bain va refroidir.

— On rajoutera de l'eau chaude. Je suis sérieux, Sara. Plus de secrets entre nous.

Regardant par la fenêtre de la cuisine, il vit une voiture de patrouille surgir dans un nuage de poussière. Il sentit sa résolution fléchir — il avait l'impression de marcher sur une corde raide. Ses mains étaient si moites qu'il avait du mal à tenir le téléphone.

Pourtant, il parvint à prononcer les mots qu'il aurait dû lui dire dès le début :

— J'ai confiance en toi.

Sara ne répondit rien, mais il entendait sa respiration dans le téléphone. Il avait la gorge serrée. Il aurait sans doute mieux fait de raccrocher — il en rêvait. Pourtant, il ajouta :

— Qu'est-ce que tu en dis ?

— Chéri, soupira-t-elle, je pense que c'est la meilleure façon de commencer le reste de notre vie.

17

CINQ JOURS PLUS TARD
Macon, Géorgie

Lena était assise en face d'un enquêteur des Affaires internes. Encore un. Le costume noir et blanc de Brock Patterson lui rappelait la tenue de la femme qui l'avait interrogée la semaine précédente. Y avait-il un *dress code* particulier dans leur service, ou bien en étaient-ils tous réduits à travailler au noir dans un Olive Garden ? Si leur paie était comparable à celle de Lena, c'était plausible.

— Détective Adams ? lança Patterson.

Il devait lui avoir posé une question. Lena avait cessé de s'y intéresser quand elle avait déchiffré le fonctionnement de son interrogatoire. Toutes les vingt minutes, il repartait de zéro et reprenait les questions qu'il avait déjà posées, mais avec des phrases et des intonations différentes.

« Quand avez-vous trouvé le garçon ? »

« Vous avez trouvé le garçon à quel moment ? »

« Où était le garçon quand vous l'avez trouvé ? »

Le garçon. Aaron Winser. Il était en sécurité maintenant, mais ils étaient tous trop terrifiés pour prononcer son nom sur l'enregistrement.

Pour être tout à fait honnête, Lena aurait préféré ne plus jamais penser à lui. Pas par mépris, mais pour se protéger elle-même. Elle avait passé quatre jours à ressasser les détails atroces de la maison de shoot — les cadavres, la peur glacée dans son ventre quand elle avait affronté Sid Waller du regard. Et le pire, ce qu'elle avait tu pendant le premier interrogatoire : le moment où elle avait trouvé le garçon.

Elle faisait encore des cauchemars où elle tirait le panneau de lambris de la cave pour découvrir ces deux yeux terrifiés qui la fixaient. Aaron avait les pupilles dilatées, noires comme du charbon sur un fond rougeâtre. Il n'avait pas prononcé la moindre parole quand Lena l'avait tiré du trou. Elle l'avait trouvé si léger — il ne semblait pas peser plus qu'une couverture. Elle l'avait pris dans ses bras, lui avait murmuré des mots sans suite, comme à un bébé. Elle n'avait jamais ressenti le moindre instinct maternel, mais avec Aaron c'était venu tout seul. Elle lui avait caressé les cheveux, avait embrassé son front brûlant. Sous sa main, elle avait senti le cognement effréné de son cœur dans sa poitrine, et elle avait pensé à son petit haricot, capturé pour toujours sur la photo de l'échographie qu'elle gardait dans son ordinateur, au bureau.

— Détective Adams ? relança Patterson. Vous pourriez vous concentrer un peu ?

— Et vous, vous pourriez reprendre vos notes et recopier ce que je vous ai dit la première fois ?

— La première fois que vous avez été interrogée, ou la première fois que vous avez dit la vérité ?

Touché.

Lena se laissa aller contre le dossier de sa chaise inconfortable — c'était fait exprès.

La pièce était froide et austère avec ses murs de moellons peints et ses plinthes éraflées. Elle fixa le miroir dans le dos de Patterson en se demandant qui, derrière, l'observait. Sa dernière rencontre avec les bœuf-carottes s'était déroulée dans une salle de conférences. Sans doute qu'avec Lonnie

Gray derrière les barreaux on avait décidé de traiter les flics différemment.

Une demi-canette de Coca trônait sur la table. Lena but une longue gorgée avant de la reposer.

— Dites-moi pourquoi c'est arrivé ?

Patterson se décomposa, les coins de la bouche vers le bas comme une imitation vivante d'un smiley « en colère ».

— Personne ne m'a dit pourquoi Jared et moi avons été attaqués, continua-t-elle. C'était à cause du garçon ? Ils ont cru que je savais où il était ?

Comme il fallait s'y attendre, Patterson ne céda pas.

— Poser les questions, c'est mon boulot.

— Je ne suis pas sûre que le mien soit d'y répondre, répliqua Lena.

Elle n'en pouvait plus de ne pas savoir. Ça l'obsédait. Qu'avait-elle fait pour qu'il leur arrive ça ? Quelle erreur idiote ? Quel salopard avait-elle froissé ?

— Mon mari a failli être tué, dit-elle à Patterson. J'ai été agressée dans ma maison. Vous ne pensez pas que je mérite au moins de savoir pourquoi ?

— Mon collègue est en train de mener l'enquête là-dessus. Comme vous le savez, vous et moi sommes ici pour une autre raison, rétorqua Patterson avec la mine impassible d'un banquier refusant un prêt. Votre coopération vous permettrait au moins de…

— De quoi ? le coupa-t-elle. Je n'ai rien à voir avec tout ça. J'ai fait ce que ma supérieure m'a demandé de faire.

— Vous avez menti sous serment.

— Vraiment ? lança Lena avec un sourire.

Au contraire, elle avait pris soin de ne pas le faire. La première enquêtrice ne lui avait posé aucune question au sujet du garçon. Pour autant qu'elle le sache, aucune loi ne vous oblige à fournir spontanément une information.

Patterson se laissa aller à son tour contre le dossier de

sa chaise, de toute évidence pour tenter de paraître aussi détendu qu'elle.

— Nous sommes du même côté, vous et moi, détective Adams.

Il tentait d'adopter un ton de voix raisonnable, mais tous deux savaient qu'il avait gros à jouer. Eliminer quelques brebis galeuses de plus lui vaudrait une belle promotion, et dès le début il avait clairement affiché qu'il ne faisait pas confiance à Lena.

— Nous cherchons seulement à constituer un dossier solide contre M. Gray. Pour moi, nous partageons cet objectif.

— M. Gray, répéta Lena.

Plus personne ne lui donnait du « chef ». Plus personne ne l'aurait touché avec des pincettes.

— Mon objectif, reprit-elle, c'est de retourner auprès de mon mari. Il va mieux, au fait, merci de demander.

Patterson enfonça son menton dans sa poitrine, un tic qui apparaissait chaque fois que Lena lui donnait du fil à retordre, comme s'il cherchait à se transformer en un mur de brique compact. Puis, avec un soupir, il se mit à ranger les papiers empilés sur le bureau devant lui.

— J'en ai pour une minute, annonça-t-il en se levant. Vous pouvez en profiter pour passer aux toilettes si ça vous dit.

Lena le salua et il quitta la pièce. De toute évidence, il voulait faire le point avec celui ou celle qui se trouvait derrière le miroir sans tain. Lena supposait qu'il s'agissait d'Amanda Wagner. La directrice adjointe recevrait les lauriers pour avoir arrêté Lonnie Gray, même si en réalité c'était Will Trent qui les méritait. C'était lui qui avait risqué sa vie.

C'était aussi lui qui avait empêché Lena de tuer un homme.

Si ce n'était pas la première fois qu'elle avait du sang sur les mains, éliminer les deux hommes de main qui étaient entrés chez elle par effraction avait été différent. Quand elle y pensait un peu trop, la soif de sang lui revenait. Elle la sentait bouillir au fond de sa gorge. Ses muscles se tendaient, ses poings se serraient. Même au chevet de Jared, sur son lit aux urgences, elle avait dû lutter contre l'impulsion de descendre un étage pour achever le monstre qui avait tenté de tuer son mari.

Et qui avait échoué.

Par miracle, avait dit le médecin, Jared s'en tirerait sans la moindre séquelle. Plusieurs mois de rééducation seraient nécessaires, mais sa jeunesse et sa forme physique avaient joué en sa faveur. Sauf que, bien entendu, ces deux atouts se transformaient presque en inconvénients, maintenant. Jared était rentré à la maison depuis moins de trente-six heures et, déjà, il tournait en rond et faisait n'importe quoi — il se levait, tentait de marcher tout seul et traînait sans cesse dans les pattes de Lena.

Elle avait envisagé de l'expédier chez sa mère. Lena la détestait un peu moins désormais, peut-être parce que Darnell Long était la seule raison pour laquelle Lena disposait désormais d'une vraie cuisine. Par bonheur, la mère de Jared semblait avoir compris que la solidité de leur trêve restait proportionnelle à la distance qui les séparait. Elle était déjà rentrée en Alabama. Avec un peu de chance, Lena ne la reverrait pas à Macon avant le procès.

Encore qu'il n'y en aurait sans doute pas. Le matin même, Fred Zachary, le deuxième tireur, avait passé un accord avec le procureur et balancé les ploucs du Tipsie. Lesdits ploucs ne parlaient pas pour l'instant, mais ce n'était qu'une question de temps avant qu'ils se décident à se mettre à table à leur tour.

Ça ne laissait que Tony Dell, et M. Mouchard avait clairement indiqué qu'il ne voulait aucun accord. Il avait avoué se trouver dans la rue la nuit où on avait tiré sur Jared. Il avait reconnu avoir poignardé à mort Eric et DeShawn, et confirmé tout ce que ce dernier avait dit à Will Trent sur Big Whitey et Sid Waller. Pour tout dire, il avait balancé tout le monde, y compris lui-même. D'ici peu, quelqu'un déciderait qu'il devait se taire. Lena avait l'impression qu'il était en train de préparer son propre suicide. De fait, Tony Dell n'avait plus rien à perdre.

La police d'Atlanta avait rattrapé Dell et Cayla Martin devant le terminal international de l'aéroport Hartsfield-Jackson d'Atlanta. Dell était sans doute un psychopathe, mais c'était aussi un survivant. Il avait compris que la partie était terminée. Il était sorti de la voiture les mains en l'air.

Cayla Martin n'avait pas suivi son exemple. Elle avait bondi au volant et tenté d'échapper à la police. Malheureusement, elle était partie à contresens. Lena se demandait quelles pensées avaient défilé dans la tête de l'infirmière au moment où elle avait vu le bus de la navette lancé à pleine vitesse juste en face d'elle. D'après les experts, il y avait eu environ deux secondes entre le moment où elle avait tenté de braquer et la collision frontale. Lena savait d'expérience ce qu'on ressentait aux portes de la mort. Deux secondes, c'était une éternité. Cayla Martin n'avait pas attaché sa ceinture. Il avait dû s'écouler une seconde de plus le temps qu'elle soit précipitée en vol plané vers le bus, qu'elle traverse le pare-brise et se rompe la nuque sur la première rangée de sièges.

Lena ne pouvait s'empêcher de penser que le plus beau dans l'histoire, ce n'était pas le décès brutal de l'infirmière, mais le fait que la BMW à soixante-cinq mille dollars de Sara Linton en soit ressortie sous la forme du Rubik's Cube le plus cher du monde.

Se pinçant les lèvres pour ne pas rire, elle se leva et se mit à faire les cent pas dans la pièce. Elle s'efforçait de ne pas compter — elle savait déjà qu'elle mesurait trois mètres sur quatre. Elle adressa un sourire à la caméra suspendue, même si elle aurait préféré lui montrer les dents. Ce qu'elle voulait, c'était retourner à son bureau pour entamer la pile de paperasse qui l'attendait. Et retrouver Jared. Et rentrer chez elle pour accomplir les tâches qui lui donnaient l'impression d'être une personne normale : nettoyer la maison de fond en comble, faire sa lessive, s'occuper du jardin de devant. L'hiver était tout proche. C'était sans doute le moment d'arracher les pétunias, mais Lena n'avait pas le cœur à laisser mourir quoi que ce soit en ce moment.

Elle avait vu assez de funérailles ces derniers temps.

Le corps de DeShawn Franklin avait été incinéré sans cérémonie dans un funérarium de la banlieue de Macon. Lena avait été la seule personne présente en dehors de l'employé des pompes funèbres. La sœur du policier n'avait pas voulu emmener ses filles, son ex-femme ne voulait plus entendre parler de lui et son épouse actuelle refusait d'être vue en public. Jared aurait préféré que Lena s'abstienne d'y assister, mais il n'avait pas essayé de l'en empêcher. Elle-même avait commis beaucoup d'erreurs dans sa vie, et elle avait l'impression qu'à la fin DeShawn avait tenté de réparer les siennes. Il avait branché l'enregistreur de son téléphone. Elle ignorait ce qu'il avait capté au juste — personne au poste ne le savait —, mais apparemment DeShawn en avait révélé assez à Will pour faire tomber toute l'organisation de Big Whitey. A lui seul, ce détail valait bien qu'au moins une personne amie assiste à son départ.

Celui d'Eric Haigh avait été très différent. L'Etat l'avait lavé de toute accusation juste avant son enterrement, et on lui avait donc accordé des funérailles en grande pompe, avec officiers en tenue et escorte de policiers. Lena s'était dit qu'elle n'était sans doute pas la seule, dans l'assistance, à penser que les dernières obsèques auxquelles elle avait assisté étaient celles de Chuck Gray. Le fils de Lonnie était mort d'une leucémie trois mois plus tôt. A la cérémonie, Lena avait pleuré — pas parce qu'elle aimait Chuck, qui était le prototype du fils à papa parvenu, mais parce qu'elle était triste pour Lonnie.

Et elle imaginait que ce dernier devait pas mal s'apitoyer sur lui-même en ce moment. Un excellent cabinet d'avocats allait tenter de démonter les charges qui pesaient sur lui mais, si malin qu'il soit, Gray avait commis une énorme erreur. Elle supposait que c'était par arrogance. En effet, Lonnie n'avait jamais envisagé que le GBI puisse saisir l'ordinateur de sa maison. Même sans les meurtres, les enlèvements et le trafic de drogue, l'Etat avait trouvé suffisamment d'images pédopornographiques sur le disque dur du chef pour l'envoyer derrière les barreaux pour une bonne centaine d'années.

Un salopard, un malade et un idiot.

Le mois précédent, Lena avait couru dix kilomètres avec Lonnie pour un gala de charité au profit de la recherche contre la leucémie. Il avait trente ans de plus qu'elle, mais il l'avait coiffée au poteau. Elle se consolait en pensant que son cœur en parfaite santé battrait longtemps, très longtemps en prison. Elle espérait qu'un codétenu costaud et pervers lui infligerait exactement ce qu'il avait infligé à Marie Sorensen et aux autres malheureux gosses. Oh oui, qu'on le lui fasse à longueur de journée, jusqu'à ce qu'il tombe d'épuisement — et qu'on le remette alors sur pied pour recommencer depuis le début.

Lena voulait croire que l'arrestation de Lonnie aiderait la mère de Marie Sorensen et la famille Winser à mieux dormir la nuit, mais elle savait par expérience que certains démons ne vous lâchent jamais.

La porte s'ouvrit de nouveau. Patterson resta sur le seuil sans entrer, la main sur la poignée. Son expression agacée indiqua à Lena tout ce qu'elle avait à savoir.

— Alors, on vous a dit d'arrêter de me laisser mariner ? lança-t-elle.

Sans attendre de réponse de sa part, elle sortit en le frôlant avec le même sourire carnassier qu'elle avait adressé à la caméra. Elle aurait sans doute dû faire profil bas, mais quitter la brigade des bœuf-carottes avec son insigne méritait d'être fêté.

Son sourire disparut quand elle aperçut Denise Branson dans le couloir. Elle savait qu'elle se trouvait dans le bâtiment, mais elle avait prié pour ne plus jamais la croiser. Remarque, ç'aurait bien été la première fois qu'une de ses prières aurait été exaucée.

Quoi qu'il en soit, elle n'avait jamais vu Denise Branson aussi mal à l'aise. Elle faisait peine à voir, gênée, incapable de la regarder dans les yeux, avec un air d'humiliation comme si en quatre jours elle avait tellement dérouillé qu'elle en avait oublié comment remonter en selle.

— Madame Branson ? appela Patterson.

Son ton abrupt exaspéra Lena. S'il n'avait pas ouvert la bouche, elle n'aurait sans doute plus jamais adressé la parole à Denise Branson de sa vie. Mais, dans ces circonstances, elle lui lança :

— Vous n'auriez pas besoin de passer aux toilettes ?

La question prit visiblement Denise au dépourvu, mais elle hocha la tête, et elles se dirigèrent de concert vers le seul endroit où Brock Patterson ne pouvait pas les suivre. Lena lut le dépit sur son visage quand elle referma la porte derrière elles.

Denise alla droit au but. De la voix humble de celle qui a dû beaucoup s'excuser, elle déclara :

— Je suis désolée. Je n'ai aucune excuse pour ce que je vous ai fait.

— Mais… ? offrit Lena.

— Il n'y a pas de mais, répondit Denise sans hésiter, toute trace de son habituelle arrogance envolée. Je vous ai menti au sujet du garçon. Je vous ai mêlée à tout ce bordel à votre insu. Je vous ai mis les bœuf-carottes sur le dos alors que vous n'aviez rien fait de mal.

Lena osa poser la question qui lui brûlait les lèvres :

— C'est pour ça qu'ils ont tenté de nous éliminer, Jared et moi ? Parce qu'ils pensaient que je savais où il se trouvait ?

Denise secoua la tête, puis haussa les épaules.

— Je l'ignore, Lee. Ça n'a aucun sens. Je ne comprends pas pourquoi ils s'en seraient pris à vous et pas à moi.

Lena en arrivait toujours à la même conclusion, comme un chien qui se mord la queue.

— A qui d'autre avez-vous parlé du gamin ?

— A des amies. Des personnes en qui j'ai toute confiance.

— Je pensais en faire partie.

Cette fois, Denise avait une excuse :

— J'ai cru vous protéger.

— Vous mentez, coupa Lena. Vous ne faisiez confiance à personne dans le service. Ni à moi ni à Lonnie. Vous aviez compris que quelque chose n'allait pas. Qu'il y avait une brebis galeuse quelque part, et que ça pouvait être à n'importe quel échelon.

Denise poussa un soupir affligé. Elle semblait avoir perdu la force d'argumenter.

— Vous vous doutiez que Lonnie était Big Whitey ? reprit Lena.

— Je ne sais pas, avoua Denise Branson avec une sincérité indéniable. Ça me semblait étrange que Big Whitey ait toujours la bonne information au bon moment. Je pensais que ça pouvait venir d'une des secrétaires de Lonnie, ou de quelqu'un dans votre brigade.

— Ou de moi ?

Denise fixa un point quelque part au-delà de l'épaule de Lena.

— Je n'y croyais pas, mais l'enjeu était trop grand pour que je puisse courir ce genre de risques.

Lena observa Denise Branson avec l'impression de se voir elle-même cinq ans plus tôt. Indubitablement, l'ancienne Lena aurait elle aussi décidé de la jouer perso. Elle ne faisait confiance à personne, ne comptait sur personne.

Elle n'appelait jamais à l'aide. Elle se croyait seule au monde, seule capable de faire les choses comme il fallait. Même aujourd'hui, ces tendances étaient encore présentes, et Lena passait beaucoup de temps à tenter de refréner ses instincts primaires. Parfois, elle y réussissait. Le plus souvent, elle échouait. Elle se consolait en se disant qu'au moins elle essayait.

— J'ai entendu dire que Lonnie avait été arrêté alors qu'il se trouvait dans le bureau du maire, annonça-t-elle. Ils l'ont traîné hors de l'hôtel de ville devant tout le monde.

Denise sourit. Apparemment, elle avait entendu la même histoire.

— C'est la petite blonde qui l'a coincé. L'agent Mitchell. A mon avis, elle a dû sacrément lui botter le cul.

Lena n'en doutait pas.

— Si Lonnie était seulement la moitié de l'homme qu'il prétendait être, il se débrouillerait pour se supprimer. Ça éviterait des tracas à la justice.

— Filez-moi une lame et je m'en occuperai moi-même.

— Faudra faire la queue, répondit Lena avant de pousser un long soupir. Mais je n'ai plus envie de perdre mon temps avec ce salopard. Comment vont les garçons ?

Le visage de Denise s'éclaira soudain d'une joie sans mélange.

— Ils vont bien, Lee. J'ai remis Aaron à sa mère moi-même. Il est avec sa famille, il a retrouvé son frère. Ça sera dur, mais ils sont ensemble.

Une nouvelle fois, Lena éprouva l'étrange sensation de se voir elle-même. C'était comme jongler avec plusieurs balles à la fois — quand ça marchait, ça en valait la peine. On prenait son pied, beaucoup plus qu'avec n'importe quelle drogue. Sauf que, bien sûr, ça ne durait jamais. Personne au monde ne pouvait jongler avec plus d'un certain nombre de balles. La première fois qu'on en laissait tomber une, on se disait qu'on allait en mourir. La deuxième fois, on se sentait mal. Les fois suivantes, on trouvait juste une autre balle à lancer et on continuait.

Lena avait laissé tomber tellement de balles dans sa vie qu'elle en avait perdu le compte.

— Je vous pardonne, dit-elle à Denise.

Celle-ci parut surprise, puis inquiète.

— Pourquoi ?

— Je n'en ai pas la moindre idée, avoua Lena.

Elle était la preuve vivante qu'il fallait laisser une deuxième chance aux gens, mais elle n'avait jamais réussi à le faire pour quelqu'un d'autre. Le décès de Jeffrey Tolliver lui avait appris beaucoup de choses, mais l'idée de perdre Jared l'avait anéantie.

— Vous voulez y réfléchir ? demanda Denise.

— Non, répondit-elle crûment — c'était la vérité pure et simple. DeShawn et Eric sont morts. Lonnie s'est révélé être le diable. Paul postule pour la police d'Atlanta. Jared a failli mourir.

Elle sentit sa gorge se nouer. Dans sa liste, elle n'avait pas mentionné le petit haricot, mais le souvenir restait à vif.

— Je crois que je n'ai pas envie de perdre quelqu'un d'autre, conclut-elle.

Denise demeurait sceptique.

— C'est sans doute à cause de moi que Jared et vous avez été pris pour cible. Et vous avez failli être virée par ma faute. C'est un miracle que ces connards des AI croient votre histoire.

Lena se mit à rire.

— Parce que vous pensez qu'ils me croient ? La seule raison pour laquelle je ne suis pas en taule ou à la rue, c'est qu'ils ne peuvent rien prouver.

Elle alla au lavabo et ouvrit le robinet. L'eau était glaciale. Elle se pencha pour boire.

— J'ai été une mauvaise amie pour vous, je le sais, fit Denise.

Baissant la voix, elle ajouta :

— Et je sais que vous avez vécu des trucs moches. Avant tout ça, je veux dire.

Lena ferma le robinet. Denise n'était pas la seule à avoir des problèmes de confiance. Il ne lui était jamais venu à l'esprit de parler à quelqu'un du bébé qu'elle avait perdu. Ni à Jared, ni à Denise, ni à elle-même. Pour être sincère, elle avait l'impression d'avoir échoué quelque part, et elle en avait presque honte. Mais, même sans ça, elle n'était pas prête à s'épancher dans les toilettes des dames du poste de police.

— Ça va, dit-elle à Denise. C'est quelque chose que je devais régler toute seule.

— Je comprends, répondit l'autre, qui n'était pas non plus du genre à s'apitoyer sur son sort. N'empêche, je suis là si vous avez envie d'en parler.

Lena baissa les yeux et se rendit compte que sa main était posée sur le lavabo, pas sur son ventre. C'était arrivé progressivement. La secrétaire du Dr Benedict ne s'était pas trompée : ça ne disparaissait pas, mais ça changeait.

De nouveau, Lena poussa un long soupir. Elle regarda son reflet dans le miroir avec l'impression d'avoir vieilli de vingt ans depuis le début de toute cette histoire.

— Jared est tout le temps dans mes pattes, maintenant. J'aurais bien besoin d'une excuse pour le laisser tout seul à la maison.

Denise lui rendit son regard dans le miroir.

— Je vous comprends.

Lena attendit. Denise s'éclaircit la voix.

— Elle s'appelle Lila, lâcha-t-elle enfin avec difficulté. On sort ensemble depuis un moment.

Lena décida d'en rester là.

— Combien de temps les AI vont-ils vous garder ?

— Autant que ça leur chantera.

— Appelez-moi quand ce sera fini. On ira chez Barney.

Denise détourna les yeux. Son expression piteuse était de retour. Le Barney était un bar de flics. Elle ne voulait apparemment pas être vue par les hommes qu'elle avait commandés.

— Vous savez quoi ? fit Lena en prenant une poignée de serviettes en papier au distributeur. Vous avez été la seule flic de toute la ville à voir que quelque chose n'allait pas avec Lonnie. Vous avez sauvé la vie du gosse qu'il avait kidnappé. Vous l'avez caché et soigné. Vous l'avez rendu à sa famille. Vous avez donné à la mère de Marie Sorensen le nom de son assassin. Vous avez éliminé un prédateur dangereux. Et livré le tout à l'Etat dans un paquet-cadeau. J'ai raison, ou non ?

Elle jeta les serviettes dans la corbeille à papier pour ponctuer ses paroles.

— C'est une façon de voir les choses, murmura Denise prudemment.

— Si vous voulez mon avis, c'est la seule façon valable de les voir, et je défie n'importe quel connard d'en trouver une autre.

Denise secoua la tête. Elle voyait où Lena voulait en venir.

— Les AI ne vont pas faire de moi une héroïne, Lee. Ils vont me virer avant que j'aie pu dire ouf.

— Alors, dites-leur que vous avez l'intention d'aller trouver une chaîne d'info, n'importe laquelle, locale ou nationale. Au Canada s'il le faut. Pour leur raconter comment vous avez sauvé le gamin. Ensuite, vous laisserez la police de Macon expliquer pourquoi ils ont décidé de vous virer après ça. Et, s'ils vous demandent quelqu'un pour corroborer votre témoignage, vous avez mon numéro.

Elle se mit à rire, réjouie par cette perspective. Denise en resta comme deux ronds de flan.

— Vous êtes vraiment dingue, vous savez ?

— Peut-être, répondit Lena, la main sur la poignée

de la porte. Mais je me suis trouvée si souvent dans votre situation que j'ai appris à m'en tirer.

— Vous croyez vraiment que ça va marcher ?

— Ne sous-estimez jamais l'aversion de la police moderne pour la mauvaise presse, argua Lena en pensant qu'elle pourrait faire graver cette maxime à l'entrée de son bureau. Et ne les laissez pas s'en prendre à votre pension. Ils commenceront par ça. Refusez de perdre le moindre grade en dessous de détective.

Puis une autre idée lui vint :

— D'après vous, quelles sont les chances pour Paul d'entrer dans la police d'Atlanta ?

Denise sourit comme elle.

— Homme, blanc, ancien militaire ? Ils vont lui dérouler le tapis rouge.

— Ce qui fait que je vais avoir besoin d'une nouvelle équipière.

— Un duo noir et blanc ?

— Plutôt dans le genre *Chico and the Man*[1].

Lena ouvrit la porte et, pour la deuxième fois de la journée, son sourire disparut d'un coup.

Will Trent était appuyé contre le mur, le visage ravagé de bleus et de coupures, de points rouge sombre qui correspondaient à des marques de phalanges.

— Vous m'appelez, pour ce verre ? lança Lena à Denise.

— Vendu.

Sans un regard pour Will, Denise se dirigea vers la salle d'interrogatoire. Patterson se tenait devant la porte, en sentinelle. Il fusilla Lena du regard, et elle dut se retenir de lui tirer la langue.

Will attendit que Denise ait refermé la porte.

— Jared est en pleine forme, à ce que j'ai vu ? lança-t-il.

Lena dut paraître interloquée, car il précisa :

1. Une des premières séries américaines à mettre en scène un duo américano-mexicain. (NdT)

— Je viens de le croiser dans les vestiaires.

Lena serra les dents. Elle allait le tuer. Son idiot de mari avait survécu à tout, mais ce coup-là elle l'étranglerait de ses propres mains.

— Ça ira, pour elle ? demanda Will en désignant la direction par où était partie Denise.

— Qu'est-ce que vous en pensez ?

Ce n'était pas une question en l'air. La position de la police d'Etat aurait une grande influence sur le sort de Denise.

— Je crois que la police de Macon a suffisamment mauvaise presse en ce moment pour éviter de se mettre à dos quelqu'un comme Denise Branson.

Lena se demanda ce qu'il avait entendu de leur conversation.

— En tout cas, elle a l'air prête à payer le prix fort.

— D'après mon expérience, les gens comme elle ont tendance à ne pas rester longtemps au tapis.

Il souligna ses propos d'un regard éloquent. Tous deux savaient que Lena avait l'habitude de renaître de ses cendres.

Elle fit mine de consulter sa montre, même si sa seule tâche urgente pour l'instant c'était de ramener son idiot de mari chez eux par la peau des fesses.

— Très bien. Je vais vous laisser travailler, alors.

— J'ai terminé. Je vous ai attendue pour vous parler.

Lena se hérissa, redoutant ce qui l'attendait.

— Parler de quoi ?

— Je voulais vous dire que vous aviez raison.

Elle se mit à rire, croyant qu'il s'agissait d'une sorte de blague.

— A quel sujet ?

— De l'agression. Les AI voulaient que j'attende que vous soyez blanchie pour vous l'annoncer.

Lena ne riait plus.

— M'annoncer quoi ?

— Ce n'était pas votre faute. Si ces deux hommes ont

pénétré chez vous cette nuit-là, c'était à cause de quelque chose que Jared avait dit dans le cabinet de votre médecin.

Lena ne parvenait pas à comprendre ce qu'il était en train de lui expliquer, comme s'il s'était exprimé en japonais.

— Cayla Martin remplaçait une des infirmières du Dr Benedict pendant que vous y étiez. Elle a entendu Jared parler de Big Whitey.

Lena n'en resta pas seulement bouche bée — elle eut l'impression que sa mâchoire allait racler le sol. Cayla Martin. Le nom lui avait paru familier quand elle l'avait entendu trois jours plus tard, mais elle n'aurait jamais fait la connexion.

— Je croyais qu'elle travaillait seulement à l'hôpital. Qu'elle était la sœur par alliance de Tony Dell.

— Elle avait un temps partiel au cabinet du Dr Benedict, expliqua Will lentement, comme s'il parlait à un enfant. Cayla a entendu Jared vous dire que Lonnie Gray était Big Whitey.

— Non…

Elle sentit une sorte de rire amer lui chatouiller la gorge. La conversation tournait de plus en plus à la mauvaise blague.

— Il n'était pas sérieux !

— Sauf que Cayla Martin ne l'a pas pris comme ça. Elle en a parlé à DeShawn Franklin, qui lui a dit que ce n'était sans doute rien, puis à Lonnie Gray, qui a mis un contrat sur votre tête et celle de votre mari.

Ça n'avait aucun sens.

— Comment a-t-elle su que…

— Cayla sortait avec Chuck Gray avant que la leucémie l'emporte. Elle était proche de Lonnie. Enfin, aussi proche que deux personnes comme ça peuvent l'être.

Will fourra les poings dans ses poches avant de poursuivre :

— Si vous voulez ma théorie personnelle, je pense qu'il

s'agissait juste d'une de ces femmes qui aiment semer la zizanie.

Lena se rendit compte qu'elle secouait la tête avant même d'avoir fini de digérer l'information. Elle se souvenait de la visite chez le médecin. De Jared en train de raconter n'importe quoi. Et elle se souvenait qu'elle l'avait pris au sérieux pendant quelques secondes avant de rejeter sa théorie comme toutes les autres élucubrations qui sortaient de sa bouche. Tout ce qu'elle parvint à dire, ce fut :

— Je ne vous crois pas.

— Pourquoi ? demanda Will. C'est la vérité.

Il n'arborait aucun sourire, aucun signe qui laissait croire qu'il allait révéler le fin mot de l'histoire, comme la chute d'une bonne blague.

— Ce n'était pas votre faute. Je ne dirais pas non plus que c'est celle de Jared. C'est juste arrivé comme ça, voilà tout.

Lena dut s'appuyer contre le mur. Elle s'était rongé les sangs pour comprendre où elle avait merdé, ce qu'elle avait fait de mal, et au bout du compte elle n'avait rien à voir avec ça.

— J'ai juste pensé…

De nouveau, elle secoua la tête — à force, elle allait finir par ressembler à un de ces petits chiens sur la plage arrière d'une voiture.

— Je pensais que c'était lié au travail.

— C'était logique, comme déduction, acquiesça Will. Nous avons tous pensé que l'agression était en rapport avec une de vos enquêtes. Mais non.

— Nous étions…

Elle ne termina pas sa phrase — elle ne parvenait pas à formuler ce qui la choquait le plus. Dans la rue, on sait que le pire peut arriver. Là, ils étaient dans le cabinet du médecin. Elle s'était crue en sécurité.

— Je ne me souviens même pas de l'avoir croisée, dit-elle à Will. J'ai vu sa photo à la télé, et je n'ai jamais fait le rapprochement. Maintenant que j'y pense… je crois qu'elle m'a même téléphoné.

— Si ça peut vous aider, indiqua Will, vous avez vraiment énervé mon équipière. Elle répète depuis le début de sa carrière que les coïncidences, ça n'existe pas.

Lena continuait à secouer la tête. Elle non plus ne croyait pas aux coïncidences.

— Alors, d'autres questions ? demanda Will.

Elle n'en trouva qu'une :

— Est-ce que Sara sait que ce n'est pas ma faute ?

Il hésita, mais finit par répondre :

— Oui.

Elle n'essaya même pas de retenir son sourire.

— Et elle sait que vous êtes venu me le dire ?

— Oui.

— Elle n'a pas essayé de vous en empêcher ?

— Je ferais mieux de rentrer à Atlanta, répondit Will, mal à l'aise, en se redressant. Je suis heureux que vous vous en soyez sortis, Jared et vous.

Elle n'arrivait pas à le laisser partir.

— Pourquoi ne pas m'avoir juste appelée ? Ou envoyé un mail ?

— Avec vous, c'est toujours plus simple de traiter directement, répondit-il d'un air entendu.

Lena n'eut pas besoin de lui demander d'être plus clair. Elle revit en un éclair la nuit où, chez elle, elle avait brandi un marteau. Jared gisait à terre, en sang. Un homme était déjà mort. Le bleu sur son genou, à l'endroit où elle s'était laissée tomber de tout son poids sur la colonne vertébrale de Fred Zachary, était encore sensible. En se concentrant un peu, elle arrivait à se rappeler le craquement des os.

En Géorgie, la loi surnommée « doctrine du château » stipulait que toute personne, homme ou femme, a le droit de recourir à la force contre un intrus, jusqu'à le tuer, du moment qu'il considère que sa vie est en danger. Mais

Will Trent savait aussi bien qu'elle qu'à ce moment Fred Zachary n'était plus une menace du tout.

Il hocha brièvement la tête, seul signe de cette connivence entre eux.

— A la prochaine fois.

— Il n'y aura pas de prochaine fois.

— Lena, dit Will d'un ton presque mélancolique, je le souhaite autant que vous.

Et il s'en alla, les mains dans les poches. Elle se souvint de leur première rencontre. Avec ses costumes sombres et ses manières polies, il évoquait davantage un croque-mort qu'un flic. Mais, si Lena voulait toujours apprendre de ses erreurs, Will Trent était celui qui lui avait donné la leçon la plus importante. Le croque-mort en question avait failli l'envoyer en prison.

Et pas vraiment à tort.

Elle lui laissa tout le temps de quitter le bâtiment avant de retourner vers la porte de la salle d'interrogatoire. Elle tendit l'oreille, mais n'entendit rien. Denise parlait doucement, et Brock Patterson avait une voix basse de nonne reconvertie. Lena posa la main sur la porte en signe de solidarité silencieuse. Elle s'était souvent trouvée de l'autre côté de cette porte, et chaque fois elle avait pensé qu'il n'y avait personne à l'attendre dans le couloir.

— Coucou.

Elle se tourna pour découvrir Jared. Elle ne resta qu'un instant abasourdie.

— Espèce de couillon, qu'est-ce que tu fiches ici ? Comment as-tu…

Il l'embrassa maladroitement, juste pour la faire taire.

Elle recula avec une grimace. Il portait un pantalon de jogging bleu et un sweat-shirt des Auburns orange vif. Il avait ôté ses pansements. Ses cheveux rebiquaient sur sa tête comme les plumes d'un caneton. Son cuir chevelu s'ornait de plusieurs points de suture à la Frankenstein qui avaient déjà fait l'objet de toute une série de photos sur Facebook.

— Comment es-tu venu ? demanda-t-elle. Tu n'es pas censé conduire.

— Estefan est venu me chercher pour me montrer les nouvelles Harley.

— Estefan..., grommela-t-elle.

A eux deux, ils n'avaient pas un demi-cerveau.

— Il faut que tu rentres à la maison.

— Ramène-moi, alors, répondit-il en la prenant par la taille.

— Jared...

— Ramène-moi à la maison.

Il lui posa la main sur les fesses pour l'entraîner avec lui. Elle la chassa d'une tape — il y avait des caméras dans tous les coins du bâtiment. Elle se dit que le sergent en poste à l'accueil devait appuyer en ce moment même sur le bouton « Enregistrer ».

— Tu devrais être en train de dormir chez nous en ce moment. Tu sors à peine de l'hôpital. Tu as failli mourir.

— J'ai pas sommeil.

— Conneries. Tu as les yeux qui se ferment tout seuls.

— J'aimerais que ce soit pareil pour ta bouche.

Elle le fusilla du regard, mais se le tint pour dit. Lena avait passé assez de temps avec Nell pour savoir qu'elle ne voulait pas être ce genre d'épouses. Elle comprenait qu'il fallait mater son homme, aucun souci, mais le beau-père de Jared était tellement brimé qu'il devait sans doute pisser assis.

Jared s'appuya sur elle pour se diriger vers la sortie principale.

— Elles sont géniales, ces bécanes, bébé. Les sacoches ont une ouverture automatique, c'est le moteur 1 700 cm^3...

Lena cessa de l'écouter pour retourner dans son esprit les révélations de Will. Cayla Martin. Le cabinet du

Dr Benedict. Elle avait beau creuser, elle n'arrivait pas à se rappeler avoir rencontré cette femme. C'était juste une de ces personnes sans visage qui font partie du décor.

Jared ne devait pas s'en souvenir non plus. En tout cas, il n'avait rien dit lorsque le visage de Cayla Martin était apparu sur l'écran pendant qu'ils regardaient les nouvelles ensemble. Il avait éteint la télé avant que le reportage commence.

A l'inverse de Lena, Jared semblait se ficher de connaître la raison pour laquelle on les avait pris pour cible. Il se contentait de se réjouir que les tireurs aient raté leur coup. Ou, plus vraisemblablement, il pensait que c'était la faute de Lena, mais il ne voulait pas qu'elle se sente coupable.

Elle n'avait aucun problème à le laisser baigner dans cette illusion. Puisque Fred Zachary avait passé un marché avec le procureur, il n'y aurait pas de procès. Aucun témoignage où les deux hommes auraient expliqué pourquoi on les avait envoyés tuer Lena et Jared. Il n'y avait donc aucune raison pour que Jared découvre qu'il était à la source de toute cette horreur. S'il pardonnait facilement aux autres, il n'était jamais tendre avec lui-même. Lena était bien plus habituée à vivre avec la culpabilité.

Même si elle ne s'était jamais sentie coupable de mentir à son mari.

Ils parvinrent enfin dans le hall d'accueil. Jared s'arrêta.

Il s'appuya au mur pour garder l'équilibre, juste à l'endroit où, ils le savaient tous les deux, aucune caméra ne surveillait. Tous les flics du poste connaissaient cet angle mort, où ils venaient quand ils avaient besoin d'échapper aux radars.

Au lieu de tenter un geste coquin, il lança :

— Tu sens un peu la sueur.

— Merci beaucoup !

Elle lui flanqua un coup de poing dans l'épaule. Il sourit tendrement.

— Tes yeux, ils ont toujours été marron ?

— Et toi, tu as toujours été un gros bêta ?

Il cessa de sourire, mais les ridules au coin de ses yeux ne disparurent pas complètement.

— Je veux qu'on essaie de nouveau.

Lena se sentit rougir. Elle n'avait pas besoin qu'il précise de quoi il parlait.

— Tu penses que c'est une bonne idée ?

— Certainement pas, lança-t-il en riant, mais ce n'est pas ça qui nous a arrêtés la première fois.

Lena ne sut que répondre. Prête ou non, elle n'était pas sûre de ses sentiments. La première fois avait été un accident. Recommencer en toute conscience, c'était comme provoquer le destin.

— Lee, murmura Jared en lui prenant la main.

Depuis quelque temps, il faisait ça souvent. Lena pensait toujours que ça allait l'agacer, mais en réalité elle appréciait sa large main, sa poigne ferme qui lui signifiait que tout irait bien.

— Je veux un bébé avec toi, dit-il. Je veux vivre ma vie avec toi. Fonder une famille.

Le seul fait d'entendre ces mots lui en donna l'envie, mais elle avait trop peur pour répondre, pour oser se bercer de nouveaux espoirs.

C'est pourquoi elle dit simplement :

— D'accord.

Jared sourit comme un idiot.

— C'est vrai ?

— Oui. Oui, répéta-t-elle, juste pour être certaine.

Il l'embrassa en lui caressant le visage, un baiser qui dura plus longtemps que d'habitude. Puis il la regarda dans les yeux tandis que son pouce s'attardait sur l'endroit où il avait posé les lèvres.

— Et je veux recommencer la cuisine, parce que mon père l'a complètement foirée.

Le chapelet de jurons qu'elle lâcha fut heureusement

couvert par une pétarade de moteurs. Par les portes vitrées, elle vit les motos se garer, six Harley-Davidson aux armes de la police, étincelant dans le soleil, le fruit du butin laissé par Sid Waller dans la maison de shoot.

— La vache ! s'écria Jared comme un gamin dans une soirée étudiante.

Il s'élança en boitant vers le parking, s'appuyant au dossier d'une chaise, à la poignée de la porte et à tout ce qu'il trouvait sur son passage.

En secouant la tête, Lena tira une clé de sa poche. Les armes étaient interdites dans l'aile où étaient gardés les suspects, et une rangée de casiers étaient disposés près de l'entrée. Elle glissa sa clé dans le cadenas du sien. Elle n'avait jamais été le genre de femmes à s'encombrer d'un sac à main. Elle avait si souvent fourré sa sacoche dans le petit espace que la toile en était usée à l'endroit où elle frottait sur les arêtes de métal. Par habitude, elle inventoria le contenu du sac pour s'assurer que tout était là, son Glock, son portefeuille, ses clés, ses stylos.

Puis, comme une pensée après coup, elle ouvrit la poche arrière pour vérifier que la carte postale s'y trouvait aussi. C'était bien le cas — elle attendait, timbrée, prête à être postée. Cela faisait trois jours qu'elle l'emportait partout avec elle, au travail comme à la maison. Elle la sortit et regarda la photo — le centre-ville de Macon, orné de l'inscription « Merci de visiter le cœur de la Géorgie » en lettres jaunes.

Elle retourna la carte. L'adresse, à Atlanta, était la même que celle qu'elle avait inscrite des années plus tôt sur une enveloppe.

La lettre.

Lena savait qu'elle avait toujours accordé trop d'importance à l'opinion de Sara Linton. Pendant des années, Lena avait laissé la culpabilité suite à la mort de Jeffrey l'écraser, comme un poids invisible qui la suivait partout. Ça l'avait entraînée si loin qu'elle avait touché le fond — et même plus. Elle avait écrit la lettre pour quémander le pardon de Sara, pour obtenir l'absolution. Elle avait construit sa supplique comme elle aurait présenté une affaire devant un tribunal : elle avait cherché à prouver sa bonne foi, à établir les preuves, à souligner ce qui ne cadrait pas. Elle avait adroitement retourné les faits divergents à son avantage. Lena n'avait pas écrit une lettre d'excuse — c'était une supplique, pour qu'on lui rende son âme.

La carte postale était différente. Deux mots au lieu de trois pages. Et elle donnait quelque chose au lieu de demander.

La vérité, c'est qu'elle avait retrouvé son âme par ses propres moyens. Quand elle considérait sa vie d'aujourd'hui, elle voyait qu'elle était bonne. Elle prenait soin de ses amis. Elle était mariée à un homme bien, même s'il parlait trop. Ils finiraient par avoir un enfant, peut-être plusieurs. Ils fonderaient une famille. Ils subiraient les visites de Nell sans trop renâcler. Il y aurait des anniversaires, des Noëls, des Thanksgiving, et, quoi que Sara Linton pense de ses choix, Lena saurait toujours qu'elle avait raison.

La vertu contient son propre pardon.

Près des casiers, il y avait une boîte aux lettres, une plaque de cuivre portant les mots US MAIL gravés en lettres capitales. Chaque jour, aux alentours de midi, la préposée à l'accueil relevait le courrier sortant pour l'emporter au bureau de poste. Un des avantages de travailler dans la police, surtout quand on aimait prendre son temps pour déjeuner.

Lena regarda la carte postale. L'espace d'un instant, elle pensa la déchirer. Mais elle ne parvint pas à s'y résoudre. Elle allait bien. C'était Sara qui avait besoin de pardon. C'était elle qui n'arrivait pas à lâcher prise. Ça ne coûtait rien de la libérer.

Lena glissa la carte dans la fente. Elle la tint en équilibre une seconde avant de la laisser tomber dans le panier.

Dehors, une moto rugit. Jared était juché dessus, avec Estefan derrière lui car il n'était pas encore capable de la maintenir debout tout seul.

Lena passa la sangle de son sac sur son épaule et se dirigea vers la porte.

Vers sa vie.

Elle sourit en pensant au moment où Sara lirait la carte postale. Le message était simple. Lena aurait pu se l'écrire à elle-même.

Vous avez gagné.

Remerciements

J'ai beaucoup de chance d'avoir à mes côtés des gens vraiment fantastiques, parmi lesquels Angela Cheng Caplan, Diane Dickensheid et Victoria Sanders. Merci, les filles, vous êtes la colle qui fait tenir tout ça.

Comme toujours, mes plus vifs remerciements à mes éditrices, Kate Elton et Jennifer Hershey, pour leurs conseils et leur générosité.

Une nouvelle fois, le Dr David Harper m'a beaucoup aidée pour les détails médicaux. Depuis plusieurs années, il empêche Sara de tuer pas mal de gens et j'apprécie son indéfectible soutien. Je dois ma gratitude éternelle aux super agents du Georgia Bureau of Investigation pour avoir répondu à ce que, j'en suis sûre, ils doivent prendre pour des questions idiotes. Je vous promets que je ne vous demande comment commettre des crimes que dans l'intérêt de l'histoire. Chip Pendleton, MD, est un grand médecin et un conseiller généreux pour tout ce qui concerne le Grady. Merci, monsieur, pour votre sens de l'humour paillard et — plus important — pour votre temps.

Pour Beth Tindall de Cincinnati Media, *alias* Webmaster Beth, *alias* ma meilleure amie : merci d'être là pour moi depuis si longtemps et de me retenir d'abuser du flash.

A tous mes éditeurs dans le monde et à ceux qui travaillent sur mes livres : j'apprécie énormément votre soutien. A mes lecteurs : je vous remercie encore pour votre gentillesse et pour les photos de chats que vous postez sur Facebook.

Pour mon père : merci d'avoir toujours été là, même quand j'étais jeune et bête.

Pour D. A. : merci de m'avoir promis d'être là quand je serai vieille et sage — et désolée : apparemment, je ne deviens que vieille.

Composé et édité par HarperCollins France.

Achevé d'imprimer en décembre 2016.

BRODARD & TAUPIN

La Flèche
Dépôt légal : janvier 2017.

Pour limiter l'empreinte environnementale de ses livres, HarperCollins France s'engage à n'utiliser que du papier fabriqué à partir de bois provenant de forêts gérées durablement et de manière responsable.

Imprimé en France